战争零距离

杨文森◎著

时代出版传媒股份有限公司
安徽文艺出版社

图书在版编目（ＣＩＰ）数据

战争零距离/杨文森著.—合肥：安徽文艺出版社，2020.7（2022.5重印）
ISBN 978-7-5396-6888-8

Ⅰ．①战… Ⅱ．①杨… Ⅲ．①长篇小说－中国－当代
Ⅳ．①I247.5

中国版本图书馆 CIP 数据核字(2020)第 024404 号

战争零距离
ZHANZHENG LINGJULI

出 版 人：段晓静　　　　　出版策划：岑 杰
责任编辑：岑 杰 何 健　　装帧设计：壹图设计

出版发行：时代出版传媒股份有限公司　www.press-mart.com
　　　　　安徽文艺出版社　www.awpub.com
地　　址：合肥市翡翠路 1118 号　邮政编码：230071
营 销 部：(0551)63533889
印　　制　三河市人民印务有限公司　　(0316)3650588

开本：710×1010　1/16　印张：21　字数：330 千字
版次：2020 年 7 月第 1 版　2022 年 5 月第 2 次印刷
定价：69.00 元

我的故事未必真实，但这是我希望的一种情绪。

目 录

第一章　母腹之内

1

深冬刚刚到来不久的某个夜晚，那匹不合群的野马孤独地站在远处，看着其他野马将脖子交叉着挤在一起取暖。巨大的寒冷让它想挤入马群，但它已经迈不开腿。绝望的野马疲惫极了，不得不把两条前腿跪下歇息一阵，两条后腿也跪下的时候，它感觉自己正在慢慢地停止呼吸。

此时，它的同伴们也有熬不住的，试图跪倒。它们的鼻翼，覆盖着一层透亮的冰甲，这是天上的细雨降落之后形成的。一匹野马率先跪了下去，之后一匹接着一匹，当所有的马都跪卧在冰冷瓷实的戈壁滩上的时候，那匹快要去世的野马似乎听到了同伴们走向天国的马蹄声。

"老天，让它们恐惧吧，让它们跑起来……"野马没完全消失的意识愁苦地自语。一阵冰冷的风吹来，去世的马停止了思考，它硕大的躯体开始变得僵硬，不多时就成了一堆坚硬发脆的冰疙瘩。

"今年的天气的确不寻常，戈壁在冬天来临之前变成了一望无际的大草原。水嫩的青草让许多不知死活的马吃得肚子鼓胀，最终尿不出也拉不出，就这样活活地撑死在了戈壁滩。不，撑死在了草原上。你看冬天，地上这么寒冷，天上却飘洒着马毛一样的细雨，这么虚假的温柔浪漫。"一匹青壮的公马啃咬着一匹同样青壮的母马的脖子，一边示意着友好一边噗噗地开口说话。但在它张开嘴巴的时候，它的牙齿上旋即结了一层薄薄的冰甲。它和同伴的身上，也是一层冰甲，伴随着野马们起起伏伏的呼吸，它们身上的冰甲旋即碎裂，但很快，飘落的细雨就让破碎的冰甲"愈合"。

牙齿上的冰甲让公马噗噗地打了一个喷嚏，这时候，车队的灯光突然从山峦背后弹射了出来。突如其来的光亮让公马惊恐地爆发出了一声嘶鸣，那些昏昏欲睡的野马于是都看到了刀剑一样砍斫而来的光柱，它们如同风湿病人一样挣扎着抬起僵硬的腿，嘶鸣着跟着公马一起朝戈壁腹地逃去。同伴被冻成冰疙瘩的尸首在马蹄的践踏下，爆发出骨头折断的脆响。

汽车转过山梁，贺天高就看到了惊慌的马群，他让部队停止了前进，直至马群远远消失，车队才慢悠悠靠过来。车灯前，野马被踩碎的尸骨就像被碾压过的桃花，一坨白一坨红地烙在地上。贺天高捧起一坨野马的尸骨看了一阵，一股莫名的悲伤就从肚子里一下抽到了鼻腔，他呃呃地抽泣了几下，就从给养车上拿下一把铁锹，把野马尸骨一铲子一铲子收拢起来，又开始拿铁镐给野马掘墓。

"队长不正常了。"黑蝎子把狙击枪交给通信员梁军需，望着贺天高挥舞铁镐的背影嘟哝。

"不用管，你让他闹。"通信员梁军需拦住了想拉贺天高回来的黑蝎子。骁狼特战队打了近一年的仗，死了三个人，还残了一个，队长贺天高需要发泄。

接连挖断了两把铁镐，贺天高恼火地脱光了上衣，赤裸着身子从车上抽下来第三把铁镐。刀锋一样的细雨在他赤裸的后背上凝结成蜿蜒的蚯蚓，伴随着肌肉的鼓动，那些蜿蜒的蚯蚓旋即碎裂，但不多时，雨水又在他的后背上凝结成了一只蝴蝶，或者一只蚂蚱。梁军需打亮手电筒，贺天高的脸蛋红扑扑地鲜艳着，这绝对是快要生病的征兆。从最后一场仗结束，学过医的梁军需就已经发现，贺天高有些不正常。

这也许和他打了一年不容易的仗有关。

直至把野马的坟丘拍打瓷实，贺天高才挥舞着胳膊冲部队吆喝："回撤，睡觉！"

伴随着抬起胳膊的动作，指甲盖大的冰碴顺着贺天高赤裸的身子唰啦啦地落了一地。梁军需给他披上大衣,拽着他坐在副驾驶的位置上,帮他绑好安全带,车队才慢悠悠地摇晃着朝戈壁腹地的营区行驶。营门前哨楼的灯光照射过来的时候,贺天高已经打起了呼噜。其实驾车的梁军需也睡着了,汽车完全是在他半睡的状态中开到营区门口并刹住车的。

2

前十天,无论白天黑夜,贺天高和他的骁狼特战队一直在吃汗蒸全羊,睡懒觉。他们早晨象征性地出个操,牙都不刷就去饭堂喝羊汤和小米粥,然后回去睡觉,一觉睡到下午三四点的时候,再去饭堂撕扯刚出锅的羊腿大嚼,接着又回去睡觉,讲究、勤快的去澡堂冲个热水澡,不讲究的连牙都不刷。炊事班是旅部专门派过来的,烧锅炉的也是旅部派来的,打了一年仗的骁狼特战队需要美美地休整一顿,这是战区陆军要求的。

休整中的贺天高一直对他的队员们强调说:"要想缓过来,就做一个胎儿,回归母腹,什么都别想!"一直到第十七天,经常做梦的贺天高一个梦都没做。直至第十八天,他感觉自己基本上缓过神来了,这天晚上,他终于做了一个梦。但他没想到,这是一个巨大的噩梦,他梦见了副旅长闵一礼,而且奇怪的是,梦里的事情在一百多公里之外的特战旅,竟然毫厘不爽地发生了。

半夜惊醒的时候,贺天高发现自己一丝不挂地站在床上,保持着拼死一搏的姿势。如果是夏天,宿舍的窗户一定洞开着,受到巨大惊吓的贺天高也许会在睡梦中一跃而起,径直跳出四楼的窗户。

在骁狼特战队驻训地营区,就算一只轻盈的兔子掠过,也会惊动院内的哨兵。一百多斤的贺天高如果咕咚一声跌落院子,不出一分钟,至少会有三组巡逻哨从不同方位在现场迅速集结。如果他们看到一丝不挂的贺天高痛苦地躺在地上挣扎着,这些喜欢揣摩喜欢猜测的兄弟肯定会在各自的心里迅速萌生不下几十个版本的疑问。但可以肯定的是,所有人都会悲哀地认为,打了一年的仗,骁狼特战队队长贺天高崩溃了。好在这是大西北凛冽的冬天,宿舍的窗户没有打开,最终没有让他纵身从四楼的窗户冲出去。

　　惊醒之后，惊魂未定的贺天高克制着脑子里的各种可怕念头，努力打量着不大的宿舍，好让熟悉的环境促使自己安静下来。被子显然是惊起的时候一脚挑飞的，一头搭在办公桌上的台灯上，一头垂落在地上。台灯从被子没盖严实的缝隙里透着一丝昏暗的亮光，亮光中，幽蓝的手枪落在被子上，枪管直戳戳地瞄准自己，手枪的保险已被打开。他惊慌地退出弹夹，子弹满满的都在。贺天高终于长长吁了一口气。

　　毫无疑问，他在睡梦中打开了手枪保险，准备射击，但毕竟是在睡梦中，手枪最终脱手而出，跌落在被子上。如果睡梦中的他拿稳了手枪，射出去的子弹不知道会误伤到谁！是穿透玻璃，射向巡逻的哨兵，还是穿过木质的门板，把恰巧路过的人给擦伤？贺天高害怕得不敢再想。

　　终于感受到寒冷的时候，他才发现自己浑身赤裸，突然而来的羞耻感让他惊慌不已，他急忙从床头夺来衣服穿好。穿戴停当，他把整个屋子细细检查了一遍，看看这里到底有没有闵一礼的影子。他甚至打开了锁着的柜子，柜子里是叠放整齐的军装、文件、书籍，还有一块被雕琢成女孩头像轮廓的奶红色戈壁玉。

　　确信这里没有闵一礼之后，贺天高终于放松了下来。

　　但就在刚刚的睡梦中，他还在闵一礼的办公室，逃不脱也不敢逃脱，承受着闵一礼的阴森森的压榨。

　　闵一礼是贺天高的上级，从他当连长开始就没来由地给贺天高找事，一直到贺天高当了队长，还是不放过他，甚至经常有意地碰撞贺天高敏感的神经，让他就像戈壁滩上发情的野马一样，连最可怜的隐私部位都直挺挺地暴露在众人的面前，毫无遮拦。

　　"崇高是什么东西？几个鼻子几个眼睛？拿出来。"睡梦中闵一礼似笑非笑，还吐着烟圈。

　　"放屁，崇高就是崇高！"贺天高肚子里骂了一句，但他还是假装顺从地笔直站立在闵一礼面前。

　　"放屁？谁放屁？"闵一礼脸顿时拉了下来，"我告诉你，崇高，说透彻点,就是虚伪。这世界上,只有你贺天高这么虚伪的人,才揪着这么虚伪的事,说这么虚伪的话!"

闵一礼突然抬起头看着他,吃惊了片刻旋即又吆喝着训斥他。贺天高顿时就有了一股尿急的感觉,他觉得裤裆在瞬间就要潮湿不堪。他明明只是在肚子里骂了闵一礼一句,可圆脸圆眼睛圆脑袋的闵一礼却清清楚楚地知道自己在想什么。贺天高恐惧地想妥协,甚至想求闵一礼放过自己。他只是才有了这个念头,却还是被闵一礼知道了。

"别想着跑,我找你谈话呢。"闵一礼满足地嘲弄着贺天高,他吐出来的烟圈也有鼻子有眼睛,圆圆的,像极了闵一礼,而且硕圆的脑袋上也有闵一礼一样稀疏的头发。

"我没想过跑,我就在这里。"被逼急的贺天高终于说了一句话,但闵一礼却并不相信,他给透亮的玻璃杯里添满了滚烫的开水,然后就吸溜着笑,那笑声也是咕噜咕噜地朝外滚,就像滚圆的豆子。

"你肚子里几根肠子我都清楚。嗯,我知道了,原来崇高的高是贺天高的高,难怪你一直揪着崇高这玩意儿不放。"闵一礼抬起眼皮,笑得就像一个神婆。

"你鄙视崇高,是因为你肮脏得就剩下欲望了。"贺天高脸上挂着笑,他谦卑地帮闵一礼擦拭着桌上的烟灰和洒落的茶水,但肚子里却忍不住嘟哝了出来。

"我×,敢骂我,你敢骂我!你说说我怎么肮脏了?"闵一礼站了起来,他恼怒地看着贺天高,一边喝茶,一边嚼着喝进去的茶叶,直至那些茶叶被咀嚼得稀烂,才仔细地吐出来放在掌心,对准贺天高甩了过来。

"我没有骂你。"贺天高虚弱地争辩。但他知道自己的确骂了闵一礼,而且根本无法隐瞒。他脑子里只要想些什么,闵一礼就会知道什么。他恐惧地想离开闵一礼的办公室,但他不能离开。这阵子,是闵一礼找他谈话。

闵一礼就像神一样,让他不能生气,不能思考,更别说愤怒。一股巨大的恐惧让贺天高死死地闭上了眼睛,他担心看见闵一礼满柜子用来装样子的书,肚子里又忍不住要咒骂,那么闵一礼又该生气了。

"你是害怕看见我柜子里的书,肚子里骂我是假学习、假积极、假正经的'三假'人才?没事,你什么也别想,抽烟。"闵一礼就像戏弄耗子的猫,突然换了笑脸,他从桌子后边出来,拉着贺天高坐在沙发上,笑眯眯地给他递了一支烟。

好在这是一场梦!闵一礼不可能对他贺天高的每一个想法都了如指掌。但此时,贺天高依旧能感受到闵一礼递烟的手冰冷得瘆人。

"这是骁狼特战队的营区。"贺天高慌乱地抽了自己一耳光,好让自己清醒过来。他不知道为什么在睡梦中就那么害怕闵一礼。驻训地院子里亮着路灯,巡逻哨的脚步声清晰可闻。宿舍楼内,有哨兵。营区的院内,有三组巡逻哨。围墙外的高地,文斗才他们的侦察雷达不舍昼夜。营区通往外界的唯一通道的山包上,有一幢哨楼,哨楼上每一岗,都有一个狙击手配合。如果没有队长贺天高或者教导员陈斌的准许,即使一只无辜的麻雀飞越营区上空,也会被当成侵略者一枪毙命。

这里足够安全,这里没有闵一礼,这里还有让所有外来者都能清晰感受到的杀气。

"是杀气,是真的杀气。"一股豪迈悄悄从贺天高的腹腔内蹿了出来,恐惧于是就慢慢地消散了不少。

骁狼特战队的驻训地的确是一个奇特的地方。在所有外来者的眼里,这座营区每一寸空间都充斥着浓烈的杀气,这种杀气会让陌生的人感到不舒服,唯独生活在这里的人偏偏没有这种感觉。相反,只有在这座孤独的营区里,贺天高他们才会感到安全。这也是骁狼特战队一年中大部分时间要驻守在驻训地的一个原因,这群只会打仗的特种队员知道,离开这座营区,他们看不惯别人,别人也看不惯他们。

军委直属队那个叫甄铁诚的研究员特别喜欢特战队的这股气势,当然这个被大家戏称为"真精神"的研究员在许多人眼里,不过就是个精神病。所以当贺天高和陈斌得到甄铁诚近乎夸张做戏的赞颂之后,他们反倒担忧了起来。这缘于甄铁诚第一次来驻训地的时候,反复吆喝着说,特战队有一股舍身的味道,这味道浓烈得让他一到这里,就能嗅得出来。

那是去年秋季的时候,下部队调研的甄铁诚来到驻训地营区几十分钟之后,他就站在营区外的山坡上,夸张地张大嘴巴大口地呼吸着。陪同他的闵一礼以为甄铁诚有了高原反应,当闵一礼把救护车从一百多公里外叫来后,甄铁诚却盘腿坐在哨楼下的沙坡上正在给他的战友吆喝着打电话。

"你别不信,你来,你看看。没有准备牺牲的人是不会有这种眼神的!我敢断言,骁狼特战队是愿意舍身的部队,不论什么时候,这里一定会有牺牲。但是没有牺牲的战斗,肯定不是战斗!没有牺牲的战争,换不来和平的岁月。在这支部队能嗅到一股舍身的味道,舍身你知道吗?这就是牺牲……"

甄铁诚呜呜啦啦地拿着手机吆喝时,救护车就呼啸而来了。不明就里的甄铁诚以为出了什么事,捏着电话滑下了山坡冲到了救护车前。跟着救护车来救甄铁诚的旅长雷公鸣愣住了,他疑惑地问闵一礼:"你看他是高原反应?这里的海拔只有一千两百米。"

尴尬的闵一礼安的是好心,他担心来自军委直属队的甄铁诚有个万一,那特战旅旅长、政委就会为此付出代价,但他没料到甄铁诚原来是个"精神病"。恼火的闵一礼当即就对甄铁诚敬了一个礼说:"您以后就别吓唬我们这些基层官兵了,我们不值钱,但您,可是个值钱的人物。"

后来闵一礼为甄铁诚呼叫救护车的事被传成了各种版本,有人说闵一礼连滚带爬地从山坡上滑下来讨好甄铁诚,还从特战队营区拿了至少三个氧气包逼着甄铁诚吸氧。故事传到闵一礼跟前,他微笑着肯定地说:"编故事的,十有八九是咱的诗人贺天高,别人,不敢。"

其实依照贺天高的个性,他是绝对不屑于编造故事的,但不知道为什么,闵一礼却执拗地认为,在特战旅,敢拿他这个副旅长不当回事的,只有贺天高。

后来甄铁诚专门打电话给闵一礼道歉,他说自己确实是被特战队的杀气感染了,要闵一礼别见怪。甄铁诚信誓旦旦地说,他到过全军所有的部队,唯独骁狼特战队让他顿时就产生了豪迈之感,这完全是因为特战队的上空有一层看不见的杀气。甄铁诚确实说得没错,在特战队,弥漫的杀气连一只鸟都能感受得到,从这座驻训地营区建成至今,自从两只无辜的鸟被击毙了后,再没有一只鸟靠近过这里。

这是完全真实的故事,这个故事在全军几乎无人不知。

当年,骁狼特战队刚刚成立的时候,就有领导让这支新成立的特战队远离机关,在最荒僻的戈壁腹地独立驻守。上级想看看,放养的孩子野性到底有多大。当初还是副营长的雷公鸣被上级看中,就让他带着选拔出来的六十多个官兵进驻了营区,这当时是全军唯一一个不足百人的作战营。

一年后,驻训地修建了新的宿舍楼,新宿舍楼建成剪彩的当天,军长、政委亲自带着一众领导前来庆贺。那天军长正在集合的部队前讲话,一只兴奋的喜鹊落在了不远处的栅栏上,叽叽喳喳叫个不停。这在雷公鸣看来是扫兴的,所以当站在队列前头的军长讲话的时候,雷公鸣突然取下了胸前的冲锋枪,子弹从他对面站成一排的领导中间射了出去,正在歌唱的喜鹊当场就被打得稀烂。

猝不及防的军长稍稍一顿,旋即像什么事都没有发生一样继续他的讲话,雷公鸣也像什么事情都没发生一样。等部队一解散,他傲慢地指着喜鹊落尸的地方吆喝道:"哨兵!把现场清理干净!别让首长反胃!"

喜鹊尸体是巡逻哨用高压水龙头冲掉的,雷公鸣这一次给上级造成的影响,也几乎花费了高压水龙头的力量才得以消除。领导正在讲话,突然就是一声枪响,子弹还擦着领导的脑袋射向了喜鹊,你雷公鸣就那么牛×?万一子弹跑偏了怎么办?就算你枪法准得能打到苍蝇,万一枪没有校好怎么办?首长正在训话,你突然开枪,这是给领导示威?随意动用枪械,还是在军长讲话的时候,毫无疑问,他雷公鸣就是想出风头!他想让军长、政委,还有军区的领导知道他雷公鸣是个神枪手,知道他雷公鸣贼胆包天,没他干不了的事!

因为打死了一只喜鹊,雷公鸣足足干了五年的少校队长,一直到三十六岁才当上特战旅副参谋长。就这个副参谋长,还得感谢部队编制调整,当时还是团级单位的特种大队被升格成特战旅之后,空缺了一个副团职的副参谋长职务,这个并不重要的岗位挽救了雷公鸣。如果特战旅还是当年的特种大队,提升为副团的雷公鸣就得进部队的常委班子,像他这种颇具争议的人,特种大队断然是不敢给他大队常委这么重要的岗位的。升级后的特战旅,副团职的副参谋就是一颗带兵打仗的巨大子弹,谁干都一样,所以雷公鸣在三十六岁的本命年,终于美美地朝前跨了一步。让雷公鸣始料不及的是,力主他高升的,竟然是那位子弹擦着脑袋过去的集团军参谋长。

雷公鸣从此就成了全军区响当当的人物,他当着军长的面打喜鹊的事情在他当上副参谋之后,就被传得神乎其神。后来雷公鸣又当上特战旅参谋长,再到旅长,关于他打喜鹊的事情就成了血性和果断的见证。但闵一礼却一直对雷公鸣打喜鹊的事情有另外一种解读。

"也是因为打了喜鹊,才让他当了五年的少校队长,让雷旅长的杀气和戾气从此收敛了太多。这是考验,也是一个领导干部走向成熟的必由之路。"每次说起雷公鸣打鸟的事情,闵一礼总会心惊肉跳地对别人感叹。贺天高头一次听到闵一礼这么说雷公鸣的时候,是特战旅全部进驻戈壁滩训练的那些日子。那天,闵一礼带来了几卡车西瓜犒劳官兵,他和贺天高等一众干部坐在一起吃西瓜的时候,几个刚毕业的学员就围拢了闵一礼,让他讲讲旅长雷公鸣的故事。闵一礼于是在讲完雷公鸣的故事后,对大家语重心长地开始了教导。坐在边上的贺天高悲哀地发现,如果把旅长的杀气给收敛起来就叫成熟,那自己一辈子估计也成熟不起来。

贺天高啃着西瓜,不由自主地叹了一口气,他没料到,自己的这一声叹息,让闵一礼听了个结实。

骁狼特战队第二只无辜的鸟,是被柴胜华击毙的,贺天高就在现场。柴胜华是骁狼特战队第三任队长,那天是黄昏,柴胜华正在给训练结束的部队讲评,突然就一脸怒气拔出了手枪,一声枪响过后,一只麻雀跌落在队列前头。就在几根麻雀羽毛飘落在众人眼前的时候,柴胜华已经收好枪,捡起了只剩半只躯体的麻雀,像是在和每一个人斗气。刚从军校毕业分配到特战队还不到一年的文斗才那天成了柴胜华斗气的靶标。柴胜华提着麻雀训斥着每一个人,轮到文斗才时,他把麻雀提在文斗才的眼前吆喝了起来。

"这是什么?"柴胜华冷冷地看着文斗才。

"麻雀!"似乎永远也睡不醒的文斗才被柴胜华的吆喝吓着了,他声音洪亮地回答。

"放屁! 这是什么?"柴胜华怒气勃然。

"报告队长！这是放屁！"文斗才终于睁大了眼睛，双眼灼灼放光。这个新特战队员相信，他崇拜至极的柴胜华一定会给他一个惊喜的解释。文斗才知道，在骁狼特战队，只要是队长教导员喊出来的话，你尽管跟着重复就行了。比如队长吆喝说，那个石头是敌人，你把他给我炸了，他文斗才就得拿着炸药朝石头匍匐过去。

但遗憾的是，这一次文斗才理解错了。突然愣住的柴胜华扔掉麻雀，他认为这是新毕业的中尉文斗才对自己的挑衅，于是他把手指上的血一点点涂抹在文斗才的脸上，一边扫视着众人一边开始了他的训话。

"我柴胜华从不相信这是麻雀，我宁愿相信，这是敌人伪装起来的侦察机。我带你们这么长的时间，你们竟然在战场上把麻雀当成麻雀。"柴胜华凌厉的声音逐渐变得虚弱起来，就像一个被抽干血液的老者在临终前托付一笔财宝的秘密一样，而他托付的对象，却是一个傻子。

柴胜华最终不理大家，转身而去。在离去的时候，他几乎是在怒吼："贺天高，你是骁狼的副队长！陈斌，你是骁狼的副教导员！我告诉你们两个，在骁狼特战队，除了战场，你们一无所有！"

善于捕捉细节的黑蝎子后来告诉大家，柴胜华离开的时候，明显带有哭腔。为此他和几个人打赌，但这是个无法解开的赌局，谁也不敢去问柴胜华那天到底有没有哭。

其实文斗才那天也听出了柴胜华的哭腔，所以他并没有怪罪柴胜华当众把麻雀血涂抹在自己的脸上。许多年之后，已经官至大校的文斗才在柴胜华的葬礼上，抚摸着灵柩，终于嘶哑着声音哭了出来："老队长，你把麻雀血涂在我脸上，你是怕睡不醒的我，冤死在战场上，你在刺激我，你一直在刺激我！"文斗才哭得半晕。

给文斗才抹完麻雀血，又训斥了贺天高和陈斌之后，柴胜华头也不回地就去了宿舍。部队解散的时候，贺天高喊了一声"解散"，所有人都随着贺天高解散的口令连着喊了三声"杀"。那天文斗才在每一次喊杀的时候，都竭力伸出舌头，想舔舐脸上的麻雀血。可惜舌头太短，他接连三次尝试却只舔到了自己的嘴角。

晚上的时候，贺天高他们才知道，黄昏时发怒的柴胜华明天早晨就要离开特战队,高升去集团军担任部队管理处副处长。晚上的点名和训斥,是他在骁狼特战队最后的一次宣泄和亲近。而且他刻意点了贺天高和陈斌训斥,是因为他知道,自己离去之后,贺天高和陈斌就要高升,一个当队长,一个当教导员。

半夜时分,旅部悄悄来了一辆车,柴胜华带着他的行李走了,他没有和任何人告别。宿舍里一张纸片都没留下,在离开前,哨兵向着车子敬礼,他坐在车上头也没有偏一下,草草地回了一个礼就算道别。柴胜华讨厌所有的告别,这会让他压抑,甚至会让他浮想联翩,他会想到向遗体告别的场景,不是别人告别他,就是他告别其他人,他更愿意把不舍和留恋统统打包带走。

第二天一早,当大家发现队长柴胜华不在的时候,政委老王头就带人来到了特战队。老王头亲自宣读了贺天高和陈斌的任职命令,连长李瑾被提拔为副队长。

特战队一下子提拔了三个干部,这是一件值得庆贺的大事,晚上队里组织了会餐。比贺天高父亲小不了几岁的老士官甄志国大放厥词,说骁狼的教导员之前一直空缺,现在队长、教导员都有了,骁狼终于父母双全了。甄志国是骁狼的兵王,他说父母双全,谁也不敢多嘴。厚道实在的教导员陈斌难堪地说兵王这个比喻欠妥,兵王却抡圆了胳膊当众在他的脖颈抽了一巴掌,那声音清脆响亮,但确实不怎么疼。抽别人的脖颈是兵王最拿手的,如果是噼啪一声响亮,挨抽的人只是感受到一阵火辣辣的微疼,如果是嘭的一声,挨打的人一定会被他抽得朝前跑出几步。当年还是新兵的柴胜华接连挨过兵王的几个巴掌,每次都被抽得朝前一个趔趄,站都站不稳。

"说你是妈,你有啥不高兴? 你不拿骁狼的兵当你的娃,谁敢指望你打仗的时候护着他?"兵王当众抽了陈斌的脖颈,就开始骂骂咧咧地嘟哝,完了也不等陈斌和贺天高讲话,就自顾自地撕扯起了焦黄的烤全羊,根本没有拿陈斌这个教导员当领导的意思。

会餐后,新任队长贺天高在兵王的建议下,把部队分散开来,让大家抱着枪睡到了营区附近的山上。兵王说:"新队长你得记住,咱守在这戈壁腹地的驻训地,是为了让咱把天当被子地当床,部队成天睡在绵软的被窝,呸,打仗了你试试。啥时候,你一个人睡在荒郊野外的墓地都能打呼噜,你才算是跨进了特战队的门。"

把部队成天拉到荒郊野外宿营,就是为了让队员们从此不知道啥叫害怕,但今晚,回想起梦中闵一礼递烟的手时,贺天高依然能感受到闵一礼伸过来的手瘆人的寒意。他这么恐惧,也许是因为闵一礼第一次羞辱贺天高,说他追求的崇高就是虚伪,也许是因为闵一礼连他一点点想法都能了如指掌,让贺天高觉得在闵一礼的面前没一丝丝隐私。

3

闵一礼有个习惯,晚上只要在办公室,他就会把台灯对着办公室的门照射过去,自己躲在黑暗之中读书、阅报。

在贺天高的梦中,闵一礼也是这样。闵一礼的台灯照射得贺天高眼睛生疼,他强忍着如同直视太阳一样的痛苦,但他不能有痛苦的模样,这会被闵一礼嘲弄。

"崇高就是虚伪。你以为我不知道你的小九九?你就是为了升官发财,还美其名曰那是你的理想。"闵一礼嘟哝着继续吸溜杯中滚烫的茶水。

睡梦中的贺天高被闵一礼嘲弄得无地自容,他不知道闵一礼为什么总是怀疑自己,于是他又在肚子里虚弱地嘟哝了一句:"不崇高打不成仗。"

"打不打仗和我有什么关系?就是不让你逞能!"闵一礼盯着贺天高,他还是听到了贺天高肚子里的嘟哝,他好笑地摇头晃脑,前仰后合。黑暗中他松弛的皮肤白皙透亮,身体每动一下,脸上的皮肉就跟着晃动。

"你会被逮捕的!"站得笔直的贺天高肚子里忍不住嘟哝了一句。但这一次,闵一礼什么话也没说,他惊讶地盯着贺天高的背后,等贺天高也跟着回过头去的时候,他发现闵一礼的办公室里站着六个人,两个士兵还挂着枪。而且这六个人当中,就有特战队的教导员、贺天高的老搭档、刚刚调到军事检察院的陈斌。

一个上校似乎向闵一礼宣读了逮捕令,闵一礼旋即被士兵戴上了手铐,但陈斌他们似乎根本看不见贺天高一样。

被戴上手铐的刹那间,闵一礼突然就盯住了贺天高,他的眼睛乌黑透亮："你黑我,你告状,你让他们抓我?"

贺天高拼命向陈斌吆喝,让陈斌告诉闵一礼,他并没有告过状。但他一开口,声音就如同一缕烟一样轻飘飘的,不知所终,他过去要推搡陈斌,但就是迈不开腿。

贺天高眼巴巴地看着闵一礼被带到了办公室门口。临出门的时候,闵一礼突然挣开押解他的士兵,猛然回头,那双圆圆的眼睛怨愤地盯着贺天高。站在桌前的贺天高清晰地感受到了闵一礼逐渐靠近的呼吸,冰冷瘆人,这股寒意能让他在瞬间凝固,从此再也不会醒来。但闵一礼的寒冷却越来越近,挣扎良久的贺天高终于吆喝了一声躲开了闵一礼,并一把抽出了手枪,却没料到因为太过用力,竟然一下子跳上了闵一礼的桌子。

醒来的时候,他才发现自己赤裸裸地站在宿舍的床上,屋内一片漆黑,院子里也静悄悄的。

推开窗户,窗外怨鬼哀号一样的夜风也传了过来,每一个初来乍到的人,几乎都有过被这里的夜风呼号给吓到过的经历。到了晚上,戈壁滩常常会起风,只要风一起来,屋子里的人就会听到隐隐约约的哀号声,这种哀号声充满了怨恨,时断时续,呜呜咽咽,凡是听到这个调子的人,都会止不住害怕,最后会跟着一起悲伤哀怨。

贺天高悄悄从窗户里探出头,营区外的哨楼上,灯光雪亮,狙击手周虎和通信员梁军需正在站哨。来回摆动的探照灯下,是一地白茫茫的雪,玻璃上不时扑打着小米大的雪粒,一切都是往年冬天的样子。

已经无法再入睡,贺天高打开柜子,拿出了正在雕琢的戈壁玉。这是两年前外训的时候捡来的石头,贺天高想把它雕琢成一个女孩的模样,这个女孩在贺天高的诗里有一个名字叫雨。但两年来,他根本没有时间去干完这件事,至今,戈壁玉还只是一个女孩头像的轮廓,仅仅看得见散开的长发和鹅蛋脸的样子,再就是一丝眉毛。

石头刚刚被固定在盛水的盆子里,他还没有拿起刀具,桌上的电话就响了,电话是陈斌打来的。一接通电话,陈斌就紧张地告诉贺天高,闵一礼出事了。

"凌晨三点,闵一礼被逮捕了!"陈斌有些悲凉。

"你怎么知道？"汗毛一下子就从贺天高的后背上竖了起来。

"我在现场，我们处长，两个副处长，还带了两个战士，六个人。"陈斌有些结巴。

"六个人？"贺天高左右张望，静静的屋内就自己一个。

"闵副旅长失心疯了，怎么能干出这么可怕的事情？"

"他离开的时候，是不是盯着他的办公室不放？"贺天高紧攥着刻刀，他甚至不敢再抬头。

"是啊，办公室空空荡荡的，没有人，不知道他在恨什么。估计他已经知道自己要被抓了，精神有些反常，唉，好端端一个人，变成了这种模样！"并不知道贺天高刚刚做过一模一样的梦的陈斌不断地感慨着，以至于忘记了贺天高的疑惑和提示。

贺天高迅速挂断了电话，他突然感受到一股寒意，这股寒意让他迅速回头，屋内空空如也，背后的墙上，只有自己的身影。

今夜让贺天高恐惧的已经不是这场噩梦，而是他的梦在一百多公里外的特战旅真实地发生了。

这时候，窗外响起了嘀嘀嘟嘟的起床号声。

4

"今夜雪落戈壁。今夜落在骁狼驻训地营区之外的皑皑白雪，将从此不会有一双脚印。"贺天高伏在窗户前望着一地的白雪，自言自语道。但旋即，他就厌恶起自己来了，自从进了特战队之后，他发现自己已经没办法正常地和人交流了，他说出的每一句话，几乎都带着诗的味道。这种矫揉造作的语气一直让闵一礼不舒服，但奇怪的是，雷公鸣、柴胜华，还有骁狼特战队的兵们，每个人说话几乎都和自己一样。

也许这个杵在戈壁腹地的特战队驻训地营区，就是一个让人失语的魔咒，也许对于背负着沉重压力的贺天高和雷公鸣他们，只有诗一样的语言，才能宣泄他们找不到机会宣泄的情感。

特别喜欢踏雪的闵一礼每次在戈壁落雪之后，就会找借口跑一百多公里来这里踏雪。他的汽车会绕到骁狼驻训地的背后,然后他让人搭梯子从围墙上进来。进入院子之后,闵一礼会迫不及待地从骁狼驻训地的宿舍楼开始,穿着呢子大衣的身体会笔直地挺起,然后保持着演练过无数次的微笑,朝大门走去。每一步,他都踏得十分认真,出了专门为他打开的大门,然后就顺着骁狼驻训地走向外边的荒僻大道,一路踩向远处。

闵一礼踏雪,其实有着只有他自己知道的讲究。从八路军开始,骁狼特战队前身的每一任指挥官,最终都当上了将军,最不济的雷公鸣如今也是全军炙手可热的特战旅旅长。从雷公鸣开始,骁狼特战队由八路军的一个手枪排突然被升级成一个特战营,闵一礼感受到了这里潜伏的巨大希望。

他没有机会来这里担任队长,但他必须从这里起步,走向远方。可惜的是,今年冬天,他再也没有来骁狼驻训地踏雪的机会了。这里的雪地上将失去一个曾经仰望着落雪的天幕、憧憬过美好未来的上校的脚印。

“出操!速度!”

起床号刚刚停止,楼道里就响起了文斗才吹哨子集合部队的吆喝声。自从副队长李瑾被炸瞎双眼之后,骁狼特战队的营区值班工作基本上就由文斗才担负起来。文斗才是信息专员,并没有带兵的经验,但这一年来,跟着贺天高他们打了一年的恶仗之后,这个似乎永远也睡不醒的中尉不仅无师自通地学会了带兵,而且就连这一声“出操”,都充满了不容置疑的杀气。

文斗才充满杀气的吆喝声驱散了贺天高在屋内的阴森。他望着窗外,一股忍不住的悲伤迅速灌满了全身,国旗在楼前透着红色,在劲烈的大风中突突响着,院内的积雪中,已经有人开始列队。休整期间的骁狼特战队明显缺少了之前的“狼气”。

往常,只要一出操,兵王就会准时推开贺天高宿舍的门,然后规规矩矩地坐在床沿,一边看着贺天高穿衣挂枪,一边拿着那根用保鲜膜包裹起来的雪茄,夹在鼻子下吸吸,就开始了他令人厌烦的唠叨。

“梁军需没有驾照,不能开车,就算是你的通信员也不行!”说起梁军需,兵王是满脸堆笑的样子。但一提到文斗才,兵王一定会拉下脸。

"你的那个文军官，就是华雨桐不留心遗落的屁！成天撵着华雨桐的沟子嬉皮笑脸，丢人不？华雨桐有什么好？不就是联合参谋部研究所的一个干部吗！"

贺天高每次听到兵王这么不堪的唠叨，心里就会有一股说不出的难堪。但他照例不能逃离，兵王连副旅长闵一礼都敢指着鼻子骂，这让贺天高实在找不出摆脱他的办法。

"黑蝎子虽然是个瓷锤，但这货心里有分寸。倒是李瑾，你得捯饬捯饬，他心里吃着事儿呢。他爸是谁？你得打听打听，父子关系僵成了生牛皮。干部的思想疙瘩不给解开，你指望他给你成事？周虎不是蔫蔫怪，大眼睛双眼皮的男人仗义！当然，闵一礼的双眼皮除外，他的眼睛是玻璃珠子圆球球，不能算。"

文斗才、梁军需、黑蝎子、李瑾、周虎，甚至闵一礼，这几个人一直以来始终是兵王心头的疙瘩。

虽然背对着门，但贺天高还是听到了兵王穿着拖鞋噗噗的声响。兵王是骁狼特战队唯一一个不出早操的士兵，这并不是贺天高准许的。从柴胜华开始，他的新兵班长，兵王甄志国就拥有了这样的特权。没人敢反驳柴胜华，当然也没人为兵王的特殊化而不满。

兵王就是兵王，在特战旅，除了旅长雷公鸣，政委老王头都是兵王一手调教出来的。这个不出早操的老兵在特战旅有空降主任、搏击教练、工兵教官、狙击工程师四个身份。当年他带刚从军校毕业的老王头跳伞的时候，有恐高症的老王头把着直升机的舱门一直不敢跳，被恼火的兵王径直对着屁股一脚踹下了飞机。

被踹下飞机的老王头从此就成了新学员里头一个不怕死的，他在同年毕业的学员跟前瞪着眼睛吹嘘自己是"死过一回"的人。当然，这只是他自己在心里死过一回，兵王把他踹下飞机的时候，伞包自然就打开了，根本摔不死，但坠下飞机的瞬间，老王头确实有过几秒钟的短暂失忆。等降落伞拉着他忽然升高的时候，他才呼出了一口气颤抖着说了一句"摔不死了"。

后来老王头当上旅政委，就有人和他开玩笑说："你这个政委是兵王一脚踢出来的。"老王头从不否认兵王那一脚的作用,还常给兵王送些烟酒过去,见了兵王也很谦卑地称他为"甄班长"。

兵王甄志国一脚踢出来一个政委,也曾经几个耳刮子打出了一个副处长柴胜华。柴胜华高中毕业当兵,报考军校的时候,自卑的柴胜华死活不愿意报名。刚从国外参加集训回来的兵王把柴胜华领出去就是一顿他最擅长的抽脖颈,柴胜华被迫去报考了军校。

当上军官的柴胜华并没有因为成了军官就被兵王宠着,兵王就像柴胜华的敌人一样,每天盯着柴胜华的各种短处,活活把柴胜华逼成了一个只会打仗的"精神病",但这个"精神病"很快就和他的班长一样,成了全军闻名的特种兵。

陈斌当上教导员的当天晚上,也当众挨过兵王的抽脖颈,这一巴掌,让陈斌在半个月前调任到了军事检察院,成了年轻的少校副团检查员。但贺天高从来没有挨过兵王的骂,更别说打。

其实兵王慢慢老了之后,就不再打人了。尽管他觉得踢一脚打几巴掌,就像当爹的对儿子一样,是亲昵是血缘,但贺天高和现在的这些孩子们,他们渴望的亲昵是认可和尊重。

"社会变得贵气了,娃娃们都贵气了。"兵王曾在雷公鸣面前这样评价现在的官兵们。

这阵子,贺天高明显感觉到兵王坐在了他的床沿。

今天,他必须让这个老东西收起他的雪茄,今天他还必须抱住这个老家伙的肩膀咬一口,问问这个老家伙为什么和自己这么生疏。你踢过政委老王头,你打过副处长柴胜华,你当众抽过陈斌的脖子,你和我贺天高在一起的时候,为什么就显得这么拘谨?我贺天高一直以来,把你这个半头白发半头老茧的老家伙当父亲一样尊重,骁狼特战队不能没有你兵王甄志国,我贺天高也不能没有你甄志国!如果我不叼你一块肉下来,你不会知道我贺天高心里其实有多么依赖你。

"老东西!"但当贺天高带着怒吼猛然转向床铺的时候,床上空空如也。

兵王死了，在和何玉凯的这场战斗之后，累死了，就像一摊铁水一下稀里哗啦地渗入了戈壁。但就在刚才，他分明听见了老家伙穿着拖鞋进门的声响，分明听到他坐在床沿的呼哧声，甚至闻到了刺鼻的雪茄味。贺天高盯着床铺良久，没人，他看看屋子，没人。也许这个老东西学会了顽皮，藏在了床底下。贺天高咕咚一声卧倒，床下没人。也许这个老东西学会了什么妖法，把自己变成一只猫，躲进了柜子里。就像今晚能在睡梦中看见一百多公里之外的闵一礼被抓一样，这个世界没有什么不可能。

贺天高坚信这一次的判断是准确的，甚至，他在幻想打开柜子的时候，某一本书就是兵王甄志国幻化的，这个老顽皮一定在和自己开玩笑。世界上没有兵王甄志国干不了的事。

贺天高打开柜子，把一本本书轻轻地抽出来，呼唤着兵王的名字，直至把所有的书都整齐地排列在地上的时候，最后他抽出了一份自己偷偷复印的《情况通报》。这份来自战区陆军的通报上，赫然写着"烈士甄志国"的各种信息。

贺天高无法抑制这种令人窒息的孤单。这个在所有人的眼中浑身充满了贵气的少校终于如同一个游走了亿万年却没有找到太阳的行星一样，扑通一声坐在地上，一边抚摸着地上的书，一边大声呼号着兵王，号啕哭出了声。

贺天高哭得原始纯粹，他就像一个害怕被歹徒抓走的小孩一样，缩圈着身子，把自己缩在了柜子和墙的夹角，铁皮的柜子硬生生被他的身躯顶了一个坑。

出完操的文斗才听到了贺天高的哭声，他悄悄站在门口不敢进去。最后黑蝎子也来了，蹲在门框前一直盯着贺天高不敢出声。周虎拿着一个打火机，机械地烧烤着左手的伤疤，伤疤上铜钱厚的痂被烧焦，皮肉烧煳的味道越来越浓。最后，几十个人的脑袋就聚集在贺天高宿舍的门口了。

起先跟着哭起来的是黑蝎子，紧接着是文斗才沙哑的大号，旋即梁军需和周虎一起大哭了起来。终于，这一幢楼里，憋满了男人们的哭号。他们打了一年的仗，他们失去了三个半生死相依的兄弟。如今教导员陈斌调走了，挂职锻炼的军医华雨桐和联合参谋部派来的"间谍"葛念念不打招呼就回去了，还有那个和他们一直较劲的柴胜华也不打招呼地回去了，这些人从此再也不会来这座戈壁深处的营区了。

特战队要打仗，但这些可怜的队员每一次鼓足力气的时候，都会有那些不想打仗的人叽叽歪歪，这群一直以为自己格外孤单的家伙好不容易在今年的战斗中忘记了孤单，但此时却被撂在了戈壁深处。

"华医生，你在哪啊？你留下了孤独给我，你带走的是谁啊？"文斗才大哭着吆喝出来的时候，众人的哭泣就慢慢停了下来，他们鄙视地看着文斗才，旋即慢慢散去。

天色完全放亮的时候，文斗才突然想起，今天是小寒，在这个传统的中国节气中，应该去魂毅园祭奠一下，否则躺在地下的先辈们会感觉更加寒冷。

魂毅园和骁狼在一个营区，中间隔了一道不足五米宽的沙石梁，从营区升旗的地方到魂毅园，就三四分钟的路程。魂毅园里埋葬着一百五十三座坟茔。这是骁狼特战队从抗战到现在牺牲过的所有烈士的衣冠冢。骁狼特战队的前身只是八路军手枪队的一个排，这个排从创建开始，只要牺牲过的战友，哪怕是一把火镰、一双草鞋，都会被排里带走，跟着部队走南闯北。从抗战到解放，从南线到西北，骁狼特战队跟着特战旅先后搬迁过十六次家，但每一次，这些先烈的遗物，都会被部队带走，在新的营区附近下葬，立碑，祭奠。

骁狼特战队成立的时候，首任队长雷公鸣强烈要求把魂毅园从特战旅附近搬迁过来。他说以前，手枪排没有独立营区，现在手枪排成了特战队，有了自己的独立营区，这些先辈是特战队的先辈，得跟着特战队走。于是魂毅园就从特战旅附近搬迁到了骁狼驻训地的营区。

从魂毅园搬迁过来至今，一共安葬了四位烈士。一位是夹在雷公鸣和柴胜华之间的骁狼队长，姓田，在国外联合反恐演习中牺牲了。其他三位就是宋大雷和兵王甄志国，还有被贺天高的发小单骏杀害的赵猛。

文斗才把传统的祭奠方式几乎全部用完，他们在雕刻着"魂毅"二字的巨大山石前叩首，甚至有人不知想起了什么，跪在墓前哭。等一身泥水的众人准备回撤的时候，却发现少了队长贺天高和通信员梁军需。

贺天高发烧了。跟着文斗才祭奠的梁军需刚跪在石碑前,就发现贺天高不在,等他回到贺天高的屋子里,发现贺天高在床上处于半昏迷,浑身发烫。测试完体温之后,梁军需一把扛起贺天高下楼,扔在汽车上,然后就驾车去了一百多公里之外的医院。

在这一眼望不到边的洁白大地上,没有驾照的梁军需驾着汽车碾压出了戈壁滩今冬落雪之后的第一道车辙,那阵子,大雪突然摇曳而降,天地之间顿时万物隐没,只有苍茫而雄壮的雪,没有风。就像天地初开之时的混沌世界,只是这个世界不是天玄地黄,而是一片清凉的洁白,一幕摇曳着浪漫的巨大雪片。

这是梁军需头一次在大雪飞舞中驾车,前方视线一片模糊,以至于让他无法知晓前方的路在哪里,完全依靠导航的声音。这时候,在孤零零的戈壁滩,他身后是躺在座椅上胡言乱语的队长贺天高,梁军需骤然感觉自己应该扛着大枪,去为贺天高沽一壶烈酒,然后对着这个孤独的队长灌下去,让烈酒灌入他的喉咙,让烈酒在喉咙里咕嘟咕嘟地下咽。他自己都不知道,为什么突然就唱出了已经忘却很久的歌,这是贺天高作词的一首歌。为了贺天高的这段词,从来不喜欢读书的闵一礼硬生生地被逼出了一个新名词:极端王霸个人风头主义。正因为闵一礼这个带有十足杀气的新名词,贺天高即兴创作的歌词终于没能传唱开来,但今天,梁军需却觉得这词应景极了。于是梁军需的歌声就在汽车轰鸣的伴奏下,隐隐从骁狼驻训基地朝着远处传去。

　　　　我走边关道

　　　　腰悬血胆一丈矛

　　　　西风口上把拳抱

　　　　世间好汉有几条

　　　　肉十斤

　　　　好酒再一瓢

　　　　血里蹚血把血浇

　　　　火里蹈火把火烧

　　　　兄弟哪

跟上大哥跨战马
边关道上横大刀

第二章　血亲的昭示

5

从今年春天开始,贺天高的厄运就一直没有断过。

在他稍稍松弛的时候,他就会悲哀地想,自己这些年的遭遇,到底是不是因为当初对父母的背叛的报应。

贺天高在上幼儿园的时候,父亲曾有一次郑重地把贺天高抱在椅子上,蹲在他的面前良久,才叹息了一声说:"这孩子将来长大,注定是个孤独的孩子。"母亲不懂父亲一阵子怀疑上帝,一阵子匍匐向佛祖的怪异行径,但她知道丈夫有着普通人难以企及的睿智,于是她紧张地询问儿子到底是怎么了。

"有人说孤独的孩子,是上帝派来寻找他丢失的礼物的。但是我不愿意让我的孩子来人世间帮上帝寻找礼物。"父亲低垂着脑袋,那时候他还没有那么胖,他难过地不停叹息,他和母亲的对话以及叹息声,深深地烙在了贺天高的心里。

尽管他长大之后都没明白父亲的用意,但这个疑惑几乎伴随着他的一生。在他垂老的年月,自知将不久于人世,贺天高就让儿子陪着自己去南方的一座深山找到了鹤发童颜的欧阳燕。那时候欧阳燕已经坐在深山里思索了几十年,没想到找到欧阳燕之后,看不出一丝老态的欧阳燕一边给他们做饭,一边咯咯地笑着,像一个农妇一样毫不修饰地说:"哎哟我的个天哪,天高,哪有什么上帝的礼物,你爸学哲学鬼迷心窍了。"

"但是我觉着,有这样的人。他们一直在寻找珍贵的东西。"年迈的贺天高喘着气。

"你也可以这么理解。叫我说,上帝的礼物,对你们军人来说,就是当常胜将军;对农民来说,就是小麦水稻年年丰收。"欧阳燕端上一箩筐芋头,一边帮贺天高剥皮一边笑呵呵地说。

"得到想要得到的东西,就是得到上帝的礼物了?"贺有些紧张地期待着欧阳燕的回答。

"就是啊!你得不到你想要的东西,一直得不到,你不孤独才怪了。你年轻的时候,一直希望能成为一个优秀的指挥官,实现你的价值。可是天高,部队不是你贺天高的部队,你的一些想法未必别人都能认可。更何况,有些人压根就不想打仗的事儿,好端端的和平岁月,打什么仗呢?所以人家就觉得你是个怪物,所以你就压抑,孤独得不行。现在好了,你得到上帝的礼物了,可是还有人,一直在为理想苦苦奋斗,他们也孤单得很哪!"欧阳燕并不理会贺天高儿子,一直盯着贺天高疲惫的脸说话。

贺天高那一阵子就再没有听见欧阳燕说什么,他突然觉得,父亲困扰了他一辈子的话,在欧阳燕这里这么简单明了。

离去的时候,贺天高站在欧阳燕院子的外头,院子在一座山顶上,山下是郁郁葱葱的树木,远处是烟雾缭绕的沟壑。儿子搀扶着他的时候,他就像儿子小时候一样,把手伸进儿子的衣服里,一边给他挠着痒痒,一边笑着说:"你爷爷这些年把我绕进去了。他的那些哲学理论,叫欧阳燕一说,简简单单,明明白白。孤独,那是因为你有理想,有野心。等见到你爷爷,我得给他说,他不是个合格的哲学教授,简单问题复杂化。"

回去的路上,贺天高一直要给儿子挠痒痒,儿子难堪而尴尬,但这是一个年迈的父亲对儿子的可能不会太多的疼爱,儿子就顺从地躺在火车的包厢里。贺天高一边替儿子挠痒痒,一边安上假牙,给儿子讲述自己和他父亲之间的故事,从小时候一直讲到了他父亲去世。

"为人父母的一句话,有时候,对孩子来说,就是源自血亲的昭示。有时候很神奇,有时候很诡异,有时候是鼓舞,有时候是魔咒。我就是被你爷爷的昭示下了咒语了。咯咯咯……"不知疲倦的贺天高给五十多岁的儿子一边挠着痒痒,一边像个孩子一样放肆地笑着。

"我对不起你爷爷和你奶奶。年轻的时候,人都自以为是。"儿子睡着的时候,贺天高还在继续唠叨着。

高考的时候,贺天高没有理会父母的劝阻,报考了特种兵指挥学院。母亲以为贺天高报考这所神秘的大学,完全是出于一个男孩子的虚荣,所以她用各种残酷的战场故事来劝说儿子,希望他能知难而退,但她连续几天劝说之后,贺天高只是淡淡地回了一句"你不明白",此后就再不愿和母亲交流。

学哲学出身的父亲看着贺天高关上房门的时候,悲哀地告诉妻子:"你的儿子选择当兵,只是为了逃避。"

"他逃避什么? 逃避这个家?"母亲顿时慌张了,她仔细地把贺天高从小到大的每一件大事迅速在脑海中过了一遍,并没有发现足以让儿子逃避家庭的事情。

"你的儿子想干大事!"父亲搬来一把椅子,坐在贺天高的门口望着妻子说道。

"干大事非得去部队? 社会这么大,哪里没有他的舞台!"贺天高的母亲震惊于作为高级知识分子的丈夫居然说出了那么狭隘幼稚的话。做医生的母亲一辈子都在反对战争,在她心里,干大事就是救人。

父亲盯着妻子良久,渐渐愤怒了起来,他压低声音,指着妻子说:"你儿子希望能心无旁骛地做事,所以,他选择了从军。"

"从军怎么就心无旁骛了?"母亲盯着丈夫,渴望从他眼里找到把儿子拉回身边的办法。

"这个社会,你吃一口屎,别人都会抢着和你凑热闹。但你要是去打仗,就没人和你抢了。"父亲肥胖的身躯压得椅子嘎嘎直响。

父亲的愤怒终于唤醒了母亲的记忆,她泪眼婆娑地盯着丈夫,开始数落起丈夫对贺天高的影响。如果没有丈夫的这也看不惯那也看不起,儿子不至于对这么美好的世界产生厌恶。是丈夫变态的清高影响了儿子,才让儿子把当兵当成了逃离世俗世界的唯一出路。

上小学的时候,有一天贺天高告诉父亲,他不想上学了,想跟着父亲在家学习,上完小学,再上完初中、高中,最后就是大学,至于有没有社会认可的学历,不重要。

"为什么?"哲学教授头也不回地盯着窗户外边。

"没意思,真没意思。我最好的朋友,拿着钱发给全班同学,让大家为他当班长投票。我没有要他的钱,我不投票,感觉挺羞耻的,在他的眼里我就值十块钱。"贺天高学着父亲的样子望着窗外,双手攀着窗沿,他看到了窗户外边窄窄的巷子,巷子里绿树成荫,安静祥和。

"我是问你为什么不想上学?"急切的父亲只想知道儿子不想上学的原因。

"被钱收买的人没尊严,我要是不拿他的钱,全班同学都不愿和我交朋友。"当年幼的贺天高完全以一个成年人的口吻忧伤地说出自己的想法时,哲学教授一下子瘫软在地。狂傲的教授头一次感到了恐惧,恐惧之后,就开始痛悔。他不该在贺天高才学会说话的时候,就给他反复灌输这种不食人间烟火的意识,这可能让儿子成为一个比自己更孤独的男人。

苦思冥想了许久,父亲决定以最世俗的办法让贺天高妥协。他穿上西装,打好领带,把皮鞋擦得光亮,头发都打了发蜡,一切收拾停当之后,他突然给好奇地打量自己的儿子缓缓跪下了。

"你要是不去上学,我就跪在这里不起来!天高,你看看,你爸是个受人尊敬的教授,穿着西装打着领带,现在却给你跪下了。"父亲仰望着儿子,眼睛里燃烧着绝望的期盼。

事实证明,哲学教授对年幼的儿子还是有办法的,贺天高惊恐地盯着父亲一阵之后,就匆忙地背上书包夺门而逃了。从此,贺天高再也没有和父亲提起不上学的事情,但除了单骏,他再也没有交过一个朋友。

四年级的时候,单骏被寄养到了贺天高所在的城市,并和贺天高一起上学。单骏和贺天高一样缺少朋友,独来独往,而且眼睛永远都是平视着前方,样子高傲冷峻。年幼的贺天高想,如果单骏和他是朋友,他们俩一起这样傲慢冷酷地走在大街上,他们就可以把这个世界远远地甩在身后,再没有人在他的背后指手画脚地说贺天高是个喜欢装冷酷的怪胎。后来他确实如愿地和单骏成了好朋友。

那天贺天高放学的时候,单骏提着一把一尺多长的刀,在小巷子里拦住了他。单骏的脑袋挺小，脖子细长，身子也细长，就像被抻开来的面人，但他的眼睛里却有其他同学所没有的沉静，贺天高那天感到了一丝害怕。

"你为什么要在背后骂我?"单骏提着刀问他。

"我为什么要骂你?"贺天高有些疑惑。

"不说这么多了，我们决斗。我劈你一刀，你劈我一刀，今天的事情就过去了!"单骏把刀扔给贺天高。

在单骏把刀扔过来的时候，贺天高发现，单骏就像一个骄傲的王，自己在单骏的面前显得土气而且不洒脱。他克制着害怕的心理把刀捡起来，郑重地交给了单骏，单骏接过刀看了贺天高一眼，旋即一刀抡下来，贺天高学着武士的样子闪开。单骏的刀也只是做了一个劈下来的样子，他迟疑了一下，双手把刀递给贺天高。贺天高同样也是看了单骏一眼，对着单骏的胳膊一刀挥了过去，但单骏没能完全躲开，左臂被贺天高划开了一道小口子。两个年幼的孩子愣住了，惊慌失措的贺天高帮单骏脱下衣服，手忙脚乱地帮单骏包扎。贺天高担心单骏的父亲知道这件事，但单骏告诉贺天高，自己早就没有爸爸了。

后来贺天高就把单骏当成最好的朋友，直至上了初中，单骏又带来一个长得丑丑的女生欧阳燕，贺天高算是有了两个朋友。三个小孩一起上完初中，单骏就回国了，欧阳燕和贺天高一起上了高中，但两人之间的关系明显不像单骏在的时候那么亲密了。一次贺天高想找欧阳燕聊天，欧阳燕试图躲闪他的目光，而且欧阳燕的眼神里，多少有一丝不耐烦，于是贺天高感觉遭受了一丝冷落，他从此决定不再找欧阳燕说一句话。

和欧阳燕再次见面说事，是贺天高填报高考志愿的时候。母亲无法劝阻儿子，就想办法找来了欧阳燕，她知道这个已经出落得无比漂亮的女孩，是儿子的朋友，年少的贺天高也许会听从欧阳燕的劝告。但事情又一次因哲学教授近乎无聊的一次安排而失败。

那天，贺天高一回家，就发现欧阳燕和自己的父母端坐在餐桌前，故伎重演的父亲不顾天气炎热，穿着西装打着领带，头发油光皮鞋光亮。餐桌上摆放着"父亲、母亲、朋友"的桌签，欧阳燕局促地坐在"朋友"的桌签后，"当事人"的桌签显然是留给贺天高的。

还没来得及和欧阳燕打招呼，父亲就用一副只有会议上领导才会有的口吻开始了他的劝导。

"你有权选择你的未来,但我想知道,你为什么选择当兵?"父亲郑重地问他。

贺天高顿时脸红了,巨大的羞耻感让他觉得父亲像一个小丑。贺天高奇怪地看看母亲,再看看欧阳燕,什么话也没说,进屋拿起自己的包装了几件衣服,就准备夺门而去。

"神经病!"临出门的时候,贺天高几乎是哭着喊了一声。欧阳燕一直低垂着头,这个在邻里被称为乖孩子的女生头一次来到贺天高的家里,却被贺天高古怪的父亲架在了难堪的火焰上。她走也不是,不走也不是。

儿子的绝情最终让父亲彻底绝望了。他在儿子夺门而出的时候,企图用庞大的身躯把儿子压倒,但儿子的骨骼比他预料的还要结实。他扑过去之后儿子轻轻地就把他从身上掀了下来,按回到椅子上。

贺天高晚上没有回家,父亲从这一夜,被发现有冠心病。母亲想把这个消息告诉贺天高,但冷静下来的父亲劝阻了母亲,他想用自己突然撒手人寰的悲剧来惩罚儿子,只是他没有把这个想法告诉妻子。

其实偏执的父亲并不是不能接受贺天高报考军校,只是他一直以智者自诩,一直用哲学的眼光关注着这个世界,但偏偏在儿子的人生抉择上,他还没来得及思考,长大的贺天高就果断地把他扔到了一边。

哲学教授和妻子一样对贺天高不甘心。

"这是我人生中的头一次战争。我打败的对手是我的父亲和母亲。这是我最为痛悔的人生经历。但是,当兵就得打仗,我希望能把骁狼特战队打造成一支真正的、能打仗的部队。没人知道战争哪一天到来,但我必须得做好准备。军队,不能养官僚。"火车行驶在平原上,太阳已经升起来一竿子高了,一夜没睡的贺天高伏在儿子身边,唠叨着。

6

南方的夏天异常潮湿,早晨起来还没走多少路,汗水就顺着身上不住地往下流,一直流过裤腰,在大腿根部像许多条虫子爬过一样,痒痒的,让人很不舒服。刚到特种兵指挥学院所在的城市，父亲先带着从未出过远门的贺天高逛游了一天，晚上两人都没说话。天气虽然炎热潮湿，但看得出来，贺天高对这里的气候并不反感。第二天一早，父亲醒来的时候，就发现贺天高已经穿戴整齐，有些猴急地看着窗外。

"报名？"父亲洗漱完毕，换了一身干净整洁的衣服，问了一声。

"走。"贺天高忙不迭地提起行李就出了门。父亲发现儿子下楼的时候，就像他当年急着相亲一样，连头都没回一下，一股酸涩从心里泛起，他知道，儿子不是对他的学校有多么喜欢，而是对他目前生活的环境有多么讨厌。他用近乎逃离的姿势，在逃离他生活的城市、家庭和学校。

事实证明父亲的猜测是准确的。学校组织了一场迎接新生的活动，在没有安装空调的小礼堂，军事教研室主任何玉凯接待了新生和他们的家人。看起来儒雅俊美的何玉凯穿着厚厚的迷彩服，戴着迷彩帽，棉质的帽子和衣裤几乎湿透了，但何玉凯没擦一把汗。他条理清楚地向家长们介绍特种兵指挥学院许多令人骄傲的成绩，还有他们的办学理念。

"特种兵神奇吗？其实也不神奇，因为只要你们努力，就能得到你们渴望的各种能力。特种兵不神奇吗？他很神奇，需要你们每个人付出别人不敢付出的努力。"何玉凯一直微笑着，不住地打量着面前的新生和他们的家长。贺天高父亲悄悄观察了一圈，他发现几十个学生中，只有贺天高和另外一个叫向北的始终正襟危坐，面带笑容倾听着，而其他的学生，有的苦着脸不停地擦汗，有的已经很不耐烦，但贺天高脸上的汗水就像雨淋了一样，他只是微微地擦一下，然后甩掉。那个叫向北的新生没有家长陪伴，他一直端正地坐在何玉凯面前，眉毛、鼻尖都挂着汗珠，汗珠滴落了，又挂上去。父亲看得心疼，但向北一动不动。

"这是个好孩子，将来也是贺天高的竞争对手。"父亲悄悄打量着向北和儿子，心里嘀咕起来。

"家长们放心，虽然学校很苦，将来他们毕业分配去的部队也很苦，但这种苦能成就一个男子汉。我们是一所培养特种兵指挥官的院校，能带领特种兵的指挥官，他们以后的人生几乎没有门槛。"何玉凯讲完话，家长和新生们叫苦连天地离开了小礼堂。果然如父亲所料，贺天高和向北被何玉凯留了下来。

"你叫向北?"何玉凯拿着一本花名册问向北,他盯着向北滴落在地的汗珠,头也不抬。

"是的老师,我叫向北。"向北像受过训练的军人一样,站得笔直。

"家里怎么没来人?"何玉凯笑着问。

"爸妈特别想来,他们不放心我,但是我没同意。当兵了就得有个当兵的样子。"向北看都不看贺天高。

"你军训过?"何玉凯帮向北擦了汗水。

"是的老师。我初中、高中时都军训过。我的堂哥也是军人,考完试,堂哥帮我训练过军姿。"向北脸上挂着冷峻的神情。

"好,以后叫我何教员,咱们军校对老师的称呼都是教员。"何玉凯拍了一下向北,贺天高父亲嫉妒地发现,这个叫何玉凯的教研室主任对向北很偏爱,于是他忙不迭地想和何玉凯套近乎。

"何教员,我们说起来是同行。我也是搞教育的,是哲学教授。我这个儿子,性格有些内向,但是品质非常优秀,他渴望军营,您看出来了,他一直正襟危坐,只是稍稍擦了一下汗。"父亲有些心疼地看着儿子,一脸的谦卑连他自己都能感觉得到。

"贺天高? 身体要好好练,不够结实。怎么叫这么个名字呢?"何玉凯捏着贺天高的胳膊打趣道。

"心比天高。"贺天高悄悄地看了一眼父亲,旋即低下了头。

"命,一定会比天高! 你的父亲是高级知识分子,他给你起这个名字,是对你人生的警示,要你有高目标,还得不懈地奋斗,你觉得呢?"何玉凯望着贺天高父亲,显然是在求证自己的判断。于是贺天高父亲就有些感激地对着何玉凯竖起了大拇指。

下午,学生们分好宿舍,领了军装开始了第一天的军训。儿子穿上迷彩服站在队列里的时候,父亲就再也找不见贺天高了。等贺天高一直示意着让父亲看见他的时候,军训的教员已经喊着口令带着队伍跑步去了操场。他想从喊口号的声音中听见儿子的声音,但那根本不可能。

走出军校大门的一刹那,父亲发现,门口森严的哨兵已经把自己和儿子隔绝成两个世界。他泪眼婆娑地回望那些朝气蓬勃的学生,莫名地感动了起来。自己一直冷静深刻地注视这个世界这么久,直至今日他才发现,这个充满了阳光和力量的地方，可能就是贺天高的桃花源。

"儿子，爸给你灌输的观念太过灰暗，你需要一个光明的世界。"父亲一个人行走在南方的街道上，他后悔不该在贺天高很小的时候，就让他认为这个世界是灰暗的，以至于贺天高就像逃避这个世界一样，最终选择了军营。父亲开始后悔自己准备用生命来惩罚儿子的决定，他想好好地活着，等儿子再长大些，父子俩一起喝着酒，再聊一聊他们对世界不同的看法。

"有这个何教员，我放心了。他对咱儿子十分关注，咱儿子也争气，汗水湿透了衣服，在何教员跟前几乎就没擦一把。军校很温暖，像家，你不用担心，就算打仗，他身边都是能帮助他的人，真不用担心。"父亲望着学校的大门，给妻子打了一个电话之后，就脚步轻快地拦了一辆出租车，径直去了机场。

父亲说的是心里话，虽然他一直被当成书呆子，但察言观色分析人的本事，一直是他引以为傲的。就像今天，他其实看出来了，这个挂着上校军衔的大人物何玉凯对儿子明显要偏爱一些，那个向北，也许是表现得有些过分了，反倒没让何玉凯有多么喜欢。

父亲的判断是准确的，何玉凯的确更喜欢贺天高。在和新生们交谈的时候，他专门留了个心，那些东倒西歪被热坏了的学生，他不想观察也认为没有观察的必要，开学后的训练和纪律一定会让他们慢慢地适应的。但他确实没想到，刚入学的贺天高和向北竟然如此懂事地和他这个教研室主任一起承受着酷暑，认真地听他讲了那么长时间。但是向北显然是受到了内行人的指点，刻意在自己跟前表现，在军校里如果能得到教研室主任这一级领导的重视，毫无疑问，这样的学生将来在毕业分配的时候，能沾不少光。但贺天高显然是用自己的本性本心在隐忍酷暑。大家坐下没多久，贺天高就惊讶地盯着自己湿透了的衣服，到后来就不再擦拭汗水，端端正正地坐着。也许这个十多岁的孩子从穿着军装的何玉凯身上发现，军人的样子就是他何玉凯的样子，入学也入伍的贺天高悄无声息地学着军人的姿态。

研究打仗的何玉凯其实一直在研究着形形色色的人。贺天高是他在学校里唯一见到的能迅速把自己转换成军人角色的学生。特种兵指挥学院的小礼堂，就是一道门槛，每年新生报到，何玉凯都要通过这道门槛上观察他的学生。

但是让何玉凯彻底发现贺天高的与众不同是在第一学期快要结束的时候。那天的课堂上，何玉凯把自己整理的经典战争案例逐一拿出来和他的学生分享，分享结束之后，开始让学生们来质疑甚至反驳自己对这些战例的分析。反驳军事权威何玉凯，哪怕反驳得有那么一点点道理，何玉凯都会感到欣慰，但这么多年来，大多数学生最终放弃了反驳，即使有学生反驳他的观点，也是为了证明自己敢于反驳权威而生硬地寻找反驳的理由。

"我希望我的学生能质疑老师的一切见解。许多学术领域，权威似乎都不敢接受挑战，唯独战争的艺术，需要大胆地挑战。因为战争艺术最终需要用生命来验证，生命可经不起任何验证。"何玉凯一直盯着他的学生。这时，贺天高犹豫着举起了手。

"贺天高!"何玉凯不知道为什么心里咯噔了一下。他发现贺天高满脸都挂着一股浓烈的狐疑神色。

"到!"

"你有什么想法，说出来咱们论论。"何玉凯预料贺天高会有比较独特的想法，但他没料到贺天高把自己隐藏了多年的秘密给揭穿了。

"报告何教员，我觉得这个战争案例是假的。"贺天高一开口，整个教室就嗡嗡了起来。因为何玉凯讲述的战争案例，不仅已经编入教材许多年，而且军事院校几乎都在以这些战争案例为教材，帮助学生分析战争。

"什么，假的?"何玉凯几乎不敢相信自己的耳朵。

"是假的。"贺天高有些心虚地看看四周，但很快就挺直了腰身。

"为什么?"何玉凯感觉自己的腿在微微发抖。

"这是设计的战争。比如天气，飓风刮来的时候偏偏战斗机需要起飞。保障装备没有抵达的时候，偏偏要在沙漠行军，以至于战靴的透气孔进了沙子，磨破了士兵的双脚，让他们不能快速行军。我觉得，这是刻意为战争准备编造的教材，不应该是真实的战例。"贺天高越说越精神，他几乎把这个战例说得一无是处，最后得出的结论是，这个战例太完美了，所以是假的,不可能遇到这么多的巧合。他甚至兴奋地说,这个完美的战争例子看起来似乎在警示指挥官要做到万无一失,但这种方式培养出来的指挥官恰恰都是畏首畏尾的指挥官。高级的指挥官要敢于从各种不可能、不完美中找到可能和完美。

"比如说,战靴气孔进了沙子,士兵无法行军,为什么不把战靴脱下来赤脚前进?"贺天高侃侃而谈的时候,何玉凯感觉自己的耳朵一直在轰鸣,最后自己是怎么离开教室的,他都不知道。

这的确是何玉凯编造的战例。他编造这样的战例,就是希望学生能在指挥打仗的时候,把可能存在的漏洞提前堵住。但他唯独没想到,等候完美的作战时机,是指挥官致命的缺陷。一个入学不到半年的学生把军事权威何玉凯编的教材给否定了,而且说编造教材的人培养不出高级的指挥官,贺天高在特种兵指挥学院迅速成了名人。虽然这并没有影响何玉凯的声誉,但他的信心从此就被打击得差点捡不起来。他一直以为自己是天底下最有本事的军事家,没想到被一个不满二十岁的学生一眼看穿了。

从那之后,何玉凯就萌生了下部队去锻炼的想法,但一直没能找到机会。院校教员到部队任职,这是隔行,何玉凯申请了几次都没通过,直至"军改"之后,他终于获得了这个机会,但他没想到的是,才当上旅长没多久,就遇到了自己的学生贺天高。

寒假的时候,何玉凯亲自开车送贺天高去机场。那时候何玉凯已经不再把贺天高当成孩子,也不想仅仅把他当成学生,他希望贺天高能成为他的好朋友。何玉凯以为自己有浑身的本事,但只是个教书先生,他没有带兵打仗的机会,他的本事只有通过将来带兵打仗的学生才能施展开来。

"你胆子挺大的,就不怕我给你穿小鞋,天高?"在路上,何玉凯第一次和贺天高谈起他质疑教材上的战例的事情。但贺天高在他的询问中不但没有给出他想要的答案,反倒紧张得半晌说不出一句完整的话。

"您、您会给我穿小鞋?为什么?我没说错。"贺天高惊讶地看着何玉凯的时候,何玉凯心里就笑了。这是个单纯透顶的学生,在他的心里,他只是就教材说事,至于是否因此得罪了何玉凯,贺天高想都没想过。

"我不会给你穿小鞋的，天高，保持你的性格。军官不是官，你将来把自己当官看，就会生出一身的官僚气。军官是兵头，他还是兵，是兵，你就得打仗，打仗的兵来不得一点点官僚气。"何玉凯有些疲惫。但是这个看起来如此简单的道理，在何玉凯的身边，却没几个人知道，或者不愿意知道。

第一次放假回家，贺天高特意穿上了军装，当他不打招呼突然出现在父母面前的时候，一脸喜气洋洋的样子让父母亲不敢相信这是他们的儿子。在他们的心里，儿子一直没由来地沉重。才上了半年学，儿子黑了、结实了。年三十晚上，父亲试探着拿出珍藏的好酒，看着儿子，他希望儿子能提出来和自己对饮，只有如此，在父亲看来，儿子才算长大了。

贺天高没让父亲失望，他利索地打开酒瓶，给全家人倒满酒，然后就一边喝酒吃菜一边吹嘘聊天。

"爸，告诉你，世界不是你想的那样，有光明、有温暖，你从小把我给害惨了，你一直说这个世界是灰色的，不是！"贺天高醉态毕现，酒量不高的他已经开始和父亲勾肩搭背了，父子少有的亲昵让母亲很感动。

"我把你害惨了，我罚一杯。但是你得告诉我，为什么世界不是灰色的？"父亲狡黠地盯着醉了的儿子。

于是在父亲吃惊的眼神中，贺天高把他和何玉凯之间的故事详尽地说了一遍。他原本以为，父亲会为此感到高兴，但没料到的是，父亲认真地听完之后却轻声叹了口气。

"怎么了？何教员亲自开车把我送到了机场。"贺天高盯着父亲疑惑道。

"啧啧，这个何教员啊，非把你引导成一个不晓世事的人不可。他胸怀宽广，可是别人不一定个个都是他。儿子啊，我虽说只是个不成器的教书先生，但人情世故，我还是知道的。我让你看到了世界的灰色，何教员只让你看到了世界的光明，我俩一丘之貉。"父亲不再让贺天高喝酒，拉着儿子进了屋子，直至贺天高睡熟，他左右看看无人，悄悄亲了贺天高一口就回去睡觉了。

那天晚上，父亲再也没有起来……

安葬完父亲之后,母亲发现,一股忧伤总是挂在儿子脸上,好几次,她发现贺天高独自拿着酒瓶,时不时喝一口,就眼睛直勾勾地盯着屋外,什么也不说。

7

闵一礼这辈子最害怕的就是遇上一个不稳重的下级,但他还是遇到了贺天高。这个看起来一脸高傲的年轻人,幼稚轻浮到了他不能理解的程度。

贺天高任连长时,闵一礼已经是副旅长了,特战旅从来没有搞后勤的军官升任旅级干部的先例,但后勤处长闵一礼却顺水顺风地当上了副旅长,尽管只是分管后勤和安全,但毕竟也算跨入了旅级干部的行列,未来怎么样,谁也不好说。所以从当上副旅长开始,闵一礼就有了一种预感,他觉得自己这辈子能活得轰轰烈烈。

但遗憾的是,特战旅分配来一个贺天高,这个简单轻浮的小伙子动不动就冒泡,干啥都是一种盲目的积极认真的态度。尽管上级一直要求部队要备战,要把部队拉到最贴近战场的环境中训练,但这事闵一礼从骨子里是反对的。贴近战场环境练兵,你就得做好出事的准备,可一旦出了事,他这个分管安全的领导就得挨收拾。一次一个新兵被蛇咬了,差点出了事,闵一礼为此挨了上级的批评。

贺天高从特种兵指挥学院毕业之后,闵一礼就发现这个小伙子有些盲目冒进,经常在全旅的军事会议上逞能,动不动就拿他在学校里学到的那些玩意儿说事,甚至还给旅领导找事,说人家全世界的特种部队都在挑战极限中把部队练成了铁疙瘩,咱们旅也得让部队尝尝苦头。尽管贺天高说起来头头是道,但闵一礼心里却好笑得不成:"你个毛头小伙懂什么,理想和现实差十万八千里,那都是说小了。你让部队尝苦头,且不说官兵们能不能承受得住,万一出个什么事,会把你小伙子收拾得裤子都提不起。"可偏偏领导对毛手毛脚的贺天高喜欢得不行,更要命的是,他闵一礼刚当上副旅长不久,贺天高就当上了连长。

连长是个芝麻绿豆大的官,在副旅长跟前根本不值一提,可问题是骁狼特战队独立驻守在戈壁腹地,而且连长完全有权力给部队制订训练计划,闵一礼想盯住贺天高,几乎没有可能。当上副旅长之后,闵一礼头一次检查安全工作,结果贺天高和他连队的十几号人都不在。提心吊胆的闵一礼守在驻训地,整整等了三天四夜,他们才终于回来,还抬着三个差点休克的新兵。在确定大家身体都好,枪支也没有损坏的,汽车零件也都好好的等情况之后,闵一礼悬着的心才放下。第二天一早,贺天高刚起床,闵一礼就客气地叫上贺天高走出营区,一边散步一边聊天,他希望贺天高能明白自己的良苦用心。

"天高啊,训练得悠着点,万一把谁给累坏了,你就是第一责任人,知道吗?"闵一礼刻意温和地称呼着贺天高。

"谢谢副旅长关心,不过您放心,我心里有数,不会出什么事。"贺天高有些感激地跟着闵一礼走着。

"你心里有数,老天爷心里没数,出问题是谁也不愿意看到的,但也是谁都料想不到的。比如,车速太快,翻车了怎么办?比如,谁被蛇咬了怎么办?比如,谁原本就身体不好,累出毛病怎么办?科学施训,要记住'科学'二字。举例说明吧,尽管训练大纲要求你全副武装泅渡的时候,负重得达到多少公斤,你完全可以根据大家的实际情况,少带点东西,只要完成泅渡就可以,这就是思想上的科学。天高啊,安全是个宝,谁都少不了;安全是底线,谁都不敢越。我别的意思没有,就是希望你能保证部队安全。"闵一礼蹲下身子,揪了一根骆驼刺嚼着,像个憨厚的老农一样,一脸的真诚。但贺天高却愣住了,他像个脑子不够数的傻子一样,半晌说不出话,而且眼珠子盯着闵一礼的脸动都不动一下。闵一礼被看得发毛,渐渐就红了脸站起来说:"你要是不听,我也没办法,但要是出了事,你就得承担责任。"

闵一礼准备离去的时候,不远处的沙丘上突然卷起一股股烟尘,摩托车刺耳的声响也传了过来。贺天高盯着烟尘,兴奋地忘了闵一礼的存在,他挥舞着胳膊吆喝道:"兵王!兵王!耶!万岁!兵王!万岁!"

烟尘是兵王的摩托车队卷起来的。大清早,兵王就骑着他那辆破烂的摩托,带着一队官兵去了戈壁。陡峭的山坡上,两轮摩托像撒野的野马一样,卷起沙尘耀武扬威地一会儿冲上山坡,一会儿冲下沟底,甚至还炫耀般贴着陡峭的山崖冲击。摩托车就像被戈壁滩吸在了上头一样,灵活自如地行驶到闵一礼的面前停下。一个个灰头土脸的骑手就像刚出土的兵马俑,他们盯着闵一礼等候新任副旅长的表扬,但敏感的闵一礼却想歪了,他觉得这些骑手和贺天高一样,懵懂地看着自己,这是在示威。但是他拿兵王甄志国一点办法没有,兵王是特战旅最老的兵,也是全军士兵中军衔最高的兵,他惹不起,也犯不着惹。于是闵一礼决定转身避开他们,但就在他准备离去的时候,兵王开口了。

"小贺!"兵王的声音一贯如同闷雷。

"到!"连长贺天高的声音洪亮极了。

"把闵副旅长请上我的车!"兵王盯着闵一礼一笑,焦黑的牙齿在布满灰尘的脸上反倒显得洁白。

"是!"贺天高响应一声后,就径直过去牵了闵一礼的手,把他拉到了兵王的摩托前,在兵王的示意下,闵一礼又被贺天高抱上摩托只剩下半拉子的后座。兵王一声呼哨,摩托车载着闵一礼卷起沙尘疾驰而去。

那一天,早就没了软垫的后座把闵一礼的裤裆都给磨烂了,摩托车呼啸着卷上山坡又冲下来的时候,闵一礼闭上了眼睛,他把命完全交给了老天,死了就死了,怪自己平时和这帮家伙关系处得太好,以至于一个大头兵甄志国都敢把自己绑在摩托上调戏。

"不,是贺天高!兵王是个粗鲁的家伙,和自己一直关系不赖,再加上人家兵龄长,可你贺天高算什么东西?居然把我堂堂的副旅长弄上甄志国的摩托,让我担惊受怕。"晚上回到旅部,闵一礼一边上药,一边自言自语。贺天高是军官,这种冒失鬼要是不早早地收拾了,官越大,出的事儿越大。出了事,他闵一礼就得挨收拾。

第二天一早,阳光照进办公室,茶杯的上半截刚好被鲜艳的阳光包裹,这个时间,正好是上班的时间。一夜没睡的闵一礼决定去找旅长雷公鸣和政委老王头。

"想办法把贺天高弄走!"进了雷公鸣的办公室,闵一礼试探着坐好,直至屁股上的伤口不再疼痛,他才盯着雷公鸣开口。

"弄哪里去?"

"其他部队。特战旅不能留!"

"为啥？"

"他就是个冒失鬼，以训练的名义满足自己的野心，他出事，是迟早的。"

"我们都不想要，谁能要他？"雷公鸣一直盯着闵一礼，看起来严肃而认真。闵一礼心里轻松了不少，也许口口声声说喜欢贺天高这种闯将的雷公鸣其实并不喜欢贺天高，他也怕贺天高倒腾出什么事。人啊，都是虚伪的。

"以推荐人才的理由，把贺天高推荐给集团军，让集团军分配给其他部队。"

"具体些，具体给谁？"

"炮兵旅。旅长，我的好老哥，炮兵旅好，就炮兵旅！"

"为啥？"

"炮兵旅旅长和您，任职时间差不多，将来调职高升，他就是您的竞争对手。"

"胡说，我怎么能把人才送给竞争对手呢？"

"我没有胡说！贺天高这样的人才，送给竞争对手，最好。贺天高会给他的领导帮倒忙。"

"怎么讲？"

"啧啧，您装糊涂还是真糊涂。贺天高迟早会让部队出事，要是炮兵旅整点动静出来，他旅长还想高升？"闵一礼试探着站起身子，从桌上准备拿烟抽，雷公鸣却把烟盒一把收起来。

"损人不利己，不怀好意，出去！"雷公鸣给自己点了一支烟，再也不理闵一礼。这时，闵一礼才知道雷公鸣一直在戏弄自己。他半晌说不出话，走出雷公鸣办公室的时候，裤裆的伤疤他都没觉得有多疼。

"你雷公鸣不愿意收拾贺天高，我闵一礼动手。"回到自己的办公室，闵一礼想了很久，终于下定决心，要给贺天高上上发条，让这个装傻充愣的家伙收敛收敛。

冬天的时候，闵一礼终于等到一个机会，缘于贺天高酒后所作的一首诗。

那年冬天,特战旅把整个部队拉进了戈壁滩训练,紧张的战斗在缺吃少穿的环境下持续了三个多月,战争的残酷被雷公鸣和老王头带头尽情演绎了一遍。训练结束时,全旅每个人都像逃犯一样头发蓬乱,肮脏邋遢,衣服用指甲随便一拉,都能划出一道白色的印子。搞怪的老王头在和雷公鸣商量部队休整问题的时候,用坚硬肮脏的指甲在雷公鸣大衣的背上画了一张像极了雷公鸣的肖像,肖像上的雷公鸣张大嘴巴,嘴里冒着一大团火焰。

这次训练让军委十分满意。开心极了的雷公鸣和老王头商量,在部队回撤的时候,让这帮浑蛋美美地大吃一顿,大喝一顿,吃喝的地方就放在战场,兵就是兵,兵就得在狼烟将熄的地方灌酒啖肉,从容歌唱,豪迈摇旗。

老王头十分赞成雷公鸣的想法,他说在大漠戈壁里大吃大喝,狼烟四起,这是一场无声的思想教育。在这种豪迈的吃喝中,他相信的部队会滋生出战胜者的豪情。

闵一礼愉快地领受了安排部队吃喝的任务,他亲自带人去省城买来了丰美的食品和酒水。那时候部队还没有禁酒,但雷公鸣是小心的,他给连以上军官召开了一个会议。会场就在戈壁滩的一片空地,没有桌凳,也没有帐篷,雷公鸣看着大家整齐地坐在地上之后,就和老王头开始了训话。他裸露着脏兮兮的胸膛,一边搓着污垢一边粗声粗气地训话,搞怪的老王头不失时机地补充,或者是抢雷公鸣的风头,根本就不用顾忌他这个旅长的体面。

"酒,敞开了喝,但是……"雷公鸣扫视了一眼他眼前坐得笔直的连军官。

"要是有人撒酒疯,连长、指导员,全部撤职!"老王头迅速接上了雷公鸣的话。

"酒,敞开了喝,但是……"雷公鸣这一次刚刚挺起胸膛,老王头又抢了他的话。

"要是谁吃不好,喝不好,连长、指导员,全部做检查!"老王头顺手替雷公鸣掩上衣服,并把他搓着污垢的手从怀里拽了出来,帮他穿好背上画着喷火肖像的大衣。

训完话的雷公鸣转身准备离去的时候,他大衣后背的肖像清晰地展现在全旅官兵的面前,一阵剧烈的掌声突然传来的时候,雷公鸣吃惊回头,他不知道大家为什么鼓掌,疑惑中他举手示意的时候,掌声更加热烈了。一个憋不住笑的少校终于大笑出来,全场就爆发了巨大的笑声和掌声。丈二和尚摸不着头脑的雷公鸣纳闷地跟着笑笑,疑惑地去准备旅部机关的会餐去了。

一贯严肃古板的部队,在打了三个多月仗之后,政委和旅长都变成了小孩,共同度过艰苦的岁月,可以让人变得纯洁干净。贺天高那天突然觉得十分放松,即使训练再苦再累,有老王头和雷公鸣这两个活宝领导,精神上永远都是放松的。回到连队之后,他和指导员陈斌两个开始给连队动员。他学着雷公鸣的口吻对全连说:"酒,放开了喝,喝不好,就收拾你!喝醉了,也收拾你!"

副连长李瑾带着司务长和全连开始了紧张的操作,许多只肥美的羊肉被架在烤箱里炙烤的时候,贺天高就特别渴望能有一碗酒,就着这浓烈的羊膻味,喝酒,哭,悼念他早逝的父亲。他觉得只有用喝酒大哭这种方式,才能让自己把积郁在心底对父亲的思念完全倾吐出来。父亲一辈子都渴望能与一个豪侠结交,畅饮美酒,大嚼羊肉,然后无所顾忌地指点江山。

如果父亲还在,那么父亲渴望结交的豪侠一定是他贺天高,但是父亲去世了。贺天高一直怅惘地喝酒,嚼着羊肉,始终不能像兵王那样把羊骨头嘎巴嘎巴地咬碎吞咽下去。

兵王拿着咬碎的羊骨吸吮骨髓,羊骨刺破了嘴巴,鲜血和骨髓被他一起吸入了肠胃,他蛮霸的吃相引得整个骁狼特战队的官兵们一起学着他的模样撕咬骨头。喝多了的官兵们开始横着膀子走路,不知所以地嗷嗷叫着,从这个山包冲上另一个山包,又卷起沙尘冲下来,瞬间,骁狼特战队会餐的场地开始烟尘飞扬。

贺天高望着烟尘四起的戈壁滩,他想学兵王的样子吃肉喝酒,舒一口憋在心里的闷气。从小他就一直有一种冲着大山呐喊的欲望,但他生活的地方只有楼房,他不能呐喊。到了部队之后,他也曾对着戈壁呐喊过,但他不知道这种呐喊为什么不能抒发一下他心中的这股郁闷,他甚至不知道自己在郁闷什么。也许是生活在这个人世间,谁都不可避免地活得小心谨慎、缩手缩脚,真实的想法绝对不能酣畅淋漓地在众人面前表达。

但今天,光着膀子摔跤的,莫名其妙冲上山坡又滚下来的士兵们让贺天高想趁乱释放一下自己。他不知不觉间就醉了,恍惚间看见自己一脸沧桑,但目光像石头一样坚硬,此刻他正跨着一匹巨大的马,在身着铠甲的士卒间奔突。他的面前是一顶巨大的毡房,月亮升起时,毡房前两只大腿粗的血红色蜡烛被士卒用火把点燃,一条鲜红的毛毡等候着他的战马四只硕大的铁蹄踩踏上去。他的士卒和他一样,此刻刚刚打完一场胜仗,但明日的粮食在哪里,明日他们将要去哪里,他一无所知。一股巨大的惆怅让贺天高不由得脱口而出,端着酒碗吆喝着歌唱起来。他确实醉了,不知道自己唱的是什么,只觉得用他粗豪的嗓门吆喝着歌唱完毕之后,才能找到真实的贺天高,那个父亲一直渴慕的侠客。

> 我有戈壁玉,为你琢钗簪。
> 我有黄河鲤,为你煮夜宴。
> 我烹滩羊髓,纵马铺红毡。
> 我歌塞上曲,红烛大月天。
> 黄河九万里,一勺酿醴甜。
> 贺兰捋野果,长醉不得眠。
> 皮帐有铜鼓,和你衣带宽。
> 铁甲销蚀处,添香意正酣。
> 黑发过细腰,为我织马鞭。
> 黑汉春岗石,为我炉铁剑。
> 黑夜起飓风,为我屠楼兰。
> 黑马踏青砂,为我守城关。
> 塞外无君王,诸侯自屯田。
> 田地无稼穑,牧马过大山。
> 大山无水草,河中摘龙胆。
> 龙胆在我手,予尔净红颜。

当贺天高像一个激越的刺客一样,在出征之前脱口而出唱了这么一曲自己最终也没记住调子的歌之后,他的面前已经聚集了众多的官兵,他们被贺天高的歌震慑了。这是一群大多有着大学学历的士兵,有人当场就记下了贺天高的歌词。醉酒的贺天高不知道自己是怎么回去的,等他醒过来时,部队已经开始回撤了,浩荡的军车寂然无声。

最终,这首歌的歌词被宣传科传到了部队的网站上。

部队回撤到市区大本营后的一个下午,贺天高带人在旅部对面的猎人基地训练。这时闵一礼在柴胜华的陪同下过来了。闵一礼坐在一节土墙上,屁股下铺了一张洁白的纸巾,他捏着打印出来的歌词阴沉地看着贺天高,半晌才问了一句:"你是贺天高?"

贺天高顿时愣住,片刻,闵一礼又重复了一句,旋即微微抬头斜着眼睛说:"我这是代表副旅长问你!"

"是,我是贺天高!"贺天高心里迅速泛起一丝反感,闵一礼白皙但松弛的皮肤在自己的眼前骤然间像洗白的毛肚一样让他不适。

"这是你写的?"闵一礼把歌词递到贺天高面前,一丝冷笑也跟着泛起。

"是!"

"写这个什么意思?"

"没什么意思。"

"你严肃点,我代表副旅长问你呢。"

"没什么意思。"

闵一礼有些按捺不住了,他微微冷笑一下,接过司机给他的茶水喝了一口,准备把杯子递给司机的时候又拿回来,像在办公室和下级谈话一样,他一边摩挲着杯子,一边慢吞吞地说:"我是为你好。"

贺天高不明白闵一礼为什么要这么郑重其事地问自己,他不假思索地回答道:"那你告诉我是什么意思。"

闵一礼显然没料到贺天高会这么对他,他微微一怔,但迅速冷静了下来:"虽然我大学是进修的,但我也是大学生,别以为你有文化,其实比你强的人太多了,你算什么? 今年的自然灾害这么严重,食物很紧缺,我们有肉、有鱼、有水果、有酒,你还想要什么?"

贺天高糊涂了,他不知道闵一礼在说什么。

"我主管后勤,最讲究的是卫生,当然,还有廉洁。谁让你们喝黄河水了?还'黄河九万里,一勺酿醇甜。贺兰捋野果,长醉不得眠',水都是净化过的,净化器好几十万,什么时候喝黄河水了?苹果是从甘肃专门买的静宁红,六块钱一个,什么时候让你们吃野果了?你的意思是,我把伙食费克扣了?贪污了?你们吃了羊肉、黄河鲤鱼,还有我专门从省城批发的带鱼,为什么你的诗歌里不写带鱼,偏偏写黄河鲤鱼?黄河鲤鱼是比带鱼便宜些,你为什么专门挑便宜的写?有意见可以提,可以反映给巡视组或者纪委,不要夹枪带棒!"闵一礼翻着眼珠,冷冷地看着贺天高说了一堆。

那天柴胜华站在远处,盯着部队训练,根本不知道贺天高和闵一礼的对话,如果他知道的话,也许会不客气地把闵一礼给怼一顿。尽管闵一礼是上级,但柴胜华是个只认死道理的人。

贺天高觉得闵一礼很无聊,这种可笑的怀疑让他不可能回答,也无法回答。何况他从来不会向无礼的挑衅妥协,于是他藐视地看着闵一礼,微微敬了一个礼,转身走了。

贺天高不知道,闵一礼确实有些心虚,他采购会餐食品的时候,吃了一点回扣,没想到被精明的老王头给发现了,从来不知道给人留面子的老王头二话没说把闵一礼叫到办公室给收拾了一顿,勒令他退还了几千块的回扣。

闵一礼规规矩矩地退钱之后,这事情就像没发生过一样,但当他看到贺天高写的诗时,他惊慌地认为这个贺天高一定是在指桑骂槐,他必须让贺天高把刀子收起来。

贺天高的藐视,最终让闵一礼下决心要"阉割"他,尽管闵一礼清楚贺天高不是个善茬,何况贺天高只是他的下级,一个毕业不久的新兵蛋子。

决定捯饬贺天高的时候,闵一礼掐灭才燃了半截的香烟,此刻他觉得自己像一个雕塑家或园艺师,而贺天高就是坚硬的石头或是浑身长满了刺的酸枣树,在他的调教下,贺天高将会成为让他骄傲的作品。这么一想的时候,闵一礼心中莫名地升起了一股自豪感,连他自己都没有想到,什么时候变得这么大度了。

平心而论,闵一礼在当上副旅长之前,算得上是个优秀的后勤干部。当上副旅长之后,他就莫名其妙地变了,不但学会了背着手走路,还学会了和下级说话的时候,眼睛始终盯着文件或者远处。据说闵一礼刚当上副旅长时,在办公室抽了一宿的烟,第二天太阳从窗户照射进来时,他缓缓地站在窗前,手捂在正团职军官的资历章上,万分感慨地自语道:"组织的太阳,终于照射在我闵一礼的胸前!"

沉浸在感慨之中的闵一礼不知道,他说话的样子刚好让准备进门打扫卫生的通信员看到,聪明的通信员听到闵一礼的感叹后,悄无声息地退了出去。但后来,闵一礼的感叹就从通信班一点点地传到了所有人的耳朵里。老王头听到这句话的时候,他决定找闵一礼谈谈。军人把升官当成目的,这是十分可怕的一件事情,老王头担心闵一礼承担不了副旅长岗位职责,但雷公鸣制止了老王头,他认为道听途说的闲话不一定准确,而且脾气火爆的老王头说不定会和闵一礼为此杠起来。

最终,老王头放弃了找闵一礼谈话的打算,但却不自觉地对闵一礼有了芥蒂。自打当年被兵王一脚从飞机上踹下去,老王头的性格就发生了巨大的变化,他经常会忘记自己是特战旅最高指挥官之一。在营区行走的时候,一看见对面过来当兵的,他这个大校旅政委经常会主动给迎面而来的人敬礼,为此把大家搞得手忙脚乱。上下级碰面,敬礼是下级的事,上级只需要还礼就可以,但老王头总觉得在这个营区,除了常和自己掐架的雷公鸣之外,所有人都是他心目中重要的大人物,后来大家只要远远看见老王头,就远远躲开。但闵一礼却故作不知,他专门等着老王头给自己先敬礼,然后装作手忙脚乱地扶住老王头的胳膊,政委长政委短地极尽谦卑。后来老王头一看见闵一礼,就远远地躲开走了,他害怕闵一礼肉麻地抱住自己的胳膊表现出的那种谦卑。

谦卑的闵一礼唯独对贺天高极尽苛责,打算"阉割"贺天高的时候,他曾经不止一次地打过腹稿,甚至一个人的时候偷偷排练过无数遍。刺头贺天高年轻气盛,说不定会让自己难堪,但事实证明,贺天高并不是什么了不得的刺头。

那天晚上,贺天高找闵一礼领弹药,他一边看着请领单,一边又提起了贺天高写的那首诗。聊着聊着,他就漫不经心地问道:"'塞外无君王,诸侯自屯田',是什么意思?"

043

"那只是追溯一千年前的情景,虚构的。"贺天高他心里笑了,闵一礼这是在刻意用上级的高深和权威给自己施压。

"这个诸侯指的是你吧?你想做诸侯?啧啧!"闵一礼愁苦地摩挲着稀疏的头发,终于坐直了身子,皱着眉头使劲抽了一口烟,眼睛却一直盯着贺天高,他脸上分明写着巨大的担心,这种担心让他不停地咂嘴,"分裂特战旅?啧啧……"

闵一礼似乎被巨大的压力压得虚软极了,他缓缓地仰着脑袋,再也不理贺天高。麻木的贺天高拿上签过字的请领单转身出了办公室,闵一礼依旧保持着这种虚弱无力的状态,直至从窗户上看到了贺天高狼狈逃窜的背影,才浑身充满了力量。

从那天晚上以后,贺天高再也没有写过诗。而且他在军校里暴露出来如同父亲一样热情张扬的个性,神不知鬼不觉地不见了。他变得阴郁寡言,常常一个人闷在角落,心思重重地胡乱张望。

"这也许就是源自血亲的昭示,我注定将孤独一生,即使来到部队,才欢快了没几年。"每次躲在角落里沉思的时候,贺天高就恐惧地以为,父亲对他的暗示,也许将伴随他一辈子。在他幼小的时候,父亲就不止一次地说,因为贺天高的敏感和对这个世界过高的期盼,将注定是一个孤独的孩子。

直至"军改"以后,贺天高发现,闵一礼的焦虑越来越明显,有时候看见自己的时候,他的眼神总是怪怪的,像在探究一个神奇物种。那时候,贺天高终于有了一丝丝的轻松,至少闵一礼不会再莫名其妙地折磨自己了,或者说,如今的贺天高已经让他有些难以下手了。

第三章　战场的况味

8

来特战队驻训地这座戈壁滩的军人有不少，但经历过战争的并不多，能把战争嚼出味道的更是少之又少。

"指挥官就得知道战场的况味，哪怕是一次又一次的败仗，那才是真正的生死较量。不了解战场，不主导战场，跟着别人起哄，你就是黄河里的尿脬，随大流，你是怎么淹死的都不知道。"一次在演习结束的总结大会上，电视电话会议室里，许克明武武扎扎地吆喝道。那一次，贺天高才知道许克明原来是打过仗的。

几十年前，许克明曾经在丛林里经历过一次巨大的危机。也是在春天，那些日子，前线的官兵已经连续多日没有饭吃了，伤员也没有基本的消炎和止血药品，弹药也即将消耗尽。上级要求许克明所在的连队给前线送给养，连长带着许克明和二十三位勇士背着刚刚出锅的白米饭、药品和弹药，除了枪支，每个人身上至少有一百多斤的负载。跟随这些勇士一起上前线的，还有一个军区的副团职干事，他是跟着部队上前线采访的。夜晚来临后，许克明他们旋即钻入了丛林，朝着敌我犬牙交错的阵地出发。路上，许克明突然心生寒意，他预感到自己正在朝一个看不见的埋伏圈前进，于是他立即喊住了连长，拿出地图开始对标方位。但连长是个不相信地图只相信经验的老兵，他说这趟线路他跑了至少不下三个来回，地图也是熟悉路线的人绘制的，看地图实在没有必要。最终，上过军校的干事力挺许克明,要求连长必须按照上级给的路线图行军,连长只能服从。在战争带来的恐惧和初次带领部队按照自己的意愿行军带来的满足中,许克明他们按照地图迅速开进,但不幸的是,他们和敌人的一个小队遭遇了。

负重爬山的我方部队尽管人多,但敌人事先发现了他们,而且占据有利地形,一场战斗下来,敌人仓皇撤退,但连长和干事都牺牲了,二十三个勇士只剩下了十三个。副连长许克明带着巨大的负罪感成了这支部队的最高指挥官,他没有掉一滴眼泪,指挥大家把死者身上的给养取下来背上,继续朝着阵地出发。这群好汉在泥泞的山路上像骡子一样负重两百多斤,终于在第三天清晨一个有大雾的早晨抵达阵地。

前线得到了充足的给养,阵地总算守住了。几年后战斗结束,继续担任副连长的许克明在部队回撤前的评功评奖大会上,成了唯一一个没有立功的军官。而且,许多战友指责他把大家带入了敌人的埋伏圈,牺牲了一个副团职干事、一个连长,还有十个老兵,甚至有人要求追究许克明的责任。内心充满负罪感的许克明在等候处理的时候,当时负责守阵地的团长听说了这件事,便乘车来到了许克明所在部队,找到师长后大喊:"要是许克明他们真的听了连长的意见,运送给养的好汉们可能都被埋葬在坡头了。敌人早就知道前线弹尽粮绝,所以每一条通往阵地的路口都设置了埋伏,因为上级知道敌人的阴谋,才给了他们一个敌人不知道,自己人也不知道的运送给养路线。许克明要是不立功,你这个师长就是个混蛋!"骂完师长,瘸腿团长把弹壳做的拐杖一扔,"反正老子撤回去就转业了,你们看着办!"

许克明最终立了功,还被破格提拔为副营长。尽管如此,许克明这辈子一直为自己没能预先判断敌情,导致战友牺牲而内疚。

所以,今年春天在贺天高以为自己遭受了厄运之后,许克明原本打算亲自安慰一下这个年轻人,但后来他想,年轻人如果不遭受一些挫折,未来难成大器。如果顶不住战前这些鸡毛蒜皮的压力,将来打仗的时候,贺天高面对死人,面对一次失误的指挥,一定会气馁甚至一蹶不振的。

"指挥官怎么可能没有失误?何况贺天高没有失误!"那次贺天高把从南方过来的军长张万里和政委祖西安给"搞残"之后,一些人对贺天高颇有微词,许克明粗鲁地表达了自己的不满。

一个小小的特战队长贺天高,原本也不会引起许克明的注意。但这个特战队长刚开始打仗,就把张万里和祖西安给拿下了,尽管这场战斗没有丝毫惊心动魄,甚至都没有一点难度。但贺天高这一仗,让全军官兵终于知道什么是"开训就是开战"。

贺天高是"军改"之后第一个吃螃蟹的指挥官,他胆大包天采取欺骗的方式把两个少将俘虏了,而且伤了人家,这完全是因为贺天高知道张万里和祖西安没把这场演习当成真正的战斗。与其说贺天高打败了张万里,倒不如说贺天高打醒了全军部队。

"他张万里面前站着对手贺天高,还摆友军首长的架子,他不吃亏,天理不容!"许克明在知道贺天高生擒张万里和祖西安之后,笑得差点岔了气。因为这一仗,张万里此后一定会知道什么是战场的况味,全军官兵也会知道。

后来在许克明临去世前的几个月,闻讯赶往医院的贺天高坐在床前,他等着许克明专门给他交代一件事。那时候的贺天高已人到中年,官也当得不小了。

"你去看看闵一礼吧,小贺。你一直讨厌也害怕闵一礼。但话说回来,没有他,你怎么强大?高级指挥官,没个强大的内心,你怎么面对战场?"

贺天高握着许克明的手,望着这个长满老人斑的老首长,一时禁不住呜呜地哭了出来。

几天后,贺天高去了中原一个小县城探视了闵一礼。闵一礼年近古稀,正在帮儿子打理一个农庄。闵一礼知道贺天高来了,躲着没见。他儿子很尴尬地请贺天高吃了一顿饭,喝了高档的红酒。没有丝毫食欲的贺天高把四盘菜全部吃完,一瓶红酒喝得连底儿都没剩。离开前,贺天高盯着闵一礼的儿子说:"转告老领导,我没有恨过他,但年轻的时候,曾经鄙视过他。还有,我从来没有在任何人面前说过他的一点不是。"

闵一礼的儿子尴尬地笑着,头也没抬,也没有接贺天高的话。他还是个孩子的时候,在特战旅大院经常见到贺天高。他知道父亲讨厌贺天高,主要是担心贺天高捅娄子,但今天招待贺天高的时候,他发现父亲的判断是准确的。

"我没有恨过贺天高,但他一直在恨我。他觉得自己是个高尚的人,被我这个卑鄙的人一直压着,不允许他的高尚抬头。呵呵,贺天高说我敏感,他比我更敏感。你去请他吃饭,我就不见他了。"闵一礼不愿看见这个憎恨自己的人,他希望儿子能给贺天高转达一下自己的话,但儿子最终什么都没说。

贺天高离开不久,闵一礼就去世了。从监狱出来的时候,他已经很老了,还查出了癌症。临终前,闵一礼一直让儿子打听,戈壁滩是否下雪了?但那阵子,是夏天。知道闵一礼去世的消息后,贺天高把自己关在屋里哭了一夜。他感受到了战场的况味,这个战场是他内心深处和闵一礼之间的战场,看不见,摸不着,却伤害得两个人老死不相往来,而且两个人之间并没有什么深仇大恨。

"道不同不相为谋吗?为啥活得这么不轻松啊!"天亮时贺天高凄凉地长叹了一声。

9

今年春天,两支南方的合成旅在军长张万里和政委祖西安的带领下,杀气腾腾地朝西北开进。他们的"敌人"是贺天高所在的特战旅以及和他们隶属同一个集团军的装甲旅。

这场战斗,从一开始贺天高他们就处于下风。打仗打的是血性和智慧,但武器的作用谁也不敢轻视。特战旅最厉害的武器就是突击车上的车载炮,装甲旅配备的是装甲车,但张万里的部队除了海军的军舰和火箭军的战略导弹之外,几乎要什么有什么。

但战争永远不会给你选择对手的机会,无论你遇到什么样的敌人,你都得把脑袋别到裤腰带上,把脑仁二十四小时供奉起来去打。领受了作战任务的雷公鸣和老王头并不担心胜败,敌人来了,打就是了。胜败就是屁大点事情,特战旅从他们当兵开始,打过的胜仗有六成多,剩下的都是败仗。但是他们的集团军领导却十分紧张。这支在大西北鏖战了数十年的集团军并不是害怕敌人,而是担心他们几代人积攒下来的荣誉被张万里这个二愣子给打没了。

对军人而言,荣誉比生命更重要。武器没了可以抢,可以偷,最不济还可以去买。即使士兵阵亡了,你还可以树起大旗一声召唤,千千万万个浑身充血的男人就会在数日内为你穿上军装。但部队为之骄傲的荣誉一旦被打掉,对指挥官的怀疑、对敌人的恐惧就会从每一个士兵身上蔓延开来,瞬间把一支部队给毁掉。历史上,从来没有一支拾不起信心的部队打过胜仗。

张万里的部队从来都有一个传统,只要上了战场,从将军到士兵,个个变得双目赤红、青面獠牙,他们用最粗俗的语言下达命令,用最残忍的手段对付敌人,用最野蛮的方式掠夺给养。这支南方的军队只要出现在战场上,一股粗鲁凶狠的杀气就会从他们的头顶蒸腾而起,对手常常像见到一只野猫的老鼠一样,在这种无形的杀气中变得虚软迟钝起来。

去年,在北方的草原上,这支由张万里带领的从南方过来的军队和比自己人数多了一半的对手打了三个多月,最终,张万里把对手打得丢盔弃甲狼狈不堪。在这场战斗中,张万里似乎成了无所不能的战神,没有见过他们的部队都在疯狂地传说着这支部队的神勇,他们的秃顶军长、秃顶政委成了许多军人顶礼膜拜的对象。

夏天,草原的气候比南方凉爽多了。两个秃顶将军带着部队驻扎进草原之后,在集团军指挥部开辟了一块土地,带着从南方带来的鲜花种子开始种花。许克明视察战场时,发现张万里和祖西安像两个老农一样,一个卷起裤腿松土,一个挑着尿桶在指挥部不远处积肥。臭烘烘的味道招惹了成群的蚊虫,许克明汽车的挡风玻璃上雨刮器一摆动,就有许多虫子的尸体滚落,旋即又有更多的虫子飞来。晚上在臭气扑鼻的帐篷里就餐的时候,许克明终于开口问他们想在这里种什么。

"鲜花,等我们凯旋的时候,首长您得亲自摘下鲜花给我们庆功!"张万里把饭盒中的米粒一粒粒舔干净,把饭盒随手扔给秘书。在许克明面前,张万里的部下都像淳朴的老农,一个个舌头灵活地舔舐着饭盒,那动作看起来熟练而轻松。

"给你庆功?"许克明笑了一声。他不明白大敌当前的张万里怎么还有闲情种花种草,而且两个佩戴少将军衔的人把整个指挥部当成了农家小院,臭烘烘的排泄物在不远处堆成了一个小山包,集团军指挥部的参谋干事们都成了陪军长、政委种地的农民。但打仗是人家的事,谁知道他葫芦里是什么药。许克明有些失望地离去之后,张万里看着许克明的背影冷笑一声,接着又开始了装神弄鬼的积肥。指挥部的军人们也根本看不出一丝一毫的兵样,他们大咧咧地当着军长、政委的面朝尿桶里哗啦啦地撒尿,对着电台骂粗话。

但一个多月之后,战情发生了变化。张万里的部队在尿液溅起草原泥土的时候,接连打掉了对手的两个合成旅。有知情人发现,每到夜幕降临的时候,张万里指挥部的高级军官几乎倾巢出动,去了作战第一线,指挥部就剩下军长、政委和少数参谋人员。

这其实是张万里棋高一着的地方。狡猾的张万里从不相信电台传递的情报,白天,他们常常会给部队下达一个作战命令,但到了晚上,指挥部的高级军官就会带着他们重新制订的作战计划亲临一线。这经常让对手摸不着头脑,最后,对手不再相信张万里下达的作战任务,在没有一点防备时,他们常常惊恐地面对张万里突然杀出的部队而无所适从。张万里这支浑身农民气息的部队几乎成了草原上唱着酸曲捕猎的狮子,他们粗卑凶猛,猥琐残忍。

当草原上的部队最后被打得只剩下三个营的时候,他们费尽心机地策划了一次绑架张万里的秘密军事行动。说是绑架而不是突袭,这是因为败军们也想把张万里活捉之后,羞辱他一顿。即使部队战败了,也绝不能让张万里扬眉吐气,否则如何重振他们的士气,将是一个巨大的难题。

黎明到来之前,将近三十人的敢死队终于摸到了张万里的指挥部,他们几乎是用"同归于尽"的方式干翻了指挥部前哨的警卫人员,而且没让这些警卫人员有报信的机会。最后剩下的七个壮士,爬在草丛中匍匐前进了一两公里,当他们即将冲入军部的时候,正在吃压缩饼干的张万里和祖西安昂着锃明瓦亮的脑袋,提着镰头骂着脏话,赤足迎着七个壮汉扑了过去。

没人知道这两个年过半百的小老头是怎么打这场架的,但这七个壮汉有三个被镢头打折了腿,一个被打成了脑震荡,一个屁股上的一块肉划着草原上即将枯萎的长草飞出去了十五米,剩下两个敢死队员昏死了过去。有人说他们是被吓晕的,也有人说他们是被诈死的秘书打了闷棍。总之,这场策划了一个多月的"绑票"行动没能成功。

那天晚上,草原上响起了张万里部队庆祝的号叫声。天亮之前,七名偷袭者被张万里脱光衣服,吊在了七根木杆上,放出话要草原上的军长、政委来领人,否则,这七人将和他们种植在草原上的鲜花一起,在部队回撤的时候被当作战利品带回南方。

这事最终惊动了导演部。许克明要求张万里他们放人,但这两个秃顶将军没有答应。

"战利品凭什么要上缴?他们要领人,就让集团军领导来!首长,要是我张万里被绑架了,吊在木杆上的就是我。"张万里口气生冷而决绝。

"他敢!你是军长!"许克明恼怒了起来。

"那他就是孬种!我是军长,我是他们敌人的军长,他有什么不敢的?再见!"张万里挂了电话,拿着剪刀去剪已经快开败的鲜花去了。

最终,草原上的集团军派了一个副军长万分羞愧地把这七个勇敢的俘虏带了回去。临别前,张万里手指头戳着副军长说:"回去告诉你们老王、老孙,不服气,咱再干!只要军委同意,地方你们选。不过副军长,在你们自己的草原都打不赢我张万里,你在哪能打赢我张万里?有人说我张万里叫'嚣张万里',我告诉你,这就对了!我是'嚣张万里'的张万里!"

副军长尴尬地笑了一下,准备离去,祖西安旋即喊住他说:"站住!这么高级的领导干部,基本礼仪都不懂?敬礼!"

副军长顿时恼火起来,他回头瞪着张万里他们说:"怎么,还想把我吊起来?给敌人敬个锤子的礼!"

张万里大笑了起来,冲副军长的汽车吆喝道:"没胸怀,那就等着张万里给你们敬礼!"

张万里确实是个睚眦必报的莽夫,导演部在草原上进行演习总结的时候,数万胡子拉碴的男人列着整齐的方队,等候战胜者和战败者的将领站上自己部队的排头,聆听许克明的讲评。在许克明还没到来之前,张万里和祖西安两人站在一辆敞篷的猛士车上,一人怀抱一捧即将开败的鲜花,汽车缓缓行驶到了战败者的面前,他们冷笑着看着被打败的"敌人",在所有人屏气敛息时,张万里突然一声呐喊:"敬礼!"

于是,穿着礼服的张万里和政委当着数万将士的面,一齐给战败一方的军长、政委庄严地敬礼。最后,汽车缓缓行驶到自己部队的前头,张万里又粗鲁地呐喊一声:"敬礼!"于是军长张万里和政委祖西安一齐对着他的部队抬起了胳膊敬礼,敬礼足足持续了将近一分钟。张万里的部队旋即整齐地给军长、政委还持枪礼,将士们抬起提枪的胳膊时,有人说那种呼啦一下的声响,几乎穿透了草原上的云层。

张万里和政委祖西安给自己的部下敬礼,这是真的敬礼。完毕之后,他们抱起鲜花,当着数万人的面,把鲜花一朵一朵地投掷到自己部队的方阵之中。战败方的部队迅速骚动起来,有人甚至听到了他们抽泣。但张万里根本不理会其他人的情绪,他和政委祖西安趾高气扬地站在了自己方阵的前头。

草原上的军队被彻底羞辱了,从南方的丛林到北方的草原,全军传遍了张万里他们的威名,留给草原的,是神秘而恶臭的一个巨大粪堆,还有他们伸长舌头舔舐饭盒的陋习。

后来许克明才知道,心细如发的军长张万里之所以要在指挥部前堆积粪便,就是为了让粪便滋生大量的蚊虫,这些蚊虫引来了大量飞鸟。这些飞鸟在夜深人静的时候,就会悄然聚集在指挥部四周十多里之外,团团把指挥部包围起来。只要有敌人摸过来,或者敌人的无人机朝这里靠近,就会惊起一群飞鸟。飞鸟和蚊虫成了张万里的哨兵。

张万里初次在草原作战,却把草原的蚊虫当成自己勇敢的士兵,并成功鼓动了起来,的确是个打仗的天才。至于张万里的部队吃饭必须舔舐饭盒,这是张万里在长期研究作战中积累的经验,如果部队的剩饭堆积起来,同样会引来老鼠和虫子,老鼠和虫子聚集起来就会召唤捕食的飞鸟,那么部队的行踪也会瞬间暴露。

今年春天,嚣张的张万里要来大西北的戈壁,和贺天高所在的集团军决战。不客气地说,贺天高的军长、政委确实心生恐惧了。

自从知道对手是张万里之后，整个骁狼特战队就被一股看不见的杀气笼罩了起来。一天，刚出完早操的兵王挂着枪找到贺天高，有些担忧地望着远处道："这两个光头都是诡诡货，天高，咱得防着。"

兵王说话的时候，贺天高注意到一个细节，兵王的右手食指紧紧地压在步枪保险上头，这是他做好随时开枪准备的一个习惯。连老辣的兵王都被张万里吓破了胆，像梁军需这样的新兵，说不定已经尿裤子了。

"必须把这个张万里拽下神坛，而且要让他像暴雨中的纸老虎一样难堪狼狈，否则，骁狼特战队从不知道畏惧的士气，就得毁在我贺天高手中。"兵王紧扣步枪保险的食指戳得贺天高心疼，但也一下子把贺天高隐藏在心底的狂野给释放了出来。

连贺天高也不了解他自己，他是一个从来不怕强硬对手的愣货，对手越是强悍，他的内心越是豪迈，越是充满自己都不知道从哪里爆发出来的仇恨。从小到大，贺天高最不能容忍的就是挑衅，在他的潜意识里，所有的挑衅都是对他人格尊严的羞辱。这一次，嚣张的张万里来了，准备羞辱贺天高和他的战友们。贺天高特别想得到一次和张万里决战的机会，他要让张万里的光头暴露在自己的枪管下，然后让他的士兵用不怀好意的目光去藐视他。

骁狼特战队是草原上的蜜獾，虽然体型小，但休想藐视它，你只要敢来，我豁出去这一身肉，也得把你拿下。蜜獾这辈子不是在厮杀，就是在厮杀的路上，直至把自己活活整成了濒临灭绝的稀有动物。

10

戈壁的春天极少有冻雨。但今年潮湿的气候让戈壁在春天的时候下了一场冻雨，地面的薄冰结实光滑，炊事班饲养的几只鸡抢食的时候，都得扑棱起两只翅膀不停扇动着，才不至于滑倒。就连闵一礼养的那只野猫，走在路面上都像一位矜持的贵妇人，小心翼翼。但是集团军的直升机还是在一个夜晚平稳地降落在了特战旅的营区。

那时候，张万里的部队已经开始和装甲旅作战了，雷公鸣的特战旅按计划还不能进入战场，所以他们只能把自己憋在营区。

心情沉重的副军长在直升机上接见了雷公鸣和老王头，他把一份在自己看来应当属于机密的情报口头传达给雷公鸣他们。传达情报的时候，副军长使劲吞咽了几口唾沫，这才严肃地说道："我们要是被张万里打败了，我将会带头申请处分。"

"首长您没必要，不打败仗的将军不是好士兵！"老王头打趣着让副军长宽心。

"呵呵，行吗？失败了我就下连当兵，从列兵开始，一直往上干，干到连长差不多就该退休了，年龄也到了。"副军长有些悲伤。

"他不是这个意思，他意思是说，胜败乃兵家常事。"雷公鸣掐了老王头一把，急忙给副军长解释。

"你不要做小动作，掐他干什么？胜败是兵家常事，但我们的部队已经很多年没打过仗了，咱们集团军至今还沉浸在几十年前那场战斗的胜利中，他们很有信心，但要是真被张万里给打败了，官兵们就会觉得我们这届班子很无能。被下级小瞧了的指挥官，就没有什么威望了。"副军长看了一眼外边，闵一礼正站在寒风中端着一个盛满开水的纸杯，小心地望着直升机微笑，他是听到副军长来了，想见见面，但副军长只见了雷公鸣和老王头。

"张万里算个锤子，他又不是三头六臂，您怕什么？还有我雷公鸣带着我特战旅和他干仗呢！"雷公鸣曾经和副军长是军校校友，彼此十分熟悉，所以雷公鸣对副军长的怯懦十分不满。

但雷公鸣的强硬并没有让副军长充满信心，他深知这些年来，自己的部队已经远离战场了。打仗打的是血性、是经验，从来没打过铁的人看见火红的铁块都会发怵，更别说抡大锤溅火花了。副军长最后告诉雷公鸣，一定要抽调特战旅最凶悍的部队，在戈壁滩和黄土高原交汇的一个叫沙海子的地方设伏，先把张万里的通信保障大队打掉，没了通信联络的张万里就像没了眼睛，不出二十天，张万里的部队一定会被消灭在大西北的戈壁滩。

最终，副军长和雷公鸣敲定，由贺天高的骁狼特战队在沙海子设伏，今夜就去，三天后，张万里的通信部队必将经过沙海子。

"情报准确吗?"雷公鸣递给副军长一支烟。

"你说呢？我亲自给你们送情报,乘坐直升机送情报!"副军长把雷公鸣的香烟塞进迷彩服口袋,冷笑了一声就把雷公鸣和老王头推下了飞机。猝不及防的老王头跳下飞机的时候在地上滑了一跤,刚爬起来又滑倒了。副军长看着站都站不起来的老王头,一股恨铁不成钢的愤怒让他冲着老王头狠狠地唩了一口。直升机的螺旋桨旋即急速转动,打滑的飞机趔趄着升腾到半空,然后响声很大地飞走了。

雷公鸣和老王头都看到了闵一礼,但他俩并没有理睬他。这段时间,闵一礼反复向所有的上级表现,那种刻意让雷公鸣觉得难受。

两人在光滑的地面上小心地朝办公楼走去,雷公鸣一边走,一边拨打贺天高的电话,他让贺天高和陈斌火速到旅部报到,同时,骁狼特战队进入最高战备。

副军长明明看见了伺候在边上的自己,却像没看见似的;雷公鸣和老王头回去的时候和自己连一声招呼都不打,闵一礼暗暗笑了,笑得孤独决绝。

"没什么,理睬不理睬我,是你们的事情,出现不出现,是我的事情。出现在你们的面前,永远保持着一个下级应有的谦卑和恭敬,是人情世故。"闵一礼微笑着目送雷公鸣他们离去,这才把已经冻成一杯冰疙瘩的开水郑重地投进了垃圾桶。

他站在寒风中让冷风刺激着自己,这不是虐待自己,这只是卧薪尝胆的冰山一角。那个当年帮助自己当上副旅长的首长听说最近被查了,小心驶得万年船。闵一礼坚信自己最终能挺过这一关,今夜的寒冷一定是对自己的一次考验。

"天将降大任于斯人也,必先苦其心志,劳其筋骨……"闵一礼拿出手机,百度了这篇文章,一遍遍默默地背诵着。他痛恨自己对文字的迟钝,一篇古文背了不下一百遍,到现在还没背出来,他痛苦极了。

贺天高和陈斌全副武装赶到旅部的时候,已经是大半夜了。当贺天高听说要在沙海子设伏袭击张万里的通信部队时,他的直觉是,这个情报是假的。

"沙海子是一条长一百六十五公里,宽度只有三公里的沙漠带,张万里能让通信部队从沙海子行军? 通信装备一旦进了沙尘,设备功能会大打折扣,这个情报不靠谱。"贺天高着急起来。

"张万里的通信部队朝西三公里,就是黄土高原,朝东三公里,就是戈壁滩。无论是黄土高原还是戈壁滩,汽车不但能跑得更快,而且装备不会受沙尘的破坏,他为什么要选择沙海子?"稳重的陈斌这次也破例着急了起来。

"副军长乘坐直升机亲自送的情报!"雷公鸣有些底气不足。

"我们也经常窃取敌人的情报,有些情报是诱饵!"贺天高望着老王头,他渴望老王头能支持他的观点,但老王头却捋着自己稀疏的毛发一言不发。

"这是咱们副军长从导演部找熟人弄来的情报。嗯,我估计导演部为了考验他们在沙漠作战的能力,才让他们的通信部队进入沙海子的。"雷公鸣被迫无奈,最终说出了实情。

贺天高和陈斌一时无语了,既然是从导演部托关系搞来的情报,那应该没有任何问题。但是临出门的时候,贺天高发现陈斌意味深长地盯着自己,于是从心里笑了。这个和自己搭档多年的老实人其实一点都不老实,他和自己一样,已经做好了违抗雷公鸣,不,是违抗副军长指令的准备。

"擒贼先擒王。"贺天高悄声冲陈斌说。

"张万里就是个贼。"陈斌抓住贺天高的胳膊,小心翼翼地踩着光滑的台阶下到院子,却发现闵一礼还站在办公楼前的操场上。看到贺天高他们出来,闵一礼就像担心滑倒的母鸡一样张开双臂,小碎步在冰面上移动着,他以从未有过的热情向贺天高和陈斌伸出了双手。

"辛苦了,未来的旅长、政委,你们辛苦了!"闵一礼冰冷的双手攥着贺天高和陈斌,笑得十分温暖。

"天高,斌啊,这场仗打完了,听说要研究干部。旅长、政委估计都要高升了。副军长是代表组织给旅长、政委送蛋糕来的,直升机专程送作战命令,我是头一次见,也是头一次听。这就是组织对我们特战旅的偏爱,谁让咱是新型作战力量呢?"闵一礼头一次这么推心置腹,让贺天高和陈斌一时摸不着头脑。

"其实组织上早早已经拟定了，这场仗，特战旅无论如何一定要赢。这样，咱们敬爱的旅长、政委才能如愿以偿地步步高升了。特战旅是个出人才的地方啊，将军的摇篮，风水了得。你们俩也是未来的将军，大家都有目共睹。恭维的话老哥就不说了，天高，这次在哪打？打谁？怎么打？告诉老哥，我是副旅长嘛，又不是阶级敌人。其实我就是想提点建议，虽说我是搞后勤出身的，但也是后来进修过的陆军指挥人才嘛，打仗，还是要参与的。"闵一礼看着贺天高和陈斌木讷的脸，他的温暖与慈祥也旋即消退，取而代之的又是往常一样的官腔。他慢慢地挺起了胸膛，双手也背在了身后。

"实在对不起，副旅长，旅长、政委专门交代，这次行动属于绝对机密，和这场战斗无关的人了，不能讲。"陈斌有些尴尬，但最终还是把话说了出来。

"哦，我成了和这场战斗无关的人？呵呵，你们骁狼特战队是旅长、政委的私人部队啊？原来如此。可是我总觉得，骁狼是党的骁狼，部队是党的部队。不知道我这句话有没有说错，二位？"闵一礼又一次愁苦地仰面望着天空，"这是原则，是底线！"

"这场战斗，是指挥官的事情，特战旅最高军事指挥官是雷公鸣旅长，最高政治主官是王政委。您管的是带鱼，是从甘肃买来的静宁红苹果，还有几十万块钱的净水器。当然，还有部队的安全管理。"多年后，贺天高自己都惊讶，当年自己只是一个小小的少校，怎么能让闵一礼如此难堪。

陈斌紧张地拽了一把贺天高，却被贺天高推了一个趔趄。

"敬礼！"贺天高看了一眼陈斌，猝不及防的陈斌下意识地跟着贺天高冲闵一礼一起敬了一个礼，然后两人搀扶着，钻进汽车就出了旅部。

贺天高相信自己绝对不是小心眼，更不会睚眦必报。在闵一礼被逮捕后的一些日子，有传言说贺天高有察人识人的慧眼，说贺天高肯定是早就预料到闵一礼要出事，所以才敢和闵一礼较劲。等听到这些传言的时候，已经是两三年之后的事情了，那天贺天高正在过自己三十岁的生日。他有些悲伤地发现，而立之年这个世界赠予他的礼物，是几乎所有人都把他当成了一个见风使舵、察言观色的智者。这些传言让贺天高像吃了苍蝇一样反胃恶心。他闭上眼睛，决定把这个崇拜智者的世界关在门外。如果他真的早就预料到闵一礼会被逮捕,他贺天高肯定会找到闵一礼,言辞恳切地去规劝他,让糊涂的闵一礼快点刹车。

今夜,他要打仗,但闵一礼却在冻雨中想打听作战方案,最后竟然搬出了副旅长的权威,企图再一次用他的身份把贺天高压垮。但是被"阉割"的贺天高仅仅只是被阉割了表达的权利,并没有被阉割思想。这种被阉割的表达找不到宣泄口的时候,闵一礼适逢其时地碰到了贺天高压抑了多年的软钉子。

在回骁狼驻训地的路上,贺天高不容置疑地告诉陈斌,沙海子根本不可能出现张万里的通信保障大队。

"这是副军长从导演部托关系搞来的情报。"陈斌有些底气不足。

"许克明首长是打过仗的。仅仅三公里宽的沙漠地带,一旦打起来,张万里的部队会在最短的时间冲出沙漠,进入戈壁或者黄土高原。所以在沙海子锤炼他们的沙漠作战能力,不可能,这是个局。还有,通信保障大队可能单独行动吗?最差,也得配属一个武装侦察营当护卫。"贺天高对陈斌的糊涂有些恼怒。

"那情报呢?是托熟人搞出来的。"陈斌依旧纳闷。

"也许给情报的熟人,就是故意用假情报忽悠副军长,现在在风口浪尖上,谁有天大的胆子也不敢透露情报,你想想。"贺天高盯着陈斌的眼睛说道。陈斌最终点了头。的确,"军改"后的导演部打死也没人敢把作战情报泄露出去,这搞不好会被处分。最大的可能就是副军长要情报,被许克明知道了,故意给了假情报戏弄想弄虚作假的副军长。

"在沙海子边的黄土梁找张万里,不要让旅长、政委知道。从现在开始,关闭电台!"回去的路上,贺天高伸手把车载电台关闭了,在驾车的黑蝎子古怪的笑声中,汽车加足马力,碾压着冰雨无法冻结的戈壁卵石,一路冲向骁狼驻训地营区。

半夜,贺天高把部队分成了两组,副队长李瑾带着大部分人去了沙海子设伏,他和陈斌、兵王、黑蝎子、周虎、文斗才几个人去了黄土梁。之所以让李瑾带人去沙海子,是因为贺天高想让给假情报的导演部吃一嘴的黄连。你导演部以为我们得到一份假情报就视为珍宝,我必须让你等着看笑话的时候,给你出其不意的"惊喜",你盼着我上当,我就演给你看。

贺天高的判断没错,当李瑾带着人马悄然潜伏在沙海子的时候,导演部通过卫星侦察清楚地看到了他们的行动。恼怒的许克明端起茶杯准备摔下,但他忍住了。副军长想通过关系窃取演习方案的时候,那人把副军长的意图直接汇报给了许克明。愣住的许克明沉思半晌后,决定让那人给副军长一个假情报,他想用这个假情报把副军长美美地忽悠一次,让他最终知道打仗只能靠自己。但当李瑾他们悄然潜伏在沙海子的时候,许克明的火气还是压制不住冒了出来。对特战旅,许克明从心底一直十分信赖,但雷公鸣和老王头竟然也相信了副军长提供的假情报。

"不唯实,只唯上,你雷公鸣也成了投机取巧之徒,那我就不客气了,咱等着看你的笑话!"许克明恼火地闭上了眼睛。

天色即将放亮的时候,贺天高几个人已经到了黄土梁。他有个强烈的预感,导演部给了假情报来忽悠他们,那么沙海子附近的黄土梁肯定会出现张万里的部队。因为只有这个黄土梁,才是一支对戈壁相对陌生的部队能寻找到一点安全感的地方。这里有一条高达三十多米的黄土悬崖,悬崖下是一条笔直的黄土大道。光秃秃的黄土崖根本无法掩藏部队,即使派飞机骚扰,这面断崖也能起到隐蔽部队的作用。所以贺天高抱着碰运气的心理,和陈斌他们一起来到了这里,如果真遇到张万里的部队,他们就演戏,演一出悲伤透顶的苦情戏,先抓几个张万里部队的指挥官,用来祭奠这场战斗的大旗。但是他没料到,原本想擒获个营长或副参谋长,结果等来的是张万里和祖西安。

闵一礼也没料到,贺天高竟然会当面羞辱自己,报几年前的一箭之仇。他委屈得几乎哭出来,但胸腔里却裱糊着一层薄薄的牛皮,就是哭不出来。

"是啊,在特战旅,领导们看不起我,可还轮不上他贺天高呢。你娃娃翎毛还没长全,就缠上门找人薅,那我就做个好人,成全你娃娃!"月光下清冷的寒风让人感觉更加寒冷,但闵一礼此时却明显感觉浑身在燃烧着羞耻的火焰。

"但愿马德龙不要出事,这家伙要真出事了,我这辈子也许就走到头了。"闵一礼突然想起了马德龙,这个几年前主动和自己交朋友的富豪到底是什么底细,其实他自己也不知道。一想到这里,闵一礼不由得双腿发软,虚汗瞬间流了出来,以至于模糊了双眼。

马德龙承包了特战旅戈壁滩训练场边上的宾馆,是闵一礼私底下给开的证明。

"阎王要命总是找病秧子,这两年我闵一礼不顺啊。"闵一礼在心里害怕地哭了起来,他艰难地朝着办公室走去,心里祈祷着马德龙是个守法的商人,但他越这么想,越觉得马德龙有问题。

<h1 style="text-align:center">11</h1>

都说寒冷像是刀子,没在西北戈壁生活的人不知道,寒冷更像一张锋利无比的铁网,从头上落下来,缠绕全身的时候,每一寸皮肤都被割得生疼。忘记关门的雷公鸣和老王头在办公室被冻得缩成了疙瘩,就是想不起来快点把办公室的门关上。

"这是副军长坐着飞机送来的情报,假不了。"雷公鸣有些焦躁,他夺下老王头的半支烟扔在地上踩了一脚。坐在椅子上几乎把脑袋塞进裤裆的老王头在电灯下的秃头闪着油光,他拿起空荡荡的烟盒看看,扔在一边,又推开雷公鸣的脚,把地上的烟捡起来,慢慢地将成圆柱状,再把烟屁股上的灰尘擦掉,这才叼在嘴里,挑衅地看着雷公鸣点燃。

"看我干什么,什么屁? 放!"雷公鸣和这个搭档已经认识二十多年,之前他看不起这个二十多岁就谢顶的"蔫蔫货",但后来两人一个当了旅长,一个当了政委之后,雷公鸣才发现老王头确实有着过人的判断力。和老王头在一起,雷公鸣只要有不顺心,就会拿他出气,老王头尽管很烦雷公鸣,但却从不因为雷公鸣的无礼而恼火。

这是有默契的一对铁搭档。雷公鸣有一次好心给老王头花大价钱买了一顶假发,结果让老王头一下子怒了,他把假发扔在地上拿脚踩着喝道:"你雷公鸣看不上我的秃头,秃头怎么了? 草原上一个秃头军长、一个秃头政委,联合起来把一个半集团军打成了死狗!"

老王头嘴里的秃头,就是他们目前面对的"敌人",一个张万里,一个祖西安。

"贺天高不会听你的话,咱打赌!"老王头吸完被雷公鸣踩扁的半支烟,又捡了一支烟屁股皱着眉头点燃,打火机突然冒出的火花把他左边的眉毛一下子烧得焦黄,但老王头根本没有理会。

"他敢!"雷公鸣盯着老王头,浑身一下子僵硬了起来。要是往常,他绝对信任这个从来不会丝丝合缝地按照上级要求打仗的贺天高,但这次不一样,这次是副军长亲自送的情报。

雷公鸣僵硬地提起电话,接通信息保障大队之后有些失态地喝道:"想办法,接通贺天高,就说我找他。"

在老王头似笑非笑的眼神中,雷公鸣挂断了电话。也许早就预料到雷公鸣会来电,贺天高擅自修改了通信频道,除非是黑客,没人能联络到他,但特战旅唯一能攻入别人通信系统的那个黑客是文斗才,他就像贺天高的影子一样从来不会离开骁狼特战队。

雷公鸣盯着似笑非笑的老王头,问道:"怎么办?"

"我没那么长的鞭子抽他。"老王头开始扫去地上的烟屁股,戴上帽子准备下楼,但被雷公鸣一把揪住。

"任务是副军长亲自下达的,要是贻误战机,都得完蛋。"雷公鸣盯着老王头,脑子开始急速转动,他必须迅速拿出新的解决方案。但老王头显然看穿了雷公鸣,他一把脱下帽子,对准雷公鸣当头抢下。

"不准你干涉贺天高!"老王头发怒的姿势反倒让他看起来十分英武。

雷公鸣盯着老王头洁净微红的头皮,突然想,如果把自己一脸的络腮胡移植给老王头做头发,老王头一定比自己帅太多。每到老王头焦躁的时候,雷公鸣知道,老王头已经成竹在胸了。

"他会不会捣鼓出什么乱子?"雷公鸣看着老王头把帽子歪歪斜斜地戴上。

"最大的乱子可能就是把张万里给收拾了。"老王头冷笑一声,"仗已经打起来了,部队已经进入战场,咱俩还在大本营的办公室抽烟熬夜,扯淡。"

老王头的镇定让雷公鸣宽慰不少。不管了,部队派出去了,仗怎么打是他贺天高的事。其实贺天高这些年在特战旅是个极具争议的人物,有些人说贺天高狂妄冒进,打着练兵打仗的旗号给自己揽功劳,多亏老王头在每次的干部会议上,十分强势地把贺天高一步一步推到现在的位置上。

"你们谁要是能像贺天高一样,二十四小时都在战场上,我姓王的把政委的位子腾出来给你们。看不上我的位子,我把雷公鸣撵走,让他给你们腾位子。"这句话,老王头一字不改地讲过两次,一次是在贺天高从连长提升副队长时,一次是贺天高接替柴胜华当队长时。

其实,贺天高怎么打仗,老王头确实不知道,他闷头抽烟的时候,其实一直在分析贺天高回去后,会不会按照他们的要求在沙海子设伏。最终,深谙人心的老王头知道贺天高不会,因为副军长的情报有明显的漏洞。可惜,集团军的领导们却对此深信不疑,无非是因为这份情报来自导演部。但老王头知道,军队改革之后,导演部也变得狡猾起来了,一般人根本把不准导演部的脉。

老王头提着裤子紧紧腰带,和雷公鸣下楼的时候,闵一礼艰难地迈着两条已被冻僵的腿正准备上楼。当看到雷公鸣和老王头登车出发的时候,闵一礼咬紧牙关忍着疼痛挤上了汽车。

"不放心,部队都出动了,就几十号人留守,这么大的院子,万一进来个小偷,就出乱子了。咱们都不在,留守人员也得盯紧,半夜翻墙出去,跑镇上喝酒吃烤串啥的,都不好。围墙我挨个看了,都安全,旅长、政委放心。"汽车上,闵一礼向雷公鸣和老王头汇报自己一整夜都干了些什么。老王头发现闵一礼虚弱的样子,他有些后悔平日对闵一礼有些刻薄,于是关心地拉着他的手,把他送到了卫生队,然后才和雷公鸣直奔戈壁等候打仗的部队。

12

天奇怪地晴了,清晨的太阳在戈壁滩的天际线上一冒头,整个东方的天际就被染成了一片血红,间或黑色的云块镶嵌在血红的深处。这种景象,常常会让战场上的士兵联想到血流成河的场景。

在太阳露头的时候,贺天高和陈斌都没能等来敌人,贺天高顿时紧张起来。按照他的判断,黄土梁一定是张万里派兵路过的地方,但战斗已经打响了,这阵子还没有发现敌人的半点影子。

　　但就在这时,文斗才意外截获了一个情报,黄土地上估计要来一个大人物,因为南方的一个指挥官用十分隐晦的明语和正在朝黄土地上赶来的部队联络。尽管这个指挥官的明语十分隐晦,但他说话的口吻充满了讨好和巴结。

　　"他们的部队正在乱打,装甲部队已经被打乱了。嘿嘿,半个月,我们就可以回去了。"指挥官的语调让文斗才迅速捕捉到了。

　　张万里毫无疑问是十分狡猾的,这种半真半假的明语通话,往往会让敌人摸不清虚实,但文斗才却从指挥官的语气中判断,敌人的汇报是真实的,而且,他在向大人物汇报。

　　捕捉语气的本领,缘于雷公鸣当骁狼特战队队长的时候,他制定了一个十分严苛的要求,只要上了战场,哪怕是一个列兵给将军通话,都必须用命令的口吻。当所有人的口吻都是命令的语气时,即使敌人截获了情报,也无法判断指挥官的位置。但是能打仗的张万里骄气太盛,以至于他的下级任何时候都对他毕恭毕敬,极尽讨好,这给了文斗才一个机会。

　　文斗才把消息传来之后,贺天高脸上旋即竖起了根根汗毛,他又一次紧张起来。他看着悬崖下一条狭窄的通道,突然推了一把黑蝎子,几乎是颤抖着说:"开一辆车停在悬崖下,然后,把悬崖炸了,把路封了!"

　　黑蝎子是骁狼的工兵,有时候也做狙击手周虎的助手。这个满脸只有牙齿和眼球是白色的"黑货"一贯心狠手黑,他知道贺天高的意图之后,就开了一辆突击车停到悬崖下,而后攀上悬崖,不知塞了多少炸药,响声之后,半壁黄土顺着悬崖扑落下去,狭窄的小路被堵得严严实实。

　　通道被堵塞,那么途经这片黄土地的大人物只能绕上悬崖通过黄土崖了。贺天高准备用一个卑劣的手段擒获张万里,尽管这个手段对于真正的敌人未必管用,但在今天的演习场上,也许管用。

　　这是一场杀人的战争。不管此时的敌人是真的敌人还是假的敌人,但只要你把自己装扮成敌人,我就得想尽一切办法把你擒获或者一枪击毙。

黄土梁在太阳的辉映下，像才从地底下被挖出来一样鲜活。这时候，两架直升机嚣张地从贺天高的头顶一掠而过，不多时，就有二十多辆装甲车扬起烟尘朝着黄土梁开了过来。他们在远处停下，观察了一阵被黑蝎子堵塞的小路之后，按照贺天高的预期，从悬崖顶上冲着贺天高他们来了。这是个大人物亲自带领的队伍，头顶是护卫的直升机，前后左右是护卫的装甲车，还有驾着机枪的猛士车。

这支队伍看起来不是打仗的，倒像是巡游的帝王，在荒蛮未开的土地上准备开疆。在距离贺天高他们大约几十米的时候，车队停了下来，带头的装甲车上下来几名军官，警惕地看着贺天高，然后吆喝着要他们让开。

"我要见你们军长张万里！"贺天高指着几名军官怒吼。

"你说什么？疯了你？滚！"带头的少校十分生气。

但很快，文斗才就跑过去躺在装甲车前边吆喝开了："有种把我轧死，我们要见张万里！"

兵王、周虎、陈斌此时也跟着躺在路上，只留下贺天高一个人恼怒地盯着张万里手下的少校。

"耍死狗呢？滚！军长不在这里！"少校带人拽文斗才，被文斗才抱住腿咬了一口。少校身边的军官们大笑了起来，他们不明白穿着特种兵服装的中尉文斗才为什么会像一个无赖一样咬人。

担心被打了黑枪的张万里和他的政委最终从装甲车里钻了出来，在众多警卫的保护下，贺天高和陈斌他们被带到了张万里跟前。

"什么事？想投降？行！投降了我请你吃汗蒸全羊。"张万里大笑着问贺天高。

"仗，咱先不打了。咱到导演部打完官司再说，如果不打这个官司，今天你们就把我们几个轧死！"贺天高不敢相信自己像一个优秀的演员一样，委屈愤怒，无助又强硬。

"到底什么事？"政委祖西安有些恼火。仗还没有打起来，对手就开始找他们去导演部打官司，而且来了这么多人，还躺在了地上。

祖西安稳住情绪，指着贺天高说："年轻人，什么事？说，我是政委祖西安。"贺天高说张万里的部队把骁狼的梁军需同志的腿打折了，而且脾脏似乎也被打坏了。至于为什么打人,贺天高说他不知道,但梁军需因为奶奶生病,要去镇上给奶奶汇款,结果就遇到了张万里的人。

张万里和祖西安都被贺天高的鬼话给糊弄住了。狡猾的祖西安看着贺天高过度的愤怒,总觉得这个小伙有些演戏的嫌疑,但他身边那个叫陈斌的教导员,看起来憨厚实在,他的嘴唇一直在哆嗦,估计自己的部队确实是做了什么过分的事情,如果真的把人家的脾脏打破,这就是人命关天的事。而且那个年纪挺大的老兵甄志国大有一副要把事情捅到军委的架势。于是政委祖西安心虚了,他的部下确实野蛮,对"敌人"确实残忍,但如果他们莫名其妙地拦住一个因为奶奶生病要去汇款的孩子暴打,还打出了事故,这算什么打仗!

愤怒的张万里开始用电台呼叫他撒在戈壁的部队。当张万里和他的部下通话的时候,躺在地上的文斗才把张万里的部队布防位置瞬间给摸清了。

张万里的部队是被贺天高冤枉了,但张万里不相信部下的辩解,他焦躁地在警卫部队中间来回踱步,一边走一边挥着手吆喝:"查!查清楚!谁要是敢给老子隐瞒,查出来,从营长到排长,全给我撤职!"

张万里焦躁地来回踱步,军长的威风终于冲散了警卫部队的布防队形。就在这个瞬间,贺天高突然像一只豹子一样扑过去,一把搂住张万里的腰,朝着悬崖边上猛地一扑,两人就顺着黄土坠落下了悬崖。

猝不及防的政委祖西安还没明白过来,就被兵王一拳捣在肋骨上,扛在背上也跳下了悬崖。反应过来的警卫部队狂叫着阻拦陈斌他们的时候,周虎一脚把文斗才踹下悬崖,一枪托打翻一个上校,自己也纵身跳下了悬崖。疯了的警卫们开始对着陈斌下手了,一个凶猛的中士抽出匕首对着夺路而逃的陈斌插了过来,匕首插进陈斌肩头的时候,陈斌挥起另外一只拳头对着中士的面门就捣了出去,然后带着匕首纵身跳下了悬崖。

黑蝎子的汽车从黄土下冲了出来,贺天高成功地绑架了张万里和祖西安,不顾悬崖顶上骂脏话的"敌人"呼啸而去。等张万里的警卫部队跳下悬崖的时候,黑蝎子的汽车已成了一个黑点。

半路上,文斗才迅速接通雷公鸣,把张万里部队的指挥部位置逐一汇报之后,他颤抖着说:"喂,告诉你!奶奶的,我们把张万里和他的政委活捉了！对了，两人不是秃头，头发比我还茂密。"

政委祖西安沉默着，他看着被挤在车内的陈斌吃力地朝外拔出匕首，自己包扎，忍不住问了一句，"疼不疼？"陈斌瞪了他一眼说："你试一下？"祖西安顿时噎住，悲伤地说道："万里，咱把人丢到大西北了。你就该把这几个畜生给一枪崩了，都打仗了，哪来和咱打官司的？"

黄昏时，雷公鸣和老王头他们分头带人按照文斗才给的坐标，接连端掉了张万里三个指挥部。指挥这场战斗的军长顿时喘了一口气，仅仅两三天时间，战斗局面瞬间就被扭转了。副军长在得意自己成功窃取情报的时候，导演部总指挥许克明却愣住了，他不明白张万里为什么突然就转到了下风。没多久，他就接到了张万里部队的情报，张万里的参谋长沉痛地告诉许克明说，他们的军长、政委失踪了。

"失踪了？"许克明紧张起来。

"不，是、是这样的，首长，军长、政委被骁狼特战队给绑架了……"参谋长羞愧地垂着脑袋，握着话筒不知道该如何措辞。

许克明忍不住一下笑了出来："继续打！没了军长、政委，你和政治部主任上！不要气馁嘛！刚好你就接替军长，展示你的才华。"

但笑完之后，许克明却忍不住沉重起来。仗才打了一天，张万里和祖西安就被绑架了，在草原上逞能的张万里怎么一到戈壁，就成了肉票？这太令人恶心了。

无论谁输了，许克明都是痛苦的，他知道自己的性格缺陷，但没有办法克服。自从担任联合参谋组织的演习总指挥之后，许克明经常指挥自己的左手打右手，他希望左手和右手一样能战斗，但也希望能迅速分出高下。许克明这些年来就是这样一直处在矛盾中，但他无法摆脱这个矛盾。

张万里从南方一路杀向大西北的戈壁滩时，许克明曾经苦恼地以为，大西北的装甲旅和特战旅也许无法和张万里抗衡，但战争不会给你选择对手的机会。战斗开始之后，许克明心里就想，只要雷公鸣的特战旅和他的友军能坚持半个月，那雷公鸣他们也算得上是能打仗的战将了。可是战斗才打了一天，张万里和他的政委就被贺天高绑架了。虽然贺天高绑架张万里的办法有钻空子的嫌疑，但贺天高却从谋划绑架一开始，就把张万里当成了死敌。

"张万里他活该！战斗已经打响了，还没有树起敌情观念。只要贺天高的绑架能让张万里猛醒，这场演习就没有白搞。"许克明咬着牙和导演部的专家们说道。

在他刚刚讲完话的时候，有人报告，军长张万里的腿断了，政委祖西安肋骨断了三根，都是被贺天高他们给折腾的。

每次进入战场，贺天高就开始怀疑自己的胸襟气度，这时候的他变得残忍自私，甚至有些卑劣。他带着张万里和祖西安一路赶到骁狼特战队潜伏的沙海子之后，招呼副队长李瑾把全队集合起来。他必须当着所有兄弟的面，让他们看看不可一世的张万里是如何被自己俘虏的。

阴郁的李瑾听说要审讯张万里，早早就指挥人用沙子和石块做了两把巨大的太师椅，椅子上铺着他们的大衣。

张万里下车的时候，他看到眼前站着数十号冷酷的士兵，这些士兵和他的士兵不同之处是，他们一个个脸上都挂着龟裂了细小口子的高原红，眼神冰冷，表情淡漠，所有人的目光像短小的匕首一样投射到自己的脸上。一下车，张万里就摔倒了，吓了一跳的贺天高立即扶住张万里。

"腿断了！"张万里的内心复杂极了。他感慨大西北的特种部队有让他也发怵的杀气，但更多的却是羞耻。自己堂堂的少将军长，被一群毛都没长齐的年轻人俘虏了。

张万里和他的政委最终被李瑾胁迫着坐在了太师椅上，兼任卫生员的梁军需给他们吃了药，捏了腿骨。陈斌有些内疚地告诉张万里，等他的思想教育完毕了，就把两个受伤的将军送往医院。祖西安几乎要哭出来，堂堂的军长、政委被这群臭狗屎当成了思想教育的道具。

"这个，叫张万里，是军长；这个，叫祖西安，是政委。你们看，他们不是秃顶；你们再看，他们没有三头六臂！"憨厚文弱的陈斌丝毫没有对战俘的尊重，粗暴地指着张万里和祖西安。但说着说着，陈斌就冲着他的士兵怒吼起来。

"你们吓尿了没有？"陈斌突然转身，对着自己的士兵。

"没有！"士兵们兴奋地高呼。

“他们是不是人?”陈斌看都不看张万里,继续吆喝道。

“不是人!”士兵们又是一阵爆发。

“放屁!一个鼻子两只眼睛一张嘴巴两只手,两条腿,一条还是断的。他不是人,他是神吗?还没有看见敌人的时候,你们就被流传在草原上的传说吓蒙了。你们不敢面对光头张万里和光头祖西安。光头怎么了,光头就一定粗鲁,一定凶猛?何况他们不是光头。”陈斌肩头的血开始流出来。张万里盯着陈斌,想扑上去把陈斌放翻,甚至想着等他回到部队,一定要逼着他们的军长、政委处分这两个小子,全集团军通报批判,然后降职,再让他们转业。

“演习就是演习,演习不是打仗。两个不知天高地厚的东西,靠欺骗的手段绑架自己,这传出去不仅丢的是他张万里的脸,而是整个解放军的面子。天底下没有这样的演习,自己确实曾经把偷袭过自己的几个俘虏吊在木杆上示众,逼迫他们的领导来领人,那是因为我张万里是军长,是少将,我在打仗的时候抓了俘虏。你们两个没大没小的家伙,不要以为你们这种做法是发生在战场上的战斗,你们在找死!你们用两个少将的尊严玩小孩子的游戏,这玩笑确实开大了。”张万里咬牙切齿地想着,但当他看到兵王被陈斌指着鼻子训斥的时候,张万里觉得,在自己看来幼稚荒唐的绑架游戏,对特战队来说,似乎是一件无比庄严的战斗,于是他强迫自己冷静下来。

“甄志国!”陈斌指着兵王吆喝。

“到!”兵王被突然喊蒙了。

“亏你还是老兵,提起张万里,你的手都不由自主地扣住了枪械保险,你给骁狼做的榜样呢?”陈斌突然的爆发让贺天高也猝不及防。兵王毕竟是兵王,他没有反驳陈斌。

“张万里不是神,打仗是和人打,不是和神打,只要是人,就没有什么特别。要想特别,就把你的睡梦也当成战场,你的敌人才会把你当成最特别的对手,解散!”陈斌一挥手,部队解散。梁军需迅速拿着止血包过来帮陈斌止血。

张万里和祖西安被黑蝎子送到了医院。张万里退出战斗之后,他的集团军在大西北就变得特别水土不服,导演部预判需要一个月的战斗,最终仅仅持续了十三天就提前结束了。他们准备回到南方的时候,张万里驾车到骁狼驻训地的不远处,看着这座戈壁滩中孤零零的营区,他狠狠地啐了一口唾沫。

张万里最终没能压制愤怒,他把贺天高打折自己腿骨和政委肋骨的事情反映给了许克明,并暴怒地说:"贺天高完全是在使诈,而且对一个将军最起码的尊重都没有。"

祖西安在和贺天高的集团军政委通话的时候,话中有话地说:"以诈骗的手段实施绑架,胜之不武;以诈骗的手段打胜仗,打的是你们自己的脸面。我祖西安往后走到哪里,就把你们的英雄事迹讲到哪里。处分不处分贺天高,是你们集团军的事情,但是,这事情要发生在我祖西安的部队,我会把他降职处理,然后让他打背包滚蛋。一点军人的素养都没有,这是什么玩意!"

贺天高最终被人当成了一个诈骗犯,甚至连他的军长都被认为是依靠钻空子打胜仗的懦夫和无赖。军长在一次检查特战旅的时候,终于忍不住告诉雷公鸣,说和张万里的战斗,他宁愿战败。军长无意间发的一次牢骚,却让闵一礼抓了个结实。

特战旅召开了一次党委会,闵一礼慷慨激昂地说:"自己从来没有看错过一个人,贺天高为人虚伪,喜欢标新立异,喜欢在上级面前表现自己。要不然,怎么能想出绑架张万里的馊主意,而且在张万里没把他当成敌人的时候,突然对人家下手。"

"这种人要提防,提拔使用干部,绝不能用这种动歪心思的人,我闵一礼的意见是,往后就不要再过分地夸大贺天高了。"闵一礼盯着老王头说了这些话之后,老王头那天破例没有替贺天高辩解。

贺天高明显感觉,特战旅的战士们看自己的眼神变了,这种古怪的眼神让贺天高萌生了脱下军装的念头。半个多月后,特战旅要派一个营出国参加联合军演,原本这个名额非骁狼莫属,但贺天高和他的骁狼最终没能去成。

这是今年暮春的事情。那阵子,戈壁的骆驼刺已经变得翠绿,没能参加联合军演的贺天高被冷落了相当长一段时间。他打电话给老王头的时候,老王头推托自己很忙,有事见面聊。他打电话给雷公鸣的时候,雷公鸣干脆不接。下午吃完晚饭,没事干的贺天高一个人靠在魂毅园的石碑前,揪着骆驼刺咀嚼着,骆驼刺的苦味腐蚀着他的舌头,他像呻吟着一样在心里嘟哝了一首诗,他不敢把诗念出来,他怕闵一礼听见。

哎,我……
杀死了敌人的腿骨
三根肋骨
杀死了自己
在杀人的战场

第四章 豪 杰

13

宋大雷内心深处是喜欢贺天高的,虽然他和老队长柴胜华的感情更好。在国际侦察兵比武中多次扬名立万的宋大雷,把打胜仗当成唯一能让自己扬眉吐气的事情,所以在贺天高担任队长之后,宋大雷发现,贺天高更能让他活得像个豪杰。

柴胜华担任队长的时候,宋大雷总觉得整个骁狼特战队的风头就是他柴胜华一个人的,他说一你绝对不能说二,而且柴胜华经常让他们把有限的精力分出一大半来做些几乎没多大意义的事,比如钻火圈、扛圆木,比如咆哮着在泥水地里打滚格斗。每次柴胜华守在一边看着他们钻火圈的时候,宋大雷觉得自己像一个耍杂技的宠物狗。这和尊严无关,于是他不止一次地渴望真的来一场战争,让不会打仗的柴胜华尝尝敌人的苦头。但柴胜华是自己的老连长,他如日中天的名头已经让他成了人人敬仰的战神,但是不是战神,宋大雷很清楚。表面上对什么都无所谓的柴胜华经常让他通过集团军机要室的老乡打听军长、政委的讲话稿中有没有提到骁狼特战队,如果提到了,是表扬还是批评,如果是表扬,表扬到了什么程度;如果是批评,具体是因为哪件事让军长、政委不悦了。

柴胜华活得压抑、紧张,但宋大雷只是一个士兵,不关心首长对自己的看法，首长也不可能关注他这个小小的士兵。宋大雷想要扬名立万，就得靠他摧枯拉朽般的战斗能力，但柴胜华成天地折腾部队让他的本事越来越不济了。

直至贺天高担任队长之后，特战队才逐渐走到了战场上，就连饭堂原本平整的地面，也被贺天高搞得坑坑洼洼，但越是这种环境，宋大雷的本事越让人看得清楚。一次，特战队组织摩托车竞技，一溜子只剩下车架子和轮胎的摩托车光秃秃地摆在面前，宋大雷一直等着别人挑选完之后，自己才骑了一辆最破的。伴随着陈斌一声枪响，得了号令的宋大雷驾着摩托在此起彼伏的爆炸中不但毫发无损，还在回来的路上一弯腰抱起了一块百十多斤的石头。

摩托车是顺着山丘一路疾驰出去又疾驰回来的，整个摩托车队最后就两个人没挂彩，一个是兵王，一个就是宋大雷。而宋大雷还抱了一块石头扔在了地上说："这是受伤的战友，我给抢回来了。"

那天，特战队一群老兵都用异样的目光盯着宋大雷，眼神里全是惊讶甚至嫉妒。宋大雷感觉自己走路的时候，就像被一阵风卷着，脚步轻快，浑身舒坦。

他渴望成为第二个兵王，到时候也让整个特战旅或者集团军颂扬，最好能在全军也威风凛凛地露个脸。但柴胜华一直不给他机会，动不动就是老掉牙的俯卧撑、单双杠，最多就是野外生存，但这不是特种兵该做的。

"我要的就是这个面子，有人为钱活着，有人为名活着，我为面子活着。"宋大雷一次和贺天高聊天的时候，一边擦拭着各种奖章，一边直言不讳地说了自己的想法。"队长你们经常说理想信念，我的理想就是不要让人小看。"每次提及面子的时候，宋大雷就会无比严肃。

宋大雷后来发现贺天高也是个重面子的人，于是他就开始和新队长贺天高打得火热，他对贺天高言听计从，也学会了顶撞贺天高，但贺天高从来没有生过气。

今年春天，贺天高折腾完张万里和祖西安之后，自己也被张万里和祖西安折腾了一段时间，除了特战队的人，整个特战旅几乎都在用一种怀疑的眼光看着他，就像他做了天底下最羞耻的事情一样。所以贺天高后来就很少去旅部，每天都龟缩在驻训地，带着士兵们不停地训练，但训练结束之后,他常常一个人跑到魂毅园的墓碑后呆坐着,一言不发。

宋大雷着急了,如果贺天高一蹶不振,甚至离开了特战队,他宋大雷将会跟着失去舞台,想和甄志国一样,也成为人人敬仰的兵王就变成一场梦了。

只有贺天高才能给他冒险的机会,而他只有在不断的冒险中才会被人关注。

有一天,当他跟踪贺天高到魂毅园的时候,他听见贺天高正在对着录音笔留言。贺天高的话是说给一个叫"雨"的女孩的,他沉痛地告诉她,他想转业了。让他想转业的唯一原因,是因为他打败了张万里之后,他发现大家在排挤一个打了胜仗的少校,这有些龌龊。他说他当兵的唯一目的,是想这辈子能活在一个仰望崇高的环境之中。但今天,他无法仰望崇高。

我拖着巨大的车

我在爬坡

膝骨碾压着碎石

我向悲愤跪下

我骨瘦如柴

尊严如钢

我拖着巨大的车

我是独行

孤单撕扯着心脏

我向高贵跪下

我孑孑如灵

天地凄凉

我拖着巨大的车

载满日光

一望难见行者

我向不屈跪下

我燃烧如霞

贺天高沉痛地对着录音笔吟诵着一首诗，宋大雷并不知道他写了什么，但他能清楚地感觉到，孤单的贺天高决定要离开部队了。忍无可忍的宋大雷冲了过去，夺走录音笔，揪住贺天高的袖子说："你要是想当逃兵，你就先和跟着你出生入死的骁狼弟兄们去说一声，在每个人跟前说一句'我想当逃兵'，你就走！"

暴躁的宋大雷把贺天高推搡得撞在墓碑上，又拽回来继续推搡，直至贺天高被撞得头晕目眩的时候，他才拿着录音笔离开魂毅园，驾车直接去了旅部，把录音笔交给了老王头。

贺天高最终没能脱下军装是宋大雷的功劳。吃惊的老王头听了录音之后，跟着宋大雷来到骁狼驻训地。这个和贺天高一样从学生到普通军官再到政委的家伙那天有些沉痛，他告诉贺天高："你不要玩虚的，动不动就闹情绪，你有什么崇高，有什么理想？你以为你身边都是幼儿园的老师，得把你抱在怀里哄着？转业的事情以后别提了，你要转业，也要先把你处分了再说。"

"都以为我做了见不得人的事。"贺天高低垂着脑袋。

"没做见不得人的事，你跑啥？闲言碎语都受不了，你还尊严如钢？你尊严如锤子还差不多！"老王头粗鲁极了，他推着贺天高出宿舍门的时候，宋大雷冲着老王头敬了一个礼。

那天戈壁滩接连炸雷，一会儿就一阵大雨。

14

今年的初夏，戈壁滩被隔一天就一场大雨浇灌成了翠绿的草原。天气放晴的时候，特战旅又一次接到任务，这一次，"敌人"依旧是张万里。

回到南方的张万里养好腿伤之后，组织集团军党委召开了会议，给联合参谋部的许克明写了一封万言书，大概的意思有两层：一层是从哪里跌倒就从哪里爬起来；另一层是春天的那场战斗，鬼都知道贺天高钻了空子，而这种手段在真正的敌人跟前完全无效。这封万言书引起了联合参谋部首长的重视,既然张万里有豪情,那就让他继续去大西北找对手打。所谓哀兵必胜,一肚子邪火的张万里说不定能把特战旅给打得屁滚尿流。

能打仗的部队是一刀一枪干出来的,张万里这次来大西北,他点名只带个合成旅,单挑大西北的特战旅和装甲旅。许克明最终同意了张万里的请求,特战旅和装甲旅旋即开进上千平方千米的戈壁滩,静候复仇的张万里。

贺天高没递交转业报告,他和陈斌还有另外四个营长、教导员被集中到特战旅的作战室,雷公鸣、老王头和特战旅的常委都在,他们组织了一次简单的战前动员之后,就开始分析敌情。这一次,导演部专门制订了详细的战斗计划,许克明想让三个旅在导演部设定的环境下开战。开完会,贺天高才知道,张万里这次带来的合成旅旅长,是恩师何玉凯。

父亲去世,贺天高刚刚变得有些开朗的性格又阴沉了起来。但这丝毫没有改变他的个性,理论课门门优秀,全年级军事课能追上他的只有向北这个第二名。但这个第二名和贺天高的成绩差得不是一点半点。何玉凯在军校里没见过这么专注的学生,比如一次组织敌后渗透,所有学员都希望乘坐直升机空降,唯独贺天高带着他的小队,从肮脏不堪的下水道悄悄摸了过去。许多没进过下水道的人都以为那只是一个脏污的通道,但进去之后,才发现这里根本无法顺畅地呼吸,如果没有戴防毒面具,突然冒出的沼气能要你的命。

最后贺天高和他的小队成功穿越下水道,渗透到了敌后,撤离之后,还一把火把下水道搅动的沼气给点燃了,导致追兵根本无法靠近他们。考试过后,何玉凯才了解到,在准备渗透的几天前,贺天高就带人把这片废弃原野上的地形摸了个透,而向北他们的准备工作就是纸上谈兵,一直在研究着遇到敌人的各种情况,唯独放弃了研究战场。

临近毕业的时候,院长希望贺天高能留校任教,何玉凯去征求贺天高意见的时候,他说自己想回到北方,北方是他的家。

"当兵不要过分留恋家乡。"何玉凯希望贺天高能听院长的意见,如果院长喜欢他,留校任教之后的贺天高定会前途无量。

但贺天高扭捏了半天,才红着脸说:"何教员,南方的饭确实吃不惯,再说，在北方，离父亲的坟墓近一些，还能捎带照顾母亲。"

这是大实话，何玉凯不能剥夺一个优秀学员这个不怎么高的要求，于是他找了院长，希望把贺天高分配在离家近点的地方。贺天高最终去了西北战区陆军的特战旅，一个距离家乡不过几百公里的小城。

毕业之后，贺天高和何玉凯差不多一年就打一两次电话，每次都是问好，然后汇报一下自己的成长经历，除此之外，两人并没有见面。但这次，何玉凯从军校被交流到了张万里麾下担任了旅长，而且要和特战旅打仗。有些激动的贺天高一回到特战队，就寻思打完仗他一定要好好请何玉凯坐坐，拉拉家常。这些年，他其实完全可以休假去看看何玉凯，但部队虽说一直鼓励大家休假，可是真正要休假的时候，根本就走不开。这几年他仅仅休过两次假，一次因为母亲生病，一次正常休假刚回家几天，部队有任务就被召回了。

这次，因为他摔断了张万里的腿，何玉凯终于有机会来和他见面。尽管老师是替张万里雪耻复仇的，但这不重要，只要能在演习结束后，能和这个把自己当成亲兄弟一样关心的老师一起坐坐，他就知足了。

张万里之所以挑选了何玉凯作为合成旅旅长，除了军事专家何玉凯熟悉各种战法之外，还在于，特战旅有一半以上的营以下军官，都是何玉凯特种兵指挥学院的学生。让老师打学生，打败他带出来的学生，张万里就像吃了蛐蛐一样刺激，心里痒痒得难受，却又让每一条平日无法挠到的褶皱都被挠中。

战斗在数天之后就展开了。特种兵指挥学院军事教研室主任出身的何玉凯确实熟悉特种作战，他把每个营的指挥部都分化在了就是岩羊也无法抵达的绝境上，每个营的部队分散在指挥部的四周，相互组成既能配合攻击又能相互救援的阵势。

一开战，贺天高他们的友军装甲旅刚出动，就接连遭到何玉凯武装直升机的攻击，之后又遭到炮兵轮番轰炸。开战不足三天，装甲旅就损失了三分之一的兵力。至于雷公鸣的特种部队，根本无法靠近何玉凯的阵地。

第六天，雷公鸣他们毫无战果的时候，军长黑着脸找到雷公鸣，下了一个死任务:"你得给我把何玉凯的指挥部拿掉一半,否则这场仗我都没办法指挥了。"

第七天,军长才离开特战旅,参谋人员根据他们竭尽全力搜索的情报,把何玉凯的每一个指挥部所在的位置告诉雷公鸣之后,雷公鸣就把突袭指挥部的任务下达给了几十公里之外的贺天高。

其实贺天高此时已经在千里戈壁上搜索了整整七天,他知道这次遇到的是劲敌,何玉凯太熟悉特种兵的把戏了。他把五个营的指挥部都安置在地形十分复杂的地方,而且每个指挥部的四周,都是他们严防死守的战场。把指挥部放在战场中央,这是对付特种部队偷袭的绝好办法,只要有偷袭的部队靠近,就会自然而然地进入人家的阵地,暴露几乎是在所难免的。

这七天里,贺天高把骁狼分成了三个小组,他们就像戈壁上的蛇一样,把身子贴在地面逶迤前行,指望能有所收获。第七天的时候,贺天高终于躲过敌人的层层岗哨,贴着悬崖靠近了一处山峦,那时候,文斗才已经濒临虚脱了,一直呻吟着说自己不行了,让梁军需救他。

饥饿和干渴让文斗才的眼前都是眩晕的闪光,就在他盯着天空渴望老天能下一场暴雨的时候,突然发现山顶闪过一道光亮。虚弱的文斗才以为是闪电,于是他提足了精神盯着山顶,渴望能再有一次闪电,只要下一场暴雨,今晚就不会渴死在戈壁了,自己的尿已经喝了两次,之后尿道疼痛干涩,死活也尿不出来了。

过了一会儿,文斗才发现,山顶确实有一道光亮闪动了一下,但不是闪电,大白天怎么可能有闪电呢?但就是这个闪光,让文斗才突然兴奋起来,因为闪光是从一个山洞里迎着太阳射出来的,不用说,山洞里有人,而且极有可能是何玉凯的通信部队,闪光一定是他们的电脑屏幕反射的光。文斗才急忙把这个消息告诉贺天高,贺天高决定带着周虎和梁军需上去摸底细,但文斗才却死活要跟着一起去。

"山洞里有吃的,有喝的,你不让我去,是准备把我晒死在这山沟里?"濒临死亡的文斗才首先想到的是压缩饼干,是水。

贺天高他们像岩羊一样贴着峭壁朝上爬,爬行的速度不能太快,所有的伪装完全依靠和岩石一样颜色的服装,稍稍快些的移动就可能会让敌人的哨兵发现。

十几个人各自伪装成岩石的形状,当摸到洞口的时候,他们发现,头顶的摄像头正对着他们。贺天高清楚地听到了洞内一个女兵的声音。

　　"营长,快看,这是什么?"当女兵指着监视器上移动到洞口的一大片岩石的时候,她同时清晰地看到了文斗才焦渴的一张大嘴。在女兵的惊叫声才落地的时候,贺天高踩着周虎的肩膀跃进了山洞。他顾不得看清楚人,就手起一拳,女孩子被他打得昏了过去,紧接着周虎和文斗才、梁军需也跟了进来。何玉凯的通信营还没明白过来,就被贺天高他们全部清理干净了。

　　饥饿让文斗才浑身发抖,他揪住一个女中尉的头发凶狠地吆喝道:"吃的,喝的,统统拿出来!"那嘴脸活脱脱地像极了电影里的犯罪分子。

　　女中尉恐惧地盯着文斗才变形的脸,一句话也说不出,气急败坏的文斗才抽出了匕首,受到惊吓的女中尉颤抖着指了一下电台底下,文斗才立刻像一只贪婪的狗扑入电台底下,拉出一个背囊,里边竟然有牛奶。

　　"队长,快看,这些腐败分子,还喝牛奶。都打仗了,还有心思喝牛奶,腐败分子。"文斗才一边咒骂着,一边贪婪地吃着人家的饼干和牛奶,之后就像被抽了筋一样瘫软在地上。

　　足足过了一个小时,大家才渐渐恢复了体力。活过来的文斗才按照何玉凯通信营的规矩,向何玉凯发了一个"一切正常"的汇报。很快,何玉凯的指示就到了,说晚上三点钟,通信枢纽撤离到下一个目标。

　　"何玉凯的指挥部在鹰嘴崖。"文斗才喘了一口气。

　　准确定位了何玉凯指挥部的位置之后,虚弱的文斗才尿了裤子,一下放松了,虚弱的文斗才根本就控制不住完全透支的身体,他循着俘虏鄙夷的目光看向自己的裤子时,裤裆淋湿的部位正在一点点被尿液渗透并扩大。

　　"如果能把何玉凯的指挥部给拿掉,这场仗很快就能结束。只要结束战斗,回去就是烤全羊,还能偷偷跑到镇上去喝啤酒。"丝毫顾不得羞耻的文斗才贪婪地向贺天高请求道。

　　"目前距离何玉凯最近的部队,只有李瑾他们。队长,让李副队长出动,干!完了就收兵!"文斗才拿着已经喝不进去的牛奶低声道。

　　贺天高尚在犹豫的时候,文斗才带着哭腔又吆喝道:"队长,再要去打何玉凯的指挥部,我肯定就挂了,我感觉身体快不行了,真不行了。副队长他们有宋大雷和黑蝎子,他们都比你本事大,他们行!"

其实李瑾和贺天高、何玉凯的位置差不多,只是贺天高要赶去的话,还得从峭壁上爬下去。所以在文斗才喋喋不休的嘟哝中,贺天高最后还是给李瑾下了命令。后来大雷牺牲,文斗才一直不敢去殡仪馆,他恐惧地以为,大雷的牺牲和自己鼓动贺天高有关,如果由他和贺天高去收拾何玉凯的指挥部,大雷他们就不会那么冒险。可是大雷是出了名的好面子,越是危险他越是兴奋。

最终,文斗才给李瑾发了一条指令:"狼狗,啃萝卜,目标,三尺三。"

每次出征的时候,贺天高他们都会用只有自己人知道的代号把敌人和目标替代。在这场战斗中,他们把何玉凯叫作萝卜,把何玉凯的营指挥部叫作羊肉。三尺三是鹰嘴崖,那是整个戈壁滩最高的地方,贺天高他们一直说鹰嘴崖离天只有三尺三的距离。

发出指令之后,贺天高伏在洞口用望远镜看着鹰嘴崖的方向,但山峦阻挡了视线,他只看到一只惊慌的兔子从山崖的缝隙中钻了进去。

15

李瑾他们潜伏的地方有一个巨大的人工湖,黄河在不知年月的一次决堤之后,这里形成了一个野生湖泊,湖里长满了水草,也养了许多肥硕的黄河鲤鱼。此刻躲在水草中的李瑾他们泡在河水中,在河水中撒尿,也一口一口地喝脏水,等天黑时钻入戈壁,去寻找敌人的指挥部。他们不像文斗才一样干渴,但和文斗才一样饥饿。宋大雷和兵王一样躯干高大,对食物的要求更多,饥饿的宋大雷曾经潜到水底试图抓一条鱼,但显然没有可能,反倒消耗了许多体力。浮出水面之后,宋大雷揪着一把一把的水草吞咽着,他不能让自己撑不住的时候沉到水底再也出不来。"淹死事小,传出去就丢人了。"漂浮在水面上的时候,宋大雷给自己一遍遍地鼓劲。

这时候,李瑾收到了贺天高让他们攻打鹰嘴崖的指令。

天黑下来没多久,李瑾就急忙把宋大雷他们带出水面,众人在泥淖中仰面朝天躺下休息,恢复体力。大约半个小时后,李瑾从鞋底抽出了几份带着浓重脚汗味的牛肉干分配给大家。宋大雷知道,部队要出动了,带着脚汗的牛肉干,其实就是冲锋号。

李瑾有个绰号叫"铁腿",在山地上奔走是他的拿手好戏。这次轻装出动,每个人都没有带太多食物,但李瑾可以把战靴当成存储食物的包裹,要是换成别人,鞋底的牛肉干肯定会影响他们攀岩和奔跑,但李瑾不会,他是"铁腿"。

嚼了一阵牛肉干之后,宋大雷莫名其妙地想起了妻子,他似乎看到了妻子正挺着大肚子买菜,回家还要对着肚子唱儿歌。大雷是特战队唯一一个只上过初中的士兵,所以让孩子将来能比自己有文化,一直是大雷和妻子的心愿。很快,宋大雷眼前又清晰地浮现出另一个画面:雨后天晴,已经步入中年的妻子带着儿子正在一座墓碑前献花,妻子似乎对着已经长大的儿子说了一句"叫爸爸"。

"队副,我不会有事吧?"宋大雷头一次有些悲伤和恐惧,也是头一次向别人袒露自己的心声。在特战队论打仗的本事,黑蝎子未必比自己差,但要是论不怕死,就得数他宋大雷了。可今天,他有些胆怯了。

也许是太饿了,饥饿把人的胆子都给饿成了鹌鹑蛋大小。大雷的话一出口,旋即就后悔起来。他笑着继续说道:"我和你开玩笑呢,队副,我能有啥事?"

但李瑾已经发现了大雷的恐惧,他拉过大雷的手把自己没吃完的牛肉干塞进去说:"你是大雷,你不会有事,你是饿的。"

李瑾这句话让大雷一下子羞愧了起来。躺在冰冷的泥淖中,他都能感受到自己的脸在发烫。贺天高要是高升走了,李瑾肯定是下一任队长。今天他贪生怕死的言语一定会让李瑾记住,那以后有什么任务,李瑾一定会派给黑蝎子或者周虎,他宋大雷就成摆设了,成了摆设的宋大雷想要成为兵王,就没有这个可能了。

"我真的是开玩笑呢,你认真啥,副队长,我一直没听你说过你爸,你爸是干啥的?市委书记还是县委书记?"宋大雷的悲伤像一阵风很快就没了。但他自己都不知道,为什么突然问起了李瑾的家世。这个和贺天高一样有一双大眼睛的领导,身上有一股贵气,这股贵气让他和其他人不一样,他从来不会在任何一个领导跟前表现出哪怕一丝丝的谦卑和谨慎。

但李瑾没有回答大雷的提问,他仰在泥淖中的脑袋偏向了一边。这让宋大雷羞愧地以为,副队长李瑾认为自己临阵退缩,心里顿时升腾起一丝恼火。

　　天彻底黑透之后,李瑾带着小分队朝鹰嘴崖悄悄摸过去了。在路上的时候,宋大雷似乎又一次看见了大肚子的妻子站在自己面前。

16

　　何玉凯这辈子就欣赏过三个男人。

　　在他当军事教研室主任的时候,教研室的教员甄铁诚有个"甄精神"的绰号,不是因为他长得精神,而是他在别人眼里完全就是个精神病,说话不仅常常让人听不大明白,而且胆子特别大,不管和谁在一起,什么话都敢说。他常常以"竹林七贤"来比喻自己的风骨,但对古风的过度追求,让他的确有些神神道道,好在他研究战争的本事确实了得,看问题也常常一针见血。所以何玉凯觉得这个"甄精神"是个干净纯粹的本事人,值得交往,而且和甄铁诚在一起,你想说什么就说什么,但你不会口无遮拦,他常常会帮你把住最要紧的关口。

　　有一次两人喝酒聊天,何玉凯被甄铁诚漫天飞舞的思绪带得兴奋而又杂乱。两人说着战争和军人的关系,讨论战争中的牺牲是否称得上真正的伟大时,何玉凯举了一个不恰当的例子。

　　"军人就应该在战争的祭坛上。"甄铁诚笑着。

　　"军人必须是战争的祭品,神圣的祭品,就像披着红绸子的羊,被摆放在祭坛上。"何玉凯喝得有点多了,他心里升腾起一股神秘的力量,这股力量有些悲壮。没料到甄铁诚当时就拉下脸。

　　"你越界了。"甄铁诚再也没说什么,把酒瓶收好,然后看着何玉凯说:"埋单,打车,回家,我送你!"

　　"军改"之后,光芒四射的甄铁诚被调到联合参谋部,成了一名研究员,他如鱼得水地使尽了浑身解数,最终成功地被划拉到了许克明中将的身边做了智囊。

何玉凯喜欢的另外一个人是向北。向北和贺天高一样执着、精明,在何玉凯被交流到张万里手下当了旅长之后,向北已经是这个旅的作训科长了。十年时间,年轻的向北由副连提拔为正营。但不久之后,何玉凯就开始慢慢疏远向北了,他发现自己毕竟是个书生,对人下结论未免有些太早。向北身上似乎有太多的官僚气,甚至有一些市侩气。当对向北心生厌恶的时候,何玉凯变得郁闷起来。他觉得向北终究成不了优秀的军事家,因为军事家应该有对人世间一切最美好事物的追求与呵护。

退休后,何玉凯开始闭门著书,他的最后一本著作被翻译成外文之后,还被邀请到国外给外国军人上了几天的课。但那次何玉凯讲的不再是军事,而是和军事无关的事情。他以为自己的讲述没人明白,或者自己根本没讲清楚,但后来那个国家的武官在给何玉凯送行的时候,万分诚恳地说:"何先生,您对军人职责的全新阐述让我相信,您是真正热爱和平的思想家。"

何玉凯苍老的眼睛望着深不见底的蓝天和沉重的白云,他没有说谢谢,耳边一直回响着自己反复阐述的一个观点。

海明威自杀了,是因为他发现自己追逐了一辈子艺术,到头来,他根本看不到艺术的本来面目。但一直在追求真理和正义的军人是不会自杀的,这是因为只要人类社会的活动还在,谬误和邪恶就不知道什么时候会出现。追求崇高的军人和追求艺术的艺术家一样,他们一直艰难地行走在路上,同时享受着发现美带来的愉悦。军人的眼里一切都那么美好,所以他不敢放弃对美的维护,军人一辈子都守望着美,是因为他发现了美。是的,他发现了美丽和美好,但是艺术家一直在发现更美的艺术。同样在追逐的路上,军人追逐的是守护,守护就是崇高,守护没有尽头,所以军人不会绝望……

飞机升到高空的时候,何玉凯望着蓝天下的海洋,恍然间看到了海洋深处一条条大鱼,在海底的市场上交换着海草、贝壳和珊瑚。

何玉凯到合成旅当代理旅长的时候,向北十分兴奋,但城府极深的他并没有表现出来,他担心合成旅的其他人会说他老师当旅长了,尾巴就翘起来了,所以他一直和何玉凯保持着距离。他十分清楚,代职只是临时性的工作,过不了多久,何玉凯还会回到院校,老旅长还会回来。他不能让老旅长回来之后听说他因为自己的老师当了代理旅长,就开心得不得了。

这次,当他听说要在大西北的戈壁滩和同学贺天高一较高下的时候,接连放了三个大屁。文雅的向北感觉这三个屁震得床板都在动,鼓胀的腰身都瘦了一圈,而且浑身轻松了不少。在军校的时候,向北发现了比自己还高深冷峻的贺天高,起初他以为这个一脸怅惘的同学一定是在故作高深,但后来他慢慢发现,沉重的贺天高就是这种个性,于是他有些微微的不开心,高深和沉重都是临阵的将领才有资格拥有的特质,但贺天高只是一个不起眼的学员。

春天,贺天高所在的梁军和张万里部队演习时,其实向北当时就在大西北的戈壁滩作战,但他一直没有告诉其他人贺天高是自己的同学。张万里被摔断小腿之后,向北更担心别人知道他和贺天高的关系,自然也会恨屋及乌。何玉凯被交流过来之后,向北知道他和贺天高的关系是隐瞒不住了,于是他就想找机会和贺天高打一仗,这不仅是给自己长脸,更重要的是给军长张万里和政委祖西安出气、报仇。

这一次,机会来了。旅指挥部设在鹰嘴崖的时候,向北就亲自带人在靠近悬崖的位置埋了许多化学地雷。参谋长担心地雷埋得太多,万一出事了不好收场,没想到向北径直怼了参谋长一句:"您到底是站在谁的立场上?"

参谋长顿时被噎住,向北是他的部下,但这个部下拿捏政策已炉火纯青,和向北较劲说不定会背上道不清的罪名。于是他看都没看向北,就像没听见向北的顶撞一样转身离去了。保护旅指挥部,何玉凯把这个任务交给了向北的作训科和警卫连。

在悬崖的边缘埋设地雷之后,每天晚上,向北就带人在临近悬崖的地方睡觉,他知道,特种兵无非就是老鼠,无非就是蛇,他们打仗,靠的是走别人不敢走的路。如果硬碰硬,别说贺天高,就是特战旅全部人马过来,也招架不住一顿炮轰。何玉凯一次在检查阵地的时候,也发现了向北埋设的地雷太密集,火力过分凶猛,于是他提醒向北说,毕竟是演习,象征一下就行,千万别把谁给炸下悬崖。不料向北冷冰冰地说道:"地雷爆炸了,我也在雷区。请旅长放心,我和敌人共存亡。"

何玉凯无法再说什么,向北的绝情让何玉凯有些发怵,叹息了一声就钻进了帐篷,他突然想喝一杯酒。

夜晚,李瑾带着小分队爬到鹰嘴崖半山腰的时候,向北的无人机刚好从悬崖顶上盘旋着飞了下来,幸亏李瑾他们满身都是泥巴,无人机红外侦察仪没有发现他们。但就在他们即将爬上悬崖顶部的时候,却发现两个哨兵坐在悬崖边上吹牛。无奈之下的李瑾一直等到后半夜,才悄悄爬上悬崖。跟着李瑾一起贴在悬崖上的时候,宋大雷两只腿抖得厉害,接连几天吃不上饭,他已经有些虚脱了,甚至不敢朝悬崖底下看,一睁开眼睛就晕眩。

宋大雷满头虚汗的时候,悬崖上的两个哨兵撤了。爬上悬崖的时候,他发现何玉凯中军帐里还亮着灯,如果帐篷里的人不多,十几个也没问题,依照他和李瑾、黑蝎子的身手,足够把这十几个人短时间内拿下,拿何玉凯的时候,必须是他宋大雷,李瑾也不行,别人更不行,否则打完仗回去评功、评奖的时候,宋大雷要是没在重点表彰的名单里,那就是打脸。

匍匐向前才不到三米,李瑾突然停住了,他的胸膛稳稳当当地压在了地雷上。部队演习的化学地雷没有弹片,但爆炸会把一个人掀起来扔到半空,而且他们身上的 CY 交战装备,会让每一个中弹的人产生真实的痛感。地雷会把一个人撕碎,被撕碎的痛感足以让任何强大的豪杰痛得昏死过去。

在研制 CY 作战服的时候,一个研究员中枪之后,巨大的疼痛诱发了心脏病,可怜的研究员最终没能抢救过来。所以这些年部队都习惯把演习叫成打仗,因为无论是躲在装甲车内挨了一炮,还是谁挨了一枪,感觉都和挨了真实的炮弹、子弹没有两样。

CY 作战服让部队切身感受到战争的残酷,也让他们从此对每一次演习都心存敬畏。科技改变人类的生活,也将罪犯的欲望无穷放大。为了抵挡罪犯的刀剑,可怜的人们不得不一次次地模拟着被刀砍中的感觉,疼痛会让他们警醒。

宋大雷不懂这么高深的道理,但他想到了怀孕的妻子和尚在母腹的羊水中不能感知未来的孩子。他必须用一张脸面让尚未出世的孩子长大后足够自豪,他没有钱,也不是官员,他的成功只能在战场上。

李瑾悄然把这里有地雷的事情告诉了宋大雷和黑蝎子,最终他们决定,让黑蝎子用躯体蹚开地雷,然后大家冲进去把何玉凯干掉。

宋大雷否决了李瑾的提议,他有些恼怒地悄声说:"蝎子能蹚开地雷?瞎扯!我来!"最后李瑾答应了宋大雷的要求,他伸手摸了一把宋大雷的脸,全是虚脱的汗水,就在他想反悔的时候,宋大雷已经一跃而起,朝着帐篷冲了过去。

李瑾紧跟着一跃而起的时候,地雷就轰然爆炸了。接连爆炸的地雷把他扔到高空的时候,他感觉浑身一阵麻木,紧接着就是无数把利刃割裂身体的疼痛,等他落下的时候,他什么也不知道了。宋大雷才跑出去几步,壕堑中的向北端起机枪,对着宋大雷接连开了几枪,猝不及防的宋大雷被一股力量一下推到了悬崖边上。如果换成梁军需或者文斗才,被机枪扫中之后肯定会疼得昏过去,但宋大雷体格强壮,他忍着巨大的疼痛站起来的时候,就听到向北突然吆喝了一声:"停下!地雷!"

宋大雷没有理会,他踉跄着朝前迈了一步,指着向北的时候,他感觉自己像一个悲壮的武士,他脑袋蒙乎乎地大笑了起来,喊道:"蝎子,跟我上!"

宋大雷是想为黑蝎子踩开一条路的,匍匐在地上的黑蝎子他们不会被向北的机枪打中,只要在地雷爆炸的时候,黑蝎子同时跃起的话,就能靠近帐篷一步。但宋大雷想跳起来的时候,他感觉双腿像灌了铅一样沉重,他一脚踩在了一枚地雷上,一连串剧烈的爆炸之后,宋大雷恍惚间觉得自己像一个轻飘飘的气球飞上了天。

然后,他清晰地看到了鹰嘴崖下闪着一丝亮光的湖泊,耳边是呼啸的风声,湖面离头顶越来越近,他看到了妻子站在地上仰望着自己。

宋大雷是被地雷掀起,然后被抛下鹰嘴崖的。黑蝎子不知道自己是怎么发狂的,他冲向向北的时候,向北正慌张地扔掉机枪朝后跑去,边上的士兵接连冲黑蝎子射击,他昏死过去的时候,顺手朝空中抓了一把向北,但并没有抓住。

何玉凯最终被几个士兵用匕首架着脖子冲出了帐篷。向北带着参谋长和政委远远地躲在帐篷不远处,他们眼睁睁地看着何玉凯被绑架。特战队幸存的几个士兵冲入帐篷的时候,政委和参谋长迅速撤离了帐篷,但何玉凯一直站在电台前头,望着爆炸的地方似乎在搜寻着谁。向北知道何玉凯在寻找他的学生贺天高,可是他欣赏的贺天高没来,来的只是贺天高的走卒,他欣赏的学生把死亡留给了部属,自己不知道这阵子躲在哪个角落呢。硝烟散去的时候,向北不管特战队咆哮的士兵,急忙安排人缒下悬崖,去搜寻刚才被炸下悬崖的那个士兵。

向北不知道到底有几个人被炸下了悬崖,他有些害怕,也有些悔恨,但他更恨贺天高:"你贺天高肯定知道我在这里埋了地雷,但你还是命令你的人从这里上来偷袭,你好无耻啊,你既然敢让你的战友送命,我为什么不敢让他们牺牲?"

救护车开上鹰嘴崖的时候,黑蝎子气若游丝,李瑾也刚刚恢复了心跳。半夜,李瑾苏醒了过来,他躺在救护车上,车上坐着"敌人"何玉凯。

李瑾不想看见何玉凯,他还不知道宋大雷已经牺牲了,闭上眼睛的时候,他想起了父亲。

从十二岁到现在,他没有见过父亲,也不想见。这个薄情的老头子现在也许过得并不开心,也许他没有再婚,但私底下早就有了相好,毕竟他是个长得还算帅气的少将。可是他要是知道自己被炸休克了,说不定会从导演部跑过来安慰自己、关心自己。他绝不能让这个老头子在自己的眼前带着父亲的关爱出现。他不配!他是将军又能如何?在自己的履历中,没人知道他李瑾是将军的儿子,他只是可怜的母亲一手带大的普通孩子。

李瑾挣扎着下了救护车,当他知道自己带出来的部队少了宋大雷之后,颓然坐倒在地。衣服已全部被炸成了碎片,黑蝎子除了眼珠和牙齿以外,浑身焦黑。其余的队员们都站在救护车边上。

"大雷没了!"黑蝎子撕心裂肺地冲着李瑾吆喝。李瑾木然地站起来,向北冰冷地盯着他说:"演习终止了,回去料理后事吧,你们的一个上士牺牲了。"

脑子尚未完全清醒的李瑾不知道牺牲是什么意思,他脑袋发胀而且剧烈疼痛。但奇怪的是,他眼前一遍一遍出现宋大雷的样子,高傲,面目模糊。

宋大雷的遗体被找到的时候，手里竟然还扣着枪。李瑾始终想不明白，大雷为什么牺牲之后，脸上凝固着淡然的微笑。殡仪馆里，大雷就像在梦到了什么甜蜜的事情一样，笑容温暖。

　　演习终止是许克明要求的。当他知道李瑾带着人冒死登上鹰嘴崖的时候，不由得一把攥住了桌子腿。已经对戈壁滩十分熟悉的许克明知道鹰嘴崖有多高。向北报告说特战队有人坠崖，而且人数不详的时候，许克明的脑子就嗡嗡地响了起来，紧张地看着李光然。

　　每次演习的时候，李光然都以安全保卫部门最高领导的身份为演习护驾，这次，他的儿子李瑾带人偷袭何玉凯营地的时候，有人摔下了悬崖。得知情况之后，李光然像没事一样镇定地指挥部队组织搜救，并要求雷公鸣安排贺天高迅速清点兵员人数，查清伤亡情况。等安排完这些事情之后，李光然借口上厕所，一关上厕所的门，他就扶着墙壁失声痛哭了起来。他太想这个忤逆之子了，这个自私残忍的浑蛋十多年来一直在报复他，今天他带队偷袭何玉凯，不知道现在是否还活着：你要是活着，我李光然把这张老脸伸过来让你扇，让你吐口水都行，你不要死……

　　李瑾是他的儿子，儿子其实是父亲的源头，这个源头一直延伸到未来，儿子是人类的上游，绝不是下游。可怜的人类在说不清道不明的社会活动中，哪一个不是为了这个无休止的源头？源头要是没了，人类的洪流就断流了，就干涸了，所有的光辉和理想、卑劣和崇高将无所依附。李光然痛哭的时候，有人告诉他李瑾没事，但曾经休克过，于是他就像一个哭得太久的孩子一样，无声地抽噎着和许克明商量演习还要不要继续的事情。

　　这次演习，除了宋大雷牺牲之外，何玉凯的部队也有两名重伤员。雷公鸣的友军装甲旅也重伤了数人。凶狠的张万里带着复仇的决心来到戈壁，一个合成旅最终把对方的装甲旅几乎打光，剩下雷公鸣的特战旅肯定没办法和一个合成旅抗衡。在导演部形成决定之后，一场由张万里挑起的演习戛然而止。

　　许克明撤离戈壁滩的时候，特战旅按照要求开始了作风整顿。在和张万里交战的过程中，贺天高让对方的军长、政委受了伤；这一次，又牺牲了宋大雷，而且上尉李瑾也差点牺牲。所以虽说是对特战旅进行作风整顿，其实针对的只是骁狼特战队。

"没了士兵,再厉害的指挥官也是一个屁。"在特战旅进行作风整顿之前,集团军派人专门传达了上级指示,当政治部主任刚宣读完指示,闵一礼不失时机地加了一句。

老王头准备抽出烟抽一支,但当他看到严肃的会场时,就悄悄地把烟盒收了起来。

骁狼特战队撤回了孤零零的营区。那天,天气特别炎热,知了趴在杨树上亡命地嘶号,以至于那些干枯的树干都在知了的嘶号中颤抖了起来,或者,那是看不见的风在吹动树干。

听说骁狼特战队的老队长、集团军部队管理处副处长柴胜华要来了,帮助特战队进行作风整顿。听说柴胜华要过来,闵一礼就寻思怎么和柴胜华聊聊,好让他知道,自从他离开之后,新任队长贺天高就是个野心家。

尽管闵一礼一点都不喜欢柴胜华,但这次,他必须装出一副久别重逢的样子。柴胜华这个冷峻的特种兵大佬比贺天高的毛病更多,但这个毛病多的家伙是从特战旅新兵升到集团军副处长的,在特战旅有广泛的人脉、深厚的根基。闵一礼不敢得罪柴胜华,就算他再不高兴,一见到柴胜华,他也会迅速调度全部的笑肌,一张圆脸立即堆成一个肉包子,客气而且谦卑。

何况柴胜华也有他闵一礼用得着的地方,比如柴胜华也讨厌贺天高,认为贺天高把自己一手打造的骁狼带成了一群土匪。再比如,柴胜华和闵一礼一样,对上级的任何指示,从来都没有产生过一丝一毫的怀疑和违背。

所以在听到柴胜华即将来骁狼特战队的时候,闵一礼拿起电话,反复演练了几次说话的语气,带着下级的谦卑和老领导的关怀,问柴胜华什么时候到特战旅,要不要他亲自带车去接。

"下了火车,我自己打车过去,老部队,还客气什么?"柴胜华语气低沉,一句话被他断开了几次。挂完电话,闵一礼的心突突地接连跳了几下。

贺天高的好日子到头了。

第五章　问向砖塔的刀

17

今年,似乎注定了不寻常,包括天气。

十年前,刚毕业的贺天高第一次来到戈壁滩,当看到一望无际的碎石和干枯的骆驼刺时,他在心里美美地落了一把泪。"风吹草低见牛羊"的草原不知从什么时候开始,破败成了一地碎石,贺兰山巅的太阳下边,早晨和黄昏,似乎总是泛着带着血沫的云。可以滋生惆怅的长草不见了,可以搅动恋情的裙裾不见了,可以让他贺天高意气风发地提着刀剑逡巡的豪情也不敢恣肆张扬了。但今年,从春天开始,雨就一直下个不停,特别是夏天的时候,几乎每天都有柔情的黑云带着饱满的雨水,在时而响起的雷声中洒落一遍。

千百年来蛰伏在砾石下的草种竟然并没有死亡,它们在嗅到上天动情的甘露的味道时,就像贺兰山下的骑士听到出征的号角一样,一齐把头颅对着天空昂扬而起,把干瘪的身躯对着倾盆而下的雨水,一天又一天,这些千百年的草种旋即滋生了迎接太阳的力量,在一个夜晚或是早晨,一齐破土而出。

戈壁滩就这样成了一望无际的大草原,以至于骁狼特战队营区通往外边的通道几乎被一米多高的芦苇塞满。只是这些在千百年之后才冒头的芦苇,每一株的梢头,都浸染着一丝暗暗的血红。

这是大雷。这些芦苇是宋大雷幻化而成的,他成了雨水过后的哨兵,带着血光守在骁狼的大门口，他看着这座孤零零的营区里的每一个士兵，舍不得离去。大雷牺牲之后，骁狼特战队的每个队员几乎同时萌生了这种念头，没人舍得去砍掉这些芦苇。

悲伤把这群怀抱死亡的军人一个个逼成了诗人，他们敏感、脆弱。

守在宿舍里等候工作组的时候，贺天高一直望着北方。在戈壁滩上一个他看不见的地方，有一百零八座砖塔，据说是埋葬了一百零八位抗击蒙古铁骑将士的遗骸。当年刚来到戈壁滩的时候，贺天高曾经去那个砖塔群落前观望了好长一段时间。如果可以，贺天高想去那些砖塔前静坐，让砖塔下的将士托梦，告诉他大雷是在这些砖塔下边，还是在别的地方。

但今天，他不能去这个砖塔群落了，他得等柴胜华。

火车站的样子没有丝毫变化，甚至那几个工作人员还是当年的老人，他们虽然叫不上柴胜华的名字，但大家彼此都面熟。和工作人员打了招呼，柴胜华拉着箱子就出了站。广场上干枯的阳光十分刺眼，晒在脸上像针扎一样难受，候客的出租司机拉上柴胜华的时候，一口叫出了他的名字。

"柴胜华，柴队长啊，这几年你跑哪去了？转业了吗？"司机有些激动，他不看前边的路，汽车掉头的时候他抽空回头看着柴胜华惊喜地吆喝道。

"没有转业，调走了。"

"调哪了？怎么都不和镇上的弟兄们告别一下呢？哎呀，您是大人物，我们就是小人物。我们认识您，您可不认识我们，难怪您不和我们打招呼。柴队长，您走了之后，大家一直在说您。那个电影叫什么亚马逊来着，就是根据您的英雄事迹拍摄的。我经常给客人提起您，没想到又见到您了。"司机不住地回头让柴胜华有些担心，他不得不和司机说了实话。

"集团军，部队管理处副处长。"柴胜华微笑了一下。

"副处，那不就是副区长吗？厉害！不过叫我说，让您当司令，都不高，当兵不学柴胜华，不如滚蛋回老家，怎么样柴队长？不，柴处长，咱这四周八遭部队当年都这么说的吧，我啥都知道。"司机的兴奋让柴胜华多少感受到了一丝温暖。小城镇毕竟是他成长的地方，这里是家，可惜大雷没了。

最后司机死活要给柴胜华退车钱。他激动地说："部队如果能把你柴胜华这样的人才用起来,我心里就踏实了。"他还反复说自己当年想当兵,但是体检不合格,如果当了兵,说不定他也能当特种兵。他唠唠叨叨地抱怨道,前些年他可以买一些迷彩服穿着,但这几年部队军装管理严了,买来的迷彩服都是假的,穿上一看就像建筑工地上的民工,如果能有部队上的一个帽徽就好了。

司机的唠叨让柴胜华十分不忍,最后下车的时候,柴胜华想了想,就把自己参加国际侦察兵比武时得到的一把匕首送给司机,说:"你喜欢军品,就留着,放好,别丢了。"

感恩戴德的司机庄重地把这把匕首放在了后座,说等儿子长大了当兵的时候,送给儿子壮行。

柴胜华进了特战旅营区之后,司机就接到一个出车的单子,通完电话,司机才发现,叫车人就站在几十米外冲着自己微笑。这是个看起来帅气极了的年轻人,英俊精致,安静白皙,他高挑的身体掩藏在宽松的衣服下边,但依旧能看出他浑身都是鼓胀的肌肉。人都喜欢帅气的男子、漂亮的女人,司机也不例外。

当他载着这个英俊的男人一路闲聊时,他才知道这个男人叫单骏,是一个地地道道的外国人,不过是在中国长大的外国人。这个男人让他去戈壁滩的一个景区,叫什么一百零八塔的地方,司机就说这里他太熟悉了,凡是来这个戈壁滩的,都是冲着一百零八塔去的。他还告诉单骏:"一百零八塔十分灵验,有求必应,这倒是其次,最主要的,你要是虔诚地跪拜之后,砖塔能托梦告诉你不知道的秘密。"

那个叫单骏的乘客似乎有些动心,但他并不相信司机的话。于是皮肤黝黑的司机有些恼火,说:"先生你可千万不要以为我胡说,刚才我拉的那个客人,叫柴胜华,是特战旅骁狼特战队的队长,全世界都有名,他给了我一把匕首,你知道这是为什么吗?我们是好朋友。你知道我们为什么是好朋友吗?几年前我给他说,砖塔能告诉你想知道的秘密,人家就相信了,他曾经跪拜砖塔,问他的前途。嘿,砖塔就托梦说,'你得高升,离开戈壁滩!'果然,他高升到了集团军当了副处长。集团军你懂不懂?太大了,得好几十万人呢。你一个外国人你懂啥?你以为大老远跑来这个鸟不拉屎的戈壁滩看砖塔的人都是看一看?错了,是拜,用心拜,你想知道啥,都能告诉你！"

　　司机的言语显然让这个叫单骏的乘客有些心动，他拿起司机给他的匕首，细细端详了一阵就放在了司机身边的盒子里，然后就再也没有开口说话。

　　晚上回到家，当司机要给儿子和老婆展示匕首时，却发现盒子里只剩下了一个刀鞘，匕首不知道什么时候丢了。他今天还拉过五六个客人，他给每个客人都炫耀过这把匕首。痛悔的司机晚上喝了一斤白酒之后当着老婆和儿子的面抽了自己几个嘴巴，郑重地把刀鞘交给儿子说："留下，这就是教训，以后得记住，做人不能露富！"

　　单骏之所以想去砖塔群落转转，是因为叔叔单犇牧曾经告诉他，当年父亲死之前，去过那些砖塔跟前祈福祷告，他只是想去寻访父亲的影子。但当他站在那些砖塔下边的时候，那些虔诚跪拜的游客让单骏突然感到了一丝恐惧，他不由自主地跪了下去，向砖塔许了一个愿。

　　"神灵，您一定得给我托梦，让我看看父亲的头盖骨是不是旋转着飞出去的。"单骏把额头贴在沙土上足足有十几分钟。

　　跪拜完毕，他悄悄拿出了那把从出租车上偷来的匕首，匕首显然是用上好的钢材锻造的，足以把最坚硬的骨头切割下来。如果砖塔告诉他，父亲的头盖骨并没有旋转着飞出去，或者父亲根本就不是头部中枪，只是被一个叫雷公鸣的中国军人打死了，那么替父报仇之后，他就要用这把匕首割断那条饶舌的舌头。

　　忽然起了一阵风，一股沙尘骤然在眼前升腾起来，单骏的眼睛和嘴巴里全是细细的沙子。

　　这一次，单骏是跟着叔叔一起来到中国的。

　　初中毕业之后，单骏就一直没和贺天高联系过。欧阳燕一直偷偷喜欢着单骏，她也许算得上是单相思的恋人，但自从他回国跟着叔叔之后，他就发现，自己这辈子基本没可能拥有朋友了，他不知道自己能否对朋友友好得起来。所以尽管欧阳燕一直在单相思，单骏依旧觉得她只是一个可以被匕首刺死的肉体凡胎。

回国没多久,单骏就跟着叔叔的部下去杀人,起初是被迫的,后来就变得麻木。尽管他内心一百个不情愿,但有些事情的确是他单骏做的。这是必然,是他单氏家族的必然,就像牛只能吃草一样,他没有办法选择生活的方式。

这次到中国,单骏想早早地把叔叔交给他的任务完成,然后再替父亲报仇。在他的情感世界里,只有一直被叔叔的部下念叨的父亲可以让他感到温暖,但父亲被一个叫雷公鸣的中国军人打死了,天灵盖都是旋转着飞出去的。

来一趟中国不容易,如果不能完成叔叔的任务,他就无法替父亲报仇。从他懂事起,叔叔每次在酒醉之后,都会喋喋不休地向他讲述父亲死亡时的情形。

"天灵盖就像飞碟一样,旋转着飞了出去,砸在他身后的山崖上,脑浆和着血水从头顶喷射出去,绝对是喷射出去的,呼的一声,红白夹杂,就像高压锅突然被打开盖子一样。"单犇牧每次向单骏讲述父亲死亡场面的时候,都会脸色绯红地说起这段话。他告诉单骏,杀死父亲的人叫雷公鸣。第一次听到这段话,单骏感到恐惧、恶心,但后来就成了愤怒,再到后来,长大的单骏开始恨杀死父亲的凶手,而且更加痛恨这个一直向他说起父亲死亡情形的叔叔单犇牧。这缘于单犇牧每次提及父亲死亡情形的时候,都会说"天灵盖是旋转着飞出去的"这样的话,他惟妙惟肖地形容着那种惨状,在形容的时候他常常会情不自禁地兴奋起来,甚至吞咽口水。

单骏开始怀疑这个口口声声说多么爱自己的叔叔了,多次跟踪他之后,他发现这个捻着佛珠的长者其实内心里充满了龌龊。每次,当叔叔兴奋或者生气的时候,他就会把他的助理莎莎叫到房间,然后抡起佛珠抽打莎莎的屁股,佛珠常常把莎莎打得皮开肉绽,在莎莎压抑的呻吟中,单犇牧照样会对莎莎讲述单骏父亲死亡的情形。

"天灵盖是旋转着飞出去的!"

"啊哟哟哟……"

"天灵盖是旋转着飞出去的……"

单犇牧就像交媾的野马一样,龇牙咧嘴,垂死呼号。

那时候单骏已经长大,从那之后他发现让他冲动的欲望像喷出的脑浆一样让人作呕。他突然就讨厌起了欧阳燕，甚至一想起欧阳燕就恐惧，他第一次发现女人是比脑浆更恶心的东西。

单骏再没有上学，他跟着叔叔一起去打仗。说是打仗，其实只是在叔叔的同伙打完仗之后，跟着叔叔一起去清理那些没死的人，有些断了胳膊，有些仅剩下一口气。

单骏那时候并不知道世界真实的样子，在他生活的空间，除了杀那些根本无力反抗的人，就是饮酒作乐。其余的时间就是不断地练习射击。起初，他得打百米开外的酒瓶子，然后是竖立起来的硬币，到最后，就是面朝自己的刀刃。当他射击的天赋头一次展露在单犇牧面前的时候，单犇牧把他带到了自己的禅房。

单犇牧有个禅房，没事的时候，他会郑重地给单骏讲述祖上的故事，讲述因果轮回。但单骏依稀发现这个变态的叔叔一直在违反着他所崇拜的神灵的指示，每一次违反了他的神灵之后，单犇牧就会痛哭流涕，拉着莎莎将她压倒在茶几上，哭诉道："你坏了我的修行。"

那天被单犇牧带进禅房之后，单骏就纳闷了，他原以为这间神秘的禅房会有许多外人不知道的秘密，但进去之后才发现，这里只有四面墙壁，一张喝茶的桌子放在一张地毯上。

单犇牧郑重地告诉单骏："你得好好地练习打枪，你要感谢祖宗给了你打枪的本事，这是天生的，你是单氏家族纯种的子孙，但有人不是。"单骏不知道单犇牧说的是谁，当他问起时，单犇牧就带着一丝鄙夷说，凡是被别人一枪打死的，都不是单氏家族的纯种。单氏家族的人，不是自杀，就是老死，要么就是死在自己人手里，单氏家族的人不会被敌人干掉。

那天，单骏想扑过去掐死单犇牧，但他看着单犇牧鼓胀的肌肉、高大的身躯，他忍住了。父亲就是被雷公鸣一枪打死的，单犇牧的意思是，父亲是个野种。

后来单犇牧有些沉重地指着禅房的四面墙壁说："你要是想拥有你想要的东西，就得听我的话，按照我的计划去做每一件事，而且你还得动脑筋。单氏家族巨大的资产要你继承，在发现你打枪的本事之前，我怀疑你没有继承家业的本领，但今天你接连三颗子弹都打在了刀刃上，你只要克服懦弱，就能拥有这个家族的一切。"

单骏不相信叔叔会把巨大的家族产业交给自己，而且自己并不喜欢继承所谓的家族产业。一个忽悠一群亡命徒为别人卖命的家族，和所有的雇佣军头子没什么区别。但奇怪的是，单犇牧粗暴简单甚至愚蠢不堪，却有那么多人为了点金钱为他卖命。

单犇牧似乎看穿了单骏，他有些不悦。

"单氏家族的产业就像这个禅堂，看起来什么都没有，但恰恰什么都能放得进来，放一把王的椅子，你就是王；放一把刀，你就是勇士。你父亲带着我去中国西北的时候，我见过一百零八座砖塔，那些砖塔看起来是砖头，但在跪倒的人面前，他们心里想什么，砖塔就是什么。"单犇牧企图开导单骏，但单骏一脸茫然。

晚上，跪拜完砖塔的单骏回到了戈壁滩边上的那家宾馆，单犇牧早就候在里边了。当他知道单骏去了特战旅驻训地门口的时候，嘴唇就哆嗦起来，指着单骏半晌说不出话，到最后，他哀叹了一声说："别想着报仇了，天底下谁都有仇恨，就你没有，我没有。"单犇牧明显有些焦躁，他疲惫地叫宾馆的老总马德龙把单骏带回去，让他不要再乱跑了，等完成了黑豹交代的事情，就迅速撤离。

就在单骏准备离开的时候，单犇牧突然拽住了他，盯着他许久，才沙哑着嗓子说："不要和熟人联络，否则你会丢了命！还有，砖塔那边也不要去了，那里有你父亲游走的亡灵，他会诅咒你，诅咒我，诅咒你的母亲。"

单骏一直低垂着头听单犇牧说话，他渴望父亲的亡灵突然显现，掐死那个正在侮辱父亲的叔叔。

18

柴胜华当然知道雷公鸣是自己的老上级。他也知道自己这个从特战旅走出去没多久的副处长回到老部队之后，应该处处谦卑处处客气，否则就会有人说他一阔气就变脸。但他最终没能忍住怒火，他语调低沉口气却十分强硬,甚至生冷地把雷公鸣和老王头训斥了一顿。

"这是安全事故,是责任事故,何玉凯在悬崖边上埋了化学地雷,你们为什么要让宋大雷他们上悬崖? 不顾官兵的生命,不顾部队的安全,这就是咱们的训练? 要是打仗,大雷走了,我自豪,可这只是一场演习,你们怂恿着不知天高地厚的贺天高,让他拿战士的生命开玩笑!"柴胜华盯着雷公鸣的眼睛,一丝一毫的客气都没有。

柴胜华就像一个找碴的妇人,唠叨泼辣。雷公鸣和老王头被柴胜华折磨了一个中午,直至老王头满头冒着虚汗,脸色都变得苍白起来,柴胜华才住嘴。闭嘴之后的柴胜华吃了通信员送到雷公鸣办公室的一碗面条,面条已经凝固成一大块,但柴胜华并没有嫌弃,他使劲把面条搅拌开来,然后几口就扒拉进了肚子。其间老王头想给柴胜华重新下一碗面,但被柴胜华冷冷地瞪了一眼说:"宋大雷到死都没吃上一顿饱饭,他死了都是饿死鬼,你忍心给我把这碗面倒掉?"

碰了一鼻子灰的老王头看着柴胜华在吃饭的时候,鼻涕加眼泪一起流到了碗里,都被他和着面条吞了下去。

柴胜华是在殡仪馆见到贺天高的。

在殡仪馆的时候,柴胜华就反复告诫自己不能哭。

为牺牲的战友大哭,虽然人情味浓烈,但这样的指挥官也会让所有的士兵动摇,让大家对战争和牺牲产生畏惧。所以柴胜华努力克制着情绪,他盯着宋大雷的遗像,在心里一直默默地和宋大雷对话,直至把遗像看成活着的宋大雷,他才在恍惚间进了殡仪馆。

贺天高站在冰棺前,一直望着宋大雷的遗体,面无表情。从大雷牺牲到现在,贺天高麻木迟钝,大雷的遗体进了冰棺之后,他奇怪地问陈斌,大雷为什么要微笑。陈斌感觉贺天高脆弱的神经快要出问题了,他劝贺天高回去,贺天高不肯。贺天高是在等一个人。

大雷曾经告诉贺天高:"队长,虽然我不喜欢老队长的工作方法,但这辈子最喜欢的兄弟就是他,最佩服的兄弟也是他。他带兵打仗不行,但他自己打仗没问题,对兄弟也没问题。将来真要爆发了战争,我万一死了,你得把我的骨灰交给老柴,让他下葬,那是面子。还有,他会年年给我上坟,你是大忙人,你不会。"

　　贺天高等来了柴胜华,他原本以为柴胜华会一脸怒气,没料到靠近冰棺之后,柴胜华望着微笑的大雷也微微地笑了起来,他望着大雷良久,突然想掀开冰棺的盖子,去触摸大雷的脸庞,被及时发现的兵王一把拽了回来。

　　"阴阳两隔,对亡者不敬,回去,鞠躬,献花!"兵王恼火地看着柴胜华。他不明白自己一手带出来的柴副处长今天是怎么了,一点悲伤的样子都没有。柴胜华来了,贺天高就得回到特战队去,把大雷交给了老队长,他就得回去带部队训练,过日子,等着挨收拾。

　　殡仪馆到处都是树,不知道这些大树在戈壁滩是怎么活下来的,坚硬的石头地上根本无法存储水分,这些大树的根不知道依靠什么才深深地扎了下去。也许是亡灵需要有太阳遮挡的去处,他们在夜里为这些大树灌溉,也许是殡仪馆选址的时候,就找到了一处能直通黄泉的圣地,所以大树才会和这些亡灵一起扎下根去,并枝繁叶茂。

　　贺天高悲伤地抚摸着路上的大树,他渴望能在刹那间抓住宋大雷突然伸出的手,然后拉着这只冰冷的手把他拽回人世间,如果阎王爷一定需要一个军人的魂灵,他会毫不犹豫地替代宋大雷。在一群遮天蔽日的大树中间,贺天高确定周围无人的时候,一头撞在大树上,终于忍不住号啕了起来。他不是屠夫,但宋大雷他们爬上鹰嘴崖的命令是他下达的,他甚至想到了鹰嘴崖的边上何玉凯一定会埋设地雷,但他没有收回命令。

　　就在贺天高痛哭的时候,他感觉身后站着一个人,贺天高猛然起身,当他看清楚来人的时候,贺天高知道,柴胜华要和自己有个了断了。

　　"你怎么敢派他们去鹰嘴崖?"柴胜华终于抽噎开了。

　　贺天高无法辩解,他知道所有的辩解都是苍白的。不言不语的贺天高任由柴胜华辱骂,垂着头一言不发。上火的柴胜华无法发泄心里的愤怒,他揪住贺天高对着脸上狠狠地扇了一巴掌,贺天高还是无动于衷。无奈之下,柴胜华推搡着贺天高,让他滚回骁狼特战队。当贺天高失落而去的时候,柴胜华望着他隐没的背影,突然捡起一块砖头,对准自己的额头狠狠地抡了下去,鲜血顺着脸颊流了下来,热乎乎地发黏。等他在水龙头跟前把血洗干净的时候,他的心里才稍稍舒服了一点。柴胜华痛恨贺天高的冰冷,更痛恨贺天高的麻木,他看起来不言不语,任由自己打骂,可谁都不知道,他既不反抗也不悔恨的样子,分明就是大雷的死,在他贺天高看来,是一件无所谓的事情。

骁狼特战队是在柴胜华的手上打出名号的,即使雷公鸣和前任队长在任的时候,特战队也并不是全军闻名,不过现在看来是要毁在贺天高的手里了。贺天高不仅将毁掉骁狼特战队来之不易的荣誉,甚至还会有其他队员牺牲,而且他毁掉这些的理由十分冠冕堂皇——他要准备打仗。

大雷的妻子今天就来了,柴胜华要亲自去接机。他沿着林荫道走出殡仪馆的时候,发现许多小树上都挂着酒盅大小的白纸花,每个纸花的下边,都写着宋大雷的名字。柴胜华知道这绝对不是骁狼的人绑上去的,这不是他们的习惯。当他顺着这些纸花走到墙角的时候,他看到了一个瘦瘦的上校。上校通红的眼睛里放着精光,双颊通红,而且塌陷了下去,整个人看起来就像一个不屈的重病患者,瘦弱却十分精悍。

"你是谁?"上校穿着没有姓名牌的迷彩服,柴胜华只能不礼貌地询问。

"甄铁诚。"上校一边回答,一边过来把柴胜华的帽子摘掉,当他看着柴胜华额角开裂了将近半厘米的伤口时,他皱着眉头说道,"开裂的伤口里有白色的脂肪,看起来十分瘆人,老柴,疼不疼?如果疼,你就不该抡自己一砖头;如果不疼,你应该再来一下,额头上的伤口对称显现,是符合人类审美的。"

"你是谁?你想干什么?上校,我是集团军部队管理处副处长柴胜华,我在殡仪馆处理我战友的后事,要是没什么事情,不要待在这里,这里是殡仪馆。"柴胜华发现,这个上校是来挑衅自己的。但甄铁诚并没有因为柴胜华的训斥而生气,他盯着柴胜华头顶的白纸花说,因为宋大雷是这几年来第一个为了打仗而牺牲的士兵,所以他听到这个消息之后,就专程赶来吊唁。

"他牺牲在了攻打鹰嘴崖的战斗中,这是真正的战斗,宋大雷是烈士,是英雄,他必须被追记功勋,他的妻子和父母必须得到关照。"甄铁诚冷飕飕地盯着柴胜华,"可是你却扇了贺天高一耳光,指挥打仗的是贺天高。"

"你管得着吗？这是我们特战旅内部的事情。"柴胜华觉得甄铁诚似乎是一个胡搅蛮缠的精神病，他不想和这个籍籍无名之辈多费口舌。

"站住，回头！"甄铁诚在柴胜华傲然离开的时候，突然喊住柴胜华。甄铁诚似乎累了，他喘着气告诉柴胜华："你柴胜华正在扑灭一团充满理想的火焰。打仗的贺天高是一个优秀的军人，是合格的指挥官，你却陷入了私人情感，竟然压制贺天高练兵的热情。"

甄铁诚说完之后，旋即转身离去。甄铁诚离去之后，柴胜华顿时明白过来，这个上校是全军闻名的军事理论家"甄精神"。其实，柴胜华一直崇拜着这个叫甄铁诚的专家，但大家都习惯了叫他"甄精神"，以至于甄铁诚报出大名的时候，他都忘记了面前这个精瘦的男人就是他的偶像。

在甄铁诚眼里，柴胜华扑灭了贺天高充满理想的火焰。国际侦察兵中的佼佼者柴胜华突然惊出了一身冷汗，直至汗水渗入伤口的时候，疼痛才让他知道自己身处殡仪馆。

戈壁的风说来就来，一阵风没能让大树的枝叶摇晃，却让柴胜华在盛夏里感受到了一丝凉意。甄铁诚绑在树枝上的白纸花，在风中被吹得坠落下来，随即一路滚动，顺着水渠一直漂向了黄河。

"我根本不会在乎你乱扣的大帽子，老子叫柴胜华，死者叫宋大雷，他是我柴胜华的兄弟。王八蛋，呸！"柴胜华清醒过来，冲着甄铁诚远去的背影狠狠啐了一口。

19

单犇牧决心不再和莎莎睡觉。

每次踏上东方的土地，就会有一种说不清楚的感觉包围着自己，宿命在这片土地上说来就来，提着佛珠去抽打一个女人的屁股，他担心在这里会得到报应。

中国的大西北，单犇牧是第二次来。头一次是父亲去世之后，他和哥哥一起，带着人想在这里盗取一些军用物资，但是和中国军队交手没多久，哥哥就被一个叫雷公鸣的一枪打飞了天灵盖。在抢夺部队武器的前两天，哥哥还说如果能抢到武器，就想办法埋藏在这里，等着以后干大事，如果抢不到,也许会被中国政府一枪打穿脑袋。

　　头一次来中国西北的单犇牧见过一座座砖头堆砌起来的塔后,他就神奇地预感到,自己要在这里亡命,除了必须对付对手之外,还必须小心翼翼地伺候那些看不见的神秘力量。所以在哥哥说出这些丧气话之后,单犇牧似乎就看见了哥哥被打爆的脑袋。果然,不到三天,哥哥就真的被雷公鸣一枪把天灵盖掀飞了。

　　单犇牧逃回去后,回想起那些砖塔和哥哥丧气的预言,他发现那些砖塔下的神秘力量在护佑自己。如果哥哥活着回来,没多久就会把自己杀死。从祖上到爷爷那一辈,单氏家族每隔一代,就会有一次血肉互残的血案,这一次要是哥哥不死,等嫂子生下孩子,他单犇牧活着的日子就该掐指计算了。

　　哥哥的遗孀生了一个儿子,他知道单氏家族终于有继承者了,他开心极了。唯一让他不快的,是自从哥哥的遗孀生下单骏之后,他就再也没了生育的能力。不过这不要紧,万一生下一个孽种,将来和单骏火并,他不知道将会有多么痛苦。

　　在单氏家族的轮回上,他和哥哥应该有一次相互残杀,但是可怜又可笑的哥哥那片天灵盖,就像一个飞盘一样旋转着飞了出去,这辈子再也没人对自己下手了。单氏家族没有一个人是死在别人手里的,这个可笑的矮胖哥哥,也许就是母亲的野种,他死在了雷公鸣的手里,这不算。那么他自己不会自杀,敌人也不会把自己杀死,他一定能颐养天年。在这种满足中,单犇牧想把单骏好好培养成一个纯种的单氏后裔,然后继承单氏的产业。

　　神灵一直在护佑着单氏家族。一个月前,雇主黑豹找到他,说中国政府将在大西北的一个军事基地组织一次多国联合军演。黑豹郑重地告诉单犇牧,如果能让中国政府组织的这次联合军演失利,那么单犇牧此后将会拥有更多的金钱和支持者。单犇牧不需要金钱,他需要一个安定安稳的地盘,还有更多的支持者。黑豹适逢其时地告诉他:"没问题,你看看这片大海的边缘,有那么多无名的岛屿,你可以挑选一个最大的,建造你的王国。"

　　单犇牧不相信黑豹的话,但当黑豹带着幕后老板和他签署了一个让他建立国中国的协议之后，单犇牧就心动了。在他打仗的地方，经常有一些人突然竖起一面旗帜，说这里是自己的国家，这些羞涩的国家就这么半遮半掩地存活着，一直没人过问，那么这一次，幕后老板承诺让他在海岛上建造一个王国，也许不是一个玩笑。

"我想他也不敢和我单犇牧开这样的玩笑，我单氏家族流淌着屠夫的血液。"单犇牧捻着佛珠，用茶杯喝着高度的酒水，就像喝工夫茶一样一口一杯地吞咽着。

黑豹说道："单先生您真的多虑了，没人愿意和您作对，更没人愿意为了那些荒芜的海岛和您作对。"

"这是一次伟大的壮举。"兴奋的单犇牧心里升腾起了莫名的感动，他想挖开爷爷和父亲的坟墓，去亲吻他们的骨头，从头盖骨一直往下，亲吻每一寸干裂的枯骨。

送走黑豹之后，单犇牧感动地发现，自己其实有着向往伟大的基因，这个基因从祖上一直到自己的身上，才彰显出来。渴望能像大树一样扎根在这个世界上的单犇牧来中国之前，他又一次得到一个情报，中国大西北的特战旅可能将会和南方的一支部队打仗，据说这场战斗会有极具价值的情报，黑豹希望单犇牧能顺手牵羊，把这份情报带出来。

后来单犇牧才知道，黑豹已经清楚地掌握到莎莎有个通过网络聊天认识的朋友，叫呼延碧，是个中国军人。惊讶的单犇牧叫来莎莎的时候，战战兢兢的莎莎告诉他说，和中国军人聊天、交朋友是黑豹早在一年前就让她做的。

"这事情还有谁知道？"单犇牧问道。

"马德龙。"莎莎战战兢兢地回答。

"为什么？"单犇牧想抢起念珠。

"黑豹交代的。"莎莎继续发抖，几乎要哭出来了，"我没有背叛过您，我只是喜欢在网上聊天，没想到就认识了一个中国军人，先生，这是天意，该您发财的天意。"

单犇牧愤怒了，除了自己，这些人的天灵盖都该旋转着飞出去。

来到戈壁滩的时候，单犇牧悄悄住进了马德龙在戈壁滩承包的宾馆。这家根本就没有什么生意的宾馆让单犇牧十分吃惊，但马德龙却赌咒发誓地说:"单先生,我是相信鬼神的,我知道,您一定要在这家宾馆干一件大事,所以两年前我就把它承包了下来。"

"胡扯,这么大的宾馆,没人住,你专门给我留的?你知道我会来中国?"单犇牧想抽马德龙的屁股,他不知道男人被抽屁股的时候,会不会呻吟着叫。

后来马德龙赌咒发誓,单犇牧就懒得再追究。多年不联络的马德龙,此时已经和黑豹打得火热,问是问不出什么的。不管马德龙是有先见之明,还是他其实一直利用这个靠近中国军队训练场的宾馆在替黑豹窃取情报,但从这家宾馆楼上,狙击步枪一定能准确地瞄准观礼台上参加联合军演的指挥官,所以单犇牧什么话也没说。

但是昨天,单骏去了特战旅。如果鲁莽的单骏像哥哥一样被击毙在了戈壁滩,那么他做海岛上的王者就没有任何意义了。

第六章　恶声鸟

20

不知从什么时候起,戈壁滩上突然多了许多猫头鹰。年纪大的兵王每次看见猫头鹰的时候就想拔枪,但这些可恶的家伙是国家保护动物,打不得。没了威胁的猫头鹰似乎知道它们的稀贵,夜晚毫无顾忌地停留在骁狼营区的四周,吼吼地叫个不停。兵王被猫头鹰叫得发怵,半夜就爬起来捡石头扔,但是扔走了又很快再回来。后来陈斌说:"今年戈壁滩成了草原,老鼠多了,猫头鹰也就多了,没什么好怕的。"陈斌还告诉兵王,猫头鹰还是古希腊神话中雅典娜的宠物鸟,雅典娜打仗的时候,都要靠猫头鹰给她报警,现在这么多猫头鹰守在特战队的四周,这是好兆头,这是说咱特战队可能会成为新冒出的战神。

陈斌让兵王宽心的时候,谁都看得出来,他自己也在发怵,一张挤出笑容的脸上全是寒凉的意味。最后兵王就去了一趟弹药库,查看了一下弹药的数量。在黑漆漆的楼道里下楼的时候,他又听到了一声吼吼的叫声,太阳还没落山呢,这些丧气的家伙就开始叫了,紧接着,他就听黑蝎子远远的吆喝声传来,黑蝎子似乎是在打那些猫头鹰。

"滚,恶声鸟,滚……"黑蝎子的声音在营区之外的一个位置。

兵王的身上顿时起了一层鸡皮疙瘩,他小跑着下楼,一边跑一边吆喝道:"天高,陈斌,叫文斗才把雷达支起来,给旅部打报告,实弹出库。"

兵王冲出宿舍楼的时候,他发现队员们东倒西歪地散布在营区的角角落落,齐刷刷地把枪对着外边,文斗才的雷达还在转动着。他突然感觉眼前有些模糊,这种感觉已经很久没有过了,原来在境外参加侦察兵比武的时候,他有过这种感觉,什么也看不清,等看清的时候,一场战斗就打响了。

兵王担心打仗,是真正的仗。

突然出现的猫头鹰不仅让兵王担忧,除了周虎,整个骁狼的人几乎都担忧起来。大家每天都抽时间跑到学习室登录网站,他们想在网站的新闻中捕捉一丝打仗的气息。战争确实有,都在国外,而且每天都会有新的战争动向。从来不出早操的兵王天不亮就起来了,他把压满子弹的枪挂在身上,挨个宿舍检查,遇到不起床的,就会毫不客气地一脚踹上去。

"你们都是念过书的,比我有文化。如果一天,仗打到咱这里,都掂量掂量自个,能不能打得过敌人?打不过敌人,你的脑袋就得让敌人提着走。"第二天训练的时候,兵王破例组织了一次讲评。在此之前,无论是柴胜华、贺天高,还是陈斌请他给大家上课,他总是一挥手说:"去去去,我就是个兵,没上课的本事。"

大家都知道,兵王甄志国是被猫头鹰惊了魂。大家也知道,走了大雷的骁狼特战队,也惊了贺天高的魂。

被柴胜华揪住衣领打了一记耳光的时候,贺天高的心就冷了。大雷牺牲,是打仗牺牲的,别人可以说这是事故,可是你老队长,你怎么能把大雷的牺牲当成事故?所以回到骁狼特战队之后,贺天高就缩在屋子里不出门。他必须把这个问题想透彻,想不透彻这茬子事,即使让他带兵去打仗,他也会走神。

贺天高知道自己的毛病,但他无法解决这个毛病。这两天,贺天高也知道骁狼特战队因为猫头鹰变得敏感起来,他不怪兵王,只有经历过生死的人,才会重视猫头鹰的号叫,宿命有时候真是可以看得见听得着的。队员们都把子弹压在枪膛里的时候,陈斌曾经问贺天高说行不行,毕竟荷枪实弹是大事情。贺天高嗫嚅了一下,说:"你不压子弹,你压石头吗?"于是陈斌就在兵王的撺掇下,让所有的士兵都携枪带弹。

阴雨天过去,地面刚被晒干的时候,骁狼特战队又接到了打仗的指令。

从春天到夏天，短短的日子里他们已经接连打了两场，这一次，是第三场。

接到命令之后，一些队员就开始抱怨。黑蝎子尤其抱怨得厉害，他说从过完年到现在，一口气都没歇过，别人介绍了三个对象，两个已经吹了，原因就是没时间和人家见个面。黑蝎子发牢骚的时候，被兵王拎着扔进了屋子抽了一顿脖颈。兵王说："这一次的仗，是特战队和何玉凯的合成旅打，以前，打胜了打败了，都是特战旅的事情，功劳和罪过都是旅长雷公鸣、政委老王头的事情，这一次，打败打赢都是咱们特战队的事情。你早不抱怨晚不抱怨，轮到特战队单枪匹马打仗的时候，你给我抱怨。"

黑蝎子起初挨着抽脖子，梗着脑袋硬扛，最后实在扛不住了就跑。等跑出屋子，他就在楼道里跳着吆喝道："打仗就打仗嘛，你打我干什么？把我打死了看谁给你养老送终。"兵王站在门口，望着这个黑皮肤的东西顿时就再没了话说。在特战队，大家都把他当父亲，黑蝎子甚至都想过给他养老送终，他就一个儿子，今年才不到五岁。自己要是结婚早，要孩子早，他的孩子也和这帮家伙差不多大了。今晚他得去给这帮家伙一个个做工作，让他们把今年的第三场仗打起来，还得打赢。骁狼特战队好不容易有了可以自己做主的一场战斗，如果真的侥幸赢了，这帮家伙和自己一样，足以吹一辈子的牛。有时候，有足够本钱的吹牛真的会成就一个人的一生，比如他和他的雪茄。人这一辈子，无论如何得有一点吹牛的本钱。在兵王看来，特战队这帮可怜巴巴的家伙，这辈子唯一的本钱就是马上到来的这一场战斗了。

这一次，是骁狼特战队和何玉凯指挥的合成旅打。特战队六十多个人，何玉凯几千号人。这是联合参谋部亲自筹划的一场战斗，没人知道策划这场战斗的意义，也没人愿意去打听或者分析。当了这么多年兵，每个人都知道，战争这玩意不是拳击手的比赛，胖子不能打瘦子。战争是逮住谁弄死谁的一场杀人游戏，战争所有的意义就是谁最终能赢。

唯一让人别扭的是，接连三次战斗，都是和张万里这个打不死的瘸子打，难道天底下就再没有其他部队了？特战队员们的疑惑确实不是没道理，这一次，张万里的合成旅被选中，是因为张万里上蹿下跳地想把自己的合成旅变成一支专业蓝军，在众多备选蓝军部队中，张万里的合成旅只是其中之一，他第一个入选蓝军的考核条件就是防范特种部队的侵扰。联合参谋部最终给他们选了一个劲敌,骁狼特战队虽说前边的两次战斗都出了事,但打仗的本事瞎子都能闻得到,所以贺天高他们就又一次被拉上了战场。

兵王找了每一个士兵谈了一次话,除了梁军需,每人都挨了他温柔的一个抽脖子。梁军需胆小,一巴掌下去说不定会尿裤子,即使不尿裤子,这个小心眼的家伙也会记仇,所以兵王没有抽他。谈完话,兵王就从贺天高那边得到一个消息,这一次和何玉凯打仗,战场不知道在哪里,但是从接到命令的那一刻起,战斗已经打响了。

夜晚,大家把子弹上缴到弹药库的时候,兵王专门留了三发子弹,然后就提着枪守在魂毅园,望着月亮等候猫头鹰的号叫。他恼火地告诉跟着他的黑蝎子,要是自己这辈子被埋在魂毅园,那他就服了猫头鹰。但是今晚,他得枪杀几只国家保护动物,这些丧气的东西叫得让人心焦。黑蝎子跟着摇旗呐喊,浑身的肌肉似乎都绷紧了。

半夜时分,终于等来了一只猫头鹰,它根本不惧怕人,站在兵王对面山包的顶上,眼睛直勾勾地看着兵王和黑蝎子,一动不动,也不再吼吼地叫。兵王就奇怪起来,他悄悄举起望远镜,这才看清楚这令人惊惧的家伙并不可恶,圆乎乎的脑袋,此刻就像一只健硕的猫一样精神,两只圆圆的眼睛眨都不眨一下,脑袋一歪一歪地打量着自己,最后闪过一道黑影,径直落在了兵王背靠的山头上。

兵王叹了一口气,他退出了子弹,吆喝着让黑蝎子回去睡觉,自己就枕着枪,拉开睡袋躺在了魂毅园。这只奇怪的猫头鹰让他不忍心开枪,他今晚得陪陪宋大雷,还有这只黑蝎子眼里的恶声鸟。

整个夜晚,兵王连一个梦都没有做,天大亮的时候,他被大门口哨楼附近清脆的枪声惊醒,紧张的兵王一跃而起,等他站上山包的时候,他发现陈斌和贺天高已经站在围墙外边的芦苇边了。他们的对面,是一脸杀气的柴胜华。

骁狼特战队是全军唯一一座没有大门的营区。柴胜华担任骁狼特战队队长之后,把厕所全部从营区移到了围墙外,原来的车库被改装成了格斗室,汽车全部移到了围墙外的地窝里边。部队外出训练,大家必须背着几十斤的背囊从围墙上翻越出去,才能登车。至于上厕所,不管你有多着急,你都必须翻墙出去,才能找到厕所。文斗才刚被分配来特战队的时候,一次闹肚子,整个晚上大家都能听到他哼哼唧唧翻围墙的呻吟。没有大门的营区并不是没有修建大门,而是他们把大门直接上锁锁死了,特战旅所有的领导来这里检查,都得翻墙。集团军来了领导,大家要给他们打开大门,但领导不同意,尽管翻越得有些艰难,但每个检查的领导最终都从围墙上翻越了进来,最后又翻越了出去。至今,大门其实只为闵一礼一个人打开过——每年戈壁落下第一场雪的时候,闵一礼都要穿戴整齐,从宿舍楼出发,穿过大门,踏着落雪朝戈壁深处走去。

其实天不亮的时候,柴胜华就乘车赶到骁狼特战队了,他打发走司机之后,一个人一直坐在远处的山包上,回想着自己当年担任队长时特战队的样子。那时候,大雷还算不上老兵,只是一个有些好面子不服输的好兵。

但是这一次,大雷走了。他柴胜华来到特战队不是回娘家探亲的,他是帮助特战队搞整顿来了。他不仅要帮助牺牲了大雷的特战队重振士气,而且必须把自己不在特战队的这些年,贺天高和陈斌带给特战队的恶习一个个地改掉。兵就是兵,兵就得有兵的样子,行如风坐如钟站如松,但是这两年,骁狼特战队的士兵一个个看起来就像干苦力的农民工,说他们是农民工,简直就是诋毁这些纯朴的农民工兄弟。要说心里话,骁狼活活被贺天高带成了一群"土匪"。他们衣衫不整,肮脏邋遢,甚至一连几天没人剃胡子洗脸。但是柴胜华毕竟离开骁狼已经有些日子了,雷公鸣和老王头都视若无睹,自己这个老队长当然更没有批评人家的必要,但这次,大雷牺牲之后,他这个工作组要借助作风整顿的机会,把骁狼特战队带回之前的模样。

骁狼特战队仅有的六十多人马上就要对抗何玉凯的一个合成旅,而且打仗的地点和时间不确定。军事改革期间,上级安排这么一场奇怪的战斗,一定有良苦用心,全军那么多的特战旅,为什么要选骁狼特战队和一支来自南方的合成旅打仗?

唯一让柴胜华觉得合理的解释是,上级可能要给骁狼特战队一个不为人知的机会,说不定骁狼特战队打完这一仗,只要让上级满意,这个营级单位扩充成一个旅都有可能。特种作战是当今全世界都重视的新型作战力量,以骁狼为核心,再组建一支特战旅,不是没有可能。

想到这里,柴胜华控制不住全身的血液都在沸腾,骁狼真要是扩编了,自己回来担任这个新部队的参谋长或者副旅长是天经地义的事情。如果他当了旅长,到时候,他就继续在自己曾经住过的宿舍里睡觉、办公,整个旅机关所有的干部,办公室和宿舍必须合二为一,当兵就得备战,备战就得有备战的样子,上班去办公室,下班回宿舍,这还是什么打仗的一线部队?上级也许最终会把他柴胜华的这个做法在所有的特战旅推广开来。

所以自己必须无死角地掌控整个骁狼特战队,把这支部队带向战场,让整个导演部甚至全军都看见,我柴胜华组织的骁狼特战队是战无不胜的威武之师,也是任何人都挑不出毛病的文明之师,我们尊重并忠诚于上级的所有指示。但是恰恰贺天高最大的毛病就是自以为是,虽然在他担任队长期间,确实打过无数次胜仗,但几乎每一次他都会违抗导演部的一些决策。

前些年,部队在搞训练上确实有一些走过场的嫌疑,但这几年,已经改进了不少,你贺天高不能总给导演部找碴,所有给上级找碴的下级都将会被冷藏起来。贺天高可以被封存或者被转业,但是耗费了几代人心血的骁狼特战队绝不能被封存。

尽管想象过骁狼特战队的各种邋遢和松散,但是当汽车行驶到大门附近的时候,柴胜华还是震惊了。他悲哀地发现,他亲手量过尺寸、亲手推着电夯砸实的道路,积水有半尺深,带着红梢头的芦苇蹿起来两米多高,已经把进入骁狼特战队的大门给塞实了。一股巨大的悲伤差点把柴胜华击倒。在猛然看到眼前的景象时,他起初以为自己走错道了,聪明的司机急忙指着院子里的红旗说:"副处长,到了。"此时的柴胜华依旧不敢相信自己的眼睛,他仔细地扫视四周良久,当最终确信这里就是骁狼特战队驻训地的时候,他就像干渴的夸父最终没能追上太阳一样,整个躯壳在自己都能听得见的咔嚓嚓的声响中断裂了一地。

柴胜华打发走了司机,坐在背囊上,就像自己当年担任队长一样,望着山峦寻找第二天训练的场地,一直在天色大亮之后,他掏出牛肉,用匕首一片一片地切下来吃饱,然后仔细地把匕首擦拭干净,把背囊整理好背起来,一咬牙把刚换上才几天的新战靴踩进芦苇丛下的水中,大踏步地朝着大门走去。

在临近大门口的时候,他看见了芦苇背后影影绰绰的围墙,围墙已经被靴子踩踏得破烂不堪,一个个水泥坑清晰可见。于是柴胜华铆足了力气,准备在助跑之后,背着背囊跳入这个自己一手打造过的营区。但就在这个时候,他听到了一声厉喝。

"口令!"柴胜华迅速止步,他循着声音望去,山包上的哨楼中,一个人躲在沙袋后,一杆步枪瞄准了自己。

"柴胜华!"柴胜华盯着人影傲然回答。

"口令!"沙袋背后的哨兵显然不愿意接话茬。

"集团军部队管理处副处长,集团军派驻特战旅工作组,骁狼特战队原队长,柴胜华!"一股怒气从柴胜华的心底按捺不住地奔突出来。哨兵显然是在刁难他,他也必须给哨兵一个难堪,让这个不知天高地厚的小子知道轻重。

"柴副处长,我是周虎,口令!"沙袋背后的哨兵终于报上了名。周虎是柴胜华担任队长的时候亲自从外部队带回来的特战队员,也是他一手调教出来的狙击手。说起来,周虎算是他柴胜华的嫡系了。

"你是周虎?我是柴胜华……"难言的伤感让眼前的戈壁和芦苇变了颜色。走了才几年,周虎竟然开始刁难自己了。我柴胜华是工作组,我怎么知道你的口令?于是柴胜华继续朝前走着。突然一声枪响,柴胜华眼前的几棵芦苇被打断,弹头溅起的水花迸到了柴胜华的脸上。

哨兵周虎用的是真子弹,他在阻止柴胜华。

"老队长,请你让旅部通知队部并领取口令,报上口令之后,再进去。特战队已经进入阵地了,战场不明,战斗时间不明,擅闯特战队的任何人,都将被哨兵视为敌人。"周虎声音洪亮,丝毫没有见到老队长的惊喜。

柴胜华于是又一次抬头,扫视了一圈之后,他突然发现,这里已经变了,就连之前灰蒙蒙的天也变得湛蓝而孤独。四周的山包上不知什么时候起,已经披盖了一层翠绿,柴胜华的骁狼特战队原本在苍茫粗粝的戈壁,而贺天高的骁狼却在一片婉约哀伤的绿洲之中。

骁狼已经变天了,你周虎有种,就开枪把我打死。但是我柴胜华还是骁狼特战队的头儿,我今天来这里就是让你们的贺天高停止工作的。恼火的柴胜华向着围墙冲去,于是周虎的子弹就接连跟着柴胜华的脚尖射击。周虎曾有个十分武侠的绰号叫"无枪",他开枪的时候完全凭感觉,几乎不用瞄准,他的这个天赋是柴胜华最早发现的,但今天,柴胜华发现的这个狙击手正在用一颗接一颗的子弹朝着柴胜华射击。

芦苇划破了柴胜华的双手和脸,他模糊的双眼刚看清楚围墙并准备冲上去的时候,贺天高和陈斌就接连从围墙上翻越了出来。突然跳出的两个人让柴胜华猝不及防,他迅速停下脚步,当看清楚来人是贺天高和陈斌的时候,柴胜华却什么也说不出来了。这时候,柴胜华看见了站在山包上望着自己的兵王。兵王一脸惊诧,他带着巨大的惊喜望着自己一手调教出来的柴副处长,那眼神就像一个慈悲的养父看着失踪多年的儿子一样。

柴胜华虚软了,他是被兵王的神情给温暖了,他可以肯定的是,兵王这阵子内心是多么的喜悦。柴胜华一屁股坐在了半尺多深的水中,他等候着贺天高和陈斌给他解释,周虎为什么要向自己开枪。

太阳鲜艳地从山背后升起一竿子高的时候,芦苇血色的梢头就跟着鲜艳了起来。直到这个时候,柴胜华才被一群围在他身边苦劝的弟兄们抬进了驻训地的营区。夏天的早晨,戈壁滩依然清冷,此时的柴胜华浑身已经湿透,清澈的积水顺着衣服一直爬到了他的肩头,但他并没有觉得太冷,怒火让他脸色通红,和芦苇血红的梢头一样。

21

夏天刚和西北的部队打完一仗,回到南方没多久,何玉凯就被张万里叫了过去。张万里神秘地告诉何玉凯,军委组织了一场奇怪的战斗,何玉凯的敌人是贺天高的骁狼特战队。在这场战斗中,只要骁狼特战队能突破何玉凯的两个战斗单元,骁狼特战队就赢了。张万里说这场战斗实际上是检验骁狼特战队这支特种部队破袭作战的水平,但也在考量何玉凯防守特种部队的能力。张万里是有百分之一万的把握的,他说贺天高的骁狼特战队虽然勇猛狡猾,但自从何玉凯担任合成旅旅长之后,合成旅的起色很大,灭了骁狼特战队只不过是他何玉凯愿不愿意的事情。张万里还替何玉凯立下了军令状,说如果何玉凯打不过贺天高,战斗一结束,何玉凯就退休或者转业。

何玉凯惊诧极了，他生气地质问军长："您为什么要替代我立下军令状？"张万里顿时就恼火了，说："一个区区六十人的特战队，你何玉凯打不过？如果你真的打不过，我要你这个旅长拌饭吃吗？你还有脸继续当这个旅长吗？"他还透露给何玉凯一个消息说："你要是能把贺天高在短时间给灭了，你的合成旅可能就是未来的专业蓝军。如果你打不过贺天高，合成旅做专业蓝军的机会就没了，如果你当了专业蓝军的旅长，何玉凯同志，你将会被写入解放军的军史。"

从张万里的办公室出来，何玉凯回望着灯火通明的集团军办公楼，原来对张万里的崇敬瞬间就荡然无存了。书生意气的何玉凯一直把敢打仗的张万里引为知己，这个已经当了将军的军长在战场上除了把敌人打翻，再没有任何私心杂念，也正是因为张万里的这种个性，在院校和部队交流的时候，收到张万里的邀请后，何玉凯才义无反顾地申请去部队任职。如果不去张万里的部队，在院校里边，何玉凯将来一定都能升任副院长，甚至当院长，也未必没有可能，但他希望能在部队里好好干，锤炼出一支真心实意把打仗当成唯一职业的钢铁部队。来到张万里的集团军，何玉凯牺牲了调正师的机会，已经年过五旬的他想在合成旅调正师，显然是无望的。但今晚的一通谈话，他发现自己崇拜的张万里也有小九九，他更希望何玉凯的合成旅能成为专业蓝军。当然，张万里的部队如果能在全军出任专业蓝军，他张万里也就会被载入史册。

何玉凯失落地上车，他的沉默让陪他一起来集团军的向北看了个清楚，向北以为何玉凯是担心打不过贺天高，但是何玉凯却告诉他，他倒希望贺天高能把合成旅给击败，这样至少会绝了张万里一门心思想让合成旅成为专业蓝军的念头。其实想让贺天高胜利，这只是何玉凯一时赌气的想法，他和贺天高一样，在战场上是不可能甘于第二的。让何玉凯生气的另外一个原因，就是张万里过分自信地给上级打了包票，说他何玉凯一定能赢。打仗打的是实力，但合成旅的实力怎么样，何玉凯心知肚明。在他当上旅长的时候，他就发现，至少有近三分之一的指挥官没有专心打仗的能力。他们就像一个个提线木偶，光知道上传下达，一旦脱离了指挥部，这些木偶只会大喊着口号亡命地冲锋。实力是智慧，军人的智慧是一天天用心揣摩战争养成的。

但是何玉凯赌气的话向北还是当真了，他悄悄给张万里发了一个短信，说何旅长信心不足，张万里很久才给他回了一个问号。向北看着张万里的问号，旋即后悔、羞愧起来。何玉凯是自己的老师，对自己欣赏有加，整个集团军几乎无人不知，但他却在军长的面前出卖了老师。

快到合成旅营区的时候，何玉凯叫司机回去，自己带着向北绕着营区走了很久。他告诉向北，越是小目标的特战分队，合成旅越是难以对付。目标小代表着力量弱小，但也代表着难以捕捉，就像一只狮子捕捉一头牛容易，捕捉一只跳蚤却无从下手。高科技的侦察武器面对这些来无影去无踪的特种兵，有时只不过是一堆摆设。草原上的豺狗，常常在大象不备的时候突然跳起袭击大象的肛门，受惊的大象被咬住之后就会狂奔，于是大象的肠子会被咬在豺狗的嘴里拖出来十几米，大象悲惨地倒地之后，这些卑劣、猥琐的豺狗就会把大象分而食之。何玉凯担心合成旅成了受惊的大象。向北沉默了许久，最后他言辞恳切地对何玉凯说："旅长，您熟知兵法，但您对带兵有些陌生。合成旅在前些年动辄把演习打仗当成向上级卖乖的表演由来已久，许多人把与打仗无关的事都当成了主业，如果不想在和贺天高的较量中成为被抽了肠子的大象，您必须行使霹雳手段。"

"怎么行使？指挥权给谁？"何玉凯知道自己在带兵方面确实有欠缺。

"我。"向北一点都不回避何玉凯的目光。

"怎么给？"

"我是作训科长，我可以直接指挥到每一个营。这么说吧，旅长，全旅听您的，也得听我的，天高没多大能耐。"向北最终向何玉凯表明自己的想法。

何玉凯没有理会向北，即使向北确实有本事带着几个营把贺天高给灭了，他也不能答应。演习只是一堂课，所有的人都是学生，他不能让优秀的学生替其他差等生把试卷给答了，这不是公平不公平的事情，这是误人子弟。

带着向北去检查的时候，何玉凯突然感觉对于这个腰身笔挺的学生，他没有看穿。在亮着灯光的参谋部，瘦弱的刘参谋长像一只疲惫的野狗，把自己摊在一张行军床上睡得暗无天日，何玉凯进去他都没有发现。进帐篷之前,哨兵一看见何玉凯就行持枪礼,动作干脆利索,但眼睛却盯着正前方,像一个忠诚的礼兵一样挺拔。何玉凯盯着哨兵看了半晌,哨兵的眼珠子依旧没有动一下,忍不住的何玉凯双手捧着哨兵的脑袋,说:"小同志,你是哨兵,你头都不转动一下,你怎么发现情况?啊?"

于是胖乎乎的哨兵跳下台阶,笑着把何玉凯拉到有点亮光的地方,这时候,何玉凯才发现,站哨的不是普通士兵,而是武装侦察营的营长霍长青。

"旅长,打仗了,咱得隐藏身份,骁狼特战队最喜欢擒贼先擒王。您放心,我盯着呢,到处都是我的巡逻哨。"霍长青把手指塞进嘴里,一声响亮的呼哨之后,树梢上、草丛中、山坡上呼啦啦一下子钻出来许多人。

何玉凯望着突然拥出来的哨兵们,大口呼吸了几下,什么也没说。回去的路上,他一直在担忧,此时的骁狼特战队是不是在搞整顿,还是在思谋和自己的战斗,贺天高会不会像他的侦察营营长霍长青一样机警。何玉凯知道,特战队牺牲了士兵,队长贺天高和教导员陈斌的日子,也许不好过。

何玉凯的猜测没错,此时,柴胜华正在准备怎样才能让贺天高和陈斌知道他这个老队长一肚子的火气。进入骁狼驻训地的营区之后,柴胜华用了整整一天的时间在营区转悠,不让人陪。即使兵王过来,他也不耐烦地把兵王支走,夜晚的时候,他找到了陈斌。

"说话!"柴胜华盯着坐在小凳子上毕恭毕敬的陈斌开口道。可是陈斌死鱼一样的眼睛翻着,就是一句话也不说。陈斌是个厚道而忠诚的好干部,他熟知军队的政治工作,更熟知和军官士兵交往的方式,尽管陈斌平时话很少,但从当指导员开始,他就在骁狼积攒了很高的威望。

"你不说是吧?那我说。我走了的这些年,你变了,你和天高一样好大喜功。你们希望能在违抗上级命令的同时,引起上级的关注,你们也希望能用别人都想不到的稀奇古怪的方式来引起关注,目的就是想升官,你说你卑鄙不卑鄙?"柴胜华把茶杯递给陈斌,陈斌就老老实实地给他倒上水,但还是不说话。

"不说话就滚。打仗了,骁狼特战队从我进入的时候,就归我来管理了,和何玉凯的战斗,也将由我来指挥。"柴胜华提着陈斌的肩膀想把他推出去，但陈斌却像是钉在板凳上，挪不动。于是柴胜华就笑了，他知道陈斌最终会有话要说。于是他翻身上床，三下五除二把自己脱光，闭上眼睛假寐。柴胜华没想到自己真的睡着了，等他半夜起床上厕所的时候，陈斌依旧像一袋子面粉一样，栽在小板凳上不吭气。柴胜华再也睡不着了，但也没理会陈斌，一直到起床号响起来之后，陈斌才说了一句话："要是把天高的指挥权夺了，那把我这个教导员也撸了算了。"

陈斌守了一晚上，终于撂了一蹄子，踢疼了柴胜华的同时，也把他的驴脾气给踢了出来。

部队出完早操的时候，柴胜华就召开了营党委会，他以上级工作组的名义十分强势地宣布了两个重大决议：第一，暂停贺天高骁狼特战队队长的工作，队长职权由柴胜华履行；第二，没有接到导演部开战命令的时候，部队好好地总结宋大雷牺牲的教训。柴胜华原本以为，以他在骁狼特战队的威望和如今集团军副处长的职务，加上旅长雷公鸣和政委老王头的默许，这个带有命令性质的决议不会有任何问题。但万万没有料到的是，当他提出这个决议的时候，一向不喜欢说话的李瑾第一个站了出来，反对柴胜华的决议。他说，首先，贺天高是否能继续担任队长，柴胜华说了不算，即使是特战旅党委，也只能向上级党委建议，最终的实施要由集团军人事部门来决定；其次，大雷牺牲，这没有教训可以总结，如果非得总结，骁狼特战队应该总结当初从鹰嘴崖实施袭击的时候，布置的兵力太少，否则何玉凯还有那个一脸虚伪的向北，就会被骁狼特战队用绳子绑着押回来。

李瑾的发言简单直接，兵王和文斗才也吭吭哧哧半天，最终都表示出不愿意停止贺天高队长职务的意见。陈斌最后发言说："上级派来了柴副处长帮助队党委开了一个会，但是这也只能是队党委的意见，这个意见报上去，让旅党委决定。"

轮到贺天高发言的时候，他沉默了半晌，大家都以为是贺天高准备默认的时候，他却站起来，十分轻松地说道："不让我当队长，没问题。但是和何玉凯旅长的仗，已经打起来了，至少我这个队党委副书记的职务还在，我不同意让部队在这个时候搞什么作风整顿。大雷是为了打仗牺牲的，这不算事故，没必要搞什么作风整顿。"

柴胜华冷笑了，他严肃地告诉大家，停止贺天高队长职务的事情，是特战旅旅长和政委两个人默许的,也是集团军一位首长专门交代过的事情。

"训练就是训练,训练不是打仗。演习不过是大规模的训练,它照样不是打仗。既然不是打仗,就没必要让官兵拿生命去冒险。贺天高同志把演习和打仗混为一谈,这是好大喜功的具体表现。尽管我们经常说要把训练场当成战场,但这只是为了让部队能严格训练的一种精神鼓动。"当柴胜华目光凌厉地扫视着众人讲完这段话的时候,一直眯着眼睛打瞌睡的文斗才蔫蔫地回应了一句让柴胜华这辈子也忘不了的话。

"哦,练兵打仗,练兵备战,原来都是错误的。我服从上级工作组柴胜华同志的决定。"文斗才睁开眼睛,带着单纯无辜的眼神直愣愣地盯着柴胜华说。

骁狼特战队的党委会最终没能形成一致的决议,但柴胜华还是强硬地终止了贺天高继续指挥骁狼特战队的权力。他愤怒地吆喝道:"我柴胜华现在以工作组的名义停止你贺天高的指挥权。谁要是不服气,谁就承担拒不服从上级命令的责任。"

夜晚,部队晚点名的时候,陈斌只能向大家宣布,骁狼特战队的军事指挥权归柴胜华,贺天高下到文斗才的通信分队做普通士兵。宣布命令之前,陈斌悄悄给雷公鸣和老王头分别去了电话,两个人都有情绪,但最终都同意柴胜华的决定。老王头委婉地告诉陈斌,如果仅仅是因为牺牲了大雷,未必会让贺天高停职,主要是在春节的时候,贺天高把张万里和祖西安两个将军打成骨折的事情,至今还没有消除影响。导致贺天高停职,是日积月累形成的。

骁狼特战队的官兵们大多是老兵,他们知道无条件服从上级是天职,就算他们有一万个不明白,那也必须先服从,再去慢慢地想。所以当贺天高被宣布暂停队长职务的时候,所有人的心里都打了一个巨大的问号。部队点名完毕,李瑾向柴胜华报告,请示部队是否解散的时候,柴胜华庄严地举手还礼,声音洪亮地喊了一声:"稍息!"

李瑾旋即让部队稍息,柴胜华于是站在队列前头,他久久地把每一个士兵都盯着看了一遍,除了梁军需和其他十几个新兵之外,这里所有的人都是他柴胜华当年一手带出来的兵。望着这些熟悉的脸庞,他有些动情地轻声说道："今晚推迟两小时休息，把大门外的芦苇铲掉，把路腾出来。把院子里的沙袋全部搬走，把院子里的暗哨坑填平，明天一早，全部换夏常服，开始叠被子，整理内务，枪械入库。集中精力组织三天学习和卫生大扫除。学习什么？学习条令，反省一下这两年来，我们到底还像不像个兵？也许有些同志以为，我们每天都把自己放在战场上锤炼，怎么就不像个兵了！"

柴胜华说这些话的时候，一直在盯着大家细微的表情变化，当他发现一股迷茫笼罩了整个骁狼的时候，他提高了嗓门。"部队是要准备打仗，但是，必须紧随上级的要求组织，而不是躲在驻训地这个天不收地不管的地方，另立门户。谁也没有权力在上级的要求之外另立门户。政治教育就必须在学习室组织，训练场上不行；早操后必须整理内务，被褥打进背囊不行。我们是解放军，不是游击队，更不是土匪，解散！"说完之后，柴胜华一个转身就疾步上楼了，扔下一群迷茫的士兵们，看着一脸木然的贺天高。

骁狼特战队是头一次独立对付一个合成旅，这次战斗，别说集团军，就连战区陆军和战区都不能插手。所有人在猫头鹰的哀号声中刚刚铆足了力气，却被柴胜华的动情和厉声呵斥给泄了气。贺天高麻木了，这一次他不仅脸上麻木，就连心里也乱成了一团麻。小时候，哲学教授父亲曾说，人类社会其实一直在处理由人带给这个社会的种种麻烦，而且处理人的麻烦是人类社会唯一且永恒的主题。他原来一直不明白这句话的意思，但在今晚，他顿悟了。

贺天高身心俱疲，回到宿舍腾空背囊的时候，他把平日不穿的衣服整齐地叠好装进去，放进了库房。冬天来临的时候，他会像打仗一样，努力地争取转业，即使老王头劝他，也不行，谁说也没用了。

夜晚，和梁军需站哨的时候，贺天高拿出一个小本子，写了一首诗。自从闵一礼和他谈过一次话之后，贺天高就不打算写诗了，但在他确定要转业的时候，他已经无所谓了。上一次的诗让大雷夺过去交给了老王头，这一次他干脆交给梁军需，让他放在背囊里，为他最终脱下军装做个见证。

种下一地苹果树的时候

我盼望秋天

秋天赶来一地的时候

我盼望春天

春天花开的时候

我还盼望秋天

长大了我的女孩

长大了我的凄凉

长大了我整个世界我却无法拥抱

冬天来临的时候

我盼望春天

我盼望

我不要看见一地的苹果树

　　何玉凯的部队打过来的时候,柴胜华一定没有一点反抗的力量,但在转业之前,他必须想办法打败老师,这是特战队唯一一场独立自主的战斗。其实也是他贺天高唯一一次不需要违抗任何人的命令,可以放开胆子打的一场战斗。这场战斗将成为自己短暂的军旅生涯中的一个记号,羞辱那些嘲弄自己的人也好,自己壮行也罢,这一定是一个记号。猫头鹰在夜晚继续哀号了起来,它今晚一直在笑。哈,哈哈,哈,哈哈。

　　凌晨三点整,何玉凯接到了上级密令。这一次,部队从南方到北方,没有火车运输。也就是说,装甲车和大炮这些重武器,都得从南方一路开往北方。

　　从南方到西北数千里的路程,部队还得在隐蔽状态下行军,能走的路,都是废弃了多年的道路,而且只能昼伏夜行。这一路,任何一处都可能是战场,何玉凯将面临的是一场遭遇战,而袭击他的骁狼特战队轻装简从,在半道上只要突然冒出来,给这支庞大的部队一个突然袭击,打破他两个战斗单元,估计也就是两三天的事情。

　　两天前,何玉凯找到了武装侦察营营长霍长青,他把霍长青请到他的帐篷里诚恳地说:"长青,万一部队要长途行军,你能不能给我找出十个有脑子的小伙子?"

"我们的人都有脑子,旅长您就说我该干什么。"霍长青在草原上的战斗中曾经落下一个屠夫的诨号,这个在向北的眼里只是个愣头青的年轻人,头脑确实有些简单,正因如此,让何玉凯对他刮目相看了三分。军人的智慧用在战场上即可,在何玉凯的眼里,简单粗鲁的霍长青打仗未必有太多智慧,但他能把全部的心思投在战场上,这已经足够让何玉凯感动了。

何玉凯告诉霍长青,让他找的十个有脑子的小伙子化装成老百姓,全旅出动的时候,在距离大部队一百多公里的地方作为先头侦察部队,防止有设伏的敌人。霍长青听完何玉凯郑重的安排之后,扯着何玉凯悄悄地去了自己的帐篷,从床底下拉出来一个木箱,拿出一堆色彩各异的旗子和马甲,上面印着"我们的长征"几个大字。

"我早就准备好了,如果您不安排,我还想找您提建议呢。"霍长青激动地挥舞着小小的旗子,他不敢相信自己竟然能和何玉凯想到一起,"我们会化装成一个徒步中国的青年团,但我们把人员撒出去之后,没人盯着,万一出了事怎么办?"

"谁也不能把每个人都绑在裤腰带上。还有,侦察分队外出的时候,都携带上武器和交战服。一旦发现骁狼特战队的零星人员,你们都有择机交战的权力。输赢无所谓,输了我何玉凯也不会怪你。"何玉凯把旗子捏在手里打量着,他发现这些旗子的质量确实不怎么样,就像拍影视剧用的道具一样。当他提出这个问题的时候,霍长青有些尴尬地说,这是自己花钱定制的,旅里边没有这笔经费,而他自己的工资都在老婆手里攥着。旗子和马甲的钱是他攒的烟钱。

"这事情不能告诉任何人,包括你的参谋长,还有向北。"何玉凯感慨地抚摸着霍长青硕大的脑袋,他发现这个小伙就像小时候在村子里的一个玩伴一样憨厚,"旗子重新做,别让人发现你们的身份不真实。钱,我给你。"

霍长青安排他精心挑选的十个人出发的时候,动情地说道:"旅长对咱们这么信任,枪、弹、钱都给了。你们外出之后,如果觉得没人管,偷着喝酒、吃大餐,那你们就良心坏了,不是每个领导都这么支持咱武装侦察营的。"即将外出的十个小伙子也感动了,他们信誓旦旦地保证,走到哪里,他们都会记住自己是军人。

后来在打了第一场败仗的时候,何玉凯认真反思这场战斗失败的原因时,他后悔不该给霍长青这么大的压力,号称"屠夫"的霍长青最终把保持军人风范的压力准确无误地传递给了这十个侦察兵。正因为这十个侦察兵太像军人,最终被李瑾识破了。这似乎是一个幼稚可笑的故事,但的确就发生在合成旅和骁狼特战队第一次交手之前。

我曾经认真地反思,为什么我的侦察兵被骁狼特战队一眼识破。最终,我得出的结论是,合成旅多年养成的习惯是遵章守纪。遵章守纪原本是军人的基本素养,但遵章守纪一旦成为最高目标的时候,打仗就成了其次。这是多年形成的习惯导致的必然结果,在和骁狼特战队作战的过程中,全旅官兵终于明白了一个道理——军人和战争,其实永远都是零距离。因为没人知道战斗哪一天突然打响,也没人知道战场突然出现在哪里。军人和战争,也只能永远保持零距离的关系,让军人始终把一双脚板,踩在明天的战场上,我们才能担负起保家卫国的神圣使命。这是军人的使命和天职决定的。

上级希望我能继续担任旅长,对此我深为感动,但我已达到了副师职干部的最高任职年限,更重要的是,我是一个打了败仗的指挥员,所以我决定转业。我相信,我的转业,对那些不能把脚下的土地当成明天的战场的指挥员,是一个警醒。如果我的转业或者处分能警醒他人,这也是我给我深爱着的部队最后的礼物……

深秋的时候,打了败仗的何玉凯给许克明写了一封长信,他婉拒了许克明让他继续留任合成旅旅长的好意,同时也找到张万里,说自己的学生向北并没有他想象的那么优秀,向北并不是一个纯粹的军人,尽管他有打仗的本事,但他所经历的战斗,都只是演习。他打仗的初衷,只是为了出将入相。如果真正的战争爆发,他不敢确信向北能像在演习中一样冲锋陷阵。

"有人希望向北能升一级,我给压了下来,再历练历练。"张万里愁苦地盯着作战地图,没有看何玉凯。当何玉凯将要离开的时候,张万里拉住他说:"其实你刚到合成旅,向北就一直打你的小报告。"没料到何玉凯笑了,他说:"向北一直给你发短信,而且都是和我在一辆车上的时候,我在后视镜里看见了,我虽然成天盯着电脑,但视力特别好。"

　　张万里吃惊地看了一眼何玉凯,这时候他才发现一脸和气的何玉凯嘴角的两道法令纹特别深。

第七章 在高处

22

被停职之后，无所事事的贺天高每天跟着大家一起学条令，其实考上军校后，贺天高就开始背条令，每一条他都已经烂熟于心了，但只要有作风整顿，部队就还得继续学习。学习条令似乎成了包治百病的灵丹妙药，贺天高尽管抵触，却丝毫没有办法。晚上学习完毕，他出了驻训地营区去了一趟魂毅园。这座烈士陵园，不知从何年何月开始，成了特战旅每个官兵倾诉的圣地。

在魂毅园静坐了大半夜的贺天高准备回去的时候，突然看到一个熟悉的身影正从不远处的山包上走过来。等来人慢慢走近，贺天高才突然想起，来人是闵一礼。他原本不想躲起来，但深更半夜闵一礼来魂毅园的事情一旦被贺天高发现，难堪的不光是闵一礼，还有他贺天高。无奈之下，他就坐在一块墓碑背后，却忍不住偷看闵一礼是来干什么的。

夜色中，闵一礼虔诚地对着魂毅园的墓碑又是敬礼，又是作揖，最后他郑重地站在墓碑前，一直盯着那座墓碑。就这样持续了大约十几分钟之后，闵一礼轻声叹息了一声，爬上山包走了。

贺天高不知道闵一礼大半夜来这里的意图，他也没心思去想。贺天高今夜已经萌生了告别部队的念头，但他不知道，闵一礼大半夜到魂毅园来的原因，远远不是他所能想象的。

中午的时候，闵一礼接到了马德龙的电话，请他去赴宴。星期天刚好没事，闵一礼就换了便装，匆忙去了戈壁滩边上的一座宾馆。马德隆承包这座宾馆的时候，工商部门要他出具部队许可的证明，因为这座宾馆离特战旅在戈壁滩的训练场太近。马德龙请闵一礼帮忙的时候，他们已经认识两年多了。一场大酒喝完，马德龙趁着酒兴给闵一礼塞了两万块钱，闵一礼抓着马德龙的手惊恐地说："我是副旅长，咱不差你这点钱，事情可以办，但钱绝对不能要。要了钱，就是犯罪！"马德龙当时扑通一声跪在闵一礼面前说："哥呀，你要是不拿这个钱，那就一刀子把我的心给挖出来，拿走，要不然我拿什么给你尽心？"

两人推了半天，闵一礼最后还是拿了马德龙的钱，晚上回去，他亲自给工商部门出具了马德龙已经通过了部队审查的证明。保密员见闵一礼亲自拿着证明过来，急忙给盖了印章，于是马德龙把这座废弃多年的四层楼翻新了一遍，一座挺豪华的宾馆就落成了。

起先，闵一礼并没有在意这件事，但后来每逢部队训练演习的时候，马德龙的宾馆就会莫名其妙地出现许多客人，部队演习一结束，这些人都不见了。闵一礼没打仗的本事，但毕竟也是个老兵了，警惕性还是有的。他知道有些不怀好意的人趁着部队训练的时候，就会找机会偷取一些情报，然后想办法卖给需要的人，有些在老百姓看起来无所谓的军事情报，一旦经过专业人员的分析，就会泄露许多军事秘密。

有些心惊胆战的闵一礼于是找到马德龙，要求查看住宿客人的信息，但马德龙却说："这么一个兔子不拉屎的地方，来个客人就是爹，我哪敢查人家的身份，闵旅长，你总不会以为老弟我是个间谍吧？老弟真要是间谍，啧啧，你闵旅长就完蛋了！"

马德龙颇有些谈话技巧，在他明显带着威胁的言辞中，闵一礼心虚了，只能祈求上天保佑马德龙是个好人。但装修得这么豪华的宾馆，依靠这点客流量显然是无法维持的，但是马德龙照样有钱花。管理过后勤的闵一礼是懂点经营的，他把这话告诉马德龙的时候，马德龙就要拽着他去自首，害怕极了的闵一礼最终只能向马德龙告饶。最后，马德龙给闵一礼吃了定心丸，他说："这个小镇将来要重新规划，我这是预先占一块风水宝地，看把你吓的，还是特战旅的副旅长呢。放心吧，犯法的事儿给我一百个胆子，我也不敢。"

但今天中午，马德龙却带了一个叫莎莎的女孩，看起来羞涩而纯朴。马德龙告诉闵一礼，莎莎是自己的亲外甥女，家里准备探矿，希望莎莎能有自由进入戈壁滩的通行证。马德龙所说的戈壁滩，其实就是部队的训练场，有一些外人可以进入，比如搞环保的，搞动物保护的，等等。闵一礼说："这不行，你外甥女进入戈壁滩的目的到底是什么，真要是探矿的，等部队演习时间过了，你再找相关部门办理。"马德龙看了看似乎老实巴交的莎莎说："老闵你真是个糊涂蛋，部队撤离之后，探矿的人会一窝蜂进来，那我马德龙的竞争力在哪里？跟你说，事情办完了，我就要举家移民了，你心中的刺、眼中的钉就没了。如果你不办理，那也行，我自己想办法。"

马德龙闭上眼睛，不再理会闵一礼。莎莎却拿出两万块钱战战兢兢地递给闵一礼。闵一礼顿时暴怒了，说："你以为我闵一礼是什么人？"马德龙冷笑道："当初修宾馆的时候，你都拿了，现在怎么就清高得不行了？嫌少？嫌少我也没了。"

闵一礼羞耻地把两万块钱装进了口袋。下午，马德龙给莎莎办了一张媒体记者证，专门交给了闵一礼，无奈之下的闵一礼找到保密员，给莎莎出了一份通行证。

夜晚，闵一礼越想越害怕，他强烈地预感到这个马德龙盯上部队了，他的来路绝对不简单。他想把这事告诉老王头，即使被开除军籍也可以，至少不用进监狱。但马德龙似乎知道他在想什么，半夜来了电话说道："还没睡啊，别胡思乱想了，老弟是个合法商人。"

半夜，闵一礼实在不安心，就悄悄去了魂毅园，他希望魂毅园那些前辈能可怜可怜他这个不容易的上校，于是专程赶来，默默地祈祷了良久。

回去的路上，闵一礼固执地想，其实只要特战旅不出安全事故，就不会引起别人的注意，说不定马德龙和他的事情就不会败露。回到家里的时候，天都快亮了，闵一礼坐在沙发上沉思良久，他觉得要不是贺天高，他不至于结交马德龙。那阵子高傲的贺天高一直不理会自己，旅长、政委还一直护着这个不知天高地厚的年轻人，闵一礼感到空前的失落，于是开始和一些阔佬们加强联络，在特战旅找不到尊严，地方上那些老板财主却看得起他。

"人就像大浪中的泡泡一样可怜，漂到哪里，根本无法掌控，什么时候破了,没了,也不知道。"闵一礼悲伤地抽泣了起来。

贺天高父亲确实没有说错,人类社会永恒且唯一的主题,是一直在解决人带给这个世界的各种麻烦。而人类的麻烦,几乎没有一例不是人无聊的欲望造就的,唯一能消除各种欲望的办法,其实只有一个,那就是单纯点,再单纯点。闵一礼老年的时候,才知道自己年轻的时候太不单纯了,当兵本来要做的只有打仗,但他不想打仗,他想有金钱、有地位。他曾幻想过如果有一天,他有了很多的钱,又有了很高的地位,他一定要满怀真诚地去关心那些可怜的人,他将拉着这些人的手,挂着同情的泪花又是安慰又是施舍,这才是他渴望的生活。

贺天高没有心思去遵守柴胜华的制度,他一直在魂毅园等到了天色发亮。东方微微显现出一丝亮光的时候,他顺着亮光的方向一直走去,那里是戈壁滩最高的地方,除了岩羊,即使骁狼特战队在最艰苦的训练中,贺天高也不敢把部队安排到那里去攀岩。但今天,他想攀到山顶,看看太阳到底是从哪里这样年复一年升起的,他想在爬山的时候遇到大雷,两个人一边爬山一边聊天,他想问大雷到底恨不恨自己。他十指紧抠着松软的岩石,一步步朝山顶攀上去的时候,惊动了山腰的岩羊,惊慌的岩羊从他的头顶一跃,踩着仅有一两寸宽的石头闪开了,碎石跌落在贺天高的头顶,他并不觉得疼痛。

在距离山顶十多米的地方,贺天高发现了一个洞穴,洞穴中一只岩羊安静地卧着,眼睛盯着洞口。贺天高担心自己让这个高山精灵受惊,以至于跌落下去。洞口距离地面,至少有两百多米,如果从这里坠落,粉身碎骨肯定在所难免。贺天高屏气敛息,但岩羊似乎根本看不见他,疑惑的贺天高抬起手,在岩羊的眼前晃动了几下,但岩羊依旧不动。最终,忍不住的贺天高轻轻把手探向了这只静卧的高山精灵,当他的手刚挨到岩羊的脖颈时,眼前的岩羊突然倾塌了,羊角跌落在地的时候,洞穴内弥漫出一股呛人的烟尘,烟尘带着泥土的味道,一点羊的膻味都没有。惊讶的贺天高一跃钻了进去,这才发现,这只不知是一千年前还是八百年前静卧着的岩羊,已经只剩下一对巨大的羊角。

这只安静的岩羊,在这里涅槃的时候,不知道它看到了什么。但就在这个黎明,太阳即将升起的时候,早已成为灰烬的岩羊终于等来了贺天高,在贺天高的手中,它终于化成了烟尘。

贺天高带着虔诚和一丝罪过,小心地把洞穴里的灰尘用双手拢起来,堆放在洞穴的最里边,再把岩羊的角放在灰尘边上,然后学着岩羊的样子,坐在地上盯着洞穴外面空旷的大地。太阳从洞穴的背后升起时,远处的天边骤然间变成了一地血红,当血红色慢慢变淡的时候,地平线上的山峦和城市隐隐地显现了出来。

东升的太阳照耀着一个贺天高完全没有见过的地方,尽管贺天高在这地方生活过许多年,但从岩羊的洞穴看去,眼前的戈壁温情、安静。没多久,干渴的戈壁滩竟然淡淡地蒸腾起一层薄薄的雾,村庄和城市的影子开始被幻化了。如果有一双翅膀,从这里滑翔而过,一路朝着西边过去,就会有黄土的山、丛林,稍稍偏南,张万里种植鲜花的红土地也会一览无余。

在高处,北地无恙。贺天高终于感动了,他觉得自己是被这只岩羊召唤来的,岩羊希望有一个勇者把自己埋葬,也希望这个勇者能从山巅的洞穴里一眼望出去,一直看见整个世界。下山的时候,贺天高费了许多周折,甚至有好几次差点掉下悬崖,但最终还是安全回到了骁狼特战队。

上午,贺天高美美吃了一顿早餐,然后就找柴胜华请假,说要去旅部找雷公鸣和老王头。柴胜华冷冷地一笑,说:"旅长一会儿就到了,有什么事你当面和他说。"

旅部有什么消息,贺天高再也不会知道,陈斌也不会告诉他。吃饱喝足的贺天高坐在屋子里,一直盯着驻训地的大门,直至黄昏临近,远处扬起灰尘的时候,他看见雷公鸣的汽车呼啸着来了。

23

早在军委联合参谋部的时候,葛念念就听说过骁狼特战队。但当她跟着雷公鸣的汽车一路行驶到戈壁深处时,除了碰到一群野马之外,一个活人也没看见。这个对世界充满好奇的女孩子差不多也有十年兵龄了,但这个老兵就是管不住自己的嘴,无论是被抽调到导演部,还是在自己的老部队,葛念念没大没小,众所周知。

前年被抽调到导演部的时候,她就听老资格的导调员在说骁狼特战队,在她的理解中,这群和她差不多年龄的小伙子一定个个浪漫,他们在火热的训练过后,会围着篝火跳舞歌唱,也会对着镜子偷偷收拾发型或者展示肌肉。那些泛着古铜色的肌肉充满了油光,摸上去就像丝绸一样光滑,葛念念一直这样贪婪地想着。

但汽车越来越靠近驻训地的时候,她开始疑惑了。处在戈壁腹地的骁狼特战队驻训地四周,连一个活人都看不见,他们把歌声唱给谁听,又会为谁去整理发型,展示肌肉。反正如果没有喜欢的异性,她自己是不会为了一点臭美费心思的。于是葛念念拽了一把坐在前排的雷公鸣说:"喂,雷旅长,你们特战队的官兵不谈恋爱吗? 这里只有野马,他们在闲暇时,不会只对着这群野马倾吐相思之情吧?"葛念念没有笑,她十分认真。

猝不及防的雷公鸣被葛念念突然的发问弄得不知道怎么回答,他吭哧半天,有些愠怒了。谈情说爱的确是整个特战旅的一件大事,地方民政部门几乎每年都要组织一次"鹊桥会",把驻地的女孩子和部队里达到结婚年龄的干部战士聚拢起来,让大家一起喝咖啡、看电影,但这个活动到后来就变味了。特战旅这些雄性的"野狼"在旅长邮箱留言说,拜托以后别再乱点鸳鸯谱了,地方招揽来的女孩几乎都是剩女,一个个猴急猴急的。这个"鹊桥会"后来参加的人越来越少,最后不得不强行让大家参加。雷公鸣拉下脸的时候,他那个精瘦的司机就故意咳嗽,脸色也十分不好看,而且还猛地踩了一脚油门,葛念念被晃得差点跌倒。

但是葛念念的脸皮确实厚,只要自己开心,她从来不管别人怎么想。最后还是和她一起来的华雨桐打破了尴尬的局面,华雨桐温柔地抽出两张湿巾递给雷公鸣和司机说:"班长你抽手擦擦脸上的灰,你们常年在这么艰苦的环境下生活训练,确实让人敬仰,等回到北京,我一定要找人好好地报道一下特战旅。"不料司机不耐烦地回绝了,"华医生您就算了,少让记者来,打我当兵到现在,几乎每个月都有记者要来采访,报道来报道去都是那点事,乱! 不就是个训练吗,有啥好报道的,乱!"

华雨桐并不尴尬,她微微一笑说:"我这次的主要任务就是采访骁狼特战队,但不是训练,探测是他们的体能极限,采访的数据整理好之后,要为后边修改训练大纲提供依据。"司机这才开心起来,说:"体能极限,要是按照骁狼特战队的标准,其他兄弟部队估计得全部给搞残废。"司机只是一个下士,但在雷公鸣面前却显得无拘无束,那个刚刚黑着脸的雷公鸣听司机乱侃,不但没有丝毫不悦,反而受用地把手抱在胸前,微笑着躺在了靠背上。

汽车到了驻训地大门外,在一个地窝前停了下来。雷公鸣他们一下车,司机像是炫耀一样,一个一百八十度的掉头,汽车就嘎的一声倒入了地窝的陡坡。下车之后,葛念念就糊涂了,她打量着远处的围墙,发现竟然没有大门,就在她诧异的时候,不远处的哨楼上突然传来一声厉喝:"旅长,口令!"

"滚远点,没口令!"雷公鸣同样对着哨楼一声吆喝。

于是哨楼上闪出一个皮肤乌黑发亮的士兵对着雷公鸣行持枪礼,并大声吆喝道:"旅长同志,骁狼特战队中士黑蝎子正在执勤,请您指示!"

在葛念念诧异的神情中,雷公鸣突然拉下脸,望着黑蝎子良久,这才开口问:"你叫什么名字?再给我说一遍!"于是哨楼上自称黑蝎子的中士又重新行了持枪礼,声音洪亮地报告说:"旅长同志,骁狼特战队中士李小白正在执勤,请您指示!"

雷公鸣这才傲然举手还礼:"继续执勤!"哨楼上的黑蝎子回答了一声:"是!"雷公鸣看着华雨桐笑了一下说:"骁狼的这帮家伙粗鲁惯了,一开口就给你起绰号,这可是条令不允许的,这毛病得改过来。"葛念念正好奇地寻找大门,这时候,柴胜华和陈斌、李瑾三个人接二连三地从围墙上翻了出来。三个穿着常服带着大檐帽扎着腰带的军官翻出围墙,葛念念好奇地发现,他们翻围墙的时候不但大檐帽没有掉下来,武装带没有弄歪,而且衣服上竟然没有蹭一点点灰尘。葛念念于是兴奋了,打量着三个朝雷公鸣走来的人,一个中校,一个少校,一个上尉,于是就寻思这个少校一定是骁狼特战队队长贺天高了。

被抽调到导演部之后,葛念念是听过贺天高的故事的,她听说这个窝在大西北戈壁的队长是个诗人,她始终无法把特战队队长和诗人联系起来,到了特战旅之后,葛念念就寻思,这个贺天高也许很高挑,也健硕,脸上是刀削斧砍的棱角,眉骨稍稍隆起,肤色应该是白皙中透着一丝古铜色。但他的眼睛,一定很忧伤,否则他怎么能做诗人呢?葛念念甚至想过,如果贺天高真是她想象的模样,她一定要把贺天高拿下。当她把这个想法告诉华雨桐时,华雨桐冷漠地瞪了她一眼,骂她是花痴。晚上睡在特战旅招待所,葛念念悄悄回忆了一下贺天高写的那首古诗,她摇醒华雨桐,对着迷迷糊糊的华雨桐说:"华姐,贺天高才是花痴。他写的那首古诗,通篇都是情欲,'皮帐有铜鼓,和你衣带宽。铁甲销蚀处,添香犹正酣。龙胆在我手,予尔净红颜。'十足的色情狂,不知道哪个狐狸精把他勾引成那个样子。"

华雨桐被捣鼓醒,盯着胡乱吃醋的葛念念冷冷地撂下一句话:"念念,要是完不成任务,回去我就建议导演部把你送回老部队。咱们来西北是监督他们打仗的,不是让你犯花痴的,睡觉!"

葛念念当然知道她来骁狼特战队的目的,但她还是忍不住对贺天高的好奇,所以在半路上她才会询问雷公鸣特战队的队员平时是怎么倾吐相思的。

但是眼前的这个少校,虽然高大英俊,但却少了一分她盼望的侠气和忧伤。贺天高原来长这个样子,没劲,看起来老实木讷。等到向雷公鸣报告的少校自报家门后,她才知道这个少校是骁狼特战队的教导员陈斌,不是贺天高,中校是老队长柴胜华,上尉是副队长李瑾,唯独没有见到贺天高。

贺天高到底有没有一双忧郁的眼睛?葛念念感觉自己的心莫名其妙地碎了,翻围墙的时候,特战队给她和华雨桐拿来了梯子,踩着梯子爬上围墙,朝院子里跳的时候,葛念念一下子摔倒了,还蹭破了手上的皮。华雨桐倒好,跳下围墙的时候落得稳稳当当的。但葛念念却没有感觉到一丝害羞,她紧张地望着宿舍楼的窗户,盼望着有个少校能探出头来。

等她在骁狼特战队作战指挥室碰到贺天高的时候,他刚刚和雷公鸣谈完话。贺天高执拗地告诉雷公鸣,自己必须带队去和何玉凯打仗,因为和何玉凯的战斗,柴胜华一定打不赢。雷公鸣最后无奈地告诉贺天高,暂停他的职务,这是上级的要求,贺天高现在要做的,就是规规矩矩做个普通士兵,按照柴胜华的要求,自我反省,然后等着导演部开战的命令。雷公鸣刚说完,贺天高一下子就浑身绷紧了,他焦急地告诉雷公鸣,和何玉凯的战斗,可能是一场没有开战命令的遭遇战,按照导演部的要求,战斗其实已经打响了。

"旅长,我们的敌人只是还没有出现而已,说不定今晚就会通知骁狼特战队朝某地出发。"贺天高如同准备咆哮的狼狗,声音低沉而凶猛。

最终,雷公鸣动摇了。早在接到导演部作战命令的时候,老王头也和他这么说过,他自己也预感到这次战斗没有预案,极有可能是碰上就打。但他问了副军长,副军长犹豫了一阵说:"你不要再犯贺天高和张万里的错误了,张万里还没进到战场,就被贺天高弄折了腿,这件事的后遗症你比我清楚。"和副军长谈完话,雷公鸣就释然了,但今天,这话从贺天高嘴里出来的时候,雷公鸣顿时感觉后背冷飕飕的。最终,雷公鸣大着胆子决定,让贺天高辅助柴胜华,继续指导骁狼特战队的作战,但具体怎么打,由柴胜华说了算。

雷公鸣的许可,让贺天高一下子开心起来,像一个孩子一样,站起来几乎要拥抱雷公鸣,但很快就收敛了,眼前的这个壮汉毕竟是旅长,不是和自己搭班子的陈斌。和雷公鸣谈完话,贺天高浑身轻松,他止不住脸上的笑容,他甚至想这就是山顶洞穴的那只岩羊给他的启示,雷公鸣最终答应了自己可以参与指挥战斗。

在作战指挥室,满脸喜气的贺天高进来之后,陈斌向等候着的葛念念和华雨桐介绍道:"这位是骁狼特战队队长,贺天高同志。华雨桐同志是军委一个研究所的医生,她来骁狼特战队的目的,是为了研究人体极限,要跟着我们一起打何玉凯,葛念念同志是联合参谋部的参谋人员,她来这里是锻炼的,也要跟着我们一起打何玉凯。"贺天高热情地和华雨桐、葛念念握手。葛念念惊讶地发现,贺天高确实就是自己心目中的样子,眉骨有些凸起,高挑健硕,肤色是古铜色,但两块高原红有些恶心地烙在了他帅气的脸上,不过这个不打紧,离开戈壁一段时间就会褪去。可是他的眼神为什么不忧郁,甚至在盯着自己的时候有些轻佻,就像一个饥饿的汉子见到了一个带着食材的厨师一样,充满了期待和感动。

葛念念觉得有些美中不足,直至华雨桐尴尬地咳嗽几声之后,她才发现自己抓着贺天高的手一直没放。葛念念头一次感到了害羞,急忙坐下,雷公鸣离开的时候她都没感觉到。葛念念是最后一个离开作战指挥室的,回到宿舍，华雨桐已经准备休息了，躺上床，葛念念才知道贺天高已经被停职了，而且对抗何玉凯的将是柴胜华。

戈壁的月亮清亮硕大，抬起头，从窗帘的缝隙中就能看到夜空中优雅而孤单的月亮。从没见过这么清爽的夜晚，葛念念兴奋地趴在窗前，她似乎看到了贺天高在院子里查哨的背影，但可惜的是，这个帅气的小伙子缺一双忧郁的眼睛。

夜晚猫头鹰吼吼地叫了起来，华雨桐被惊醒的时候，葛念念还翻来覆去地说着胡话。

24

城市的夏天十分燥热，知了在窗前声嘶力竭地喊着，母亲也声嘶力竭地喊着，知了和母亲在比赛，看谁能让欧阳燕在吆喝声中崩溃。欧阳燕躺在床上汗流浃背，但她不想打开空调，她想把压在心里的这股邪火让汗水全部带走，哪怕让自己虚脱，哪怕最终流汗流成"木乃伊"。

今年整整二十七岁了，男朋友没有谈回来一个，从春天开始，母亲就一直苦口婆心地规劝她要重视自己的婚姻，到最后，欧阳燕的无动于衷逼迫母亲把规劝换成了咒骂。在母亲看来，女儿长相漂亮、身材火辣，还有一份相当不错的工作，之所以不谈男朋友，一种情况是和有妇之夫黏在一起了，另外一种情况就是牵挂着贺天高或者单骏。

上午，母亲找了贺天高的母亲，有意无意地说起贺天高的婚事，贺天高的母亲说她不想要这个儿子了，天底下的女孩子没有一个合他心意的，说到最后，她开始诅咒丈夫，她说都是因为哲学教授的清高，把儿子给引导坏了。贺天高报考军校的那段时间，和父亲闹别扭不在家，母亲就悄悄把贺天高的一本日记偷出来看，没想到贺天高总共不到五六篇的日记还真的写了他对爱情的观点。贺天高认为爱情就是爱情，爱情不能考虑长相，不能考虑身世背景，甚至不能考虑柴米油盐，他觉得考虑长相的爱情，会随着男人、女人的衰老，爱情也随之衰老，至于考虑身世背景和柴米油盐的爱情，那就是出卖灵魂和肉体。这不是一个真实的孩子，不食人间烟火的儿子渴望的是精神层面的交流，他迟早会把自己逼上绝路。除了他的爱情观，他将来一定和别人也不能好好打交道。母亲悲哀极了。

欧阳燕的母亲后来知道，贺天高这些年从没有想过欧阳燕，于是她沮丧地回家了。单骏不在国内，她无法联络单骏的家人，也不能找欧阳燕去要单骏的联络方式，看来女儿至今不谈男朋友，可能是因为牵挂着单骏。但中午和女儿聊天的时候，她才知道单骏已经有好几年没有和欧阳燕联络了。于是苦闷的母亲在洗碗的时候突然想，女儿可能找了一个有妇之夫，否则一个二十七岁的女孩对自己的婚事一点都不着急，这绝对很奇怪。所以当母亲试探着问欧阳燕的时候，欧阳燕盯着她看了看说："你猜得没错，我确实有个有妇之夫的男朋友，我们都睡在一起了。"母亲顿时如遭雷击，羞耻和心疼让她一时无语，洗完锅碗瓢盆，她看着躲在房间的欧阳燕，突然感觉自己这辈子被欧阳燕毁了。越想越愤怒的母亲终于忍不住开骂了，但欧阳燕却躺在床上一言不发，不辩解也不还嘴。这越发让母亲相信，女儿已经鬼迷心窍了。

欧阳燕是这个城市的名人，做过出镜记者、节目主持人，现在又是电视台栏目组的一把手，她的任何绯闻，整个城市都会知道。她在外边找了个有妇之夫，肯定早就满城风雨了，那么将来会有哪个男人娶她？现在的男孩子虽说都开放，但也不会开放到娶个满城风雨的女子回家的程度吧？

骂累了，母亲就出门去了娘家。欧阳燕的父亲在油田工作，长年不在家，住在这个家里，她会被女儿活活恼死。

母亲出了门，讨厌的知了也飞走了，屋子里顿时清净不少。欧阳燕打开手机，搜寻单骏的微信，然后试探着给单骏发了一个信息，当发出信息的时候，她渴望单骏不要迅速地给自己回信，反正已经差不多有三年了，单骏的朋友圈再也没更新过，她发给单骏的信息，他也从来没有回过。但每到孤独或者伤心的时候，欧阳燕还是忍不住会给单骏发一个信息。她打开空调稍稍凉快一阵，就去冲了一个澡，不管什么时候，她都不想把自己搞得邋里邋遢。

其实单骏回国之前，欧阳燕就给单骏发信息说，这辈子她想等单骏回来，骑着一匹骆驼把她娶回去。她知道贺天高也喜欢自己，但她不喜欢贺天高，和单骏比起来，贺天高身上有太多的愁苦，他对这个世界充满了怀疑，甚至看不起。和贺天高在一起的时候，任何人都会感受到压力，比如街道上有垃圾,贺天高捡起垃圾的时候,他会压抑而恼火地说,地球终究要被这些乱扔垃圾的人毁灭;比如他看到一个闯红灯的人,他会哀伤地说这个人怎么能把自己和别人的生命视为儿戏?所有没有规则的行为,在贺天高那里都是大事。贺天高考上军校报道的时候,她看到贺天高在自己的楼下徘徊过,但她最终忍住没和贺天高打招呼,直至贺天高快步从她的楼下离去时,她终于释然,她知道这个从小和她一起长大的男孩子这辈子和自己的来往就此结束了。果然,贺天高上军校之后,再也没有给她来过电话,也从来没有找过她。

贺天高就像院子里的那株老牡丹,他需要别人去欣赏,伴随着花开花落吟诗作赋,但欧阳燕知道自己肯定做不到,她也不想去发现一个不愿发现别人的男孩。

三年前,欧阳燕一直和单骏秘密往来,虽然没有见面,但两人在视频中发现,对方长大了,一个帅气一个漂亮。但突然,单骏就没了消息,欧阳燕担心单骏出事,她感觉自己的世界已经坍塌了大半。

化完妆,欧阳燕穿戴整齐,却不知道去哪里,就在这时,手机响了,她拿起来一看,单骏给她回复了信息,说自己现在就在中国,在大西北。他和叔叔要在大西北的戈壁滩探矿,而且他探矿的地方,就在贺天高当兵的地方。

欧阳燕顿时愣住了,从单骏回复的信息来看,他似乎压根没把和欧阳燕失联了三年当回事,这三年中,每个月欧阳燕都会给他发一个"在吗"的信息。欧阳燕想哭,想骂人,想打人,她有些失控地抓起手机,拨通单骏的微信,但那边一直没人接。过了一阵,单骏才给她回复了一个信息:"燕子,我距离你不到一千公里,我很想你。三年,我当兵去了,打了三年的仗。刚退役回来,我就来到了中国,我打算给你惊喜,突然出现在你的面前,牵着骆驼把你娶走,但还是忍不住给你回了信息。等着我。"

晚上,欧阳燕打通母亲的电话说:"回家吧,我嫁人。"母亲惊讶地问她准备嫁给谁,欧阳燕说:"嫁给单骏。"母亲结结巴巴地说:"那你怎么不早说。"欧阳燕说:"我也是才联系上他,他失踪了三年,这三年,他当兵打仗去了。"母亲就哇的一声哭了,说:"妈不该骂你,冤枉你了,我就知道你是个好孩子,妈这就回来。"

半夜,母亲带着一身黏糊糊的汗水搂着欧阳燕睡觉,就像欧阳燕小时候一样。欧阳燕在母亲少有的关爱中感受幸福的时候,电话响了,台领导给她紧急通知,让她明天一早,去西北戈壁的军营准备采访。

第二天一早,欧阳燕和母亲告别,收拾停当就去了台里。准备采访的记者们都已经穿着适合在戈壁户外采访的衣服兴奋地等候了。欧阳燕一落座,台长就开心地宣布:"就在最近,解放军要组织一次军演,这次军演很特别,是一个旅打一个营。听说这个营是特种兵,特种兵大家应该都知道,就是电影里的'钢铁侠''绿巨人'。可能我的比喻很夸张,但他们个个都会飞檐走壁、百步穿杨,会几个国家的语言,甚至个个都是魔术高手。"

兴奋地夸赞完特种兵,台长认真地说:"部队的军事演习,原来都是保密的,但这次,不但公开了,而且给地方媒体提供了采访的机会。部队的同志说,这是把人民军队交给人民检阅,但我相信,这是让全民参与到国防建设中的一个好机会。所以你们采访的时候,一定要把部队的血性和士气报道出来。"

当台长最后告诉大家他们要采访的部队叫"骁狼特战队"的时候,欧阳燕的心里更惊讶了。走出会议室的时候,欧阳燕莫名其妙地耳朵里突然嗡嗡作响,一个古怪的念头瞬间占据了大脑。下电梯的时候,欧阳燕脸色十分难看,她似乎看到了单骏和贺天高各握着一把刀,当着自己的面在对峙着。欧阳燕痛苦而恼怒地思索,贺天高要毁掉自己的爱情,她甚至痛恨贺天高说了假话,他一定是心里挂念着自己,却又不愿意开口,但是当单骏要娶她的时候,贺天高就要给单骏找碴。

25

躺在兵王专门给自己搬的摇摇椅上,听着贺天高嬉皮笑脸地分析即将到来的战斗,柴胜华心里升腾起一丝淡淡的满足。看来他随心所欲吊儿郎当的行为,并没有引起大家的不适。

摇摇椅这种悠闲散漫的家具,在部队根本没有市场,不管你是少将还是中将,你如果当着官兵的面躺在摇摇椅上晃动,大家就会把你看扁,这种散漫的样子充满了高高在上的倨傲,甚至根本就没有一丝的兵味。在部队,官兵们是瞧不起没有兵味的人的,不管你是多大的官。

柴胜华当然不傻,他知道坐在摇摇椅上看大家训练的后果,但他就想借这把摇摇椅看看特战队的弟兄们对自己到底亲不亲。今天看来,这帮狗东西还真没拿他当外人,自己一晃一晃地滋润,这帮家伙就像他坐在地上或者躺在地上一样,没有一点点不自在。

跟着摇摇椅晃悠着,柴胜华慢慢想明白了。是的,他得放下架子,这才是一家人该有的样子。晃着晃着,他还刻意把扣子解开,端着水杯吸溜起来,没想到大家竟然真的并不在意他的随心所欲,甚至大伙在他跟前都放松了不少。他感觉黑蝎子一张黑脸看自己的时候,总是露出白乎乎的牙齿。就连蹲在身边的贺天高,也没了那种让他讨厌的阴郁,嬉皮笑脸的。

"全部换上作战服,训练弹全部出库,分配给每一个人,然后把部队带出去,找个便于逃跑或者便于出动的地方野营。这都不重要,我主要是想建议您,咱得派一支侦察分队。"贺天高把着摇摇椅的扶手,随着柴胜华的身子晃悠着。

"哦,怎么派?"

"就派几个人,带上作战服,带上枪,化装成老百姓,外出。从导演部发出通知的时候起,仗就打起来了,知己知彼……"但贺天高还没说完,柴胜华就一摆手制止了。

贺天高犯了柴胜华的大忌。

让队员携枪外出,这可能会产生比雷子牺牲更可怕的后果。让部队带着枪出去,枪万一丢了怎么办?万一和谁干起来使用了武器怎么办?这些消息一旦被传出去,你贺天高的骁狼特战队算个屁,你毁掉的就是整个解放军的形象。

"你哪里来的自信,就敢把部队派出去?万一出点意外被谁盯上炒作一把,别说你芝麻大的少校队长,集团军军长甚至战区陆军的领导都得吃不了兜着走。"柴胜华恼恨地戳着贺天高,恨不得一指头把贺天高给戳醒。

自从当了副处长,见过世面的柴胜华每每回想起自己当队长时那些鲁莽单纯的行为,都会止不住出一身汗。人心的复杂、社会的复杂,远远不是贺天高这个井底之蛙能了解的。同样一件事情可以让你成为人人敬仰的英雄，也可以让你成为人人唾弃的狗屎，一意孤行的贺天高就算被处理一百回，也不打紧，但要是骁狼特战队为此受到牵连，就把几辈子人的心血给糟蹋了。

柴胜华从摇摇椅上爬起来，慢慢地扣好扣子，扎紧腰带，把水杯扔进垃圾桶，然后慢悠悠地举起摇摇椅，突然抡起来狠狠摔在了地上。在所有人呆住的时候，他吹响了挂在胸前的哨子。于是正在训练的队员们立即停下，面向他立正，等着他宣布命令。

"要求……"柴胜华扫视了一眼队员，一字一顿地吆喝开了："没有我柴胜华的命令，任何人，不得离开营区和训练场一步！"

贺天高顿时愣住了，他尴尬地看着突然翻脸的柴胜华，就像被人当众尿到脑袋上一样难堪。但柴胜华显然还没有把话说完，来回走了几步之后，又挥着手宣布了另外一个决定："从现在起，贺天高下连当兵，训练继续！"

砸完椅子，处理完贺天高，柴胜华大踏步离开了。贺天高感觉就像被抽了一棍子一样，不知所措。他望着柴胜华远去的背影，这个背影决绝强大，冰冷无情，似乎根本就和自己没有过一丝一毫的关系。

那一天，贺天高想起一个故事，说是一个村子里的人从来都不穿衣服。某天村里的长老病了，于是村民就去请外边最有声望的老中医前来诊治，村民为了避免老中医尴尬，破例全部穿上了衣服。然而，可怜的老中医也同样为了让村里的人不要觉得自己是个另类，于是脱光了衣服赤条条地去了。贺天高发现，自己如同这个厚道的老中医，赤裸裸地被柴胜华扔在了村口。

贺天高想到了殉国者的幸运，他们为了国家从此闭上眼睛，什么都不用思考。但此时，他这个活着的骁狼特战队队长，因为要派出一支侦察分队，却被柴胜华无端羞辱，柴胜华宁肯不打仗，也不愿意承担可能出现的意外。悲伤的贺天高突然发现戈壁滩起雾了，而且特别大，这一幕浓雾凌乱地透着紫色、红色和一片青白。所有人都被隐入了大雾中，他像到了一个幻境一样，整个身子都在飘忽。

那时候，葛念念正拿着望远镜盯着贺天高。当她在望远镜里看到贺天高长长的睫毛上挂着一滴清澈的泪珠时，她一脚踢在华雨桐的腿上说：

"华姐,快看!他的眼睛,哎哟,泪珠滴落了,啧啧,诗人的眼睛就是这样啊,这么忧伤……"

贺天高的泪水让葛念念翻来覆去地睡不着,半夜,她爬起来的时候,发现华雨桐坐在床上发愣。她俩最后决定,贺天高被撤职的事情,必须向许克明报告。葛念念有一点点私心,她放不下贺天高的忧伤,当然,让骁狼特战队顺利地进入战场,这是她葛念念和华雨桐来特战队的唯一任务。

当许克明听说贺天高被停了职,替代他的是柴胜华的时候,这个喜欢发脾气的将军破例没有发脾气,他冷笑了半晌说:"派集团军的副处长指挥骁狼特战队,这是明目张胆地作弊。我们考量的是骁狼特战队的作战能力,指挥官都换了,这还是骁狼特战队吗?"

压制着怒火的许克明亲自安排给参战部队的集团军下发了紧急通知。雷公鸣没记住通知的具体内容,但老王头却把通知背得滚瓜烂熟。这个过目不忘的旅政委对自己中意的文书,常常能达到看一遍就烂熟于心的地步。

……

四,要以舍我其谁的担当组织打仗。各参战部队所有在编人员,均不得以任何理由请假;各战斗岗位所有在编人员,均不得以任何理由调动。特别是指挥岗位人员,必须按照原有编制,参与战斗,指挥作战。不得以派驻工作组的形式,抽调"有经验、有关系、有威望"的干部替代原有指挥岗位。如有挑选尖子组成战斗队,挑选干部替代原有指挥岗位的现象,一经发现,导演部将视为演习作弊,严肃处理。

第二天,政委老王头亲自拿着传真来到驻训地,召集了特战队所有骨干,当众背诵了一遍这份紧急通知。

尴尬、恼火的柴胜华觉得这是完全针对自己来的。当初让贺天高停职,是他找了副军长。他知道,仅凭自己一个副处长的能量,断然不能让一个特战队队长因为宋大雷的牺牲而停职。况且,大雷牺牲之后,上级明确宋大雷是打仗牺牲的烈士。但他不想让有些人表面上在追悼大雷,背地里却为贺天高的鲁莽而厌恶骁狼特战队。如果大家都厌恶贺天高，那么他一手打造的骁狼特战队头顶的光环将就此黯淡。

柴胜华感觉高高在上的导演部根本就不了解特战队已经成了什么样，也不了解部队领导们真正的心思。这群曾经斗志昂扬的士兵，如今一个个就像在深山里藏了多年的土匪一样，他们目光冷酷，形象邋遢，那个贺天高已经中邪了。这种形象在大多数领导心中，是令人反感、担忧的刺头。但既然导演部要贺天高归位，王政委也这么开心，那么他柴胜华必须和王政委说清楚，以后特战队再要出什么事，叫哪个领导不开心了，和他柴胜华无关，他把该尽的心都尽了。所以老王头离开的时候，柴胜华盯着老王头的背影突然喊了一声。

"王政委，既然骁狼特战队归贺天高指挥了，那我这个工作组是不是可以回集团军了？您定！"柴胜华傲慢地看着王政委，脸上没有一丝波澜。

"我定不了，您定！您是工作组，您想留就留，想走就走，特战旅服从上级安排。"老王头不是傻瓜，柴胜华用工作组身份来压他，这纯粹就是小公鸡给老母鸡踏蛋，心劲不小可惜力道不足。原本老王头不会这么露骨地挖苦柴胜华，但柴胜华不慎挠到了他的脚掌心，他也得让柴胜华舒坦舒坦。

柴胜华没办法回答老王头，他的冷笑还没爆发出来的时候，老王头就吹着口哨，径直朝围墙走去。他骑在墙头，冲着贺天高他们挥手的时候，一阵大风过来，他的迷彩帽就尴尬地被大风卷落到院内，老王头稍稍一愣，指着地上的帽子冲文斗才吆喝道："小文，帽子！"

文斗才急忙捡起老王头的帽子，准备扔上去，却发现老王头的脸拉下来了。鬼精的文斗才把老王头的帽子叼在嘴里，翻上墙头，给老王头端端正正地戴好，老王头压低声音，悄悄给他布置了一个秘密任务。

老王头告诉文斗才，骁狼特战队里有人把队里的一些特殊情况全反映给导演部了，他让文斗才以通信专员的身份，建议贺天高没收所有人的手机，并让文斗才好好发挥专长，盯紧四周的不明电子信号，特别是葛念念和华雨桐。

文斗才望着远去的汽车，突然感动起来，从老王头当了政委之后，这个年纪轻轻就谢顶的政委一直对自己关爱有加，文斗才甚至在心里把他看作是自己贵人。这一次，老王头又要为他的终身大事出力了，让他监督葛念念和华雨桐。好,我文斗才巴不得有个讨好华雨桐的机会,今天我就把你出卖给华雨桐,算是我的见面礼。

"都是自家的同志,有什么好监督的。"文斗才冲着远去的汽车诡笑了一声,打了一个响指从墙上跳了下来。这时候,他发现阳光下的华雨桐正眯着眼睛看着自己,文斗才幸福极了,被太阳直射的华雨桐美丽而娴静,特别是那双大眼睛,看自己的时候尽是温情。

夜晚没有月亮,风有些大,得了权的贺天高不仅没有和柴胜华商量,甚至没有和陈斌吭一声,就安排李瑾集合部队,仅用了十多分钟的时间,就把武器库里所有能让特战队装备的武器分配给了每个人。他还要求所有队员就像守着阵地一样,分散在各个可以藏身的角落,做好随时从驻训地撤离的准备。

夏季的戈壁滩半夜时分依旧冷清,文斗才钻进通信车内,他把空调设置在最舒适的温度,用指甲盖大的野花点缀了车内各个角落,然后就悄悄摸到了梁军需潜伏的地坑去找华雨桐。因为华雨桐和葛念念是女同志,又没受过专业特战训练,贺天高就把她俩编入了梁军需的救护小组,这是个相对舒服的差事,晚上睡在地窝的帐篷内,可以拉开做手术用的简易床躺上去,而且轻便的医疗帐篷干净极了,不像其他人只能躺在戈壁滩的睡袋里。但是躺在医疗帐篷里边,不管怎么舒服,看起来都像个病人,不吉利,哪像自己的通信车,贴一张"囍"字就能当新房。

想到这里,文斗才决定把华雨桐骗到自己的通信车上,他不知道自己为什么这么喜欢华雨桐,一刻钟不见都让他觉得孤单、痛苦。

到了梁军需的地窝,华雨桐恰好一个人坐在地窝口想着什么,于是文斗才紧张地说:"华医生,快,走,出事了!"

华雨桐被文斗才弄得紧张起来,迅速带着自己的装备,跟着文斗才穿过两个山头。当她进入通信车时候,看着车厢内朵朵干瘪的鲜花,开始疑惑起来,迟疑地问文斗才:"出什么事了?"

"您看,我的车,怎么开满了花。我、我,这怎么回事?"文斗才看着华雨桐疑惑的眼神,这才为自己的不择手段后悔起来,他瞬间胆怯不已,语无伦次。

这个美丽的女军官来自军委的一个研究所,是他的上级。她一生气,雷公鸣都得发怵,可今天他鬼迷心窍了,竟然把人家骗到了自己的车里,还幻想着车内应该贴一张大大的"囍"字。

但是华雨桐并没有如文斗才料想得那么凶狠,甚至根本没把文斗才的欺骗当回事。当她看着一脸胆怯、害怕的文斗才时,她突然觉得这个想装浪漫的大男孩有些可爱。所以她忍不住笑了一下说:"可能是病了,你给看看病呗。"

"哦,汽车开花了,也许是好病,不是坏病,就不用看了。"文斗才紧张地顺着华雨桐的话说。

华雨桐自己也不知道,为什么和文斗才说着说着,手就被文斗才攥住了。文斗才攥住她的手,紧张地说:"我不能出卖你,绝对不能出卖你!"

惊讶的华雨桐用眼神安慰着紧张的文斗才,冷静下来之后,文斗才继续攥着华雨桐的手说:"王政委让我监督你和葛念念,重点是你们的通信系统。"

听文斗才说完,华雨桐瞬间就冷静了下来,可怜的文斗才出卖了自己的政委,但他不知道这和爱情有关系。

"为什么要告诉我这些?"华雨桐感觉自己的脸很烫。

"不知道。"文斗才低垂着脑袋。

"这些花,是你专门给我布置的?"华雨桐有些好奇。说心里话,这么多年,没有一个男孩子给自己送过一束花,更别说给自己布置一个鲜花簇拥的车子了。

"不知道。"文斗才像喝醉了一样,坐在车里的身子摇摇晃晃的几乎要栽倒下去。此刻,他脑子里一片混乱,只是死死地想着华雨桐给了自己一颗桃子的事情。

那天晚饭的时候,华雨桐专门把一颗鲜艳的桃子拿起来,隔着坐在她和文斗才中间的李瑾放在了文斗才的盘子里,还冲着文斗才一笑说:"吃吧。"

其实在特战队,每餐都有新鲜的水果,文斗才想吃多少桃子,只要他走两步就能拿来,但这桃子是华雨桐给自己的,这个意义非同一般。长这么大,能这么充满关切地让自己吃东西的女性,除了母亲,就是漂亮的华雨桐了。那天文斗才幸福极了,他把华雨桐给自己的桃子细细地吃干净,想把这颗桃核留下,雕刻成一个项链的坠子,然后挂在身上,但遗憾的是桃核太嫩,最终被他一口咬碎了。

从那以后,文斗才就萌生了把华雨桐给娶了的念头,以及让她此后在自己的羽翼下收获幸福的豪情。文斗才开始关注华雨桐,这个带有一丝口音的女孩,浑身上下透着贤惠,根本不像葛念念那样叽叽喳喳。往后过日子,总不能成天抱着个麻雀听她倾诉,我文斗才也需要关怀呢。

华雨桐不知道自己是怎么离开通信车的,总之她一直微笑着,笑得太甜蜜、太真诚了。天亮的时候,文斗才还在照镜子,他脸膛黑红,双手布满了老茧,颧骨上还有两坨布满血丝的高原红。

从今天起,我要美容……

从今天起,我要剪去手上的老茧……

从今天起,我要为华雨桐睁大我的眯眯眼……

为爱情出卖了老王头的文斗才,觉得自己此时才长大成为一个完整的男人,他有了寻找上帝抽取那根肋骨的冲动。

第八章　牧人之鞭

26

在那个回不去的年月,这片戈壁还是水草丰美的草原时,就曾经在长鞭的挥舞下被驱赶出一年又一年的繁华,也被驱赶出一代又一代的帝王和一场又一场的战争。在大草原上,有长鞭挥舞的地方,就有成群的牛羊和连天的帐篷。这些仅仅依靠上天恩赐的青草生长的牛羊们,并不知道正是因为它们茁壮地繁衍生息,最终让放牧的人们被一次次地卷入弯刀和铁骑之下,和它们一样,成了被那些夺取鞭子的人们驱赶的牲灵。那些不甘心被当成牲灵一样驱赶的人们,在用牛羊的皮编织属于自己的长鞭时,也在用自己的愤怒编织一条条看不见的鞭子,并留传给自己的子孙。

李瑾原来没想过这么深奥的问题,在他的孙子又一次拿起他的鞭子问他:"爷爷,这是上帝之鞭吗?"李瑾说不是,于是年幼的孙子疑惑地说:"不是上帝之鞭,那你还把他当宝贝?"

李瑾无法给年幼的孙子讲述他的故事,他想起了当初贺天高安排他外出侦察的事情。他带人带枪外出侦察的事,贺天高没有告诉任何人。

那个夜晚也是一片漆黑,什么也看不见。在难得的黑暗中,贺天高带着李瑾他们悄悄翻越围墙,在十多里之外的一个洼地,看着李瑾他们开着一辆载着羊皮的破面包车离开之后,才悄悄地回到了驻训地营区。

早在接到开战命令的时候,贺天高和何玉凯一样,都想派侦察兵外出侦察敌情。在骁狼特战队，贺天高最信赖的是副队长李瑾，这个寡言少语的年轻人心细如发，在队员中有很高威望，而且打起仗来不怕死。最关键的是，李瑾对部队外出执行任务时的军纪拿捏得十分准确。

打仗的军人必须拿捏好群众纪律的尺度，这确实是令所有带兵的人头疼的一件大事。如果单独外出执行任务，拿捏不好群众纪律，软了会被欺负影响任务，硬了可能会纠缠在汹涌的舆论之中。像李瑾这么成熟有分寸的指挥员，并不是想有就有的。

一接到和何玉凯打仗的任务，贺天高就悄悄找到李瑾。明白贺天高的意图后，李瑾只说了一句"放心"。此后，贺天高发现，李瑾不仅带着中士赵猛和另外几名队员留起了胡子、头发，连指甲都不怎么修理了。在大半夜，他就带人悄然外出，天亮前又偷偷潜伏回来。

李瑾他们半夜出去，其实是到几十里开外的一个羊皮贩子那里学贩羊皮的手艺去了。得到化装侦察任务的李瑾希望自己能像个真正的羊皮贩子，可别一出去，就让何玉凯的人发现端倪。即使碰不到何玉凯的人，也不能让小镇上的人觉得这几个羊皮贩子有猫腻，最终引起无关人等的纠缠。

羊皮贩子的家是骁狼特战队外出训练时发现的，但没人和这个羊皮贩子打过交道。老羊皮贩子在戈壁腹地孤零零的屋子里单独居住，证明他很少和外界有往来，那么在这里学艺，消息不至于很快被传到外边。

其实年迈的羊皮贩子早就不干这个行当了，家里积压的几十张羊皮也全被虫蛀得破烂不堪。放牧、宰羊、剥皮、吃肉，再把羊皮卖出去，这是他祖祖辈辈过的日子，但到自己即将老去的时候，突然不允许放牧了，没羊可杀的日子索然无味，老羊皮贩子开始安居在这座破房子，靠着政府定期送来的米面度日，有时候也喝一点劣质的白酒，回想一下年轻时走南闯北的日子。

在他等着油尽灯枯去见阎王的时候，一个夜晚，李瑾他们突然敲开了他的破门。一进门，李瑾就拿着一沓钞票放在炕上，直截了当地说要拜师学艺。老羊皮贩子吓了一跳，面对这群不速之客，他想拒绝，但看着李瑾满含杀气的眼神，老汉战战兢兢地答应了。此后这几个年轻人每天晚上都来，而且警告他不能惊动别人，老羊皮贩子寻思这几个年轻人肯定不是正常来路上的货色，不是倒腾文物，就是倒腾毒品，见过世面的老羊皮贩子最后收了钱,传授他们贩卖羊皮的手艺。

几十张破羊皮在老汉的手里翻来覆去地摩挲,怎么识皮子,怎么谈价钱,包括祖祖辈辈传下来的快失传的行话,都无一保留地传授给了他们。老汉图的是安安稳稳别出事,李瑾他们学得认真,而且对他恭敬有加,在久违的尊敬中,老汉对李瑾他们的防范就慢慢打消了。不管他们是干啥的,至少知道把他这个师父当那么回事,这就够了。

今晚,老汉估摸李瑾他们又要来,果然,半夜时分,几个人穿着浑身都是羊膻味的衣服进来了。这次,他们提了三条好烟、三瓶好酒,一进门,几个人扑通跪下,李瑾把烟酒摆放在面前,招呼大家磕头谢师。磕完头,李瑾抬头看着老羊皮贩子说:"逼迫您给我们传了十多天的手艺,今晚是谢师,也是拜师。受人教诲,尊人为师,此后我们几个就是您实打实的徒弟了,您百年之后,我们给您披麻戴孝。"

这是一句能把炸雷给压住的狠话。孝袍不重,但能把人压哭;孝袍不值钱,但没人愿意随随便便地把它穿上遮羞取暖。自己行将就木,有一群小伙子把这么狠的话说出来,老羊皮贩子突然就被感动了。他没有后人,可是后人不就是个披麻戴孝的吗?老羊皮贩子领受了李瑾他们的磕头,把好烟好酒整整齐齐地码放在桌上后,打开一个老式的柜子,翻腾了半天,拿出一根看起来乌黑发亮的藤条,然后双手举着,叫李瑾跪下接过去。

"穷灰师父家里最值钱的,不是这条老命,是这根鞭子。拿上,拜了师,就算我门里的人了。这鞭子是祖上传下来的,祖祖辈辈都叫它'官家银'。它是秤上的定盘星,人间的好良心,你有官家银,这行里,没人欺得了你。皮子好不好,抽,毛飞起来的,就是烂皮子;一鞭子一条痕,不掉毛的,是中等皮子;一鞭子下去不掉毛也不留痕的,是上等皮子。官家银给你,就图你娃能带着好烟好酒跪在我这破屋里。至于我死了,也不要你们披麻戴孝。花钱抬埋的事,有政府哩。"老羊皮贩子把祖上留下的宝贝缠在李瑾的腰间,就把李瑾他们推出去关上了门。

"娃,不管你们是贩毒的,还是杀人抢钱的,能把师父当师父,江湖再大,都是你小伙子脚下过河的船、胯下翻山的马,走,就当咱没见过。"老羊皮贩子搁着门板说完,旋即吹了灯。

车上,李瑾端详着鞭子,发现这是一根被牛皮紧紧缠绕着的铁条,乌黑发亮的牛皮鞭子像筷子一样粗细,不拿在手里端详,都会叫人把这根被称为"官家银"的鞭子当成藤条。李瑾把鞭子缠在腰上,就开始睡觉了,清晨,他们将去一百多公里外的镇上去收皮子。等打完仗,他想把老羊皮贩子接到繁华的镇上,给他租一间屋子,请一个厚道的保姆,给他养老。自己没有父亲,但他现在有了师父,孝敬长辈是足以温暖自己的一件幸事。

遗憾的是,这个年迈的老羊皮贩子到死都不知道大半夜闯进门硬生生地要拜自己为师的人是干什么的。李瑾还没打完仗,老汉就死了。等村民知道,老汉躺在炕上已经好些天了,他穿着寿衣,躺在崭新的被褥上,左侧放着三瓶好酒,右侧放着三条好烟。

打完仗之后,瞎了眼睛的李瑾在老汉孤零零的房子前跪拜完之后,去了戈壁滩上用砖块石头堆砌的坟墓前,披麻戴孝地坐了一整天。临走时,李瑾对着老汉磕头说:"咱俩都是可怜人,我看不见您的坟墓,您不知道我的身份,我今天告诉您,我是当兵的,上尉副营长。拜您为师,就是为了装羊皮贩子装得像一些。仗,打赢了,我,瞎了。您的另外一个徒弟赵猛,也死了。"

李瑾一直以为贺天高有着常人不及的预感,否则在他离开的时候,贺天高不会冒着风险给他偷偷拿了五颗子弹。但遗憾的是,这五颗子弹最终没能保护赵猛。

那天晚上给他送行的时候,贺天高把子弹攥在手心,直至子弹被攥得发热的时候,才咬咬牙,把子弹交给李瑾说:"带上!千里戈壁我也不知道你们会遇到什么人,防身用。"李瑾起先不想要子弹,部队的实弹管理十分严格,出库都有精准的登记,贺天高把子弹交给自己,说是为了让自己防身,但要是真出了事,贺天高恐怕就不是被撤职这么简单了。

梁军需原本是不想给贺天高弹药库钥匙的,子弹出库,要他这个保管员、队长、教导员三个人一起签字,但贺天高可怜巴巴望着他的时候,这个善良的小伙咬咬牙,还是把钥匙交给了贺天高。后来梁军需悄悄去了弹药库清点了子弹,贺天高确实只拿走了五颗,梁军需这才松了一口气。

贺天高送走了李瑾,他以为没人知道,鬼精的葛念念就已经悄悄地盯上了他。葛念念发现不对劲是从李瑾的胡子开始的。她发现特战队不仅李瑾留起了胡子和头发,赵猛也留了,而且训练一结束,这几个人就鬼鬼祟祟地往一起凑。几个军容邋遢的人要是单独放在人群中,也许不会被注意,可要是凑到一起,不由得让人怀疑。葛念念的好奇心让她无法离开贺天高,等她再发现贺天高总是和这几个邋里邋遢的队员悄悄往一起凑的时候,她决定跟踪他们。

晚上,贺天高送李瑾他们出发的时候,葛念念就藏在围墙外一个曾经被洪水冲出来的窟窿中,于是她准确地知道了贺天高把李瑾悄悄派出去侦察了。这对于葛念念这个导调员来说,绝对是一件让她开心的事情,但当贺天高把五颗子弹交给李瑾的时候,葛念念的心就突突地跳了起来。李瑾他们带着枪支弹药出去,万一枪械走火了或者他们一时冲动了,死了人怎么办?吓坏了的葛念念等贺天高翻入围墙后,就悄悄潜回宿舍楼,拿出保密手机,给许克明的导演部打了一个电话。

接电话的是导演部邀请的专家甄铁诚,当甄铁诚听葛念念鬼鬼祟祟地说贺天高派李瑾携枪带弹外出侦察的时候,这个"甄精神"带着古怪的腔调,开始喋喋不休地调侃起葛念念了。他说:"你葛大参谋是军委联合参谋部借调到导演部的中尉军官,五颗子弹就能把你吓个半死?打仗的事情指挥官说了算,李瑾要是不带实弹,万一遇到狼群怎么办?五颗子弹被李瑾带走,就一定会出事故?你大惊小怪,你这个导调员的水平实在不怎么样,等你回来,我会建议导演部把你发回原部队的,如果你问我为什么,我回答你,你胆小如鼠。世界上有许多事情不是按照死规矩就能办成的,如果死规矩都能办成事情,那么戈壁滩上找一头识字的野马,盯着条令条例就能带兵,给它一本《孙子兵法》它就能当常胜将军。所以我们需要有担当的人去带兵打仗,遇到和规矩撞车的事情,必须实事求是按照实际情况去处理。处理这些棘手问题的时候,一定会有风险,这就是考验你的时候,看你有没有担当。"

葛念念挂断了电话,她听到甄铁诚的名字就头皮发麻,更别说和这个神经兮兮的家伙争吵了。何况她打电话得偷偷进行,不能让特战队知道自己带着保密手机,更不能让他们知道自己一直在和导演部联络。

葛念念的一个电话,在即将天亮的时候促成了两件事情:一件是华雨桐对文斗才的感情升温了;另一件是贺天高很快就被调查组再一次停职。

这次被停职，是李光然亲自部署的。

　　葛念念和甄铁诚通话的时候，文斗才就在通信车上。葛念念的电话刚接通，就被他迅速锁定了。夜晚，等所有人都休息的时候，文斗才叫上华雨桐和葛念念，一脸严肃地去了她们宿舍。在宿舍里，文斗才像长了天眼一样，径直打开柜子，指着一包卫生巾让她们打开。起初葛念念蛮横地训斥文斗才要流氓，但当文斗才从口袋里掏出一个跟踪电子设备后，葛念念就愣住了。她从卫生巾里拿出了手机，却赖着不想给文斗才。最后文斗才拉着脸，把葛念念的手机打开，卸下一个芯片说："以后打完电话，记得把芯片卸下，否则我都能找到。"

　　文斗才意味深长地看着华雨桐，华雨桐也看着文斗才，两人什么话都没说。但文斗才近乎悲壮的神情，分明在告诉华雨桐，他为了华雨桐什么事情都敢做。华雨桐最后低下了头，她有些惆怅地推了一把葛念念说："让文专员回去休息，他熬了几个晚上了。"

　　文斗才走了之后，华雨桐迅速盯着屋子看，最后把两部手机放在了窗帘盒上头。一切收拾停当，两人悄悄睡在了宿舍。但华雨桐却睡不着，不住地叹息。葛念念说："华姐，那个文斗才被你一个眼神就给拿下了，十足的好色之徒。"不料华雨桐却恼怒道："你别这么说他！"

　　"骁狼特战队的人我拿鼻子嗅了一遍，全部绿色环保，错过这个村，可就没那个店了，反正这个贺天高我得把他整倒放翻。"葛念念显然被华雨桐触动了心思，来这里没多久，就近乎悲壮地宣示了她的决心。

　　华雨桐常年在机关待着，平时除了上下班，很少有和别人交流的机会，以至于自己老大不小了，都没谈成一个男朋友。来骁狼特战队之前，葛念念就咬牙切齿地说过，在基层部队，清一色的男人，除了完成任务之外，还得搂一筐男朋友回去，慢慢挑，就不信挑不出个好的。

　　文斗才离开之后，华雨桐突然觉得这个贱兮兮的男孩确实有些单纯得可怜，仅仅因为自己实在吃不下去的一枚桃子，就这么死心塌地地爱上了自己。华雨桐知道，通信专员文斗才帮助她隐藏手机的后果是什么，这事要是被上级知道，换处分是难免的。军官背上处分，这辈子的前途就算毁了。

夜晚，李光然和甄铁诚吵了起来。甄铁诚只是一个上校，李光然是少将，按说甄铁诚没有这个胆，但这就是甄铁诚被叫作"甄精神"的原因。在他的眼里，似乎就没有上下级这个概念，对权力也从来不敬不畏，但也正是他这个个性，许克明才喜欢有什么事都和他交流，这就更加助长了甄铁诚我行我素的个性。

甄铁诚调侃葛念念的时候，被和他睡在一个屋子的李光然听见了。当李光然听说是李瑾带着枪和子弹外出的时候，他赤脚跳下行军床，一把抓过电话吆喝道："迅速把李瑾他们召回！"但电话那边是一片忙音。

李光然在李瑾只有十二岁的时候，被老婆逼着离了婚，常年不在家的李光然让老婆怀疑他有了外遇，神经兮兮的老婆死活不听李光然的解释，当语文老师的妻子列举了文学史上许多花心男人功成名就之后抛妻弃子的例子，用了长达十几万字的一封信，描述了已经当了师副政委的李光然有外遇的各种可能，然后对李瑾说："你爸当官了，不要咱母子了，离婚，妈带你。"年幼的李瑾很少见到爸爸，和他并没有太多的感情，于是就和母亲一起逼着李光然离了婚，离婚后的李瑾母亲最终得了抑郁症，迫不得已办了病退，她带着李瑾东躲西藏，就是不让李瑾见到李光然。

李瑾上高中的时候，有一天突然对母亲说："我要考军校，当军官，将来当李光然的领导，收拾死他！"母亲毫不犹豫地答应了，带着李瑾体检，陪着李瑾在中原地区的一所军校上学，最后毕业的时候，她又找到军校领导说把她儿子放到最苦的部队去，他要有出息。于是李瑾就来到了特战旅。

李光然的不幸，满世界只有曾经给他当过半年领导的许克明知道，提起家庭，李光然这个平日风光的将军伤痛而委屈，思念儿子让他的白发一天天增多。今晚听到李瑾携枪带弹外出，他不敢想儿子要是冲动了将会怎么样。从十二岁到二十六岁，十四年都见不着面的儿子有多绝情，抑郁症患者带大的儿子情绪有多不稳定，这些李先然心里清楚。即便不是李瑾带着实弹外出侦察，不确定的因素太多，从事过多年保卫工作的李光然害怕极了。

但当李光然提出要召回李瑾的时候，却遭到了甄铁诚的强烈反对，他说:"仗都打起来了,你竟然不允许一个上尉副队长带枪侦察,五颗子弹都能把你一个少将吓成这个样子,要是五万发子弹配发给部队,你不得活活吓死?"李光然无法和甄铁诚讲道理,部队携枪带弹,那得有重大军事行动,一次演习,携带实弹干什么? 李光然突然情绪激动地指着甄铁诚的鼻子说道:"真把你给惯坏了,胆大包天,竟敢干涉指挥官下达命令,滚!"

吃惊的甄铁诚被暴怒的李光然骂得愣住了,他看了一眼李光然,抱着被褥就去了一间被当成库房的帐篷里睡觉去了。李光然于是抓起电话,径直拨通雷公鸣下达了两个命令:一是把那个叫李瑾的干部迅速召回,要回子弹;另一个是暂停贺天高的队长职务。

挂完电话,李光然慢慢冷静了下来,他有些后悔刚才的莽撞了,召回李瑾是为了确保安全,可是停止贺天高的职务,确实有些携私报复的意思。但命令已经下达了,他不能再收回,至于贺天高能否继续当队长指挥打仗,只能慢慢等机会。

接到李光然的电话后,雷公鸣恼火地踢开老王头的宿舍门,指着老王头的鼻子咒骂道:"都是你这个秃头成天教唆我,要不然我也不会这么放纵贺天高。"等雷公鸣把李光然发火的事情说清楚,老王头奇怪地盯着雷公鸣半晌说:"追回李瑾的事情,我不去,你去。贺天高停职的事情,你去,我不去。"

雷公鸣常常在面对这个近乎无赖的搭档时,束手无策。他一边打电话招呼闵一礼过来,一边唠叨老王头对他的教唆。冷笑的老王头说:"你要是心里有定海神针,我逼着你怂恿贺天高,你都不会听。亏你还是旅长,耳根子这么软,指望你能带兵打仗,野马放屁!"

雷公鸣被老王头羞辱一通后,脸红脖子粗地吭哧道:"要不是贺天高一门心思地干主业,我怂恿他? 他算什么玩意?"一说完,雷公鸣自知失言,恼恨地点了一支烟,抱怨道:"李光然像吃了炸药一样,部队都打仗了,贺天高派侦察分队怎么了? 不就是带了五颗子弹嘛,哪一次部队外出的时候不带子弹? 只不过平时的子弹是箱子装的,这次是装进了口袋,就吓成这个样子了!"

雷公鸣和老王头半夜下达了追回李瑾、停止贺天高职务的任务，闵一礼心里就不停地打鼓，这么重大的工作，旅长、政委为什么要安排给自己？会不会老首长给谁打过招呼，让关照关照自己？但这些都不重要，重要的是必须有板有眼地把这个任务落实好。天不亮的时候，闵一礼就驱车赶到了骁狼特战队，踩着梁军需给自己搭的梯子爬进驻训地营区之后，就火速召集几个干部开了一个短会。

闵一礼知道这种事情不能太声张，所以当柴胜华和陈斌、贺天高三人进了会议室之后，闵一礼就神秘地关上门说："大家都是自己人，我言简意赅，提出问题，解决问题。咱们有事说事，谁都不能大喊大叫，这是纪律。"

在大家疑惑的神情中，闵一礼叩着桌子悄声说："天高啊，李瑾去哪了？快叫他回来，带了五颗子弹，拿着枪出去了，这是大事。"

贺天高感到惊讶时，柴胜华已经瞪大了眼睛，他顾不得闵一礼的劝阻，疾步下楼，从哨兵身上夺来一个单兵电台，扔到贺天高面前逼着他联系李瑾。不料贺天高却平静地说："李瑾已经联系不上了。"外出的时候，他没有给李瑾配任何通信设备，至于李瑾怎么和自己联系，李瑾说他有办法。

毫不知情的陈斌这几天忙着做战前动员，根本没料到李瑾会带着人外出，他恼火地斥责贺天高道："你军事主官指挥打仗没错，可你派李瑾外出侦察为什么不告诉我一声？我还是不是这个部队的领导了？说！"

其实陈斌并不觉得李瑾带着五颗子弹外出有多可怕，但贺天高把他当成敌人一样防范，这简直就是侮辱。

闵一礼控制了冲动的柴胜华和陈斌，温和地拉着贺天高的手说："天高啊，从心底深处说，我这个副旅长是绝对欣赏你打仗的决心和智慧的，但李光然同志亲自来了电话，天高，事情不简单。召回李瑾，这事情就过去了。"

但贺天高还是一口咬定，他无法召回李瑾。最后他反倒咄咄逼人地问闵一礼，是谁把这个消息捅到导演部的？骁狼特战队估计没有这号人，把这件事情捅出去的，一个是葛念念，另外一个是华雨桐。说完这些，贺天高叫人喊来文斗才，问他最近有没有发现可疑的电子信号，文斗才信誓旦旦地说没有。贺天高苦笑了一下说："有人把电话都打到导演部了，说我私自派李瑾携枪带弹外出，这不，闵副旅长都亲自来了。文专员，在停止我这个队长的工作之前,我要求你迅速检查一下营区,有没有人使用手机?"文斗才迅速立正,敬礼说:"请队长放心,我这就去查!"

天才亮,阴沉沉的戈壁滩上微风一阵接一阵,沁凉的风吹得翠绿的野草瑟瑟发抖,文斗才感觉自己的心脏也像这些野草一样,抖得他有些小便失禁。他问过葛念念和华雨桐,但从两人单纯无辜的眼神里看不出有丝毫说假话的样子,最后葛念念委屈得抽抽搭搭地哭了,华雨桐毛茸茸的大眼睛上挂着清凌凌的泪珠,像极了一个委屈无助的公主,文斗才想去帮她擦拭眼泪,却不敢。

葛念念和华雨桐确实有电话,但这并不代表就是她俩向导演部捅娄子的,这可是两个女孩子,女孩子一般喜欢吃火锅聊八卦,但未必喜欢打小报告。而且李瑾拿走子弹的事情,导演部了解得那么清楚,也许是梁军需悄悄报告的。文斗才开始胡思乱想起来,但就是不相信葛念念和华雨桐能干出这种事。

李瑾没有追回来,贺天高最终被停了队长的职务,而且差点被闵一礼关进禁闭室。追回李瑾,这才是大事,可是闵一礼没能完成主要任务,只宣布了停止贺天高队长职务的事情。

离开特战队的时候,闵一礼发现文斗才守着两个下部队锻炼的女干部,一脸愁苦,他莫名其妙地感觉事情不会这么简单,状告贺天高的是高人。闵一礼突然明白,旅长、政委是让他得罪人来了,他还差点把贺天高关了禁闭,关正营职干部的禁闭,那是需要一定级别的领导才能决定的,至少他这个副旅长没这个权力。

中午,贺天高阴沉沉地笑着上了通信车,他盯着文斗才看了一阵,直到文斗才心里发毛的时候,贺天高才说道:"李瑾会和你联系的,情报到了,第一时间告诉我。"文斗才重重地点了头。下车前,贺天高意味深长地看着文斗才说:"院子里有手机,你可能是睡着了没发现,以后用点心。我被停职了,没关系,李瑾不知道,他会根据我的指挥,给咱们打头阵。"

文斗才又重重地点头,贺天高望着已经飘起雨点的天空苦笑了一下说:"我是不是疯了,这么不听招呼?"

文斗才看着贺天高悄悄说道:"队长您放心,我保守秘密,我听您的,大家其实都听您的。我们做的，都是正确的，能打仗，打胜仗，为国家战斗，这是我们的最高准则，我懂。"

文斗才刚要拉贺天高的手，贺天高就跳下车走了。不远处的葛念念看到挂着古怪的微笑而来的贺天高，急忙跑过去喊了一声贺队长，想要安慰他，不料贺天高冷冷地盯着她看了一阵，什么话也没说就走了。

葛念念顿时愣住，要不是赶来的华雨桐把她拉走，她会坐在地上大哭起来。让贺天高停职，这是她没有料到的事情，她不知道这到底是不是许克明的决定，但即使追不回李瑾，也不至于把贺天高的队长职务又一次给停了。她只是担心李瑾带走的五颗子弹，却没想到把事情捅得这么大。

宣布战斗开始的命令已经下达快一个月了，可是敌人的影子都没有见到。再次接管骁狼特战队的柴胜华心烦意乱，最后他决定，部队养精蓄锐，休整，等候导演部的通知。但就在部队刚刚休整了不到半天的时候，旅部来了一个命令，让他们去磨骨山执行一个任务。

磨骨山的任务是雷公鸣和老王头商量决定的。既然找不到何玉凯，久久等待的部队也不知道导演部葫芦里卖的什么药，死等在营区，说不定会被突然杀出的何玉凯一勺子给烩了。所以雷公鸣就派了一个连潜伏在磨骨山，让骁狼去挖出这支潜伏的敌人并迅速消灭。雷公鸣和老王头的目的是希望骁狼特战队全副武装进入战场之后，部队会警惕起来，即使何玉凯突然出现，也不至于被打个措手不及。其实雷公鸣也拿不准，万一导演部的这场战斗没有预先设定的方案，确实是一场遭遇战，等在营区，那就是等死。

27

他抱定必死的信念，在备战的征途中，用死亡去洗刷曾经战败的耻辱。他原本不必牺牲，但他要用壮烈的牺牲回避战败的羞耻；他原本不必牺牲，但他要用生命点亮一个战神恒久的光环；他原本不必牺牲，但他要用生命祭奠一个铁血战士的圣坛。甄志国同志在退休前的半年，把自己的生命托付给了他一直念念不忘的战场，最终，他就像一个质朴的老农回归大地一样,回归到了他念念不忘的战场上……

　　几个月后,已经是戈壁滩的初冬了。夏天炎热无比的戈壁滩,初冬又无比冰冷,湛蓝发透的天空下,在兵王的追悼会上,老王头泣不成声地为这位特战旅最年长的军人致悼词的时候,他反复说,兵王的牺牲是他故意的。

　　老王头后来才知道,磨骨山的那场战斗,让兵王尝到了从未有过的羞耻,这位害怕羞耻的老兵在和何玉凯的战斗中,故意把自己活活累死在了战场上。这位在磨骨山遭受了耻辱的老兵其实从战败的那一刻起,就萌生了不想活的念头,只是没人知道而已。

　　给兵王举行葬礼的时候,初冬的天空蓝得看不见底,送葬的人刚刚把兵王的骨灰安放在墓穴,天空就一声惊雷,等大家回过神来,天空突然暴雨如注。所有人都望着天上突然降落的暴雨,大家都在想,兵王在草草完成了他五十岁的人生之后,无力保证他活下来的上苍肯定心怀了巨大的悲伤,所以才毫不顾忌地在冬天落下这么多的眼泪。一次战神救过几十号人性命的兵王在国外的时候,曾经被那些信奉上帝的军人们追捧为天使。

　　后来老王头给兵王救过的那支外军写了一封信,告诉他们兵王牺牲在了备战的路上。没多久,老王头就接到了这个国家领导人的信。

　　　我亲爱的王,我亲爱的中国军人们,在上帝注视着这个世界的时候,我向你们问好!
　　　其实我已经知道甄先生去世的消息了,而且是在他去世前的一个白天。那天我午睡的时候,看到了窗外有一双天使的翅膀在挥动,带着东方汗液的味道,像极了甄先生身上常常散发的气味。等我醒来,才知道这是一个梦,但当我注目上帝的时候,我发现上帝的眼神显得有些哀伤。下午,我在忙着工作的时候,又一次看到了一双天使的翅膀出现在我的窗前,而且我更清晰地嗅到了东方汗液的味道。等我回过神来,我不知道那盒雪茄怎么就放在我的眼前。我曾经给甄先生赠送过这种雪茄,甄先生说他舍不得抽,说太珍贵了。
　　　上帝给我启示,让我珍爱这个世界和这个世界上难得的和平。上帝启示我要珍爱甄先生和他的中国战友。他是一个恒久耀眼的骑士，就像上帝一样让人安静。

我爱着你们！我不能参加甄先生的葬礼，但我会为在天堂挥动翅膀的他祈祷，祈祷他护佑这个世界的和平！

我们的国家为甄先生降落了旗帜。这是我们国家的眼泪，也是我的人民送给甄先生的微笑。

安德烈·堂

这封信让骁狼的官兵们号啕了许久，贺天高读到这封信的时候，几次感觉喉咙像是被掐住了一样不能吞吐，悲伤让他说不出一句话，他后悔在磨骨山的战斗中没能把兵王留在自己身边。

再次获得骁狼特战队指挥权的柴胜华，对雷公鸣他们设计的磨骨山战斗十分不满。把一个连的兵力埋伏在磨骨山，让他带人去找，还要消灭掉，柴胜华觉得这简直就是在玩捉迷藏。他想推翻这个战斗方案，在和雷公鸣犟嘴的时候，老王头夺了雷公鸣的电话阴阳怪气地说："柴副处长，磨骨山有我们的油料仓库，一旦使用重武器打击，将会引爆油库。"

"那就不要管他们，等他们弹尽粮绝的时候他们自己会出来。"柴胜华觉得把一支特战队派出去打一支埋伏的敌人，这根本就不是特种兵的工作。

"那我告诉你，柴副处长，这支埋伏的敌人在弹尽粮绝的时候，他们会把油库炸掉。嘿嘿，我再告诉你，这个油库是当前西北地区唯一剩下的航天油库，所有的战斗机都在等着这点油料。你说，挖出这股敌人的价值有多大？"老王头阴沉沉地笑着，在设计战场这方面，他比导演部的人更会找理由。柴胜华最终妥协了，他带着骁狼特战队在红日当头的时候，赶到了磨骨山。

在西北的戈壁深处，常常有恐怖的地形。传说牛魔王抓来的妖怪多得吃不完的时候，他就把那些妖怪扔在磨骨山，一段时间过去，妖怪们就会变成粉末，于是牛魔王有时候就像冲油茶一样，用黄河水冲妖怪变成的粉末当早餐。正午，磨骨山的温度高出其他地方好几度，而且光亮的山石在太阳的照射下，像无数破碎的琉璃一样，反射着刺眼的阳光，以至于让人睁不开眼睛，所以这里没有飞鸟，也没有野兔之类的动物。常常在这里活动的，除了特战旅的士兵，再没有其他生命。特殊的光照射和矿物质的复杂，电子侦察武器在这里基本都会失灵，无人机拍摄的照片，都是清一色的光晕，什么也看不见。在这里搜一个连，柴胜华唯一的办法就是"跑山"。

"跑山"是柴胜华当连长的时候发明的一个名词，当年部队的侦察技术比较落后，体能上占绝对优势的特种兵在一座荒山上想找到敌人或者躲避敌人的时候，他们都会凭借一双铁腿把荒山跑个遍，遇到了敌人，军事素养占绝对优势的特战队员一般不会吃亏，遇到人数较多的敌人，他们就会燃放信号弹报警，招呼大炮或者飞机前来轰炸。

贺天高当即否定了柴胜华跑山的决议。这次面对的是特战旅的一个连，论军事素质，他们不比骁狼特战队差，如果靠着脚板子漫山遍野地跑，搞不好敌人没找到，这么热的天，大家都会被累死。柴胜华不屑和贺天高争论，在磨骨山，所有现代化的侦察设备都是摆设，打敌人只能依靠爹生娘养的肉体。只要是人能干的事，在柴胜华眼里都不算什么难事。于是柴胜华把部队分成四组，连最窝囊的文斗才都成了分队指挥官，按照东南西北四个方位出去寻找雷公鸣埋伏在这里的敌人。

柴胜华把部队分散开的时候，他特意准许贺天高按照他自己的意思办，谁要跟贺天高，他没有意见。梁军需和周虎跟了贺天高，葛念念最后也留在了贺天高身边。

兵王指挥的小分队在相对平坦的南面，这边没有一点阴凉处，即使是最能抗旱抗戈壁太阳的敌人，在这里蹲守一个多小时，都会被烤成人肉干，所以南面隐藏敌人的可能性较小。柴胜华把在南面搜寻目标的任务交给兵王，他知道兵王的心脏已经在常年艰苦的训练下变得有些肥大，让他在悬崖峭壁上奔走，将会对兵王的心脏造成很大的负担。

但柴胜华没有料到，雷公鸣派出的这个连队，恰恰把主力部队全部藏在了南面。他们早早赶来，在砂石地下挖了坑，把部队按照打仗的阵法全部埋在了砂石堆里已经整整十几个小时了。这些埋在砂石堆里的人尿急了就径直尿在裤裆里，然后再被烤干，口渴的时候就用吸管吸着喝一点埋在砂石下水袋里的水。当他们趴在砂石下眼看着骁狼特战队的人大部分去了山区,连长鹿子咬了咬牙。如果太阳下山之前,柴胜华找不到他们,按照雷公鸣的要求,战斗就算柴胜华输了。但鹿子不想就这么轻而易举地赢,他想和骁狼打一仗,即使全军覆没,只要让骁狼损兵折将过三分之一,那么鹿子和他的战友们就不仅在特战旅成了令人刮目的厉害角色,甚至在整个战区陆军,他鹿子也会被人高看一眼。

在特战旅,所有的营都有和骁狼打仗的机会,唯独鹿子所在的通信保障营没有。去年,通信保障营也被纳入一线作战部队,这才让他一个小小的连长有机会亲自带人和柴胜华、贺天高、兵王打一仗。这次,是他鹿子亲自指挥。年轻的鹿子不相信特战队里柴胜华、兵王甚至雷公鸣这些被吹得玄乎其玄的大人物真的那么厉害,骁狼有多牛,交一回手再说。

人有时候会在一种说不出是嫉妒还是不服气的情绪中改变心性,鹿子像和骁狼有深仇大恨一样,灭不了骁狼的威风,这种醋劲儿会让他一辈子觉得日子过得没有味道。带着说不出的仇恨,鹿子终于看见兵王带人鬼鬼祟祟地摸了过来,他狂热的心脏剧烈地跳动起来,他对部下悄悄下达了活捉兵王的命令。

“我们有七十人,对方十三人。听着,豁出去全军覆没,也要活捉甄志国!”鹿子下达完指令,就开始安排人瞄准了兵王背后所有的队员。当兵王他们终于走进埋伏圈的时候,鹿子一声令下,这群“土行孙”们带着沙尘,号叫着扑上来一起围攻兵王,猝不及防的兵王被几个人扑倒在地,但仅仅十几秒钟,热血上头的兵王完全忘记了这是演习,三拳两脚就把压在他身上的士兵给打得飞了出去。于是一场在鹿子指挥下的混战展开了,鹿子的人对着除了鹿子和兵王的其他身影开枪,误伤已经在所难免,交战系统巨大的威力让中弹者在极大的痛苦中惨叫不断。

兵王也发现了鹿子没有“射杀”自己的意思,就抽空冲着鹿子奔了过去,他要活捉贼王,却不料被鹿子带到了一个早就用渔网布置好的陷阱,兵王跌落陷阱仅仅十多秒,就被一群人拉着渔网拽了出来。兵王无计可施,失落地看着被俘虏的黑蝎子,还有更多的骁狼队员,他的耳朵顿时嗡嗡地响了起来。

在国外比武的时候,兵王曾经亲眼看见一支叛乱的武装分子押着三十多人从他的眼前过去了,这种景象今日再一次呈现。失去理智的兵王突然从渔网里一跃而起,拽着渔网的士兵就号叫起来。恐惧的鹿子看到兵王仇恨的眼睛时,突然就萌生了杀机,他抢起枪托,砸在了兵王的额角。但他的力气有限,加上塑钢步枪重量不足,挨了枪托的兵王不再吱声,他仰起血流满面的脑袋看着鹿子,然后就静静地坐在渔网中,被一群士兵用早就预备好的木椽抬了回去。

这是鹿子早有预谋的结果。都是军人,都需要被他人尊重,骁狼霸占头把交椅的时间太久了,让鹿子这些年轻的孩子们一直生活在雷公鸣、兵王、柴胜华等人的阴影中,所有人说起特战旅的时候,就会提到骁狼特战队。如今不但年轻的贺天高坐了头把交椅,就连那个被别人一拳能打折八根骨头的文斗才,都大有后来者居上的意思。

鹿子心想,特战旅不是你骁狼特战队的特战旅,骁狼特战队也代表不了特战旅,还有许许多多和我鹿子一样的人。敌人不能战胜我鹿子,你骁狼也休想成为特战旅的狼头。

鹿子正是在这种巨大的渴望中性情大变的。今天他俘虏了一脚踢出一个特战旅政委的兵王甄志国,这种巨大的荣誉感会像戈壁滩的太阳一样,让你无法遮挡他的光辉。

鹿子带着被他俘虏的十六人,还有被误伤和他“杀”掉的四十多人,迎着偏西的太阳,大声唱起了他们连队的战歌,带着夹杂了愤怒和得意的自豪,一路回到了特战旅。他把兵王和被俘虏的几个骁狼队员,还有几具“死尸”放在了特战旅广场中心飘扬的旗杆下,给等候的雷公鸣和老王头报告,说战斗结束了。

从特战旅的楼顶看下去,被俘虏的兵王和黑蝎子他们蹲在旗杆下,样子十分狼狈。黑蝎子一句话也没有说,他阴沉地低着头听雷公鸣讲评完毕之后,就带着目光呆滞的兵王和他的战友回去了。临离开的时候,黑蝎子望着鹿子微微一笑,轻轻鞠了一个躬。被巨大的胜利冲昏头脑的鹿子傲然回了一个军礼,他不知道黑蝎子已经对他萌生了恨意。

兵王在遭受羞辱的时候,磨骨山其实还在战斗。鹿子连队的指导员带着一支小分队藏在贺天高的侦察范围内,守株待兔的贺天高盯着望远镜长达三个多小时,终于看到地面的沙地有田鼠拱土一样的蠕动。贺天高他们就对着这些蠕动的沙土接连开枪,被发现的指导员不得不带人跳出来战斗,但还没冲出一百米,二十多号人就全部成了贺天高他们的"枪下鬼"。贺天高拿起单兵对讲机对柴胜华报告了战况。

葛念念那阵子就守在贺天高的边上,她望着专注的贺天高,终于发现贺天高的左眼睛大,右眼睛小,但两只眼睛上的睫毛很长。这些孩童一样长长的睫毛,让他两只不一样大的眼睛完全没有任何让人不适的瑕疵。她不由得靠近了贺天高,甚至听到了贺天高的心脏有规律地震动着沙土地,这种震动最终带动自己的心脏和贺天高同频共振起来。但她似乎也发现了贺天高根本就无视自己的存在。

"他也许是个同性恋,根本就不喜欢女孩子,否则他不会面对这么美丽可爱的自己无动于衷。"葛念念有些怅然,她悲哀地发现,这个世界上没有完美的东西,带着忧郁眼神的诗人贺天高是个不喜欢女孩的男人。

向柴胜华汇报完战况之后,贺天高望着兵王战斗的方向叹了一口气,他估计兵王出事了。在磨骨山,部队要想潜伏,唯一的办法就是把自己埋在沙土底下,这才不至于被炙烤成人肉干,但是能把一个大活人埋进去的地方,除了南边的平坦地,就是自己侦察范围内的这块小平地。但是在柴胜华的眼里,特战旅的军人都是钢铁战士,他们有坚定的意志,他们守在太阳下,躲在山峦里等着和自己打仗,这也是向所有人展示他们钢铁意志的最佳机会。

没有战争的日子,军人就得自找苦吃,能自找苦吃却从不抱怨的军队,一定是导演部最满意的军队。当了二十年兵的柴胜华觉得他是最了解部队的。但今天,在雷公鸣的授意下,鹿子他们卑鄙地把自己埋在沙土下搞了一场伏击,竟然让自己带着堂堂的骁狼特战队打了一场败仗。

"变天了,看来真的是变天了。"回去的时候,柴胜华恍然间发现,戈壁滩就剩下孤零零的自己。

贺天高和柴胜华是分头赶回营区的。半路上,贺天高就像唠叨的妇人,不停地给梁军需和周虎交代一件事情。葛念念自从认识贺天高之后头一次发现他这么啰唆。"你们将来带兵打仗的时候,一定要记住,让自己比对手多一颗子弹,你就掌握了一大半的胜利。你们还得记住,能保护一个战友,减少一份伤亡,你们就掌握了一大半的胜利。打仗的时候,战友和你是同一条命,战友牺牲了,你就剩下半条命了;你牺牲了,战友也就剩下半条命了。"贺天高翻来覆去地唠叨着,梁军需和周虎却一直认真地听着,看得出来他们也在反复咀嚼着贺天高的唠叨。

听着贺天高的啰唆多了,葛念念突然忍不住想告诉贺天高,是自己给导演部打了电话报告李瑾外出的。这个念头一闪而过,她掐了一下自己,羞愧起自己的不成熟来。把骁狼特战队的情况汇报给导演部,这是她的工作,可是自己差点在贺天高动情的啰唆中失职。

28

"我们的爱情缘于你舍不得吃的一颗桃子。"

文斗才和华雨桐二人去领结婚证的时候,按照民政部门的要求,二人要拉着手对视着说一段能保证婚姻稳定的话。于是文斗才就拉着华雨桐的手颇为感动地说出了他爱上华雨桐的原因。

"爱情是命中注定的姻缘。我们的爱情缘于我觉得你需要多吃一点新鲜的水果。"华雨桐拉着文斗才的手,配合着文斗才。说出那句话的时候,华雨桐有了一丝说不出的别扭,但很快就不别扭了。不管怎么说,她确实是爱文斗才的,文斗才也是爱着她的。华雨桐一直没有和文斗才把桃子的事情说破,即使他俩都老得走不动了,坐在一起说过贺天高,也说过李瑾,甚至说了他们都不怎么熟悉的其他人,但华雨桐就是没有说出她当初给文斗才一颗桃子,实在是因为自己吃不下了。

事实确实如此,那天华雨桐拿了一颗新鲜的桃子准备吃的时候,她突然觉得饱了,而且肚子有些不舒服,于是她悄悄打量了一下四周,准备把桃子放回去的时候,又觉得有些不妥。这个时候她看到了眯着眼睛的文斗才,眼睛睁不大的人一般心里都糊涂,把桃子给眯着眼睛的文斗才,说不定文斗才还会感激自己。如果自己从餐盘里拿出来,再放回去,这不卫生,也不礼貌。于是华雨桐隔着中间的李瑾微笑着把桃子伸到了文斗才的眼前。

但华雨桐不知道那一刻,文斗才被感动了,他突然发现华雨桐确实美丽,善良温柔,甚至看起来知书达理。文斗才小小年纪就进了军校,二十多年几乎就没有感受过多少女性的温柔,但特战队来了两个漂亮的姑娘之后,最温柔的华雨桐竟然把一颗鲜艳的桃子给了自己。这是上天对自己的眷顾。

所以文斗才在吃这颗桃子的时候,他决定要回报华雨桐一辈子。

磨骨山的战斗,柴胜华给了他最好的机会。他担任组长,带着华雨桐和十几个士兵摸向了磨骨山的腹地。太阳在炙烤着大地,人就像钻进了一个大大的火炉,隔着厚厚的军装都能感受到皮肤被阳光炙疼的感觉。文斗才不忍心华雨桐就这么被炙烤,所以他傲慢地拿出指挥官的架子,把部队分成两组,自己带着华雨桐作为一个"特殊小组",他说自己愿意和华雨桐成为诱饵,一旦发现敌人,他就报警,让其他的弟兄们顺势包抄过来。

和大家分开之后,文斗才带着华雨桐找有阴凉的山下慢悠悠地走。对柴胜华的跑山,文斗才其实一直心怀不满,但人家是副处长,他不能不服从命令。但让他真的跑山,他觉得这是在浪费生命,所以在阴凉处转悠的时候,文斗才没有一丝羞愧。但就是这一次,华雨桐对他有点刮目相看了。

鹿子埋伏在磨骨山的时候,他刻意派出去四个精悍的士兵,交代他们一旦遇到骁狼,就朝埋伏圈带。这四个人也在山上寻找骁狼,但磨骨山太大了,太阳偏西的时候,他们才发现了文斗才和华雨桐。这四个士兵想把文斗才和华雨桐俘虏了。当这四个士兵从文斗才的头顶摸过去的时候,文斗才坐在阴凉处拿着一面小镜子正擦着防晒霜。他渴望在华雨桐离开之前,能看到他的脸上已经没了高原红,所以只要有闲暇,文斗才就会不厌其烦地朝脸上涂抹各种化妆品。山顶的士兵还没回过神,文斗才的枪突然响了,站在山包边上的倒霉鬼一枪被打中脑袋,于是就像一袋面粉一样跌落下去,剩下三个一看不妙,跳下来准备制服文斗才,却没想到文斗才是个心狠手辣的角色,他趁一个战士不备,一脚踢在了这个战士的小腿上,要保护华雨桐的冲动让文斗才使足了力气,这个战士的小腿好像骨折了。

另外两个战士顿时愣住了,带头的班长恼火地指着文斗才大喊:"文专员,这是战友,你也下得了手?"

文斗才二话不说就是一枪,班长应声倒地,剩下的士兵还没回过神,就被华雨桐一枪放倒了。等收拾完这四个对手,华雨桐发现文斗才的眼睛并不是睁不大,他只是单眼皮,眼睛有些细长而已。此时的文斗才盯着躺在地上的几个人,眼睛放着灼灼闪亮的光,他还窜上山顶,拿着望远镜细细地搜索了一遍,确定没有敌人的时候,他才跳下山坡,一把拉着她的手说:"华医生,撤!你我的任务完成了,咱们打'死'了四个。"

离开前,文斗才给被他踢伤腿的士兵扔下一壶水说:"等我们离开,你就自己打信号弹,回去吧!如果他们醒了,你们商量着办,看到底要不要告诉你们连长说我和华医生把你们给收拾了。"

士兵感激地说:"文专员,那等他们醒了,我们自己回去,就别说是您把我们给收拾了,我们连长狠,要知道我们四个是被您和这位女同志给拾掇了,我们就惨了,今年保证让我复员。腿,我就说是摔断的。"

文斗才轻轻叹了一口气,拉起华雨桐说:"咱们就从来没见过面。"

路上,华雨桐问文斗才:"你怎么能违反演习纪律?打'死'的就是打'死'的,为什么要说从来就没和他们碰到过?你这是害他们。"文斗才有些悲伤地说:"只要是人,都有他们的难处。"

"他们有啥难处?"

"他们的连长鹿子是个无情无义的人,对他们要求苛刻,一旦知道是我们俩收拾了他的四个兵,这四个兵再要晋升就没希望了。"文斗才一边跑一边说。

"那就复员得了。"华雨桐喘着气。

"人都得过日子,都得活着,他们复员了能干什么?除了打仗,他们啥都不会。做个弊怎么了?不怕!"文斗才突然停下,盯着华雨桐说。

华雨桐心里稀软了一下,感觉自己似乎被文斗才的温暖给击中了,这是个能替别人着想的大男孩。但当文斗才尝试着想把脸凑过来的时候,她突然拉下脸,对着文斗才扇了一巴掌,扔下吃惊的文斗才跑出去十几步,又听到文斗才讨好地喊叫着追了上来。

太阳偏西,柴胜华和陈斌两组人马灰溜溜地回去了。他们没找到敌人,但听到了枪声。柴胜华收到了贺天高的汇报,说消灭了一股敌人,他也收到了文斗才的汇报,说连敌人的一根毛都没发现,但却一直没接到兵王的一点消息。

直到夜晚回到骁狼特战队的时候,柴胜华发现哨楼上只有梁军需一个人,他就感到有些不妙。他急忙冲入营区,发现所有队员都围拢在后院,过去一看,大家围着的是兵王。这个马上就要五十岁的老兵坐在石头上,目光呆滞,脸上挂着古怪的微笑,喉咙里一直咯咯地响着。

柴胜华这才知道兵王被鹿子俘虏了,就像抬牲口一样被抬到了特战旅的广场上。所有人都安慰兵王,但兵王一直没有任何反应,最后他自己站起来分开人群回去了。兵王回去的时候,像一个痴呆的老人一样,失落而迟钝,而且他的脸上一直挂着一丝古怪的笑容。

第九章　黑暗中的混沌

29

闵一礼喜欢贪小便宜,也常常幻想着能当上将军威风八面,但就算打死他,他也不会有出卖部队的胆子和想法。不管怎么说,二十多年的军旅生涯,让他对这支部队有着深厚的感情。但喜欢在朋友跟前充老大装面子的他,被马德龙和他的朋友们一口一个"旅长"叫久了,闵一礼就觉得自己真成了旅长,觉得在特战旅没有他办不了的事情。尽管后来他已经预感到马德龙是个危险的家伙,但他还是希望马德龙只是一个奸商。

晚上值班,闵一礼接到了通信保障营的电话,营长说骁狼的一个士兵刚才溜进来,把连长冯鼎禄给打了,而且打得挺重。听完营长的汇报,闵一礼首先想到的是把这情况报告给雷公鸣和老王头。但思前想后好一阵,他最终决定,这事还是自己先来处理,实在处理不了再说。在马德龙这家伙给自己挖的坑还没有填上之前,他得表现得有担当一些。

抽完两支烟,闵一礼去了卫生队。卫生队说冯鼎禄并无大碍,就是脸部的软组织挫伤面积较大。听得稀里糊涂的闵一礼最后从医生嘴里才知道,说透彻点就是鹿子的脸叫人打肿了,除此之外,啥事也没有。终于放下心来的闵一礼这才盯着冯鼎禄看了半天,最后差点忍不住笑出来,面前的这个连长整个脸肿胀不堪,以至于鼻子被鼓胀的脸部包裹了起来,快要看不见了。

冯鼎禄就是砸了兵王一枪托的鹿子,鹿子是小名,冯鼎禄是他爷爷取的,但他总觉得爷爷取的名字是要他一门心思地升官发财,俗气。所以特战旅无论是干部还是战士,叫他鹿子,他最舒心。

晚上,鹿子刚睡着,楼下的哨兵就来了电话,说有个老乡找他,鹿子不知道是哪个老乡,出了什么事情。后来哨兵说这个老乡是讨债来了,说鹿子欠了他两万块钱不还。恼火的鹿子穿上衣服,要亲自去拜访一下这个讹人的家伙,不料一下楼,他发现等他的人原来是骁狼特战队的黑蝎子。鹿子认识黑蝎子,但没打过交道,当他知道黑蝎子是来给兵王报仇的时候,热血上涌的鹿子鬼迷心窍了,他说:"正好,咱俩谁也别跟领导报告,谁挨了打,谁就自认倒霉。"

鹿子确实低估了黑蝎子,他忘记了绰号能替代姓名的人,一般都有过人之处,何况黑蝎子的绰号十分不雅。两个人一躲进黑暗处,黑蝎子就直奔鹿子打了起来,两个人才交手不到几分钟,鹿子就发现黑蝎子用的全是杀招,这分明是要命来了,哪里是打架。鹿子想跑,却被黑蝎子一个拐子腿别倒在地,黑蝎子一手捂住鹿子的嘴巴,一手脱下鞋子说:"鹿子,你是干部我是兵,按说我这样对你,不礼貌。可咱是立下生死状的,你要认尿,就当我的面,说你鹿子是个尿包,这辈子在兵王和骁狼的面前,也是尿包,儿子是,孙子也是,我就走。你要是不认,我就得抽你了!"

鹿子当然不能认尿。在特战旅,无论军官还是士兵,扬名立万靠的就是拳脚,拳脚不行了也得靠一身胆气,鹿子好歹是个连长,要是在黑蝎子跟前认了尿,这消息传出去他就完蛋了,以后只要研究干部升职的事情,不可能再有他的机会。所以他含含糊糊地说:"要想怎么打,你随便。我鹿子不会拿军官的身份压你,你打!"

但鹿子没料到,黑蝎子不是对准自己的脸抡几拳头就了事的,他点了一下头,就用一只软底子的胶鞋对着鹿子的脸左右开弓了,一边抽一边说:"今天打你,不为别的,为的是你把兵王当牲口抬着走,还抢了他一枪托。你要记仇就整我,我不怕!你要是还敢羞辱兵王,我还有一只鞋底等着你,走了!"

黑蝎子抽完鹿子后,在巡逻哨的眼皮底下,嗖的一声越过围墙不见了。鹿子原本是不想让别人知道这事情的,毕竟约架是他答应的,但等他回去时，发现整个脸都肿了，睡到半夜，肿胀的脸让他说不出话，查铺的指导员发现了他肿胀的脸，以为他得了什么病，就拉着他去了卫生所。

无法再隐瞒的鹿子只好把事情的来龙去脉告诉了指导员，指导员当时气得差点背过气去，连长的脸被抽成了屁股，那就等于全连的脸都叫黑蝎子给抽了。指导员冲动地把鹿子挨打的事报告给了营长教导员，赶到卫生队的营长教导员想和骁狼特战队大闹一场，威逼着不能说话的鹿子拿了一张纸，详细地写了他和黑蝎子打架的过程。

看完鹿子的招供状，教导员骂道："你怎么不叫黑蝎子把你打死？你是连长，他是士兵，他对上级动手是犯法。你怕丢人，我不怕，我今天要不让陈斌和贺天高喝一壶，我这个教导员就是吃青草长大的野驴。"

愤怒的教导员一口气写了十几页纸反映情况，准备交给老王头的时候，营长已经把事情报告给值班领导闵一礼了。闵一礼原本想大事化小小事化了，但鹿子肿胀的脸让他担心这事情迟早要捅出去，最后他还是报告给了雷公鸣。

雷公鸣恼火极了，想都没想就把电话打给了贺天高，在得知黑蝎子和鹿子两个人是约架，不是士兵黑蝎子追上门打干部的时候，雷公鸣稍稍宽慰了一些。他把找自己告状的通信保障营营长教导员骂了一顿："你们那个冯鼎禄，也得处理！一个中尉连长，脑子叫驴踢了，这是部队，不是江湖，还敢给我约架！如今叫一个战士给打成这样，还好意思告状，活该！"

磨骨山打了败仗，柴胜华就背上了包袱，他觉得这是雷公鸣和老王头给自己挖的坑。再加上兵王在这场战斗中被打垮，柴胜华就懒得再去管理部队，黑蝎子刚好趁着管理松懈的时候偷偷跑了出去。

自以为天衣无缝的黑蝎子打完鹿子，刚翻过围墙回来，就被躲在围墙背后的贺天高一把揪住衣领提了起来。其实黑蝎子驾车出去没多久，贺天高就发现黑蝎子不见了，还少了一辆车。他想到黑蝎子可能是跑到特战旅去搞破坏了，他了解这个黑皮肤的家伙，他心胸狭隘，有仇必报。但他不知道黑蝎子晚上找的是冯鼎禄，还用鞋底对着人家的脸抽了整整一百下。

贺天高最后二话没说，拽着黑蝎子一路上楼，在楼道尽头那个没有装路灯的地方，他打开了禁闭室的门，把黑蝎子一把推了进去。

关黑蝎子的禁闭,贺天高不想和任何人商量。尽管如今他已经没有任何权力再约束部队,但至少他是黑蝎子的老队长,而且目前还没有离开特战队,自己的兵打了人家的干部,这事情自己要没个态度,那骁狼特战队就真的成了柴胜华嘴里的土匪了。

等办完大事,他再亲自去特战旅,给鹿子道歉。

贺天高的大事,是骁狼特战队的大事,也是特战旅的大事。在特战旅,有个在很多人看来颇为神圣的仪式,但这个仪式截至目前,只在骁狼特战队内部组织过几次,而且凡是参加了这个仪式的人,都没觉着这个仪式有多么的令人骄傲。相反,参加过仪式的人都会莫名其妙地产生一股厌世的感觉,或者说都会有一种这辈子快走到头的畏惧感。所幸的是,参加过这个仪式的骁狼特战队队员们,在仪式中产生的这种不快或者恐惧,很快就被他们一次一次领受到的任务给消解了。

这个规矩是柴胜华担任队长的时候定下来的,专门用来惩戒那些演习中因为粗心大意而被淘汰了的人。演习中的淘汰,在演习场上其实是被称为"阵亡"的。一旦有人在演习中因为个人的原因被淘汰,那么打了败仗的人,都将在魂毅园前边,当着烈士的面给自己"下葬"。

当然,下葬只是躺在一块像棺材一样的土堆上,并不会真把人给埋了。但下葬的时候,所有打了败仗的士兵都要报告姓名、职务和牺牲的时间。这是柴胜华在一次境外反恐演习中根据一支外军的规定定下的规矩,从来不允许失败的柴胜华想让因为粗心或者怠战而战败的官兵,在魂毅园把自己也当成烈士埋葬的时候,心里好好地触动一下。只有这样,他们在战场上才不会轻易战死,才有机会回家去抱老婆、生孩子、孝敬父母,摆地摊或者种地。

磨骨山的战斗,显然是一次失败的指挥。而且柴胜华已经明确,谁愿意跟着贺天高,谁就留下。但最后留下的却只有梁军需、周虎和葛念念三个人。除此之外,骁狼特战队剩下的队员全都打了一场败仗。黎明时分,柴胜华终于答应带头把自己"埋葬"在魂毅园前,但他始终执拗地认为,雷公鸣设计的这场对抗没有任何意义,还让兵王遭受了羞辱。

柴胜华最后悄悄找到贺天高,请求他以胜利者的身份,劝兵王不要参加这次下葬仪式，但贺天高没有说话，他无法在特战队搞任何例外，即使是兵王，即使是雷公鸣，即使是那个已经去世的哲学教授。

周虎和梁军需也请求贺天高别让兵王参加下葬仪式，但兵王听说大家不让他参加下葬仪式时，这个突然有些老迈的老兵蹒跚着过来，靠着门框蹲在贺天高的门口说："年底就退休了，别让我搞特殊。这不是给我难堪嘛，我半辈子了从来没搞过特殊。我又不是黑蝎子，我又没在禁闭室，我打了败仗，把自己给埋了，合情合理嘛。"

兵王所说的禁闭室，据说已经有一百多年的历史了，比骁狼特战队的年代久远，甚至比特战旅的年代还要久远。驻训地最早选址的时候，有个领导一眼就看重了这座破破烂烂的城。那时候，这座破烂的城其实能看见的，除了一圈不到半米高的土墙之外，剩下的就是土墙中央这座坚固的石头房子。这间麻石堆砌的房子坐落在一层楼高的土台上，里边只有一排能伸进拳头的小孔透气。

几十年前，特战旅移防到大西北的时候，这间屋子曾经被当作临时弹药库，当时的特战旅还是一个特种大队，部队经常在这里驻扎训练，这间屋子后来一直是部队驻训期间的临时禁闭室。一直到骁狼特战队驻训地在这里建造的时候，有个领导视察了这间麻石的屋子后说："禁闭室还得留着，军人需要荣誉激励，也得有纪律约束。"于是这间古老的屋子最终成了真正意义上的禁闭室。

但是修建驻训地的时候，不知道是谁的主意，这间禁闭室被孤零零地搁置在二楼的尽头。它的四周，没有一座屋子，从禁闭室到二楼的其他屋子，要通过一条五十米长的走廊。可笑的是这条走廊修得和二楼的楼道一样，从二楼最靠近禁闭室的屋子一直走向禁闭室，不知情的人还以为自己一直在二楼走着。就因为这个禁闭室，二楼的尽头显得阴森诡异。神秘的禁闭室铁门一直锁着，从来没有打开过。骁狼特战队的官兵们每次路过这里时，都会一路小跑，因为这里有一股让人胆寒的诡异气息，但好奇心让他们忍不住在背后谈论关于禁闭室的各种传说，可没人靠近过，毕竟这是个晦气的地方。

黑蝎子被贺天高扔进禁闭室后,他感觉自己像个瞎子一样,什么也看不见。一阵说不出的恐惧让他感觉四周的黑暗中有许多眼睛在盯着自己,于是他就想赶快摸到一面墙,把后背交给墙。没多久,他就摸索到了一张床,被子、褥子都挺干燥。这时候,黑蝎子的紧张才稍稍平静了下来,他干脆就躺在床上,拉开被子冥想了起来。

黑蝎子去特战旅找鹿子打架,原本是为了挽回兵王的尊严,但今晚躺在禁闭室,他却似乎更加关心兵王的身体。在此之前,他根本没有想过这个牛一样壮实的老班长身体会有什么麻烦。

慢慢地,黑蝎子突然发现,他的眼前似乎出现了幻境,他清晰地看见兵王仰面朝天躺着,嘴唇变得蜡黄,似乎有一滴一滴的血滴落在戈壁的石头上,兵王像飘浮在云彩上一样,距离天空那么近。

想得烦躁,黑蝎子坐起来,伸手在屋子里驱赶着湛蓝的天空、洁白的云彩。当他双手胡乱地拨拉时,突然摸到墙面上有个窟窿,他试探着把手探进窟窿里边,竟然有一把手电筒。黑蝎子急忙把手电筒打开,雪亮的光柱让眼前的幻境消失殆尽时,他清晰地知道,自己被关禁闭了。

太阳还没有升起,文斗才的通信车上的喇叭就播放了哀乐,除了贺天高他们几个战胜者,所有人都清一色地站在"棺材"上边,面向魂毅园的石碑,一个个郑重地宣告自己"战死"的时间和地点。第一个站上去的是柴胜华,他没有看任何人,轻轻地举手敬礼之后,带着一股不甘心,郑重地吆喝道:"柴胜华,集团军部队管理处副处长,在磨骨山的战斗中,牺牲,享年36岁。"

说完,柴胜华慢慢回头,望着远处的山峦,突然情不自禁地对着山峦说:"如果有一天,我真的牺牲了,请你不必通报我的姓名,把我的骨灰交给我的妻子即可。"

柴胜华说完,慢慢地躺下,把一朵白花放在自己的头顶。接下来是陈斌,他声音洪亮地喊道:"我叫陈斌,骁狼特战队政治教导员,在磨骨山的战斗中牺牲,29岁。"

兵王是最后一个登上台的,他前边的一个中士站在台子上突然哭了,他望着家乡的方向大声喊道:"爸,妈,儿子下辈子还做你俩的儿子,这辈子不能孝敬你们了。"

中士哭着躺下之后，就剩下兵王了。他腰身有些佝偻地在一具具"遗体"前挨个看了一遍，走到自己的位置上躺下，什么也没有说。

葛念念和华雨桐没见过下葬仪式，甚至从没听说过，当两人在清晨的微风中看到眼前的场景时，葛念念捂住嘴巴哭得止不住声，华雨桐劝着葛念念，结果自己也哭了起来。

在一遍遍的哀乐结束之后，葛念念扑过去把兵王拦腰抱住，头挨在兵王的胸口大声哭了出来，她委屈得像一个离开母亲太久的孩子。兵王劝着葛念念，拉着葛念念的手回去的时候，她发现，贺天高远远地看着自己，脸上浮现着清晰的悲伤。葛念念突然心软了，她原本恨死了贺天高的麻木和冷酷。

众人离去之后，华雨桐带着文斗才、周虎和梁军需，把扔在石棺材上的白花都捡了起来，每捡起一朵，华雨桐像送别了一位她认识了一个多月的骁狼队员。最终她难受得无法再去捡这些白花，就让文斗才去替她捡，还要文斗才把这些白花交给她，让她亲自埋了。文斗才提着两袋子白花交给华雨桐的时候，她一把攥住了文斗才的手，指甲都掐进了文斗才的肉里。

华雨桐把白花全部埋在了魂毅园，一边埋一边流泪。不识时务的文斗才笑着说："这就是个仪式，没必要这么当真。"不料华雨桐转身就给了他一个嘴巴。挨了打的文斗才赌气地躺在地上说："文斗才，骁狼特战队信息专员，牺牲在……"

文斗才的话还没说完，华雨桐就一脚踢在他的大腿上，疼得文斗才抱住腿叫不出声。半晌，等他缓过气终于惨叫出声的时候，华雨桐已经走远了。

禁闭室的孔洞终于透进了一丝亮光，黑蝎子盯着这一丝亮光推算现在差不多是中午了。从晚上到现在，没有一个人来看他，百无聊赖的黑蝎子捏着手电筒打量这座老宅，想着出去之后，他得把这座老宅的样貌给周虎和梁军需他们描述一番。

麻石的屋子里边原来刷过一层厚厚的墙灰，也许是因为屋子里湿度适宜，也没有什么人进来破坏，墙壁倒也完整。就在黑蝎子推算这个刷墙的人是民工还是哪个老兵的时候,他发现墙壁上有一行字,于是兴奋地凑了过去,最终他发现,这座禁闭室墙上的字,竟然不止一行。

如果不能战斗,不如就去死亡。

雷公鸣一九八八年十月八日

这是为什么?

柴胜华一九九七年元月三日

甄志国到此一游。

一九八四年三月

当黑蝎子看到这几行字时,他突然兴奋起来。百年老屋关过的都是他所崇拜的人,旅长雷公鸣和柴副处长竟然也被关过禁闭,兵王班长心胸太豁达了,只是字确实丑了一点。

黑蝎子准备找一处地方也刻上一句"你们知道黑蝎子是谁吗?",但当他找到一根铁丝的时候,无意间发现了宋大雷的手迹。大雷显然是坐在地上刻的字,他牢骚满腹地写下了"为什么不给灯,太黑了,我要告状。宋大雷"。大雷的落款没有年月日,不知道是什么时候被关进来的。照大雷的性格,被关禁闭他一定会大肆渲染,而且大雷在特战队的时间不算太长。关他禁闭的时候,至少教导员或者队长他们都知情,但从来没人说过。

盯着大雷的字,黑蝎子忍不住哭了。他知道自己已经很多年没有哭过了,有时候委屈极了,他想大声地吆喝着让眼泪流出来,但就是挤不出一滴眼泪。但今天,不知道是累了还是变脆弱了,他坐在地上盯着大雷的名字哭了好久,等止住哭声的时候,他知道自己要写下什么了。

我永远和你们在一起,亲爱的战友们。

黑蝎子突然不想留自己的名字,也不想留下日期,他知道,百年老屋还会有后来者。

后来黑蝎子当了公安局局长之后,他常常对他的战友们说一个关于死亡与黑暗的话题。黑蝎子说:"死亡,其实只是我们以为的黑暗。但是死亡也许就是灵魂以为的光明。"黑蝎子还一直告诉他的战友,班长甄志国在磨骨山的战斗中看见了他这辈子不该拥有的黑暗,所以他才刻意把自己累死在战场上,去享受灵魂拥有的光明。

"人有爱憎,并可以为爱憎去付出的时候,才是真正长大了。我当年为了班长的尊严去打了一个连长,到现在也没后悔过。"退休那天,黑蝎子在大会上第一次袒露了自己的心声。

特战队举行下葬仪式的上午,通信保障营营长亲自带着鹿子和几个特别能打且特别能讲道理的兵来到了魂毅园前头。他们本来是要找贺天高闹事的,虽然雷公鸣说打人的士兵已经被关了禁闭,骁狼正在打仗,等打完仗再处理这件事。但通信保障营营长认为来雷公鸣偏心骁狼,想拖延时间,最终让这事不了了之。于是他带着脸蛋肿得像屁股的鹿子他们过来,准备大闹一场。但等他循着哀乐来到魂毅园的时候,他终于看到了骁狼特战队神秘的安葬仪式。仪式结束,营长就带着鹿子撤离了,撤离之前,他突然想看看黑蝎子,于是在贺天高的安排下,他来到禁闭室的大门前,隔着沉重的铁门和黑蝎子谈了一阵。

"我是鹿子的营长。"

"我是黑蝎子。营长您说。"

"里边有灯吗?"营长不知道为什么望着这座禁闭室时候,突然问了这么一句,他感觉黑蝎子正处在无边的黑暗中。

"没有。"

"哦,难为你了。"

"有个手电筒。但是我不想打开。黑了好,黑了安静。"听得出来,黑蝎子的确异常安静。于是营长就想再知道点什么,来到这个神秘的禁闭室,他得知道被关押的"人犯"被"洗涤"到了什么程度。

"你犯了错误,安静点好,安静点好好反省。"

"我知道,一开始我就知道我犯了错误。"

"那看来这禁闭你是白蹲了。"营长有些遗憾。

"您错了。进来之后,我才知道,蹲禁闭也是一件自豪的大事。"黑暗中的黑蝎子说完之后好一阵,才听到门外众人离去的脚步声。

　　对李瑾外出的事情，李光然再没有追问，雷公鸣、老王头也像忘记了一样，从未提过。柴胜华有时候想，也许李瑾拿着枪和子弹外出的事情，上级未必把这当成多大的事。

　　但前些年，每年总有好几个日子要迎接上级的安全检查。不管你其他工作做得再好，安全工作只要有纰漏，你所有的工作都是白做。但这一次，李瑾带枪外出的事似乎被所有的上级给遗忘了。柴胜华才稍稍放宽心，马上又担忧起和何玉凯的这场战斗了。

　　通知打仗已经一个多月了，可是特战队该去哪里打？不知道。何玉凯在哪里？不知道。这是活生生要憋死人。黑蝎子至少有半个月没有好好洗脸了，那张脸越来越黑，杵在哪个角落都会被当成兵马俑。文斗才吊儿郎当，原来就不大的眼睛现在几乎成天闭着，不看见华雨桐绝对不会睁开，无线耳机松垮垮地别在背后，身上的接收器脏得让人以为他背着一块石头。周虎吃饭的时候怀里都抱着狙击枪，吃完饭就趴在山顶的地窝里再也不露头，不知道他是放哨去了还是睡觉去了。梁军需每天都贼兮兮地从东头跑到西头，又从西头跑到东头，不知道在捣鼓什么。还有那两个下部队锻炼的女干部，整天鬼鬼祟祟地在一起嘀咕什么，从来没看见她们跟着部队训练。至于教导员陈斌和兵王，更不像样子，拉着脸这里瞅瞅那里转转，晚上也不知道集合部队点名讲评，不开会，也不组织党员学习，这根本就不像一支部队。

　　这样耗下去，迟早会把部队拖垮。柴胜华感觉自己像被放了气的足球，软塌塌地再也弹不起来了，他决定把指挥权交还给贺天高。与其被这样折磨着，倒不如什么也别管！

　　就在柴胜华把指挥权悄无声息地移交给贺天高，准备和上级斗气的时候，上级给骁狼特战队调来了一个胖子，说是要在这里"镀金"。

　　那天上午，晴朗的夏天阳光明媚。戈壁滩上最鲜艳的颜色是晨起的太阳，太阳夺目的光亮照亮戈壁滩的时候，一辆猛士来到特战队大门前不远处。等胖成球的呼延碧喜滋滋地跳下车之后，正在哨楼上放哨的文斗才就看见了紧跟着下车的人力资源科的方科长。回答完口令之后，方科长告诉文斗才，让队领导出来一下，移交完中士呼延碧，他就回去了。

接到消息的柴胜华和贺天高、陈斌三人提着枪越墙而出，他们远远地看见呼延碧穿着肥大的迷彩服到处乱转。呼延碧显然被柴胜华他们三个从高墙内突然翻出来给镇住了，眼前的柴胜华军容十分严整，大热天迷彩服的拉链也整整齐齐地拉到了脖子跟前，陈斌和贺天高虽然卷着袖子、敞开着领子，但脚上战靴的鞋带绑得特别紧、特别结实，身上的子弹带、腰带也紧紧地扎在腰上。呼延碧虽然穿着一身崭新的迷彩服，但圆鼓鼓的肚子快把衣服的拉链撑裂了，一圈肚皮总是不合时宜地朝外挤压，雪白的肉像一圈洁白的腰带，挂在衣服下摆。

呼延碧是个聪明人，他讨好地冲柴胜华他们笑笑，然后打开背囊，拿出一根武装带，猛地一吸肚子，将短短的腰带扎在腰上，但一松劲，浑圆的身子又被武装带勒成了一个可笑的葫芦。

文斗才是拿着望远镜观看呼延碧的，他从未见过这么"丰满"的士兵，而且这家伙还要来骁狼特战队当兵。文斗才好奇地看到呼延碧一吸一呼之间就变成一个肉葫芦之后，忍不住嘎嘎大笑了起来，并脱口而出大喊了一声："葫芦娃来了！"

在骁狼特战队，文斗才的喊声像敌人的枪声一样让人警惕，特别是在等候和何玉凯的战斗中。士兵们突然听到通信车上传来了一声"葫芦娃来了"的声响，所有人都愣了一下，他们不知道"葫芦娃"是什么时候启用的暗语，但文斗才惊悚的声音十分清晰。于是在短暂的惊诧之后，潜伏在各个方向的骁狼士兵在电光火石间冲到了大门前，并以阵地上跃进的战术姿势朝呼延碧的位置包围了过去。呼延碧显然被突然冲出来的队员们吓傻了，他惊叫了一声，慌不择路地朝一处洼地冲去。但洼地上是黑蝎子埋设的地雷，冲入地雷阵的呼延碧一脚踩到一枚化学地雷之后，一连串的剧烈爆炸把他掀翻了，好在他没有穿交战系统的作战服，否则巨大的疼痛感可能会让他休克甚至死亡。但即使如此，地雷的巨大威力把呼延碧的衣服全给撕裂了，爆炸过后，被硝烟熏黑的呼延碧浑身挂着衣服的碎片，颤巍巍地从山坡上爬了出来。

这是个巨大的笑话，特战队队员们从未见过这么狼狈的士兵，起先不知谁憋不住嘎嘎一笑,随即,一阵巨大的笑声就肆无忌惮地飘荡在戈壁滩。

最后,大家都知道了呼延碧是被调入了骁狼特战队,还要跟着大家一起打仗。周虎悲哀地对着呼延碧脚下开了一枪,头一个抱着枪从狙击手的地窝里撤离了。紧接着,队员们一个接一个离开了原来潜伏的位置,他们想回去睡觉。葛念念、华雨桐两个"油瓶"被甩进特战队没多久,现在又派来一个呼延碧。这是玩笑,不,这就是羞辱。

在骁狼特战队,有一个草包,就得有好几个队员在战场上去保护他。一个仅有六十多人的特战队遭遇一个合成旅,这本身就是奇闻,现在上级又接二连三地朝里边塞草包、窝囊废,天底下没有这么坑人的上级。

眼见特战队来了情绪,方科长安慰贺天高说:"打仗的时候你们可以不管呼延碧。"但他刚把自己的意思表达清楚,贺天高就红着眼睛说:"这是侮辱骁狼,就算是一条猎犬被编入骁狼,那也是战友。是战友,就得生死相依。"

方科长眼见贺天高冲动得不行,只好悄悄告诉了他实话。他说其实呼延碧调入的时候,雷公鸣也冲集团军发了牢骚,但集团军说这是更高的上级调来的,好像听人说这是个高级领导的外甥或者侄子,打完仗就会离开特战队,接着就保送上军校当军官。在骁狼特战队打仗,是呼延碧上军校的重要条件。雷公鸣拗不过,就答应了。贺天高还要犟嘴的时候,柴胜华就怒了,冷笑着说道:"算了,谁打解放军的脸,我就打谁的脸。咱把事情搞大,让上级解决。骁狼特战队的士兵,都是经过层层选拔的,傻子都能看出呼延碧就是个肉头,为什么我骁狼必须要这样的肉头?"

送走方科长,柴胜华委屈地越墙进去了。整个营区外边的阵地上,就剩下兵王一个人。他坐在山坡上看着挂满布条的呼延碧像一只笨重的狗熊,试图跳着翻墙,实在看不下去的兵王叹息一声就离去了。等他翻过一座山包,从另外一座山包上露头的时候,他发现有人在和呼延碧说话,于是急忙拿起望远镜,却发现说话的是华雨桐。华雨桐似乎和呼延碧十分熟悉,两人甚至还握手了。最后,呼延碧当着华雨桐的面,像一个灵活的肉球,在围墙边试探着跳了两下,竟然嗖地一下抓住了墙头跳了上去,在墙上的时候,他又像是害怕的样子,抓着墙头朝院子里边爬。

兵王突然发现,这熟悉的戈壁滩,充满了他无法想象的神秘。以呼延碧的体重，近距离跳起来一把抓住墙头，腿部和双臂都需要巨大的力量，即使兵王翻越围墙时，也需要短距离助跑，但呼延碧竟然不需要助跑。这个肉球看起来绝不是大家想象的那么窝囊，和何玉凯的战斗，从一开始到现在都见不到敌人，后来又来了两个女干部，现在又来了一个装样子的呼延碧。兵王不知道导演部葫芦里卖的什么药，但他知道，这场仗，有意思。

一场有意思的仗，兵王甄志国绝对得盯得紧紧的。他知道什么才是真正的军事秘密，叹了一口气，然后把所有的疑惑全部憋回了肚子。返回阵地时，他碰到了给阵地送食物的葛念念，他发现这个矮个子的女孩每迈出一步，都似乎有早就规划好的玄机。

"女子，热不？"兵王看着负重的葛念念气喘吁吁地过来，话中有话地突然现身询问。

"吓死我了，班长。怎么能不热呢，汗水都湿透了。"葛念念卸下一背囊的饭菜。

"热，就回去冲个凉。女娃娃不适合打仗，你看看，咱这么多的男子汉呢，回去吧。"兵王微笑着给葛念念拿出一块巧克力。巧克力是兵王的专利，在整个特战队，他可以在任何时间吃这玩意，其他人只能在战斗打响的时候吃。军医是不允许特战队员乱吃巧克力的，这会让他们养成对能量的依赖，但兵王心脏不好，吃巧克力对心脏好。葛念念感激地接了兵王的巧克力，坐下劝兵王最好不要参加接下来的战斗了，年底，享受正团级待遇的兵王就可以光荣退休了，和何玉凯的战斗会让这个心脏肥大的老兵的身体吃不消。

兵王没有回答葛念念，他发现口口声声喊热的葛念念除了额头细密的头发下有些微小的汗珠，其他地方都没有汗水。在烈日下穿得这么严实，还没有太多汗水，兵王猜测葛念念一定受过高强度的训练，否则这时候，汗水会让她的衣服湿透的。

"这个鬼女子让我不要参加战斗了。"望着葛念念离去的背影，兵王瞬间爆发出一股被抛弃的悲凉。

晚上，方科长带来的司机给柴胜华来了一个电话。司机曾经也是骁狼队员，后来在国外维和时把腿摔断了，就退出了骁狼。对老队长柴胜华，司机从没有秘密。他说："老队长，这个呼延碧操蛋极了，他让我给他两万块钱,说将来我退役之后,帮我打通关节,让我当警察,这家伙您得防着点,别把咱特战队的新兵给教坏了。"

司机没有瞎说,呼延碧的确有这个毛病。一到特战队,把自己冲洗干净的呼延碧就去找梁军需领新衣服。当他听说梁军需是从复旦大学入伍的士兵之后,他惊讶地拍着梁军需的肩膀说:"了不起! 兄弟,等复员了,继续上学去,没钱了哥给你花。大学毕业了,哥帮你找工作,我大伯是陆军,我二舅在海军,都是了不起的人物,哥以后罩着你。"梁军需把新衣服扔给呼延碧之后,盯着呼延碧说:"呼延班长,你以后少在咱们队里提关系,小心挨打,我说的是实话。"呼延碧拉住梁军需问:"谁这么厉害,动不动就打人?"梁军需笑着说:"除了文斗才文专员和我之外,剩下的人都会这么干,特别是黑蝎子和周虎,这两个人疾恶如仇。"

"我是仇吗? 你把话说清楚,我是谁的仇? 新兵蛋子一个,打我就是疾恶如仇? 复旦大学就了不起了? 告诉你,我回去就上军校,名牌军校。"呼延碧瞪着白花花的眼珠子发泄完不满,扔下梁军需走了。

回到阵地,梁军需把呼延碧和他的对话告诉了贺天高和周虎、黑蝎子他们几个。梁军需知道,过不了多久,呼延碧也许会被骁狼特战队的白眼给活活逼走,那时候,整个特战队就消停了,也干净了。

但是穿上新衣服的呼延碧在天不亮的时候,就和文斗才成了莫逆之交。当晚在找到文斗才吹牛的时候,呼延碧赌咒发誓道:"文专员你根本不知道,华雨桐是我亲表姐,我这个表姐虽然是军官,但她最听我的话。表姐年纪不小了,至今找不到一个如意郎君,这是他们全家都揪心的一件大事。"文斗才专心地听呼延碧说完,装着若无其事的样子说:"呼延,在骁狼特战队,像你这个模样,要是没人点拨,你得处处受气。部队已经打仗了,我担心将来和何玉凯的战斗一开始,你就会被敌人一枪撂翻。这样,以后你和你表姐华医生,我来保护。生死相依的兄弟,我不保护你们谁保护你们?"呼延碧开心地说:"文专员,您真是个好人,您这么有才华,要不我把表姐介绍给您当媳妇怎么样?"文斗才瞬间感觉自己被融化了,这简直是天意。

但后来,文斗才还是知道了呼延碧的真实身份,这个贼胖子一开始就知道自己对华雨桐有意思,然后跑来欺骗自己。直至后来在华雨桐发给他的情书中,他才慢慢释然。

那是打完仗的第二年了,文斗才已经担任了副队长。当时他在通信车上接收了华雨桐发给他的一份电子文件。文件制作得十分精美,带着音乐的文件上,华雨桐带着一点口音给他朗诵情书。

猥琐的阿斗:

想念你的时候,我曾经揪过自己的头发……

最终决定强迫自己去爱上你,是因为在骁狼特战队,每个人都在追逐最真实的自己。这个最真实,也许是你们的个性,也许是你们的追求,但每个人内心一直没有放弃的,是当兵的责任。

在不能获利就是失败的年月,人们的认知都变得简单粗暴,所有人的责任都是私利的时候,我发现特战队的你们,那些可爱简单的责任,一定能担负得起对爱情的守望。所以在你猥琐幼稚的追求之后,我决定让自己慢慢地喜欢上你,然后让你守望我渴望的爱情。

爱情对我来说,是容貌,是地位,是财富,但对你来说,仅仅是华雨桐就足够了。这一点,你真的做到了,你只喜欢我华雨桐,哪怕我是个潜伏的导调员,甚至不管我是不是一直在利用你。这太珍贵了,对我来说。

你的眼里只有华雨桐,而不是家在首都的华医生。至于房子、汽车,还有未来,你从来没有思考过。就像我一直不知道你是富豪的儿子一样,其实你说你也忘记了自己是一个富豪的儿子。

呼延碧走了,并不安详。他也没有机会在魂毅园有一座衣冠冢,让骁狼特战队的后人们去悼念,你说呼延碧欺骗你说他是我的表弟这件事情我替呼延碧向你道歉。你们是生死相依的战友,但恰好你俩的工作决定了你们不能信任任何人,你向贺天高和陈斌负责,你的通信车上是特战队的军事秘密,这个秘密除了指挥官,任何人都没有权利去靠近,这是你的职守。呼延碧也一样,能靠近你的通信车并利用你的通信车完成他的使命,还得不暴露自己的身份,这也是他的职守。都是为了能打一场胜利仗,你们相互提防,这不是不信任,也不是欺骗。

你毕竟还年轻,父亲不让儿子知道他背负着债务,这是爱。呼延碧不让你知道他的身份,这也是爱,你不让呼延碧靠近你的车,这也是爱。等你能真正明白这些必须被藏起来的爱的时候,我相信你也会成为一个优秀的父亲。人世间有太多的事情,不是用简单的推理和我们常说的"应该、必须"就能解释得通的。

对职守的敬畏,这就是追逐崇高。追逐崇高的人是最懂得爱的,他们的爱无处不在,可能看不见,但一定能感受得到。当然,也有特别自私的人是无法感受到这种忠于职守的爱的,这不要紧,只要你能感受到,我能感受到就可以了。我常常梦到你,在离开戈壁滩的上午,我仿佛看到了你在戈壁滩上的各种样子,猥琐但十分可爱,猥琐但十分亲近,猥琐但我想拉着你猥琐的手。

结婚的时候,我希望你能转业。如果你不能转业,我希望你能允许我转业。这不是自私,这也是爱。如果你是一个希望做父亲的人,你一定会知道,我或者你,有一个离开部队,这也是追逐崇高。没有比创造一个祥和的家庭更崇高的事情了,这个世界上如果每一个家庭都充满了祥和,这一定是一个安宁幸福的世界,将不会再有战争。

你爸爸希望你对家产做出最终处理,你觉得应该全部捐献给大西北的孩子们,我也觉得这样更好。背负着巨大的财富,会让婚姻蒙受不必要的负担。华雨桐和文斗才干净轻松地生活着,这是我最大的理想。

结婚那天,我希望我们俩有一个人,是普通百姓的身份,这更美好。遗憾的是,今天天气干燥,没有雨,要是有雨水,我的信会让我更加觉得生活充满了浪漫。

想着猥琐阿斗的桐在想念的早晨

后来在文斗才和华雨桐结婚的时候,华雨桐果真选择了转业。而且在婚礼上,新娘华雨桐以管家婆的身份向众人宣布了一个决定——文斗才几个亿的家产,除了自己住的房子之外,其余全部捐献给大西北的孩子。

"这源于我在骁狼特战队的那段日子,我身边的战友,牺牲了好几个。

其中有一个叫呼延碧，他是我在军委机关时最好的朋友，肉乎乎的，一看就特别傻。他和我的爱人文斗才一样，眼里只有他的使命担当，他们都不愿占有太多的财产，他们希望自己保护的这个国家，更多的人能因为自己而幸福，这是真的。"

在文斗才父亲的授权下，婚礼当日，华雨桐当场签署了资产赠送仪式，把几个亿的财产全部捐献了出去，她只希望能轻松地拥有一个自己的男人即可。

但在呼延碧刚刚进入特战队的时候，他过分逼真的表演的确让所有人都以为他是个草包。上级明目张胆地利用骁狼特战队来给高官的亲属搞徇私，这对柴胜华来说就是羞辱。所以他决定用自己的方式表达不满，而且要让许克明他们都知道，他果断做了一个决定：特战队全体进入休整状态，仗什么时候打，听上级的指令。

柴胜华这次的决定，除了贺天高之外，竟然没人反对。队员们被集合到营区，他们脱下迷彩服，换上了许久不穿的常服，带上了大檐帽，皮鞋擦得锃明瓦亮，除了哨兵，所有的枪械全部在训练结束时入库，而且白天的训练，都是一遍又一遍地训练持枪礼。呼延碧照常装疯卖傻地胡说乱侃着，他的背囊里除了零食，就是各种小孩子的玩具，塑料手枪、小飞机，闲暇的时候，他的小飞机偷偷地在营区飞翔着，没人知道，也没人去管。

于是呼延碧乘机把小飞机拍来下的营区的各种图片传给了正在和他打得火热的莎莎。莎莎也记不清具体是怎么和呼延碧聊上的，两人至今都没有见面，但这个据说神通广大的胖子告诉她，没多久，他就会调入大西北戈壁滩的骁狼特战队，在那里，他将要打仗"镀金"，等上了军校，希望莎莎能慎重对待他的追求。呼延碧果然说到做到，到骁狼特战队之后，就把特战队营区给拍了一个遍。最让莎莎开心的是，呼延碧拍到了文斗才的通信指挥车。

"发财了！"马德龙看着呼延碧发给莎莎的照片后，他果断地确定，这个看起来蠢乎乎的女孩，一定是上帝派来成全自己的。

马德龙拿着照片见了单犇牧，单犇牧认真地看完这些照片后，疑惑地说:"千万不要上了中国政府的当,这个当兵的怎么看都不像个军人。万一他是中国政府的侦察人员,那就完蛋了。"最后是马德龙打包票说:"像呼延碧这样的油皮二流子有的是,也只有这样的人,怕吃苦,不守纪律,才会把部队的规定不当一回事。"

这天中午,呼延碧缠着要和莎莎视频,于是单犇牧他们躲在背后偷看。视频中呼延碧像一只可笑的熊,他憨态可掬地操纵着飞机,在营区里热闹地玩着。旋即,一个瘦高的小伙子出现在呼延碧面前,两人似乎争吵了起来,紧接着小伙子一拳把呼延碧打翻了,又夺走他的遥控器一脚踩下去,瞬间,莎莎的手机就黑屏了。

单犇牧喝足了整整一壶茶水,突然慢慢地笑了,说:"确实是一条肉狗,被人给打了。"

在戈壁滩,他将亲自坐镇,让单骏和马德龙扰乱几个月后的多国联合军演,只要让全世界知道,联合军演的时候,有大人物突然被枪杀,中国政府在国际社会上被狠狠地扇上一耳光,他单犇牧就圆满了。他从此将告别祖祖辈辈给人当枪使的不光彩历史,跻身于这个貌似太平的世界中,参与到国家较量之中。

已经拥有足够金钱的单犇牧曾执拗地认为,他要完成一桩神圣的使命,这个使命不是仅仅让他拥有一个小岛,成为海岛上的王者,是他的名字终究会被这个世界记住。不管是因为伟大还是无耻,只要能让这个世界记住就好。他认为历史总在给大人物立传,伟大和罪恶其实一直在不停地转换,今天的无耻也许就是明天的伟大。

但是这一次,雇主的代言人黑豹竟然背着自己,私底下让马德龙设法拿到中国军队即将在戈壁滩上组织的演习计划,无耻的马德龙竟然背着自己答应了。

"但最终能拿到军演计划的,还是我的莎莎。"单犇牧当着马德龙的面,把莎莎揽在怀里,他想啐一口马德龙,但最终忍住了。

"黑豹没想过甩开您,他只是觉得您还有大事要做。"马德龙的心虚是显而易见的,但他还是那么嘴硬。

"黑豹靠你拿演习计划,但最终还是我的莎莎钓了一条肉狗,你的闵一礼肯定不会把演习计划给你的,我保证。"单犇牧捻动佛珠,他觉得上天一直在眷顾自己。

"上天不曾负我!"晚上睡觉的时候,单犇牧把平日抽打莎莎屁股的一根黑檀木痒痒挠费力地折断扔掉了。他希望莎莎能成为呼延碧的女朋友,至少在拿到情报之前,要心无旁骛、情真意切。能让黑豹坏了行规,绕过自己和马德龙联络,请马德龙拿到中国部队军演的计划,看来这计划非同小可。迷迷糊糊中,单犇牧清晰地梦到了呼延碧在挨打。

呼延碧挨打是真的。他在操控小飞机给营区拍照的时候,被下哨的周虎发现了。驻训地是军事禁区,除了最近出现的猫头鹰,这里禁止所有的飞行物进入。但呼延碧竟然操控着小飞机在营区玩,还在文斗才的通信车上盘旋,当周虎去训斥呼延碧的时候,这个肥胖的家伙嬉皮笑脸地说没事没事,他的飞机碰不到通信车的天线,就算碰到了,也碰不断。周虎恼怒地告诉他,骁狼都打仗了,他还敢玩,玩也就算了,他还敢把飞行器送到天上。呼延碧就嘟哝道新兵蛋子破事情多,等他当了军官,好好地给周虎穿穿小鞋。于是愤怒的周虎二话不说把呼延碧打了一顿,还把他的飞机遥控器踩碎了。

打了呼延碧之后,周虎就有些后悔了。没想到挨了打的呼延碧比他更加害怕,他央告周虎不要告诉领导,自己已经挨打了,这事就算了,周虎也就乐得借坡下驴。晚上睡觉的时候,两个人躺在宿舍的床上,还侃起了大山。呼延碧特别善于讲故事,而且是鬼故事,搞得周虎在半夜还在问他:"那个好鬼最后怎么了?"呼延碧捂着肿大的腮帮子说:"好鬼最后被那个坏鬼打了一拳,脸都肿了,好鬼从此不再讲故事了,他睡觉了。"呼延碧打起呼噜的时候,黑蝎子和周虎、梁军需他们还在猜测故事的结局。

夜晚,兵王浑身憋闷,就跑到澡堂里冲了个冷水澡,出来的时候,葛念念和华雨桐的屋子传来了说悄悄话的声音。他想去偷听,但寻思自己一把年纪了,被人看见不好。他想回去睡觉,但想起最近特战队神叨叨的两个女干部,还有肉球一样的呼延碧时,就回房间穿上作战服,拿起机枪爬上楼顶睡下了。

兵王是特战队里柴胜华管不住也不愿管的人,晚上武器入库的要求,兵王装着没听见。特战队还有一个武器没有入库的是贺天高,他说指挥官防身的手枪不能入库,柴胜华也没再说什么。

葛念念和华雨桐确实在窃窃私语。导演部传来了信息,说何玉凯的部队已经进入西北了,他们昼伏夜行,十分隐蔽。而且潜伏在何玉凯内部的导调员报来的消息说,何玉凯也派出去一支精锐的侦察部队。

可是今晚,骁狼特战队还在睡觉,而且把枪都放进了军械库。葛念念担心极了,一旦何玉凯的部队靠近驻训地,这支都没来得及做战前部署的特战队,会被何玉凯一巴掌拍成肉酱,这就可怜贺天高了。贺天高凭什么要背这口黑锅,这事必须告诉导演部,不是骁狼不会打仗,是这个集团军来的柴胜华不让打仗。

葛念念决定向许克明汇报情况,华雨桐却说这事情让贺天高自己处理,把部队带上战场,也是他贺天高这个队长的职责。最后葛念念强硬地把电话组装好,急忙给许克明发了一个消息。华雨桐和葛念念同是导调员身份,她管不住葛念念,只能听之任之。躺下的时候,葛念念发现华雨桐正在装睡,她长长的睫毛和贺天高一模一样,于是她摇醒装睡的华雨桐说:"华姐,让我看看你的眼睛。"

没好气的华雨桐又闭上了眼睛,葛念念坐在床边满怀醋意地说:"呸,都说长得像的男女成不了冤家,你和贺天高的眼睛太像了,你俩没可能了,夫妻相是结婚后才形成的。"

华雨桐不想理会葛念念,她担心呼延碧在骁狼特战队迟早要蒙受冤枉,今天晚上她看到呼延碧的脸都肿了,当她询问呼延碧时,呼延碧说他是自己故意用脑袋撞墙撞出来的,显然在骗人。华雨桐和呼延碧曾经是军校同学,后来又都在军委机关。不巧的是,呼延碧来骁狼的时候,上级并不知道呼延碧认识华雨桐。

那天呼延碧踩了地雷引起大家的注意,华雨桐发现,大家嘲笑的中士呼延碧,原来是保卫部门的上尉呼延碧。这次他化装成中士混进了特战队,华雨桐知道这里将会有一场可怕的战斗。所以两人简单交流之后,华雨桐就按照呼延碧的要求,装着不认识他,万一哪天暴露了,就说她是呼延碧的表姐。在知道呼延碧必须要靠近文斗才才能完成任务时,华雨桐红着脸说:"你可以用我来说事,这个厚脸皮的家伙挺喜欢我。"

葛念念的短信让许克明急躁了好一阵子。忍了一个多小时之后,他还是把电话打给了雷公鸣。

"晚上,带上新兵去偷袭一下骁狼特战队,雷旅长,这也是临时布置的演习任务,不要以为我是心血来潮。"挂了电话,许克明恼火起来。骁狼特战队,真让人不省心。但这场不省心的战斗,让他这个高高在上的中将,终于越来越清楚地看到了部队的真实样子。

"打仗,打的不光是本事,是血性。打仗,更多的是在打军人的担当,在打军人的忠诚和武德啊!"挂完电话,许克明忍不住自言自语了许久。

夜晚,雷公鸣没和任何人打招呼,让参谋长连夜召集了十个新兵,简短的动员之后,就亲自携枪,带上这十个惴惴不安的新兵出发了。

其实从磨骨山战斗结束之后,雷公鸣已经预感到骁狼特战队要有事了,而且他知道,葛念念和华雨桐肯定是导演部派来的卧底。部队有个习惯,一般不会把女干部安排在清一色的男兵部队的,这样安排会导致男兵女兵都别扭。但骁狼特战队毕竟年轻,上级说两个女同志是下来锻炼的,他们居然都相信了,包括老王头。书生造反,三年不成,你老王头心思诡秘,可你还真的对部队了解不够。不过雷公鸣不会把这个想法告诉特战队,保守军事秘密,这是他这个旅长最起码的素养。但是老王头不行,他偏偏让文斗才盯着这两个女干部。遗憾的是,老王头对葛念念和华雨桐的提防,只是因为这两个女干部来自大机关,他只是不想让外来人把特战队的是是非非传递出去而已。

一路上,十个新兵紧绷着身子,让雷公鸣看得十分不舒服,于是他带着新兵轻声唱起了自己临机改动的军歌,在歌声里把骁狼特战队给美美地挖苦了一顿。没多久,僵硬的新兵就一个个活跃了起来。骁狼在特战旅是神,在新兵的眼里更是战无不胜的神,雷公鸣希望今晚能让新兵得胜。

31

一只猫头鹰从营区飞过,巨大的翅膀扇动起一股腥臭的味道,这股腥臭中还夹杂着一股土味。猫头鹰犀利的眼睛没有发现躺在山梁上的贺天高,但发现了朝贺天高摸过去的梁军需和葛念念。

在部队,一直有个传统,营连通信员一般都和部队的领导有着比其他人更为亲近的关系。在连队或者营里边,通信员都是传达领导命令的,有些还兼管着部队的武器库和文书工作,除了这些,连队和营领导生活上的一些简单事务也是通信员负责处理。贺天高晚上突然不见了的时候,梁军需就屁颠屁颠地去找,他知道贺天高常去的地方。碰巧,葛念念也睡不着,也想去找贺天高,她悄悄摸出营区时,发现了一路小跑的梁军需。葛念念就在一个山包下拦住梁军需,威胁说:"你半夜不睡觉,就不怕我让柴副处长把你给处分了?回去!"

新兵梁军需害怕了,他准备回去的时候,葛念念忍不住拽住他说:"是不是找你们队长,带我去,咱一起找。"单纯的梁军需寻思人家是军官,半夜不睡觉跑出来,没人管,也未必违规,于是就带了葛念念去贺天高独处时常待的一座山包。

部队被柴胜华彻底泄了气之后,贺天高有一种无力回天的感觉,他制止不了柴胜华,只能想办法独善其身。开战已经一个多月了,李瑾至今没有任何消息,何玉凯不知道将会在哪里出现,特战队现在被柴胜华搅和得没了一丝斗志,一旦何玉凯打过来,部队会不会晕头转向?这些他都不敢想。哨兵都被撤了,文斗才的通信车也关闭了,雷达也关闭了,柴胜华在斗气,但他贺天高不能斗气。手里只有一把手枪,何玉凯打过来的时候,也许是一支突然出现的突击队,手枪里的子弹也许只能击毙一个突击队长,剩最后一颗的时候,他要当着柴胜华的面自杀。

山坡下传来梁军需轻轻喊他声音,贺天高一骨碌坐起,这时候,他看见了黑夜中葛念念的影子。葛念念没戴帽子,风吹着她的短发,十分醒目,他不知道葛念念是否也在盯着自己,但他能准确地感受到葛念念的目光。

贺天高也是在无意间发现葛念念特别的目光的,这种目光让二十八九岁的他有过一丝害羞,甚至羞耻。他像一个艺术品一样被这个奇怪的女孩欣赏着,但有时候,当他突然想起葛念念的眼神时,羞耻会慢慢褪去,取而代之的是一丝温暖。他在这种温暖中能清晰地感受到自己不再孤独,葛念念的目光代表的是绝对的欣赏和信任,甚至和小时候母亲看他的样子一样,是毫不保留的温暖。

毫不保留的温暖能包容他所有的罪责,包括柴胜华说雷子的牺牲是他一手造成的。贺天高突然之间觉得胸腔里温热起来,他感觉自己像被开水泡烂的面包一样,无限放大了虚弱的躯体。他想把躯体收拢起来,可越是收拢,躯体就越朝四周弥漫开来,这种温暖的无奈让他想对着戈壁号啕大哭,即使拼尽力气的哭声还不如蚊虫的叫声响亮,即使哭声像渗入戈壁的毛毛雨一样旋即不见,但只要能让他恣肆到底地号啕出来,这就足够了。一棵干旱了三千年的胡杨树,在即将倒下的时候,终于等来了一场暴雨。但胡杨树即使在烈日的烤灼下炸裂了胸腔,坦露的骨肉像戈壁的碎石一样任凭踩踏,胡杨树的号叫也永远不会让人听见。

在黑暗中盯着葛念念的贺天高此时成了一棵他偶尔会碰到的胡杨,他不知道自己为什么会请葛念念坐下,然后像倾倒苦水一样,莫名其妙地向她倾吐了憋在心中许久的苦恼。他说家里有个哲学家父亲,但在他军校毕业时去世了。他还说他当兵的唯一原因,就是军人是这个世界上唯一能自由追求崇高的人。他说因为在面对死亡的时候,没人会抢着和他去争着去完成死亡。但在世俗世界,你只要有追逐的东西,一定会有人跟你一起追逐,他会想办法和你去抢。就像他原本要去一棵高大的树梢摘下一个鲜红的苹果,而且苹果原本是要给等在树下的人们的,他没想过自己拿走,但那些爬不上树的人们会对他扔石头、吐口水,咒骂他掉下来摔死。但战场上不一样,死神抡起的镰刀等着收割这一地生命的时候,和自己抢着去把死神打垮的,只有军人。这是唯一能让人在短时间内理解崇高的地方,但现在看来,闵一礼和老队长似乎畏惧死神,而且不让他去招惹死神。

葛念念静静地听着贺天高的倾诉,他声调低沉,绝望狠毒。那一刻,葛念念似乎突然明白,为什么贺天高喜欢写诗,诗这种只能让人体会的心灵独白,更能准确涵盖诗人的内心世界。

葛念念在心里这么想着,突然有了一丝颓然,她觉得自己肯定配不上贺天高渴望的付出,而且她也不愿意一辈子和一个渴望被关怀的人生活在一起,太累!

世界有时候就是这么奇怪,葛念念一直渴望靠近贺天高,但在真正靠近他的时候,一股无形的自卑或者是疲惫感让她顿时丧失了所有的勇气。

直至几年之后,已经成了孩子母亲的葛念念无意中得知,她离开骁狼特战队的时候,贺天高望着她离去的背影惆怅了一整天,第二天,他还试图在戈壁滩上找到葛念念的脚印,葛念念这才知道贺天高的爱原来隐藏得这么深、这么沉重,于是她一个人悄悄地洒落了许多泪水,但还是克制了给贺天高打一个电话的冲动。

贺天高喋喋不休地倾诉过后,他不知道葛念念突然在自己的倾诉中完全对他丧失了兴趣,或者拉开了距离。这时候,天上飘起了蒙蒙细雨。戈壁是一个诡秘而浪漫的地方,夏天剧烈的沙尘狂放粗鲁过后,细雨就会哀婉地如约而至,给苍茫的大地一番浓烈的柔情蜜意,大地会变得安静祥和。

新兵们没来过骁狼驻训地,这个在全军多少有些神秘的营区,神秘有时候就是无声的战鼓,但今晚,他们得打破这个神秘。

驻训地静寂无声,汽车在距离营区两公里的一个山窝里隐蔽之后,雷公鸣打开枪械保险,悄悄带人顺着山根摸向了哨楼。路上他渴望自己能被突然出现的哨兵俘虏,但一个人也没有,他们攀上哨楼的时候,站哨的黑蝎子和一个下士这才警觉。但紧张的新兵还没等黑蝎子喊出声,十支弓弩上所有的麻醉针就密密麻麻地扎在了黑蝎子和下士的身上,以至于二人像两只巨大的刺猬一样从几米高的哨楼上摔了下去。把黑蝎子和下士昏过去的躯体放好,雷公鸣绝望了,骁狼特战队今晚没有暗哨,更没有埋伏。

靠近宿舍楼的时候,雷公鸣带头把一枚震爆弹扔了进去,紧接着十个疯狂的士兵跟着他一起把各种杀伤力巨大的炸弹也全部抛了进去。最先发现有人偷袭的是兵王,他趴在楼顶驾着机枪一顿狂扫,但此时雷公鸣他们已经钻进楼房,从外边进入楼房的通道被四个紧张的新兵把守着,兵王冲锋了两次,终于被打得昏死过去。

柴胜华被爆炸惊醒的时候,首先想到冲向武器库,但武器库边上不停扫射过来的子弹让他无法靠近,尽管他没有穿模拟交战系统的军装,这些扫射的枪支根本不会对他造成任何威胁,但讲究规矩的柴胜华知道这是一场战斗,他不能违反规则。

最后,是雷公鸣吆喝着,让他们穿上带着交战系统军装,再等候"死亡"。羞恼的柴胜华听到雷公鸣的声音时,失落地吆喝大家回到宿舍,穿上带着交战系统的军装,出来受死或者找死。

华雨桐之前听说骁狼的人不顾惜性命,今晚算是开了眼界。枪声响起来的时候,文斗才不知从哪里冲了出来,一把拽着她藏在背后,企图用身体为她挡子弹。但在乱枪响过不久,文斗才在自己的面前被一枪爆头,他咕咚一声栽倒在地的时候,脑袋重重地磕在了地板上,像一具真的尸体一样。

柴胜华和陈斌显然是疯了,一具具"尸体"倒下之后,他们抱着"尸体"垒成人肉盾牌,朝着开枪的新兵扑过去。骁狼的士兵就像被大风刮翻的麦捆一样,接二连三地倒下,但没倒下的人抱起倒下的"尸体",继续朝着新兵们扑过去。他们号叫着,张牙舞爪地腾挪跌宕,没有历练过的新兵们被吓傻了,他们先后从楼道里撤离了出去,围拢在雷公鸣身边。

面对手无寸铁的骁狼队员,这简直就是屠杀,新兵们无法承受这种景象,他们紧张地等着雷公鸣的命令,雷公鸣最终也不得不收了枪,等骁狼活着的人从楼梯口出来的时候,就剩下柴胜华和周虎,还有另外几人了。

"举手,投降!败了就败了,我们不再开枪了,屠杀是没有意义的,也有损特战旅的形象。"雷公鸣缓缓拔出手枪,对准柴胜华。这个曾经的骁狼特战队队长,必须用手枪对准他,因为他经常用手枪对准敌人。他曾说手枪瞄准敌人,就会有一股带着藐视的杀气。

但就在雷公鸣举手的时候,周虎像一只豹子腾空跃起,一把就夺了距离自己四五米处一个新兵的枪,几声枪响后,就有三名新兵倒下了。雷公鸣不得不把手枪对准周虎,被一枪爆头的周虎倒下的时候,其余的新兵对着柴胜华他们开枪了。

望着满地的"尸体",雷公鸣悲哀地把头扬起来,让细雨把自己洗了一遍。

"柴胜华,骁狼特战队在你手里,全部阵亡了。骁狼特战队战无不胜的神话,让十个新兵打破了。"雷公鸣歇斯底里地吆喝着。

挣扎着爬起来的柴胜华凶狠地吆喝道:"雷旅长,给我一把枪,我不打你。"

雷公鸣知道柴胜华要干什么,他把手枪递给了柴胜华,但柴胜华还没拿上枪的时候,交战系统带来的巨大痛苦,就让他昏死了过去。

雷公鸣决定就此离开,等柴胜华他们苏醒的时候,袭击他们的敌人已经撤离了,这才是真正的羞辱。今晚突袭骁狼,看来导演部是有预谋的,导演部知道柴胜华他们正在睡觉。刚冲进去的时候,猝不及防的特战队队员们几乎是清一色的赤身裸体,黑乎乎的肉在灯光下让他们像即将干渴而死的黑鱼,翻腾着挣扎着,那一刻,雷公鸣有想把柴胜华和陈斌给揍死的想法。和何玉凯的战斗已经开始一个多月了,他们还脱光了睡觉,而且所有的武器都放入了武器库,除了年迈的兵王,这些人都该死。

但他刚刚准备翻越围墙的时候,几声枪响,剩下的四名活着的新兵就全部被击中倒地了,等他想找到敌人的时候,贺天高像鬼一样站在了他背后,用一把匕首架在他脖子上,下了他的枪。

"旅长,您还是没有赢,您不能走!"贺天高把雷公鸣带回了营区,冲着宿舍楼大喊着:"活着的,出来!"

夜半的营区,贺天高的呼喊声像厉鬼一样恐怖,没多久,胖乎乎的呼延碧保护着战战兢兢的华雨桐从昏死的士兵堆里钻了出来。贺天高于是当着雷公鸣的面开始集合部队,他的面前站着葛念念、华雨桐、梁军需,还有一脸蒙的呼延碧。

"你们按照导演部的要求,保全了两个女同志的性命,但是特战队今晚的牺牲,是前所未有的悲惨,梁军需。"贺天高带着悲壮,吆喝了起来。

"到!"梁军需盯着把刀子架在雷公鸣脖子上的贺天高。

"带着俘虏,打扫战场! 把大家的'遗体'背回宿舍,安置在床上!"雷公鸣没料到,贺天高竟然把自己当成了干苦力的俘虏。

这是个体力活,等雷公鸣他们把"尸体"一个个背回屋子,开始对他们进行理疗的时候,阴郁的天空已经亮了。

吃完早饭,雷公鸣带着苏醒的十个新兵离开了特战队。骁狼所有的官兵全部换上了作战服,拿上武器把雷公鸣他们送走了。等雷公鸣离去之后,柴胜华转回身子,冷冷地盯着贺天高说:"我柴胜华是在睡觉,唯独你没睡,但令人疑惑的是,偏偏你不睡觉的时候,雷旅长带人偷袭了特战队,偏偏是你带着喜欢你的女干部、你的心腹、通信员梁军需,活了下来,我得向您致敬!"

柴胜华猛然冲贺天高抬手敬礼,转身离去了。望着柴胜华离去的背影,贺天高突然就笑了。柴胜华像许多人一样怀疑他,也许都在情理之中,只是柴胜华说葛念念喜欢自己,这是从哪里来的风声?

贺天高确实不太了解柴胜华,他的老队长其实一直对葛念念和华雨桐的身份十分在意,两个来自联合参谋部的军官在想什么、在干什么,柴胜华必须知道。他担心这两个叽叽喳喳的女孩,会把她们看到的骁狼特战队的情况添油加醋地告诉联合参谋部的首长,那么就可能会让首长在一次无意识的倾听中,捕捉到不利于特战队的消息。但在悄悄观察她们的这段时间,柴胜华却意外发现,葛念念对贺天高绝对有意思,只是贺天高不知道是装着不明白,还是故意吊葛念念的胃口,一直不理会葛念念对他明目张胆的示好。

这也是他讨厌贺天高的原因之一。一个男人被女孩崇拜着,也是对这个男人身边其他男人的藐视。

许克明知道柴胜华把部队召回,脱光衣服睡觉的目的,是为了抗议强行调入呼延碧,但他没有表态。柴胜华和贺天高之间的明争暗斗,在许克明看来,也是一场战斗,甚至这场战斗要比特战队和何玉凯的战斗更让他揪心,许克明想看到更多的东西,这在柴胜华进入特战队之前,他是无法看到的。

"六十多人的骁狼特战队击破几千人的合成旅的两个战斗单元,才能算是胜利。就算骁狼特战队全都是优秀的指挥员、突击手,他们的胜算也不大。毕竟他们面对的敌人是一支包含了多种作战要素的合成旅,旅长又是谨慎小心的何玉凯。但我对骁狼特战队还是抱了一些希望的,就算他们无法打破合成旅的战斗单元,只要能让这个庞然大物手忙脚乱半个月,我也会满意,十分满意,六十人的特战部队能牵制一支合成旅半个月,这支特战队就已经达到甚至超过了我们的预期。但现在,这个预期我没有了,特战旅、集团军的个别领导,还有这个柴胜华副处长,处处以上级的官架子对骁狼特战队掣肘打压,骁狼特战队就算有能把天捅破的本事,使不出来啊!"许克明沉重地对甄铁诚倾诉道。

"六十人的骁狼打三千多人的合成旅,就算是胜利了,也不过是临时的胜利。如果贺天高能把柴胜华给撵走,把骁狼特战队带上战场,这才是恒久的胜利。"甄铁诚带着冷笑回答道。

那天，甄铁诚连续写了三篇文章，他把这些文章称为"启根文"，他在文章里说："我们可爱的人民军队这么优秀，但是常年的和平病让这支优秀的战队一时间有些摸不着北，没关系，那就用我的文章来指引、来唤醒他们，启开他们的根，让能打仗打胜仗的意识生根发芽，枝繁叶茂。"

在戈壁滩附近的宾馆里，欧阳燕从部队提供的报纸上看到了甄铁诚的文章。她敏锐地发现，贺天高参与的这场演习，不是一场简单的演习。也许，这一场对抗是解放军向整个世界昭示他们的一种思想，弱小的骁狼特战队根本不惧怕强大的合成旅，他们做好了付出巨大代价的准备，这是一个强烈的信号。"但愿贺天高在这场演习中胜出，不要有任何闪失。"欧阳燕发现自己为贺天高揪心得厉害。

前段时间，记者团在戈壁滩的省城集中后，他们用了将近半个月的时间组织保密教育。部队的领导告诉他们，打仗的时候，你们可以随时随地进入战场去拍照，去采访打仗的官兵，但不准近距离拍摄武器装备，部队的弹药库、医疗所也不能进去，通信枢纽更是绝对不允许靠近的。另外，采写的稿子必须经过部队的审核之后，才允许发表。在培训的最后一天，许克明中将和记者们见面，在欧阳燕的眼里，这个精悍强壮的首长，让她非常舒心，没有官架子是其次，最主要的是他提出的要求高度符合记者们的要求。许克明和记者谈完话之后，笑着说："批评部队是可以的，比如你们发现了有怕苦怕死的军人，可以放开笔墨批评，子弟兵就得接受父老乡亲的监督批评嘛。表扬部队也是可以的，但不要太肉麻，什么伟大的军队啊，什么让人难以忘记的士兵啊，这些词就算了。好意，我代表所有的战友们领了，是不是伟大的战士、伟大的军队，你们如实报道出来，留给老百姓自己去评价，好不好？"

接受部队培训的记者们学着士兵呼号的样子，一齐高呼了一声："好！"许克明开心地大笑起来。今天看到甄铁诚的文章，再回忆起许克明的话，欧阳燕预感到，这是一场和真实的战斗区别不大的演习，许克明不允许他们用"肉麻"的文章给部队树碑立传，这是他刻意留下的伏笔，他想用事实来震撼记者们。

欧阳燕那天突然有了一丝担忧。贺天高上军校后,他们到现在都没见过面,她不知道贺天高是不是比以前成熟了,但她知道"江山易改,禀性难移"这句话,做什么事,都必须做到最好的贺天高在这场战斗中,将会让战场上的人把他牢牢地记住,而且从小他就有一股让人不舒服的欲望,他把牺牲看成了能证明自己崇高伟大的唯一途径。

　　贺天高会不会牺牲?欧阳燕的心突突地跳了起来。她决定再见见单骏,她希望单骏能和她一起去找贺天高,然后给这个执拗的好朋友开导开导,让他在这场战斗中不要太追求完美。但当她打单骏的电话时,接连几次都是关机,无奈,欧阳燕只能等单骏给她回电,她一个人无法去找贺天高,除了担心单骏误会之外,她也不想一个人见贺天高。太久没有见面,不知道自己见到贺天高的时候,会怎么样,会情绪失控地抱住他,还是发现贺天高更加不让人喜欢了。

　　来到军演省份的城市之后,欧阳燕主动约了单骏,在一家咖啡馆。欧阳燕刻意让自己平静下来,多年不见的单骏现在是黑了、瘦了,还是比以前老练了?他说自己去当兵打仗去了,是去哪个国家打的仗?他会不会杀过人?欧阳燕感觉每一根长发都在流淌着烦乱,这种烦乱最终让她变得麻木迟钝了起来,以至于单骏出现在她面前的时候,欧阳燕都没有注意到。

　　两人分别多年后的头一次见面,没有欧阳燕预期得那么热烈,单骏安静地过来坐下,什么话也不说,欧阳燕发现单骏之后,因为太过烦乱也没能打破沉默的僵局。一直到咖啡店关门时,在单骏送她回宾馆的路上她才知道,单骏给一个小国家当了一回雇佣兵,不杀人,也不放火,但这个国家不允许他的士兵和外界有任何联系。欧阳燕最终相信了单骏,这些年他没有什么变化,和小时候一模一样,只是长高了,再就是浑身都是健硕的肌肉,但那双眼睛原本就让他显得心事重重,这次看起来似乎更甚了。

　　欧阳燕忍不住向单骏倾吐了相思之情,单骏却似乎在应付自己,也表达了对她的想念,但就是闭口不提未来。单骏说这次来中国,是因为叔叔要在这里投资一笔生意,如果将来一切都安好,他想留在这里,陪着欧阳燕。

　　这是一次失败的相会,这次相会让欧阳燕等候了多年,但见面时,两个人竟然都没有预期的那么热烈。也许这就是长大的恶果。

　　欧阳燕发现，自己等待单骏多年，也许是一个错误，就连单骏说失联多年是因为去外国当兵，也许都是一个谎言。但她不能放弃单骏，她从小就喜欢上了单骏，参加工作之后，尽管她心里对过去是否喜欢单骏打过问号，但现在，如果放弃了单骏，老大不小的她又能嫁给谁呢？同事、朋友包括母亲都知道她有一个帅气富有的外国男友，如果让单骏就这么溜走，她的一辈子就毁了。

　　欧阳燕强迫着让她觉得自己是爱单骏的。单骏一定有她不知道的故事，也许这个故事会给她未来的浪漫爱情增色不少。

　　"轰轰烈烈的爱是不存在的，只有轰轰烈烈的取舍。我选择单骏这么一个实实在在的人，就必须舍弃对单骏的所有怀疑和期待。"晚上回去之后，欧阳燕下定决心。

　　但在落发为尼的时候，欧阳燕已经四十多岁了。那时候，她发现自己曾经以为最重要的取舍，幼稚简单，愚蠢透顶。

191

第十章　无名火

32

贺天高决定不再理会柴胜华。

哲学教授从小就给他立下了一个做人的规矩,他说:"做人可以无礼,但绝对不能无道。比如作为儿子,你顶撞我就是无礼,你要是打我骂我,那就是无德,但如果我杀人放火,你昧着良心把我庇护起来,这就是无道。"

对于父亲的教诲,贺天高其实一直没有太多体会,直至柴胜华第二次把特战队带向全军覆没之后,他骤然间感觉到了父亲这句话的力量和热度。从内心深处,他抵触柴胜华,但是柴胜华毕竟是自己的老队长,把自己从一个副连职军官一路培养成副队长,打枪手把手教,越障碍带着自己跑,小队作战都是把自己带在身边。贺天高之所以能迅速成为一个特战高手,完全要归功于柴胜华的无私付出。从情感上,贺天高一百个不愿意也不敢去对抗他的恩人,但这群把生命都托付给自己的队员已经是第二次全军覆没了,如果他再不对抗柴胜华,他将和父亲说的一样,毁灭大道。

下定决心不再理会柴胜华的时候,他反复回想着父亲和他所有的对话,他试图不篡改父亲说的每一个字。最后,贺天高终于完整地想起了小时候和父亲的一次对话。

"太阳系中,太阳是中心,你得维护太阳,否则世界就得灭亡,你不能因为夏天炎热,就诅咒太阳永远不要升起。太阳曾让大地干旱,但太阳让万物生长,这就是大道。你长大了,就去维护你心中的太阳。"哲学家攥着贺天高的小手,拉着他走在回家的路上。

贺天高似懂非懂,但他知道自己没有力量去完成父亲所说的这些壮举,于是他有些担心地说自己不是普罗米修斯,没有一把可以涤荡丑恶的火焰。

"你有火。"父亲醉态毕现。

"没有。"

"你有,你的火就是无名火。"父亲笑道。

"小子,你来了无名火,这就是你将来长大的力量。"精神病一样的哲学教授在背后疯狂大笑着。

他决定告诉旅长、政委,柴胜华让特战队第二次全军覆灭之后,他得夺权。于是贺天高先打了雷公鸣办公室的电话,没人接,又打了手机,还是没人接,最后让文斗才用电台接通了特战旅作战指挥室,指挥室的人说,旅长、政委都有重要的事情,短时间内不要再找了。贺天高不知道旅长、政委有什么重要的事情,但他没有再多想。

联系不上雷公鸣,贺天高就守在文斗才的通信车上,等着和雷公鸣通话。文斗才的通信车终于恢复正常,当文斗才打开电脑的时候,他们发现,就在今天,李瑾连续发了两个信息:一是,他似乎发现了何玉凯的部队,就在离驻训地不足一百五十公里的小镇上,而且,何玉凯的部队化装成了一支旅游团队;二是,他发现了一个专门盯着自己的奇怪青年,但这个青年看起来不像是何玉凯的人,因为他身上没有军人的影子,但是这个青年的身上有一把匕首,匕首是参加过联合反恐演习的中国军人才有的。李瑾的信息超乎寻常地啰唆,看得出他已经十分焦躁,而且要在最短的时间内,把最多的信息告诉贺天高。

关上电脑的时候,贺天高突然尿急起来,他不顾羞耻地躲在通信车背后想尿出来,但只是滴滴答答地坠落了一点点。这种状况他之前从来没有过,但他知道自己之所以尿不出来,是因为他已经到了焦躁得无法忍受的程度,却又没有什么好办法。

李瑾发现了何玉凯的部队,还发现了一个一直盯着他们的陌生人,陌生人的身上有中国军队参加联合军演获得的匕首,可这个时候,旅长、政委又失踪了,他无法指挥特战队。

雷公鸣的确失踪了，只是他的失踪，完全是依照李光然的要求做出来的假象。

　　等不到作战命令的柴胜华恼火极了，他想从雷公鸣或者老王头这边得到一些口信，但打了几次电话都找不到他们，最后只好打给了闵一礼，他这才知道雷公鸣竟然遇刺了。

　　"这简直是奇耻大辱！杀手是什么玩意？说！"柴胜华骤然听到这个消息时，恼火得想一下子飞到闵一礼身边。

　　"你千万不要把这个消息捅出去，这是机密，不允许任何人知道。因为刺杀雷公鸣的这个人，背后可能有其他不可告人的秘密。你要是说出去，老柴，别怪我不认账，泄密的事情是你搞出来的。"闵一礼一边安慰柴胜华，一边告诉他，刺杀雷公鸣的人，背后可能有谍报背景。

　　柴胜华知道保密的重要性，他不敢把这么大的事情说出去，但他知道，有人能把子弹射向雷公鸣，就能随时射向特战队，他必须保证大家的安全。于是他一挂电话，就迅速下楼叫来贺天高和陈斌说："打开武器库，实弹出库，每人一个弹夹，装满子弹。"文斗才打开雷达，不间断侦察，周虎和黑蝎子带着其他狙击手，在营区四周的所有制高点设伏。兵王带上突击队，在营区通往外围的路上登车，吃饭睡觉拉屎撒尿，全部在车上完成，一旦有情况，三秒内车辆必须出动。陈斌和贺天高组成指挥中心，各带领一队，随时候命。

　　安排完这些，柴胜华这才松了一口气。他不敢告诉贺天高雷公鸣遇刺的事情。但这么紧张地排兵布阵，让骁狼特战队队员都以为何玉凯来了。只是令人疑惑的是，打何玉凯，用的是教练弹，柴胜华为什么要给大家发实弹，还不请示上级，而且每人发一个弹夹的子弹？

　　尽管贺天高问不出柴胜华的意图，但他开心极了，这个老家伙看起来还是有水平的，闻战而动，利索狠毒，实弹都搞出来了。最后，柴胜华把葛念念和华雨桐安排给了贺天高的小组，并要求贺天高："这两个女同志要是被敌人划破一点皮肉，你就等着挨处分吧。"柴胜华原本想把他讨厌的呼延碧也交给贺天高，但这个熊猫一样肥胖的家伙擂着胸口说："别看我胖,别看我没本事,血性我还是有的。"他当着柴胜华的面在地上来了一个倒立,粗短的胳膊竟然真的把肥胖的躯体给撑了起来,他还一拳打在沙袋上,沙袋旋即被打出去一尺多远。尽管呼延碧看上去很笨,但从他的表现来看,这不是个怕死的货,至少一个人能对付一个普通的陆军士兵,所以柴胜华就答应了。如获大赦的呼延碧骨碌骨碌地搬来梯子,爬出围墙,径直跑向了突击队的车队,上了文斗才的通信车。华雨桐看呼延碧走了,也向柴胜华请示说,这个呼延碧有点不着调,文斗才也是个黏黏糊糊的家伙,她想去文斗才的车上,帮文斗才盯着呼延碧,别让他乱动人家的通信设备。柴胜华盯着华雨桐看了半天,华雨桐一点也不回避,最后柴胜华还是答应了。华医生来自联合参谋部直属队,说起来也是上级,他不能让华雨桐觉得他这个副处长不尊重上级。

从柴胜华来到特战队起,特战队头一次如临大敌,紧张了起来。贺天高晚上指挥炊事班蒸了米饭,给潜伏在阵地上的大伙送了过去,等开战了,热米饭想都别想。

吃饭的时候,呼延碧知道了雷公鸣遇刺的事。他一边装着帮炊事班送饭,一边打开单兵电台,电台屏幕上显示着三个符号:一个是C,一个是H,另一个是P。这是呼延碧和李光然领导的保卫部门的联络暗号,C是雷公鸣,H是遭遇了敌情而且已经出事了,P是和他目前正在联络的那个莎莎有关系。

突然得到导演部的信息,呼延碧顿时紧张起来,吃饭的时候,他一直在想,这个叫莎莎的为什么要盯着雷公鸣?难道她除了想窃取情报以外,还有什么见不得人的勾当?呼延碧的疑问,其实单犇牧也有。在得知雷公鸣被刺杀的时候,单犇牧才平息不久的心又变得虚弱而狂躁起来,他把莎莎压倒在茶几上,骂道:"为什么不把那个家伙给打了黑枪?你这是想坏了我的大事。"最后他叫来马德龙,告诉他单骏企图刺杀解放军的一个旅长,单骏枪法奇准,但这精准的枪法是要对付将来在戈壁滩上组织联合军演的外军首脑人物,而不是一个不值一提的中国旅长。他让马德龙以最快的速度把几支狙击步枪藏起来,运送到戈壁滩以外的地方,否则,警察很快会过来搜查。

马德龙已经知道单骏刺杀雷公鸣的事情,而且已经和单骏进行了交谈。单骏用一把匕首刮着指甲盖说,这是第一次,也是最后一次,他说自己原本可以一枪把雷公鸣击毙,但没想到司机从反光镜中发现了他,果断把车开翻了,不过他相信,雷公鸣的脖颈已经中弹,如果抢救不及时,他会死。杀死雷公鸣,是他这辈子唯一要做的大事,至于叔叔所说的完成黑豹的任务,最终成为小岛上的王者,他没兴趣。他只希望从来没有见过面的父亲能知道,是儿子亲手杀了父亲的仇人。

马德龙半夜把几支狙击步枪拆卸开来,运送到一个矿井里藏了起来,单骏和单犇牧都不知道他藏枪的位置。跟着单犇牧在刀尖上叼肉,这几支狙击步枪是他马德龙让单犇牧始终器重的唯一原因。这里和国外不一样,枪支管理十分严格,单犇牧有捅破天的本事,若没有枪,所有的计划都是狗咬尿脬一场空。在中国,他马德龙也是戈壁上的王者。

单骏是在枪杀雷公鸣的诱惑中来到中国的。在他的世界里,他不知道家在哪里,也不知道哪里才有他的朋友,唯一让他觉得安心的是贺天高和欧阳燕。但当他知道贺天高的旅长就是枪杀父亲的仇人时,他就对所有穿着中国军装的人充满了仇恨。

"砰!天灵盖就旋转着飞了出去……"单犇牧每次喝完酒,就会绘声绘色地给单骏讲述他的父亲是如何被一个中国军人一枪爆头的。长大后的单骏每次听单犇牧激动地说父亲死亡时的状态时,他感觉叔父似乎在寻找快感。

他无法把仇恨的拳头发泄在叔叔紫红的脸上,因为能帮助他报仇的,只有叔叔。如果没有单犇牧,他连来中国的可能都没有。单骏只能把所有的仇恨像烧红的烙铁一样搭上雷公鸣的后背。他甚至在想,如果第一枪射向雷公鸣,那么第二枪一定要射向单犇牧,因为单犇牧一直用描述父亲惨死的样子来寻求快感,但是他又不想一枪击毙单犇牧,他得让单犇牧知道自己为什么要杀他。单骏从心底里感到,这个口口声声让他为父亲报仇的人是个豺狼,而且一直在用父亲的死折磨他。

在终于如愿以偿地杀死单犇牧的那个晚上,单骏安静地和单犇牧交谈了十多分钟。单骏对他的叔叔说:"你不要觉得委屈和惊讶,你的侄子不是一个滥杀无辜的人,甚至不是一个合格的杀手。当然,你也没想过让我去继承你的杀手王国,你只是想激发我对中国军人的仇恨,然后做你的棋子,用我的枪,换取你当王者的资本。没错,我恨死了雷公鸣。但你为了激发我的仇恨,竟然把我父亲的死亡当成了抽打我的鞭子。父亲是雷公鸣杀死的,但鞭子是你抽的,你不知道,抽打我的鞭子才是我最痛恨的。我没见过父亲,更不知道他死亡的情形,但你每次描述他死亡的时候,我发现你和雷公鸣一样,都盼望着父亲去死。或者你比雷公鸣更可恶,雷公鸣杀死父亲是职责所在,你是因为什么?为什么对父亲的死这么津津乐道?"

单骏把单犇牧绑在茶几上,让他赤裸胸膛,心脏的部位高高地暴露出来。在单犇牧惊恐的眼神中,单俊像启开一桶窖藏的酒一样,将匕首插入单犇牧的胸膛,最后用匕首把他的心脏挖了出来。

其实单骏的仇恨,未必是缘于父亲的死亡。但单犇牧苦心孤诣地浇灌单骏仇恨的种子,最终让仇恨蔓延,以至于连这个浇灌仇恨的单犇牧都被吞噬了。

单家据说最开始是在临近中国的海岛上生活,后来才到了中国,在单犇牧祖爷爷的时候又搬迁到了另外一个国家。祖上在哪里生息,单犇牧不大确定,但祖祖辈辈一直在干着为别人杀人放火的事情,他是确定的。在他爷爷的时候,老杀手似乎有所忏悔,他给单犇牧的爸爸和叔叔取名,用了一个"羴"字做辈分,企图用这种生灵的名字让儿子的罪孽少一些。临终前,他说将来孙子一定要用"犇"字辈,重孙就用"鱻"字辈,因为只有这样,才能让寻仇的鬼魂从子孙的名字上享用即可,而不会坏了他们的性命。单骏原来叫"单鱻骏",但单犇牧挤入上流社会的时候,他觉得家族从此将会一切安稳,那个丑陋的"鱻"字实在上不了台面,于是从单骏的名字中拿走了令人不快的"鱻"字。

年轻的时候,单犇牧发现自己的确是杀手家族的完美传人,在他心中,他觉得哥哥和父亲没有区别,父亲和他宰杀的一条鱼也没有区别,所有的生命,活在这个世界上都是为了让他单犇牧宰杀,然后换钱,而他换钱的乐趣,就是无休止地看着别人求自己杀人。后来有些幕后的大人物找到他,让他去干影响世界的大事时,他这才发现,杀人换取的不仅仅是钱财,还有整个世界的变化。那时候,他怦然心动了,他感觉自己就是伟大的死神。这次来中国,当幕后人提出事成之后允许他有一个海岛,成为王者时,单犇牧发现自己变得神圣而且充满了内涵。他不再是一个杀手王国的头人,他应该有一尊塑像坐落在海岛上,他手里端着酒杯,微笑着俯视大海上的飞鸟,看地震海啸。

所以单犇牧最终决定来中国,而且要带上单骏,除了希望单骏的枪法能帮助他之外,他更希望单骏能在这次改变家族命运的行动中长大,并且积攒未来成为王者的资本。

在单骏长大之前,他从不知道什么叫心头一热,但等他发现单骏和自己长得越来越像的时候,他慢慢感受到了做父亲的幸福和恐惧。他担心自己百年之后,这个一直叫自己叔叔的儿子不知道该怎么活下去。因为这个龌龊的私生子是个懦夫,长大之后连强奸都不会,他舍不得杀人,那么他只能给这个舍不得杀人的私生子留下不再依靠杀人才能活下去的王国。

这一次,黑豹替代幕后老板终于给了他这个机会。他一次次地在酒后告诉单骏他父亲惨死的样子,只是为了让他能把杀人的刀子挥舞得利索一些,但他没有想到,这股仇恨最终让单骏亲手把自己的心脏挖了出来,而且他连解释的机会都没有。

来中国之后,单骏花了一笔钱,让马德龙告诉他特战旅旅部的位置,从那以后他就开始等着雷公鸣出现。只要报了父仇,后面再有机会,他就杀了单犇牧,而后杀了欧阳燕,再杀了贺天高。当自己熟悉的人,在他的眼前全部闭上眼睛的时候,他的仇恨就不会被世界知道了。尽管欧阳燕和贺天高不知道他父亲惨死在雷公鸣的手里,但他们知道他曾经是个孤独的少年。

但他确实低估了雷公鸣。傍晚的时候,当他被莎莎带进部队的训练场潜伏下来的时候,雷公鸣真的出现在他眼前的沙石地上。跟着记者采访的莎莎见过雷公鸣,也知道他经常出入骁狼驻训地,每天远远地观望良久才离去。但当他刚刚锁定雷公鸣暴露在车窗前的脑袋时,雷公鸣的汽车突然加速了,伴随着枪响,汽车翻倒了。虽然没能打中脑袋,但单骏知道这一枪肯定打中了雷公鸣的脖子。躲在车后的司机可笑地用手枪向他射击时,他已经载着莎莎骑着摩托冲出了老远。

雷公鸣的司机最终认出了莎莎。莎莎是个健美的女人,她的腰身像杨柳细枝,但屁股却比正常人大很多,而且她身高差不多有一米八。这个扎眼的样子让她进入记者团的时候,引起了许多人的注意。雷公鸣带着司机一起去接受记者采访的时候,莎莎嚣张地穿梭在军人之间的举动引起了许多女记者的不满,当然也引起了男人们的兴趣。雷公鸣的司机当时就盯着莎莎看了许久,最后跟一个战友说这个女记者应该去选美,这年头像她这么嚣张的女人能安心当记者,实在难得。

司机举起望远镜的时候,看见了坐在摩托车后面的莎莎,于是脱口而出:"旅长,是那个女记者,我早就发现,这么嚣张的女人一定有问题。"

雷公鸣脖子上的动脉被弹头烧焦了一层皮,灼热的子弹擦着大血管过去的时候,纸一样薄的皮被拉开并烧焦了。大难不死的雷公鸣躲过了一劫。雷公鸣急忙回到旅部,迅速把受伤的事情向集团军领导做了汇报。李光然急匆匆地赶到特战旅的卫生所,看着正包扎伤口的雷公鸣沉默了一阵,不得不把他进驻导演部的意图告诉了雷公鸣。雷公鸣这才知道,骁狼特战队和何玉凯的战斗,竟然有境外的谍报人员要窃取演习计划,但幸运的是,这次的演习没有什么计划,他们早就准备好了一份假情报。与何玉凯的合成旅打完仗之后,他的特战旅将会抽出大部分兵力,与即将来到中国的多国部队在戈壁滩组织联合反恐演习,但是,有人想借机破坏联合军演,要在演习的地方杀死几个外国军队的首脑,给中国制造巨大麻烦。

雷公鸣大笑起来,他不相信谁有这么大的本事。但是从射杀他的武器来看,这种相对老旧的狙击枪,威力和射程是足以让他们的阴谋得逞的。生气的李光然训斥了狂傲的雷公鸣,让雷公鸣严守秘密,等着他把这伙背景复杂的家伙一网打尽。

其实单犇牧团伙早已在李光然的掌控之中,但单犇牧背后的这个黑豹,据说要等到马德龙提供军事情报之后才会现身,所以雷公鸣受伤的事情也不能说出去。

夜晚,脖颈受伤的雷公鸣突然发现枕头湿了一块,他打开台灯才发现自己的脖子血管破了,绣花针粗细的伤口处一股血正在喷射,情急之下,他迅速去了医院。单骏用的是一款来自境外的老式狙击枪,子弹射出的时候弹头已经被烧红,擦着雷公鸣血管过去之后,烧焦的皮肉焊死了伤口,但烧焦的皮肉开始溃烂时,巨大的血压就压裂了血管。雷公鸣不得不住院治疗,他差点丢了性命。

雷公鸣被偷袭的事情还是在小范围内被传开了，闵一礼听说刺杀雷公鸣的人中间有个大屁股的女记者，于是他第一个想到了莎莎。

夜晚，无法安睡的闵一礼想到了自首。他估计自己会被判刑，十五年以上，这是轻的，也有可能会被枪毙，是他把敌人放在了特战旅眼皮底下的。当然还有一种可能，马德龙和莎莎会被我军一网打尽，那就太好了，那将没人知道马德龙和他之间的事情。他祈祷马德龙突然死亡，车祸、内讧都可以。天亮的时候，闵一礼还是没敢迈出一步，他希望李光然尽快收网，把敌人全部弄死，一个活口都别留。

他开始痛悔起来，为了一点小小的虚荣，他走得越来越远，以至于现在无法回头。如果不是虚荣心作祟，他就不会和财大气粗的马德龙交朋友，不会被人家一口一声"旅长"喊得忘记了自己是个什么角色。

中午，闵一礼去了一趟医院，雷公鸣正在输血，这个往日强悍的旅长此时脸色苍白不堪。闵一礼突然有了一股大哭的冲动，自己当后勤部长的时候，当时的参谋长雷公鸣对自己那么好，经常"闵财神、闵财神"地叫着，当了旅长之后，还是没有忘记自己这个老战友，尽管也经常批评自己，但那都是亲兄弟之间的话，暖心。

从医院出来，闵一礼辗转着找到了李光然。等他把所有的事情一股脑儿地交代了，李光然并没有显示出惊讶的表情。

"早就知道了，回去吧，你的问题有滥用职权，也有受贿、渎职等，但涉及间谍出卖军事秘密，目前确实没有明显证据。回去吧，等查清了，自然会给你一个交代。"李光然也没有太恼火。

闵一礼最后被保卫部门带了回去，按照保卫部门的要求，他装出没事的样子，该干什么，还干什么。他知道自己现在不会被逮捕，因为李光然不想惊动莎莎和马德龙。

回到特战旅之后，闵一礼就很自觉地睡在办公室，哪里也不去。在特战旅，闵一礼还像之前一样兢兢业业，没人知道他做过什么。

33

呼延碧临死前，天上突然下起雨夹雪。在失去意识的那一刻，他还想道自己还欠兵王两万块钱，想着自己没能替兵王把米饭掉在地上的事情给背下来，他有些遗憾。

那天呼延碧收到雷公鸣出事的情报后，就紧张起来，以至于米饭掉在地上都不知道。但吃晚饭的时候，贺天高发现了掉在地上的米饭，而且发现了两处。于是贺天高把大家集合起来，恼火地指着地上的米粒吼道："一半是被敌人打死的，一半是自杀的，谁掉的米，捡起来！"

但围拢的众人没一个承认，大家都把饭盒舔舐得十分干净。后来周虎揪住呼延碧，把他带到一个僻静处逼着让他承认这米饭是他掉的。呼延碧觉得自己冤枉，但周虎信誓旦旦地说："这大米一定只有你呼延碧才会掉在地上，特战队的人绝对不会把食物掉在地上。"

呼延碧拗不过周虎，只能承认两处大米都是自己掉的。但最后，呼延碧上车的时候，他发现兵王的后背上粘着米粒，而且和他一起上车的黑蝎子也发现了。但黑蝎子当着呼延碧的面，把脑袋朝兵王后背一顶，顺势舌头一卷，兵王背上的米粒就被他吞进了肚子。然后黑蝎子带着挑衅的眼神瞪着呼延碧，这分明就是威胁。然而黑蝎子舔舐兵王背上的大米时，脸上也粘了几粒，他自己却不知道。

为了饭掉在地上的事情，贺天高专门把队员们挨个收拾了一顿，轮到呼延碧的时候，他委屈地指着黑蝎子的脸，什么也不说。当大家看到黑蝎子脸上的米粒时，他们惊讶了。但黑蝎子嘴硬地说这是自己吃饭的时候粘上去的。他说自己不可能把饭掉在地上，在整个骁狼特战队，除了呼延碧，谁也不会做出这么愚蠢的事情。

忍无可忍的呼延碧最后指着兵王的后背说："你撒谎脸都不红，你刚才一舌头卷了兵王后背的米粒。我想起来了，兵王吃晚饭，在地上躺过，不相信可以看看他的衣服，上面肯定有米饭的痕迹。"

吃惊的兵王半信半疑地让贺天高检查自己的后背，没想到他的后背上还真的有核桃大一块干结了的米。起先柴胜华只是冷冷地盯着众人，最后当他得知黑蝎子明明知道这事是谁干的，竟然还敢帮着别人隐瞒的时候，就一把揪住黑蝎子的衣领，把他扔下了汽车。

"去，十趟四百米障碍，我给你掐表！"柴胜华推着黑蝎子朝障碍场走去。

但他没料到,黑蝎子不但没有向他求饶,反而硬气地吆喝道:"十趟算啥?我黑蝎子每一趟都优秀。"

黑夜里黑蝎子的声音十分洪亮,所有人都听到了黑蝎子带着怒火的叫声,柴胜华在黑蝎子突然的刁难中爆发了。

"有种,要是有一趟不优秀,滚出特战队!"柴胜华带着冷笑吆喝,所有人都听得出来,他和黑蝎子顶上了。

"我要是趟趟优秀,谁滚出特战队?"黑蝎子号叫着,和柴胜华杠了起来。黑蝎子是特战队出了名的刺头,顶嘴的时候一句话能挖别人一块肉下来。

"你要是趟趟优秀,我滚!"柴胜华指着黑蝎子,厉声回答。

然而让人没料到的是,全副武装的黑蝎子在黑夜中真的跑完了十趟四百米障碍,而且每一趟都达到了优秀的标准。但是当他跑完最后一趟的时候,突然踉跄着朝前一扑,然后哇的一声,一口黑血当场就喷了出来。

慌了神的陈斌要把黑蝎子送到医院,却被黑蝎子拦住了,他说自己当新兵的时候就吐过,他习惯了,无非就是破了几个肺泡,不打紧。紧张的周虎想把黑蝎子强行送往医院,不料黑蝎子一把抽出了匕首架在脖子上说:"你再逼老子,老子就一刀子划拉下去了。"

黑蝎子算是把事做绝了,他当着骁狼特战队所有人的面这样做,分明就是说他豁得出这条命,但绝不会对柴胜华服软。众人都知道,黑蝎子和柴胜华拿着性命赌气,根子上还是他心里对柴胜华有怨气,自从柴胜华来到特战队之后,横挑鼻子竖挑眼的行为曾让黑蝎子心里十分不舒服。

柴胜华看看黑蝎子,再看看其他人,大家一个个面无表情。心知肚明的柴胜华顿时来了脾气,他不声不响地回到宿舍,打包好行李就要走。但在他翻出围墙的时候,兵王站在面前拦住了他。

"柴啊……"兵王动情的时候,都会把柴胜华叫成"柴"。

"你说,班长。"柴胜华刻意让自己语调平和。

"别走。"兵王把自己的枪背好,把背囊束紧。

"班长,等您退休的时候,我来给您送行。"柴胜华觉得他的嗓子被堵住了,咽喉里像卡了一团气,吞不下吐不出来,整个胸腔里憋得让他想戳上一刀子放一口气。但今晚他必须走。他就是一个帮助特战队搞作风整顿的工作组成员,按说工作早就完成了,他该回去复命了。至于骁狼特战队,上级有雷公鸣、老王头,再往上,还有集团军领导,自己这个副处长未免管得有些太宽了。今晚黑蝎子拿命和自己赌气,竟然没人阻拦黑蝎子,这分明是等着他柴胜华逼死一个兄弟。

"别走了。"兵王蹲在地上,就差要抱住柴胜华的腿了。

"您别再逼我老柴了。班长,黑蝎子拿命打我的脸,您也要拿命打我的脸吗?"柴胜华差点哭出来,他太委屈了。

"柴,甄志国给处长大人跪下行吗?事情因我而起,您要是走了,我甄志国不就成了把您逼走的罪魁祸首了吗?您留下!"兵王望着柴胜华,低声吼叫着。

柴胜华没料到脾气暴躁、牛气冲天的班长突然来这么一出,稍一愣神,他冲兵王吆喝道:"那谁来认这个错?谁来?"

柴胜华刚说完,兵王就缓缓站起,他看看柴胜华,什么话也没说,一个箭步跳下土崖,径直朝着障碍场走去。他要用柴胜华惩罚黑蝎子的办法来惩罚自己,向柴胜华认错。

兵王显然老了,还背负着几十斤重的装备,在第三趟翻越障碍的时候,他就跌跌撞撞地多次停了下来。闻讯而来的华雨桐尖叫着想拉住他,却被他扔在了边上。所有人都在喊着让他停下,但他就是不听,贺天高过去拉他,被他一拳撂翻在地上,众人无奈,只能眼睁睁地看着兵王一路艰难地跑完全程。第十趟终于跑完的时候,兵王大口喘着气,躺在地上已经起不来了。

"柴啊,我掉的米粒,我自己遭罪,您留下,咱打着仗呢。"兵王老迈的声音像是被风吹起的芦花,轻飘飘地传了过来。柴胜华最终留下了,但全军闻名的特种兵前辈甄志国那天晚上竟然拉了肚子,而且拉在了裤裆里。

兵王昂着脑袋回去清洗自己的时候,华雨桐守在澡堂的门口哭着求他不要再参战了,他已经心力衰竭了。但兵王穿上衣服,服了药之后就蹲在门口说:"丫头,你给叔留一张脸,你给特战队留一张脸。人嘛,死了就死了,你不让人要脸了,你叫人活着有啥用?我知道你是上级派来的,你让我下战场就一句话,可你这样做就把我这辈子给毁了。咱当兵王,靠的是打仗的本事,没打仗的本事,总得有打仗的心气吧。你想把我嘴巴捂住让我憋死,就让我退出战斗。"

"这不就是一场小小的演习吗?至于吗班长?"华雨桐哭着央求。

"是一场演习,但不是小小的演习。你来了,念念来了,呼延碧都来了,为什么就不让我来?丫头啊,班长不中用了,你们就打算把班长当成老马一样卖给屠夫了?这不好,丫头。"兵王无神的眼睛盯着华雨桐,华雨桐捂着脸转身走了。她明白兵王不走的原因了,但她不能说出来。

兵王已经知道这场演习背后的所有故事了,他更不想走,他不想被别人当成无用的草包给抛弃了。这是一个令人悲伤的老兵!

兵王拉裤子的事情,特战队全都知道了,他在冲完澡洗完衣服之后,决定不再隐瞒,豁出去了反倒轻松。只要参加完最后一次演习,他甄志国就是圆满的,不管拉不拉裤子,他最终完成了当兵时的最后一个任务,他就不会觉得有什么丢人的。

那天晚上,贺天高躲在角落,一直盯着兵王晾在楼顶的衣裤。直至衣服干了,被风卷起来的时候,他才悄悄过去,把那些发旧的衣服攥在手里,眼泪却忍不住流了出来。黑蝎子是被梁军需强行送到医院的,一检查,问题不大,两人就又开车回来了。等回到特战队,黑蝎子知道了兵王拉裤子的事情,他扑通一声跪在地上,把一张黑脸压在沙石上呜呜地痛哭了起来。

柴胜华最终留下了。但所有人都发现,往日总是昂着脑袋的老队长,像霜打了一样,逢人就低下了头。

兵王是被整个特战队当成父亲一样尊重的老兵,也是特战队的官兵们引以为豪的太阳。但这个年届五旬的老兵今天却因为十趟四百米障碍跑,拉了裤子。华雨桐和懂医学的梁军需说:"这是他的多个器官出现功能障碍的征兆。"陈斌思前想后,最终斟酌了几句话之后就去找兵王谈话。

"人要服老,班长,我把您当长辈对待的,一直都是。您要是出个什么事,我这个教导员怎么向组织交代?"陈斌刻意把衣服穿得整整齐齐的,端起了官架子,一副公事公办的样子。

"你怕我死了?雷子打仗的时候,你怎么不担心他会出事?"兵王把那支用保鲜膜包裹的雪茄夹在鼻子下边,似乎拉裤子的那个兵王根本就不存在一样。

雪茄是兵王出境参加联合军演,救了一个排的外军之后那个国家的元首在庆功会上赠送给他的,他抽了一根,说是跟老家的旱烟没什么区别,剩下的就全带回了特战旅,给雷公鸣、老王头和闵一礼还有喜欢抽烟的几个老兵分了,自己就留了一支。其实抽烟的兵王知道这雪茄的价值,只是他舍不得独享,剩下最后一根,他就用保鲜膜包裹了起来,不知道藏在哪里,但是只要他得意的时候,就会摸出来夹在鼻子下边,来回嗅。但今天,他当着陈斌的面拿出这支雪茄,不是因为得意。虚弱的兵王发现自己确实不中用的时候,这支代表了荣誉的雪茄,成为唯一让陈斌闭嘴的武器。他要让所有人记得,眼前这个拉裤子的老兵,曾经是个了不得的人物。

但陈斌并不在意他的过去,他强调说,保证特战队每一个人的安全,是他这个教导员的职责,兵王必须退出战斗,如果兵王不主动退出,他就向上级报告。陈斌说完就转身离开了,但他刚要下楼的时候,就听到咣当一声响,心里犯嘀咕的陈斌急忙返身上去,却发现兵王用一根腕带,把自己悬在了顶楼的横梁上。惊恐的陈斌攀着横梁上去,一刀把腕带割断,兵王跌落在地,好一阵子才缓过来气。一行细细的眼泪从他的眼眶里滑落了下来,他哑着嗓子哀求陈斌道:"斌啊,班长活成了一条狗,磨骨山被人羞辱,旅长偷袭的时候被一枪打得掉下楼,障碍跑把屎都挣出来了,你就忍心让我背着遭人唾骂的臭名声退休吗?"

陈斌扶起兵王,帮他擦干眼泪说:"行,打仗,您跟着我一起打。班长您这是何苦呢? 您半辈子的名声谁不知道? 您怎么就这么好面子?"

兵王的胸部剧烈地起伏着,他望着远处吃力地争辩道:"人是吃粮食长大的,他老了,你就不给他吃粮食了? 班长是吃心气活到今天的,班长老了,你就要把班长的心气给断了?"

人这种复杂的动物,每个人都有他心底深处最珍贵的东西,在磨骨山遭受了耻辱的兵王接连两次都想证明给别人看,他是兵王,但结果是一次比一次难堪。和何玉凯打仗,是兵王这辈子最后一次证明他还是兵王的机会,兵王当然舍不得放弃。陈斌悲伤地把兵王扶起来,两人下楼,路过一处黑暗的地方,陈斌咬着嘴巴没有哭出声,眼泪却放肆地淌了满满一脸。从他到特战队的头一天,一直到当了指导员,这期间是他陈斌在特战队成长的日子,也是他最难熬的日子。在这段最难熬的日子里,一次下山的时候,陈斌腿软得连地都踩不稳，兵王担心陈斌挨批评，把一米八几的陈斌连同他所有的武器背在身上，从鹰嘴崖附近的山上一脚一脚地踩了下来。疲惫的陈斌竟然在兵王的背上睡着了，如果兵王一脚踩空，他俩都会跌落山谷。下山之后，兵王看陈斌还没有醒，就把他放在地上，身子底下铺上睡袋，拿着帽子驱赶着蚊子，一直到后半夜陈斌醒来。在知道兵王把他背下山，陪他睡觉的时候，他羞愧得不敢看兵王，兵王却说，没事，书娃娃还小，慢慢就好了。从那以后，陈斌深切地知道特战旅人人都挂在嘴边的"生死相依"的含义，他开始真诚地关心起每一个人，并开始用心地学习军队的思想政治工作。这为他后来成为一名政工干部奠定了扎实的基础，没有兵王，就不会有他陈斌。只是这个秘密，陈斌一辈子没有对任何人提起。

呼延碧知道兵王拉了裤子的时候，后悔得用脑袋撞通信车。

"你怎么不把自己撞死？你这个只知道吃饭拉屎的葫芦娃！"文斗才狠狠地骂道，把他赶下了通信车。半夜的时候，呼延碧趁着文斗才通信车开着，急忙给莎莎发了一个信息，说他发现文斗才的车上有军迷最喜欢的东西，是这次骁狼打何玉凯的作战方案。

这段时间，骁狼都憋着火，乱哄哄的，没人理他，他刚好借这个机会和莎莎聊得越来越火热。他把手枪藏进背囊，把带着摄像头和传输设备的玩具手枪别在枪袋里，装着练习手枪瞄准，一会瞄着文斗才的通信车，一会瞄着训练的士兵，甚至还瞄准了文斗才通信车里绝对机密的电脑屏幕。一次次扣动扳机的时候，伪装成手枪的摄像机就录制下了所有的装备和人员，他把这些传送给拥有大量军迷粉丝的莎莎，莎莎开心地一直叫他"胖心肝"。他和莎莎到现在还没见过面，但莎莎已经通过视频看见了他熊猫一样肥胖的身躯，在两人越来越热乎的时候，莎莎就开始这样亲昵地称呼他了。

但是前天，莎莎突然翻脸了，说她认识了另外一个兵哥哥，这个兵哥哥给她发了许多部队打仗的方案，她用这个打仗的方案策划了一款游戏，游戏只要开发好，她会成为大富婆，那个兵哥哥也会和她一起发财。

呼延碧就讨好地说："你那个算个屁，我这里的才叫打仗方案，骁狼特战队六十人要打一个旅，你知道一个旅多少人吗？三千。这场战斗的方案我有，就在文斗才的通信车上，你要不要？如果想要，就把那个兵哥哥一脚蹬开。"

　　莎莎不相信呼延碧能有这个本事,呼延碧就说:"我和文斗才是铁哥们,我成天在他的车上睡着呢。"然后呼延碧拔出玩具手枪,对准文斗才的通信车扣动扳机,莎莎就看到了文斗才的电脑屏幕上果然显示着"绝杀——死地"的字样。莎莎当时脑子嗡地一下僵住了,"绝杀——死地"就是马德龙和单犟牧让她窃取的作战方案,这个傻乎乎的胖子怎么就这么命好,轻而易举地搞到了绝密情报?

　　当她把这个消息告诉马德龙的时候,马德龙乌黑的脸抖动了起来。他怀疑黑豹找他要的这场对抗演习的方案,到底有没有价值,如果真有黑豹说的那么重要,这个肉乎乎的呼延碧怎么能如此轻而易举地接近情报?后来还是单犟牧帮他解开了这个疙瘩。

　　"部队打仗的方案,不见得有什么秘密。德龙啊,说你在戈壁滩待久了,变成了野驴脑子,你还别不高兴。军队打仗的方案,最能看清楚这支部队打仗的习惯,假如我知道你是个左撇子,习惯左手拿刀,你说我打你的时候会先打你的什么?呵呵,左手。中国军队这次的演习,招揽了一大批记者去采访,这是给他们的国家壮胆呢。要是没有什么特殊的东西,能让地方媒体去报道这次演习?"单犟牧有些杂乱地兴奋着,像一个成熟的政治家一样,双手扶在桌子上,身子微微前倾,看着马德龙背后的一幅画意味深长地说道。但马德龙还是没有明白单犟牧的意思,于是单犟牧就更加看不起马德龙了。

　　"部队打仗的方案,对参加作战的军人来说,就是一个命令,指挥官都得知道,在部队内部,未必就是多重要的机密。但这对黑豹而言,就了不得了,黑豹要知道中国军队这次大张旗鼓的演习,到底想怎么开展,针对的目标是谁。你个野驴脑袋,千万别让中国军队的子弹过来,让你的天灵盖旋转着飞出去。"单犟牧把茶水从嘴角里挤出来,顺着下巴滴滴答答地坠落着。

　　马德龙还是没明白,黑豹花了大代价的军事情报,怎么会这么防范不严?莎莎要想得到,就有个肉乎乎的呼延碧出现,呼延碧出现了,轻而易举地接近了情报。但是钱,他已经拿了不少,老板单犟牧既然都说呼延碧绝对可靠,那他也就懒得去管。

马德龙起初对呼延碧是放心的,但这么短的时间,莎莎太过顺利地把呼延碧拉下水,让马德龙突然感觉情况不妙。他决定拿到呼延碧的情报后,最后一笔钱到手,他就不辞而别,躲到单犇牧找不到的地方颐养天年去。

　　马德龙和单犇牧二十多年没见面了,据说单犇牧在国外的这些年,已经成了有些国家元首的座上宾,但在马德龙看来,单犇牧在国外太过顺利的日子,让单犇牧原本就不正常的脑子越来越不正常了。他警惕多疑,却从不怀疑自己的判断。

　　马德龙唯唯诺诺地应承完单犇牧,就把藏枪的地方告诉了莎莎。他不想再卷入单犇牧扰乱联合军演的任务了。在中国,他是个合法的小商人,单犇牧成功了,是他命好;单犇牧要是失败了,那是他命不好,跟着单犇牧出国到小岛上当首领,那只是单犇牧给他的甜枣,把杀人放火当成买卖干的人,在他的眼里,都不过是一头猪、一只鸭。何况他二十多年没跟着单犇牧一起闯荡江湖了,他需要一些钱,离开大西北的戈壁滩,在南方的小城里去做个有钱的小人物,这就很幸福了。

　　晚上,文斗才睡着之后,呼延碧悄悄把一份假情报传给了莎莎。接收到情报的莎莎惊讶地发现,呼延碧传送的情报是她之前从来没有看到过的。什么地方有油库,什么地方有机场,什么地方有弹药库,甚至连具体的数据都一清二楚。莎莎突然躁动起来,跟着记者团去部队采访的时候,所有的军人无一例外地说,这是一场中国军队很少有过的战斗。这场战斗看来要把中国军队部属在西北的军事实力全部暴露出来。难怪人家黑豹这么上心。

　　接受过谍报训练的莎莎的确有一点头脑,依照她的分析,她得到的这份情报确实有至高无上的价值。至于呼延碧为什么会轻而易举地拿到情报,这也许很好解释,骁狼特战队成天组织演习,哪一次演习他们没有作战方案?时间长了,当兵的也就麻木不仁了,这情报和他们手里的枪一样,见怪不怪的时候,也就不当一回事了。

　　莎莎感叹自己分析得这么透彻,就在她正得意的时候,呼延碧正在传送的情报突然中断了。她紧接着联系呼延碧的时候,一直无法接通。

呼延碧发现信号突然中断，又无法连接的时候，顿时紧张起来。驻训地所有信号突然中断，文斗才第一个反应过来。在和何玉凯交战前，骁狼有强大的通信网络支援，在这个强大的网络下，他的雷达辐射到了周边上百公里的地区，防范着何玉凯的无人机、直升机，甚至导弹。突然中断的信号让他意识到，何玉凯把周边的信号给黑了。

　　紧张的文斗才瞬间冷静了下来，他迅速按动通信车上的警报之后，凄厉的喇叭就吼叫起来。当所有人全部进入阵地之后，文斗才对赶来的柴胜华、贺天高和陈斌报告说，骁狼的网络全部中断了，估计是何玉凯下的黑手。

　　无奈之下，贺天高拿出自己的手机联系李瑾，但民用手机也没有信号，毫无疑问，这片军事管理区的通信全部中断了。何玉凯有这么大的能耐，连民用通信都能阻断？和外界失去联系的贺天高他们紧张极了，最终决定，部队迅速疏散，离开驻训地，隐蔽到朝西三十公里处的一个山沟里，那里地形复杂，就算何玉凯赶来，骁狼至少能支撑一段时间，而且还有突围的可能。

　　没有打开车灯的汽车急速朝西边的山沟开过去，当他们刚刚安定下来的时候，文斗才的通信车又恢复了信号。上级说这是一次通信事故，让大家不要紧张，对于骁狼能迅速离开驻训地就地疏散，上级给予了充分的肯定。集团军参谋长特别表扬了柴胜华，说他有足够的警惕性，接下来和何玉凯的战斗，骁狼有打胜仗的可能。

　　其实这确实是一场误会。呼延碧传送给莎莎的情报在传送到三分之一的时候，就被军队网监部门截获了，紧张的网监部门急忙把泄密事件上报给了上级。许克明和李光然发现被截获的情报是他们用来钓鱼的诱饵时，终于松了一口气，于是就通知网监部门恢复了通信。不过这歪打正着，原本呼延碧的计划就是情报传送一半的时候，假装信号中断，然后贪心的黑豹为了得到这份绝密情报，不得不现身。

　　猎人都知道猎物的习性，但猎物常常以为自己足够聪明，黑豹也是。黑豹自以为他是世界上最智慧的，他常常和属下说起松鼠这种小动物。他说在秋季的时候，松鼠会用一张嘴巴含回许多食物存储起来。动物对食物的追求就如人对钱财的追求，但是松鼠把这些美味含在嘴里的时候，它能忍受美味的诱惑,日复一日地存储食物,并把这些食物晒干。所以在冬天,许多可爱的小动物忙着觅食的时候,人们总能看到皮毛光滑的松鼠在太阳下玩耍。黑豹希望他的部下和他一样,能有松鼠的智慧,懂得存储,秋天的时候,要知道落在地上的干果有多么可贵。所以黑豹常常敏锐地判断着世界各国的军事行动,一有风声,就会迅速出动。这次,中国军队组织了一场特殊的军演,一支特战队和一支合成旅打仗,而且是中国军方高层指挥官亲自坐镇,据说这场战斗中这支特战部队要破袭一支合成旅的战斗单元,有可能是机场,有可能是仓库,有可能是通信。所以他急切地想得到这场演习的方案,拿回来之后,分析出中国军队正在改变的作战方式,一旦分析成功,这份情报就会价值连城。

窃取情报比单犇牧搅局联合军演更让他重视。搅黄了中国政府主导的联合军演,这只是一个行规价钱,而且他背后的老板最终会不会给他这么多钱,会不会给单犇牧一座小岛,这都值得怀疑。黑豹从来不相信政客,但他相信政客的欲望,能让政客永久垂涎自己的,就是他永不停歇的"存储"。但单犇牧似乎对窃取军事情报的兴趣不大,这个长期从事杀戮的家伙似乎有些走火入魔了,他竟然幻想着在小岛上建立一个王国,而且要国际社会承认。

"他疯了,但是他窃取情报的手段没有疯。"黑豹微笑着和下级说起单犇牧的时候,大家跟着他一起笑了。最终,黑豹直接联系到了被单犇牧扔在中国二十多年的马德龙,他希望马德龙能帮他拿到情报。

人类社会的问题源自匮乏的资源和强大的人类欲望之间的矛盾。欲望促使着人必须占有更多的资源,这种资源包括人类趋于文明的时候,会用更为隐蔽的手段去奴役别人,占有资源。在这种隐蔽的手段最终被人识破的时候,就有了战争疯子。神学家和文学家苦苦地在这片被欲望笼罩的大地上摸索着,他们渴望改变人的思维和精神以求得社会的稳定,这当然是有益的。但总有那么一个群体,他们明明知道人类社会是同一个命运共同体,但就是不愿意和这个世界和平相处,他们渴望自己坐在世界的头颅上,让这个世界供养,战争就在这个时候被迫爆发。

伟大的神学家和文学家,他们其实和最终不得不拿起武器的士兵一样,都是为了人类共同的命运在做斗争,但面对那群以奴役他人为目标的群体,神学家和文学家显得卑微可笑。任何伟大的文学作品和伟大的思想,最终都不能独立地构筑世界和平。战争如果爆发,每一个扛枪的军人其实都是伟大的神学家,都是伟大的文学家,只是他的作品不是用文字呈现……

在获取黑豹开始朝着中国动身的消息时,李光然悄悄写了这么几段话。他有个习惯,只要有真刀真枪的战斗开始,他都会写上几段话,作为万一自己牺牲了留给儿子的遗言。如果儿子能从他的遗言中找到原本的李光然,这也算是一个父亲对儿子的坦白,至少让儿子知道他的父亲不是抛妻弃子的花心肠,他一直在进行着深入的思考,一个深入思考的男人一般不会做出抛弃家庭的丑事的。

从西边的山沟撤回驻训地的时候,柴胜华悄悄找到了陈斌,他胆战心惊地询问陈斌:"天高说和何玉凯的这场战斗,是一场没有预案的遭遇战,你怎么看?"

"十有八九是这样。"陈斌发现柴胜华虚弱而痛苦。他知道习惯了在上级的指令下组织演习的柴胜华,在突然知道他面对的战斗必须依靠自己去完成的时候,柴胜华就失去了所有的自信。这种没有上级指示的战斗,柴胜华从来没有打过,甚至从来没有想过。他担心正在进行的战斗会不会背离了上级的初衷,柴胜华紧张而焦虑,这种仗即使打赢了,总会有那些自以为是、高高在上的人给你想尽办法找许多你无法接受的碴。

一个不指挥打仗的人,在战后都会以为自己是最优秀的军事天才。如果他的下级打了败仗,反倒会被这些人安慰,他们会说其实你只要稍稍注意一下什么,你也不至于失败。你一旦打了胜仗但是有相对比较大的牺牲,这些不指挥打仗的能人就会给你挑一箩筐的毛病。柴胜华感觉自己顿悟了,特战队和何玉凯的这场战斗,他不敢再逞能了。

有些恐惧的柴胜华有了一股冲动,他准备和集团军首长汇报,让贺天高恢复职务,这场没有预案的战斗要是让他指挥,说不定会迅速失败,那么所有的罪责最终将由他一个人来承担。

接通集团军参谋长的电话，当柴胜华委婉地提出让贺天高恢复队长职务的时候，参谋长吃惊地反问道："你们什么时候把人家的职务给停了？胡闹！"

柴胜华没再说什么，他简单地承认了错误就挂了电话。其实停贺天高的职务，别人都清楚，但当何玉凯已经摸到大西北的时候，所有人都装作不知道这件事了。

那就恢复贺天高的指挥权！柴胜华终于卸下了担子，也释然了，在车上美美地睡了一觉。迷迷糊糊中，他似乎听到了贺天高在和谁通话，要求他跟着一起打仗。贺天高说："你们给了两个女干部、一个呼延碧，骁狼特战队的战斗力就会落下一截，要老队长一起打仗，这要求不过分。"紧接着，他就听到骁狼的士兵们一起呼号着"不怕死不畏战"。等他从车上坐起来望出去的时候，众人正抬着贺天高一次次地抛向空中，大家像捡了金元宝一样兴奋。

贺天高恢复了队长职务，骁狼突然就活了过来。一股酸溜溜的醋意涌了上来，柴胜华觉得骁狼其实已经变了，现在他看得清清楚楚，这支部队已经不是他柴胜华带的那支了，他们都成了贺天高最坚强的拥护者。拉了裤裆的兵王像没事人一样，微笑着坐在山坡上，叼着一根烟吞云吐雾，那个葛念念一脸微笑，盯着贺天高被抛上抛下的身子眼神恍惚着，就连呼延碧也一脸傻笑。

晚上，骁狼特战队队长贺天高和教导员陈斌在作战会议室参加了一个视频会议，时长一分钟不到。电视屏幕打开之后，许克明亲自传达指令：命令！骁狼特战队根据特战队作战计划，自由调遣部队，区域不限，行军路线不限。

第十一章　礼祭的门

34

从春天到秋天,贺天高像漂浮在水面的葫芦,被调皮的孩子摁下去又浮上来,直至许克明亲自给骁狼下达了作战命令,大家知道,贺天高再也不会被摁到水底下去了。走出作战会议室,陈斌一直盯着贺天高,他发现贺天高紧紧地咬着牙,浑身绷紧了力量。陈斌猜想,一出门,贺天高一定会冲着静候的队员们大声地吆喝出来,然后开始声嘶力竭地动员。

这是骁狼特战队的惯例,也是所有出征的将士们千百年来形成的一种习惯,打仗的士兵常常会用激烈的呐喊消除恐惧,增加搏杀的勇气,更何况贺天高被压了将近半年。但走出宿舍楼的时候,贺天高却没有像陈斌预料的那样冲着列队等候的士兵们发出任何动员命令,甚至也不给陈斌做动员的机会。他只是轻轻地冲队伍挥了一下手,示意大家上车,于是队员们悄无声息地上了车,汽车也悄无声息地从驻训地行驶了出去。

他们像以往被召回旅部驻扎一样,平静得让陈斌有些不甘。汽车绕过山峦的时候,还是惊动了栖息在山顶的猫头鹰,接连有两只猫头鹰像黑色的闪电,悄无声息地从他们头顶掠过,瞬息不见。

仗确实已经打起来了,不仅和单犇牧的仗打了起来,何玉凯的侦察分队也在几天前抵达了戈壁滩附近的一个小镇。

从南方一路到西北的戈壁滩,何玉凯的侦察分队历尽艰辛,这群化装成驴友的小分队几乎每个人的脚板都变得血肉模糊。白天的时候，他们举着小旗子，像一群追求超越和刺激的年轻人一样，看起来坚定从容，但到了晚上，他们就得悄悄摸向骁狼特战队所有可能潜伏的山谷或者庄稼地，一切安全的时候，他们再把情报传递给何玉凯。何玉凯的合成旅在收到侦察分队"平安"的信息之后，这支庞大的部队就会突然从一个山洼里或者河道里出现，然后迅速按照侦察分队发来的路线图急速行军。

　　从南方到西北，这支合成旅走了差不多快两个月，所有人都提着一口气，生怕突然蹿出骁狼特战队的人，把他们一下子击溃。但侦察分队直到抵达戈壁滩的时候，还是没有发现骁狼的影子，于是何玉凯的心就突突地跳了起来，看不见敌人的战斗是最可怕的战斗。敌人没有出现，一种可能是敌人在赶来战场的路上，另一种可能是敌人正在窥伺着自己，等着咬住自己的喉咙。但是现在，大部队已经靠近了最后的目的地，敌人还是没有出现，贺天高也许已经在哪里瞄准了自己。

　　夜晚，当合成旅的几个战斗单元悄悄隐藏在戈壁滩的时候，何玉凯组织了一次军事会议，各营营长、参谋长一个个紧张得攥着拳头，每个人都害怕自己成为被贺天高第一个打败的对象，所以在简单地分析了战情之后，各营营长就火速回到了他们的部队。

　　让何玉凯没有料到的是，他一贯器重的向北为了稳定军心，在夜晚犯了一个巨大的错误。尽管向北有许多让何玉凯看不起甚至不齿的地方，比如说他当作训参谋的时候，常常越过科长和参谋长乃至旅长来往，当了作训科长之后又悄悄地背着自己这个旅长，直接和军长张万里汇报想法。这种一直试图通过越级来表现自己的家伙，放在任何一个领导手里，都会被搁在一边晾起来，但何玉凯舍不得把这个有军事指挥才能的学生就此废掉，所以即使向北动不动就偷偷给张万里汇报自己的一些决策，他都装作不知道。但部队抵达戈壁滩之后，向北为了稳定军心，愚蠢地瞒着何玉凯，以旅指挥部的名义要求各营开展一次思想动员，而且亲自撰写了一段鼓舞士气的文章，让各营写在黑板报上，让所有的官兵去学习。

　　第二天早晨，何玉凯前往各营视察的时候，发现了黑板报。大发雷霆的何玉凯痛斥道："我们是来打仗的，不是在这里居家过日子的，都什么时候了，还让大家办板报？马上把这些劳什子给我全部撤除，一切与打仗无关的事情，一律不允许做！部队千里行军，竟然把这些劳什子带了一路，而且敌人在哪里都不知道，这么紧要的关头，你还有心思搞这些虚名堂？"

从来没有遭受过这种批评的向北脸红了，旋即变得煞白。在合成旅，向北尽管年轻，却有着足够高的威信，这次被何玉凯当众训斥，他什么话也没说，带头把黑板报拿了下来。在清理现场的时候，何玉凯已经转身离去了，气恼的向北把一盒彩色粉笔远远地扔在一条清澈的水渠中，冷笑了一声什么也没说。

收拾完现场，向北拿出保密手机，悄悄地给张万里发了一条短信说："士气极其低落，人心完全溃散，惶恐弥漫全旅。"张万里旋即回了一连串的问号，过了一会，又回了一句："怎么回事？"向北回复说："不见敌人，旅长不允许搞思想鼓动。"张万里再没有回复向北。

军长张万里有足够开阔的胸怀，尽管他十分反感向北这种打小报告的坏毛病，但人家向自己反映情况，如果打击那就太不应该了，但他没想到向北这次是赤裸裸地状告何玉凯。思想鼓动当然要搞，但这种鼓动更应该注重在平时，慢慢渗透，慢慢感染。部队都抵达战场了，还搞什么鼓动？后来张万里才知道，是何玉凯不允许向北安排部队办板报。在了解真相后，张万里愁苦地拍着脑袋想，要培养一个会打仗的指挥员，看起来绝非易事，就连向北这种特种兵指挥学院出来的优秀人才，都免不了在战场上搞些虚头巴脑的形式，更不要说其他人了。

对向北办板报的事情，何玉凯原本不想发这么大的火，之所以发火，是因为前些年他下部队调研时发现的一些现象。几年前，何玉凯作为军事改革层面的工作人员，在部队演习的时候专门参加过几次调研，每次抵达战场，他都奇怪地发现一个现象，无论谁的部队，一定都是红旗招展，泥土或者沙子堆砌成各种雕塑，帐篷整齐排列，黑板报一行一行地无比美观，钻进帐篷，正在打仗的士兵们床上的被子叠成了豆腐块。何玉凯曾把这作为一件大事做了深入剖析，最终引起了许克明的重视。

"巨大的雕塑和招展的红旗，难道就不怕被敌人发现？当年我参战的时候，军区首长来阵地视察，一个团长为了迎接首长，在一棵炸秃了的大树上挂了一条鲜艳的条幅，写了欢迎首长检查的大字，要不是师长发现，急忙把首长压倒，敌人的炮就把整个视察小组送上天了！你们知不知道，在战场上，一个愚蠢的决定，就会迎来一场灾难？那天大雾刚刚散去，敌人的火炮就把挂条幅的树给炸飞了，要不是有猫耳洞，我们都不知道朝哪里钻。半个山头最后被敌人轰炸了一个多小时，土都被炸松了。"在何玉凯把演习部队搞帐篷村等形式主义的事情措辞严厉地汇报给许克明后，许克明把这事当成了大事，在一次高级领导会议上大光其火。何玉凯给上级写的这份报告，最后在全军被传阅了，但今天，似乎并没有引起向北的重视。痛心的何玉凯这才发现，得意门生向北的心里根本就没把这一场和贺天高的战斗当回事。

事实上，从军校开始，向北就不服气贺天高，贺天高每一次打胜仗，都带了许多投机取巧的成分，就像把他们军长的腿摔断那次，他是利用了张万里没把他当成敌人的空子。这种所谓的胜利说白了就是一个笑话，亏得许克明后来还在批评张万里没有敌情观念，说张万里一看到贺天高，就应该抬手一枪直接给撂倒。这次一个三千多人的合成旅，劳心费神地跑了数千里，来打一个六十人的特战队，向北一路上都觉得这是一种耻辱，这是挖空心思想搞点怪名堂的导演部在瞎折腾。

其实一直到最后，贺天高拼着整个骁狼特战队全体"阵亡"的代价，将合成旅全面击溃之后，向北依旧固执地认为，贺天高的胜利，不过是占了对戈壁滩地形熟悉的便宜。如果说贺天高有棋高一着的地方，就是这个人太卑鄙，他们在反复利用合成旅官兵的正直和善良。就像那个李瑾，他为什么能打败通信大队？如果通信大队对化装成老百姓的李瑾没有丝毫同情心，他李瑾想靠近通信大队那就是笑话！

离开特战队之后，李瑾按照贺天高的要求，切断了所有和特战队的通信联络。他知道，只要打开通信设备，一定会被旅部甚至集团军找到并把自己召回去，带着武器外出，有人肯定不放心，何况贺天高还给了自己五颗实弹。每天凌晨，他都会按照约定的时间给文斗才的通信车发出暗语，汇报当天的侦察情况。这期间贺天高和自己悄悄通过一次话，贺天高笑着说："李光然首长亲自来了电话，要把你追回来，还派了闵副旅长来逼问我，我说我联系不上你。"听说是李光然要追回自己，李瑾当时就沉默了。等他平复下来，他告诉贺天高："队长，您不用担心，我不会出什么事，只是这事委屈您了,让导演部的领导派人来逼迫您,如果李光然首长亲自给您打电话,您就说我和您通过话,并转告他,我是骁狼的副队长,我按照导演部的命令已经开始了作战,如果他要我回去,那么我们要是打了败仗,希望他能替我们承担责任。"

贺天高笑了,说:"李光然又不是我爸,我怎么敢和他这么说话?李光然也不是你爸,你的话我也不敢给他转达。他要是亲自让我把你召回来,我只能把你召回来了。"

电话那头的李瑾咂着嘴巴说:"要是把我召回去,那就让他来替我们打仗,我说到做到,所以即使他逼迫您,您也不能让我回去。"

在不用担心被召回之后,李瑾就成天提着鞭子,带着赵猛他们几个开着破旧的面包车,一路上不停地收羊皮,又把收回来的羊皮再卖出去,一个多月,手艺不精的李瑾非但没有挣到钱,反倒赔了几千块。而且只要他出现在小镇上,提着鞭子抽打羊皮的时候,那些企图以次充好的羊皮贩子就不愿再和他打交道,一个多月下来,周遭的羊皮贩子越来越少,他们都在传说,这里来了几个砸门面的家伙,特别是那个叫三哥的,一鞭子下去,再好的羊皮也能让他抽破,这哪里是收羊皮的,这是收命来了!怕惹事的羊皮贩子看见李瑾他们,就开始回避,但李瑾并不知道这些,更不知道周边十几个镇上,他已经像个恶霸一样被人们在背后议论着,而且引起了单骏的注意。

刺杀雷公鸣之后,单骏成天漫无目的地在戈壁滩周遭的小镇上转悠。一天他在一家羊肉馆吃饭的时候,听到有人在谈论一伙羊皮贩子的事情,他们说这个羊皮贩子眼光不咋样,但手里的那根鞭子,看起来应该是个羊皮世家传下来的。边上的人面红耳赤地喝着酒说:"那鞭子我认识,是羊圈子附近一个老羊皮贩子的家传物,老辈人管这鞭子叫'官家银',说不定,那个老羊皮贩子被这伙人给黑了,老哥,最近周遭来了许多生人,该不是咱这里发现了啥宝贝,抗铲铲的来挖宝贝了吧?他们装成羊皮贩子盯出路来了?"

"抗铲铲"是当地人对盗墓贼的称呼,因为盗墓贼使用的工具,大都是一把一米多长的铲子。单骏曾听马德龙说过,这里曾经有过不少盗墓贼。

但单骏也知道,这里为数不多的古墓早在几十年前就被挖空了,这个当口,突然冒出许多"抗铲铲"的,估计绝非这群羊皮贩子说得这么简单。部队要打仗了,黑豹和单犇牧、马德龙,还有自己和莎莎,来这里的唯一目的就是搅黄中国的联合军演。单骏的心旋即跳了起来,如果这里真的出现一群来路不明的人,无非两种情况:一种是中国政府的安保人员,他们化装成羊皮贩子,就是冲着单犇牧来的;另一种就是叔叔私底下安排了另外一股力量来搅黄联合军演。不管是哪种情况,都将对自己不利,雷公鸣如果这次没死,他还得找机会继续刺杀。但这群不速之客已经引起了当地老百姓的注意,万一他们是单犇牧的人,用不了多久,估计就会暴露;如果是中国政府的安保人员,他刺杀雷公鸣的计划将会受到巨大干扰。

单骏决定去寻找这伙来路不明的人。一大清早,他就先去了一个小镇上,专门盯着那些卖羊皮的牧民,直至中午,并没有出现可疑的人物。等头发蓬乱的李瑾和赵猛要把几张羊皮带走的时候,单骏也没有发现有什么可疑之处。但就在他准备离去的时候,他发现脏兮兮的李瑾突然拽了一把赵猛,从胳肢窝里伸出鞭子,悄悄地指着一个提着一包盒饭的年轻人在示意什么。

李瑾偷偷指着别人的动作引起了赵猛的注意,同时也引起了单骏的警惕。会意的赵猛冲着远处离去的一辆三轮车,装作突然发现了熟人的样子,一边喊一边朝三轮车追了过去,很快,他按照预期的计划,一下子撞到了提着盒饭的年轻人,并在爬起来的时候,把年轻人的盒饭打翻在地。

但赵猛并没有道歉,他爬起来之后一把揪住年轻人大吵起来,吆喝着要人家赔钱,李瑾和另外几个人蹲在地上,冷眼旁观。被纠缠的小伙子看起来束手无策,他和赵猛推搡着,却不停地看着楼上,等赵猛把他推翻在地,小伙子旋即一个鲤鱼打挺站了起来,做出要打架的样子。

于是李瑾和另外几个人也悄悄地站了起来,这一切都被单骏看了个清楚,他悄悄找了一个更适合的位置冷眼旁观。这几个邋遢的羊皮贩子确实是一伙来路不明的人,他们正在试探这个提着盒饭的年轻人。但单骏也没料到,李瑾面包车上的一个战士也发现了正在偷看他们的单骏,装扮明显不同于小镇居民的单骏脸色阴郁极了,车上的战士用望远镜清晰地捕捉到了单骏的表情变化。

三伙人在小镇上就这样相互纠缠在了一起。故意找碴的赵猛在那个提着盒饭的小伙一个鲤鱼打挺站起来之后，阴阳怪气地吆喝道："哎哟，练家子啊，吓唬我呢，赔衣服！"然后就去揪人家的短发，这一揪就揪出了问题，两人很快就打在了一起。单骏看得清楚，这两个对打的人，都是经过训练的人，而且用的都不是散打之类的寻常招数，他们用的都是杀招。紧张的单骏旋即躲进另外一个饭馆，坐下来继续观看。没多久，楼上下来一群年轻人，他们吆喝着推开赵猛，嘟嘟囔囔几句之后，就拉着他们的同伙上了楼。李瑾他们也拽着赵猛上了面包车，但当车子行驶到单骏的面馆前时，车子微微停了一下，车上所有的人一齐把目光投向单骏，单骏清晰地看到了赵猛的样子，大眼睛、黑脸、络腮胡子，眼睛里满满的都是杀气。

　　"面包车上的人记住了我。"单骏心里一阵嘀咕。

　　李瑾之所以能认出何玉凯的侦察兵，完全是因为何玉凯的侦察兵太像个兵了。这个提着盒饭的小伙子不仅走路像个当兵的，而且还留着军人特有的小平头。他急匆匆地走着，和别人相遇时，都会礼貌地让别人先走，过红绿灯的时候，他一直等到绿灯亮了才走，但小镇上的红绿灯其实就是个摆设。不用说，年轻人来自外地，他手里的盒饭，肯定是提给他的同伙的。所以李瑾让赵猛去试探一下，没想到一下子就给试出来了，楼上下来的几个人拉开赵猛之后，那个带头的小伙子用很严厉的眼神制止了想动手的同伙。

　　"他们要不是何玉凯的人，我都敢把脑袋卸下来。"面包车上，赵猛这样给李瑾保证。李瑾说等晚上的时候再来一趟，是狼是狗，咱得靠近了再看一次。对于一直偷窥他们的单骏，李瑾起先认为他不过是一个喜欢看热闹的人，但在面包车驶出小镇的时候，他发现单骏租了一辆汽车，一直在跟着自己。

　　晚上，李瑾留下赵猛和另外几个人守在宾馆，自己带着一个善于攀岩的士兵出去了。小店里有他们的军装和武器，留赵猛他们几个看守，李瑾心里踏实。

　　小镇一到夜晚，街道上黑灯瞎火，只有到处猜拳行令的吆喝声。流浪的野狗不时从垃圾堆里窜出来,它们早已习惯了夜晚嘈杂的呼号,所以李瑾他们悄悄靠近何玉凯侦察兵居住的小宾馆时,这些野狗并没有吠叫。两人在一处黑暗中,踩着宾馆的外墙,一寸一寸地攀爬了上去,他们没有放过任何一个房间。

一直搜索到四楼的时候,李瑾才在一间屋子里发现了何玉凯的侦察兵。靠窗户的桌前,端坐着一个年轻人,正在低沉而严肃地训斥着他的部下,他的部下笔直地坐在他面前的地上,一动不动。稍停了一阵,李瑾释然了,这些人确实是何玉凯的侦察小分队,训话的人叫黄浩,是武装侦察营的连长。

"群众纪律,一定要牢牢扎根在心里。一个老百姓把你的饭盒打翻了,有什么?要赔衣服,给他一百块钱。为什么要打架?我带你们下楼的时候,你们是要准备打架了?别以为我看不出来,我要是今天不在场,你们是不是准备群殴人家?打出了事情怎么办?让老百姓知道解放军打人,会有多坏的影响!我们是人民子弟兵,街上走的都是父老乡亲,有本事,留下力气打骁狼。不像话!好了,开始检查武器,擦枪!"那个叫黄浩的连长讲评完毕,这些人就从背囊里拿出拆卸开来的枪打开,在昏暗的灯光下上油,擦拭。

爬下楼之后,李瑾兴奋地给贺天高发了信息说,可以确定这是何玉凯的侦察部队,但贺天高一直没有回复。

贺天高没有回复李瑾,是因为那几天,柴胜华动不动就跑到文斗才的车上,要不就是安排华雨桐守在车上监督文斗才。柴胜华知道李瑾要联络贺天高,必须通过文斗才,所以他想逼着贺天高告诉自己李瑾在哪里。

等不到贺天高的回复,李瑾决定咬住何玉凯的侦察部队,爬下楼之后,他又听到了楼上猜拳行令的呼声,于是他就想放松一下。出门在外的日子,成天吃着羊肉,都说酒肉不分家,肉吃多了不由得想喝一口。于是他带着身边的兄弟在小镇上敲开一个商店,买了一小瓶酒坐在车上慢慢地喝着,想着心思。

父亲李光然让贺天高追回自己,贺天高要是真的把自己追回去了,今天他无论如何都不会发现何玉凯的侦察兵。远在南方的何玉凯都能派出一个分队,带着武器千里跋涉来到西北的戈壁小镇,而且带队的不过就是一个连长。自己都是副营长身份了,带着几个特种兵出来侦察,竟然能让李光然吓得把贺天高的职务给停了,还要把自己追回去。李瑾觉得这个十二岁以后就没见过的父亲,不光胆子小,还有些自私。如果不是他儿子带队外出,他会不会让特战旅把我追回去?部队演习都这么紧张,要是打仗,他让儿子脱下军装转业回家,还是盯着儿子去冲锋陷阵?但不管他是为了表现给我看,还是发自内心地心疼儿子,都没用。因为他在心疼儿子的时候,他儿子也在心疼他的母亲。

李瑾一个人在心里冷冷地笑着喝了一瓶酒,就觉得有些醉了。等他回到宾馆之后,他才知道赵猛在自己出去后没多久就出去了,而且到现在也没回来。李瑾寻思赵猛也许是一个人出去找酒喝了,估计是和自己一样,喝得有些发飘了,没关系,等他稍稍清醒的时候,他一定会回来。

迷迷糊糊的李瑾甚至梦到了赵猛在和自己喝酒。平时在特战队,李瑾是没有机会沾酒的,但是一出来,他就忍不住想抿几口,尽管他知道喝酒是违纪行为,但想酒的时候,他就忘记了纪律。或者说,他根本没把禁酒当回事,只要喝不醉,就不会影响打仗,但今晚,确实是有些多了。李瑾就这样似睡非睡,乱七八糟地想着。

天亮之后,李瑾守在窗户边上,还是没等到赵猛。派出去寻找赵猛的人都回来了,说他们没有见到赵猛。这时候着急起来的李瑾迅速下楼,发现小宾馆外边贴着一张告示,要求认领尸体。

李瑾这辈子就昏倒过一次,昏倒的时候其实一点痛苦都没有,摔倒在地上后脑勺磕在了一块石头上,血流了一地他都没感到疼痛。告示上的遗体正是失踪了的赵猛,当边上的人把他扶起来的时候,他冲动地冲着弟兄们吆喝道:"找那个盯梢的人!回去,摄像头上有他的信息。"

警察赶来的时候,李瑾已经失控了,他拿着从摄像头里提取的单骏头像,逼着警察调出街道上所有的监控。他还有五颗子弹,他一定能找到这个罪犯,让他一枪毙命。他坚定地告诉警察,凭直觉,赵猛一定是死在这个人手上的。

在得知李瑾他们的身份之后,警察们十分犯难,最后他们把这件事情告诉了当地武装部,武装部在核实了李瑾他们的身份后,迅速把事情汇报给了导演部。

李瑾是被武装部领导悄悄接到武装部里和李光然见上面的。等李瑾被拉拽着进入武装部电视电话会议室时,公安局和武装部几个领导已经等候着了。屏幕上的李光然非常严肃地向开会的人通报说,赵猛的牺牲确实和李瑾发现的那个暴徒有关,这个叫单骏的暴徒有非常复杂的背景,这个案子涉及国家安全问题,但现在不能打草惊蛇。他像无视李瑾的存在一样,只是简单地要求所有知情者必须保守秘密,不能再向任何人提及赵猛牺牲的事情,该干啥继续干啥。要是因为赵猛的牺牲,打草惊蛇,这个责任没人能担得起。

李瑾知道李光然最后的话差不多是冲自己叮嘱的,他讨厌这个板着脸训话的老人,但他又不得不服从命令。出了武装部,李瑾迅速带着几个侦察员换了另外一身衣服,而且把蓬乱的发型梳理得光滑可鉴,看起来,只是几个发了一笔小财的羊皮贩子。他还得去继续侦察,而且绝对不能让公安局的人一见到他就把他认出来,万一公安里有嘴巴不严的人,把自己指给何玉凯的部队,一个多月的忙乎就算白费了,赵猛也就白白牺牲了。所以他必须改变自己之前的羊皮贩子形象。

"要学会忍耐,要学会隐蔽,要学会一招制敌。"车上,李瑾像一个着魔的病人,机械地重复着上军校时教员一直唠叨着的这句话,他担心自己变得暴躁起来,让何玉凯的部队在自己的眼前溜走。

赵猛刚刚晋升为上士,这个喜欢惹是生非的莽汉在特战队的时候,连贺天高都未必服气,但他最服气的就是李瑾。赵猛不喜欢叽叽喳喳讲个不停的人,贺天高不是个叽叽喳喳的人,但却经常像个女人动不动就伤感,这让赵猛一直不舒服。他一直以为李瑾才是一个真正的大侠,隐忍决断,所以在跟着李瑾出来的时候,他曾告诉李瑾,只要他们心思细腻一些,就靠他们几个打破何玉凯的一个战斗单元,也不是不可能。自信的赵猛当然有这个能力,在许多不了解他的人看来,他和他的名字一样鲁莽冲动,但赵猛知道自己并不是一个冲动的人,就像他最终决定去跟踪单骏的时候一样,他清楚地看见了单骏手里握着一把枪。

在骁狼特战队,有两个人被认为有些偏执,一个是贺天高,另外一个就是赵猛。贺天高晚上睡觉脱衣服的时候,每次都会仔细地按照顺序,把脱下的衣服依次放在床头，一起床，就先穿内衣，其次外套，最后是鞋子帽子武装带，多年来不管他的情绪如何变化，这个习惯从来没有改变过。赵猛的偏执主要表现在执行任务的时候，一旦发现什么让他不放心的苗头，他一定要查个水落石出，否则他就无法安心。

那天晚上李瑾带人出去的时候，赵猛把羊皮包裹着的枪分发给众人，然后盯着大家把匕首抽出来压在枕头下边，这才开始悄悄给窗口和楼道安装摄像头。他们孤身外出，又不能安排哨兵，所以晚上睡觉的时候，都会安装上微光摄像头，然后安排哨兵盯着监视器轮流放哨。

就在赵猛躺在被窝，把监视器放在自己面前的时候，他看到了单骏。单骏先是站在楼下盯着窗户看，然后抽出一把手枪，试探着要从窗户边上爬上来，赵猛悄悄地握住匕首，等着单骏出现。他不知道这个长发年轻人跟踪他们的目的，但看得出来，这家伙绝对不是何玉凯的人，那么可能就是已经发现他们身份的暴徒，目标是他们的枪。但单骏爬了一会儿，似乎预感不妙，突然跳下楼离开了。赵猛来不及和其他兄弟交代，就摇醒了下一哨的一个战友说："盯着，盯紧！我出去一会。"

赵猛拉开门，拿了一把匕首从三楼楼道的窗户跳了下去，不料单骏刚好从这边的窗户下过来，单骏先是一愣，然后迅速逃离了。这一跑，让赵猛越发觉得这个长发青年有问题，他低沉地吼叫着，脚下不停，追了过去。但是他发现，这个长发青年似乎也是一个练家子，接连翻越了许多围墙，径直进了一个废弃的水泥厂。

其实赵猛在追进水泥厂的时候，稍稍犹豫了一下，如果他立即停下，呼叫战友来帮忙的话，他肯定不会有事。但这个念头一闪就过去了，他想，如果呼叫战友过来，万一惊动了何玉凯的人，那就完蛋了。他寻思自己未必抓不住这个拿枪的家伙，只要肯下杀手，说不定这个可疑的家伙用不了多久就会在自己刀下毙命。于是赵猛一手握着匕首，一手摸着墙壁悄悄跟着单骏进了水泥厂的厂房。

赵猛确实原本不用牺牲。但因为他不能确定单骏的身份，担心杀了一个罪不至死的坏人，即使是一个必须被处死的罪犯，自己只是一个当兵的，他没有任何权利去宣判这个罪犯的死刑。如果他真的杀了这个罪犯，万一有人追究起来，从雷公鸣到贺天高，都将为此受到牵连，说不定自己还得背负一个杀人犯的罪名。赵猛的担忧像绳索一样，把他牢牢地绑了起来，在他闭上眼睛之前，他才痛悔自己太过谨慎，或者说太过愚蠢。那一刻，他想到了雷公鸣、老王头、柴胜华，还有贺天高和陈斌。他眼前像过电影一样闪现出这几个领导的样子，他们喋喋不休地训斥着他和他的战友们，说："你们要牢牢地给我守住纪律，千万不要惹是生非。"于是他在临终前无奈地笑了一下，然后靠在一个冰冷的铁器上丧失意识了。

在水泥罐边上，赵猛和单骏终于交手了。赵猛一边打一边问单骏，为什么要跟踪自己，但单骏并不答话，他拿着一把锋利的短刀径直对着赵猛的脖颈、心脏、大腿内侧凶狠地又是刺，又是割。等赵猛和单骏交手了一阵，并被一刀割裂了右手的肌腱之后，他发现这个并不答话的陌生人下的都是一刀毙命的狠招，这时候他才知道这个人想要他的命。但此时并不习惯左手握刀的赵猛已经明显处于下风，他被单骏的匕首先后刺中了肩窝和小腿，等他再打起精神准备拼命的时候，单骏的刀子已经掠过了他的咽喉。那一刻，赵猛感觉已经控制不住自己的身躯，一个趔趄就靠在了冰冷的水泥罐上，然后无论如何用力，都没能挺住沉重的躯体，他已经无法呼吸，他望着单骏黑黢黢的身影，扔下了自己的匕首。他知道今夜这个人世间将从此没有赵猛，那么多没来得及做的事情，都已经无法再去做了。于是他苦笑了一下，当他的笑声从咽喉里带着血沫发出来的时候，单骏有些惊慌，他顾不得看赵猛是不是死了，旋即转身逃走了。

空旷的水泥厂里回荡着单骏的脚步声，赵猛什么也不知道了。他想大声吆喝，用自己愤怒的呼号让自己站起来，给战友们发个消息，但这个念头仅仅一闪，巨大的疲惫感让他放弃了呼号，此时，他只想安静。

35

秋天不知什么时候来的，从来没人注意过。汽车行驶在戈壁深处，冰冷的风从突击车的缝隙中吹了进来，如猝不及防的冰凌跌落在裸露的皮肤上，车内的人不由自主地缩了脑袋，拉起防风面罩把脸和脖子挡住。

"今天是 9 月 27 日，战斗最迟会在 10 月 1 日打响。今年国庆不放假，如果打了胜仗，元旦的时候，咱们就回旅部，在城里过节。"贺天高通过单兵呼叫器把今年在特战旅本部过春节的想法告诉每个人的时候,大家这才知道,再过三天就是国庆节了。

难怪今天晚上的风这么冰凉,国庆节前后的戈壁滩,气候其实已经进入深秋了,只是这些忙碌的士兵们根本没人注意戈壁滩的草早已经微微发黄。

今天是 9 月 27 日,最迟三天后,战斗就会打响,这一次,贺天高通知给大家的日子是真实的。熟知各种演习方案的葛念念原来并不知道部队打仗的时候,竟然会把时间改变,比如说今天明明是 10 号,但特战队常常会把手表的日子提前或者推后几天,然后说今天是 5 号,最终在打仗的时候,即使敌人窃听到他们将在 15 号有什么大动作,也没关系,因为敌人听到的 15 号根本就不是真正的 15 号。就在这种虚虚实实的招数中,一般打起仗的时候,作战双方就再懒得理会对方的部队约定的时间了。

这一次,贺天高之所以不能改变时间,是因为他没联系到李瑾,李瑾的时间目前和自己还是同步的,如果改动时间,李瑾接到情报后,就会和自己行动不一致。

部队决定离开驻训地的时候,葛念念和华雨桐知道,绊住贺天高腿脚的绳子已经剪断了,作为潜伏的导调员,她俩有一半的任务已经完成。虽然她们的任务是只监督特战队在对抗何玉凯的时候不要造假,但到了特战队之后,贺天高一会被撸下来,一会又被扶上去,这就足够让葛念念和华雨桐操心了。葛念念她们原本只是担心打仗的时候,万一骁狼特战队造假,她们用什么方式汇报给导演部,根本就没想到在这个级别不高的部队,竟然还有一群人围着"是不是真的开战了"这么可笑的话题而争论,并且把相信已经开战了的贺天高当成猴子一样折腾了这么久,理由还十分冠冕堂皇。

"柴胜华要是指挥了演习,这场演习就没有意义,劳心劳力,费钱费时间,让一个合成旅千里机动到这里,打一场没有意义的仗,真是糊涂。"华雨桐说道。

"为什么?"葛念念问道。

"柴胜华要是输了,何玉凯就赢得太轻松。"

"为什么？"

"柴胜华本事不济。"

"何玉凯要输了呢？"

"更没有意义。"

"为什么？"

"连柴胜华都打不赢，要何玉凯的合成旅有屁用，还不如解散了。如果贺天高指挥不了这场演习，问题就大了。"

"为什么？"

"带兵打仗的人上不了战场，你说为什么？念念，你长脑子没有？要是没人帮贺天高恢复队长职务，那就是没人和贺天高一条心。你不害怕啊？你犯花痴犯出毛病了啊？总是为什么为什么，睡觉！"华雨桐把压在枕头下的头发拉出来捋顺，然后开始了均匀的呼吸。

"为什么？嗯，为什么？"葛念念直至被华雨桐扔过来的一个枕头砸中，她还在唠叨着。这个年轻的女孩一直疑惑当兵就得打仗这么简单的道理怎么在有些人眼里变得这么复杂，她没有犯花痴。

其实那段时间，葛念念已经打消了要在特战队物色白马王子的想法。这个热得快也凉得快的女孩在贺天高向自己倾吐了情感之后，忽然发现贺天高原来是个渴望被抱在怀里的婴儿，而且他对抱他的人有着常人难以企及的要求。她觉得这是一种自私的情感，这种人不会付出。

但后来她才知道自己没有看透贺天高。贺天高踏着戈壁的碎石一遍遍找她的足迹时，葛念念觉得自己的心都碎了，她心里一片空白，除了悲伤，还是悲伤。

"感情这种东西要依靠一个人的外在表现去发现，这简直是说胡话放屁。"那天哭过之后，葛念念心酸地想道。

也许，感情的表达一直因人而异，它根本就没有任何可以参考的规律，所以这个世界上才充满了许多凄美的误会、凄美的无奈、凄美的悲剧。

可是这个凄美的悲剧不幸地发生在自己的身上了。

接到离开驻训地的命令，葛念念就知道，打完仗，她们就得离开特战队。这里并没有给她们留下预期的惊喜，所有人都把她俩当成梁军需或者呼延碧,和她们不冷不热地说话、训练,没有预期的浪漫,也没有英雄护美,所有的日子都平淡无奇。反倒是在骁狼特战队内部,黑蝎子对兵王的那份情感,让她们知道,这是个有人情味的地方。

收拾行李的时候,葛念念把给导演部通风报信的手机拆开装进了背囊,这将是她最后一个晚上待在这个曾经让她欣喜若狂的地方了,战斗一结束,她就得回到导演部,再离开戈壁,离开大西北,至于以后还能不能来,那得看有没有缘分了,即使再来,这里还是不是今天的这种模样,贺天高他们也不知道还在不在部队。

葛念念有些伤感,她匆匆跑下楼,去院子里掬了满满一抔沙土装进一个塑料袋绑好,然后神不知鬼不觉地把一袋子沙土装进了背囊。如果说离开这里有些不舍,她不舍的也许就是这片沙土地。沙土从来没有嫌弃过她是一个打不了仗的女孩,也从来没有嫌弃她是一个外来者,任由自己踩踏,任由自己不开心的时候用脚踢。放进那些沙土的时候,葛念念莫名其妙地想,这一抔土,不知道贺天高的脚有没有踩过,或者是他曾经坐过的地方,有过他的体温,甚至滴落过他的汗水。她有些羡慕华雨桐,这个一直嫌弃自己唠叨的大姐姐一来特战队,就遇到了黏糊糊的文斗才,至于她是不是喜欢文斗才倒在其次,关键是人家有这个傻兮兮的文斗才纠缠着讨好她。

把背囊放进库房,葛念念碰到了梁军需,梁军需正在检查贺天高和陈斌的背囊。部队打仗的时候,后留物资十分重要,每个人的背囊里都会留一些私密的东西。梁军需正在检查贺天高的物资,看有没有没来得及留下的东西,比如遗书。葛念念进去的时候,梁军需正专注地拿着几页纸翻看着,葛念念就悄悄地躲在他背后去看,却发现这是贺天高写的几页诗歌,鬼使神差的葛念念趁梁军需不注意,从其中抽了一页纸说:"你个小家伙敢偷看领导的秘密,这个我没收了。"

梁军需是个大方的孩子,何况贺天高的诗稿在他这里写就是一堆废纸。葛念念既然想要,就给她。于是葛念念拿着诗稿看了看,然后装进了口袋。

她不知道自己为什么要这么做,她现在已经不喜欢贺天高了,而且之前喜欢贺天高,无非是因为他长得帅、名气大。但到骁狼这么久,她才发现这个原来以为的浪漫诗人,只不过是个撞死过野兔的树桩,除了腥臭,就是毫无生气。但在看到这张诗稿的时候,她忘记了这个腥臭的树桩,好奇心让她忍不住又一次想窥视这个可怜的男人。

汽车悄无声息地行驶在戈壁滩,葛念念觉得身上轻松了不少。虽然要面对一场战争,但和骁狼特战队所有队员一样,她嗅到了自由的味道。

"不管用什么办法,只要能把何玉凯的两个战斗单元击破,骁狼特战队就圆满完成了上级赋予的任务。剩下的事情,也许后续赶到的部队会把何玉凯的残兵败将全部歼灭,我们只是一颗子弹,只需要按照指挥部的要求,完成任务即可。"一路上,贺天高都在给他的队员鼓劲,他像不知疲倦一样,语气充满了强烈的自信。

离开驻训地前,兵王专门带了治疗心脏的药物。

装药的口袋,原本是装雪茄的,但这次出门,药显然比雪茄重要。但雪茄该放在什么地方?最后想了想,他还是把雪茄放在了贺天高房间的桌子上。他寻思自己万一回不来,这根雪茄可不能从此遗失了。

也许他想多了,不就是一场演习嘛,真刀实枪的仗,他在国外都遭遇过,也没费多少力气,就把那群"匪徒"给收拾了,解救了一个排的友军。雪茄是人家国家领导人在酒会上赠送给自己的,那天端着红酒品尝的时候,人家都是用嘴巴抿,他一口就是一杯,最后提着酒瓶给自己倒,三瓶下肚才有了一点感觉。然后就在那个国家领人的小房子里坐下聊天,酒劲上来之后他冲着吸雪茄的领导人说:"你抽的是什么卷烟,味道香,给我来一支尝尝。"翻译把兵王的话说给领导人之后,这个领导人开心地笑了,他说他从来不会给别人赠送烟草,这不健康,但幽默的兵王分明是在批评自己。于是兵王就拥有了一个木盒装的雪茄。木盒看起来并不精致,似乎还涂抹了沥青,但这是一个国家元首赠送的礼物,他必须拿上,这是难得的荣耀。

回国之后,厚脸皮的雷公鸣和老王头还有闵一礼把那盒雪茄给瓜分了,最后只剩下一根,没多久就开始干裂破损,闵一礼说这种雪茄要保湿,咱这里太干燥。于是兵王就用保鲜膜把雪茄包裹了起来,包得像一个浑身鲜亮的木乃伊一样埋在了胸口的口袋。每次出去打仗,他都格外小心,担心把雪茄压坏。别小看这根雪茄,这是荣誉,也是护身符。但今天,他必须带上药,小心行得万年船。

登车时华雨桐凑了过来,兵王觉得这个丫头有意思,眼睛毛茸茸的看起来十分漂亮,和那个碎嘴巴的念念不一样,别看她话少,她心里比谁都明白。兵王上车的时候,华雨桐悄悄攥住了兵王的手,她的手小,兵王手掌大,所以她最终只能攥住兵王的几根手指头。兵王知道,这个丫头是心疼自己,也担心自己,要是打仗结束了,自己退休了,得给这个丫头找个可靠的小伙子,文斗才太黏糊,不成。就在他这么胡思乱想的时候,文斗才不知什么时候坐在了对面,嘟着嘴把华雨桐的手指掰开,然后把人家姑娘的手攥在了自己的手里,奇怪的是这个不太说话的女孩竟然没有反对,得寸进尺的文斗才挤在了他和华雨桐中间坐下。如果文斗才能娶了华雨桐,这小子就有福气了。文斗才心里没数,但是找一个心里有数的老婆,将来的日子就能过得舒坦满足。问题是文斗才比华雨桐小,以后文斗才会不会老是受华雨桐的气?从他悄悄观察的情况来看,就算这两个成了,文斗才一定是家里的奴隶,华雨桐的裤衩子估计他都得给洗干净了,没出息!

汽车摇晃着前进的时候,兵王感到了一丝困意,没多久竟然睡着了,这是他半辈子以来,头一次在出征打仗的时候睡着了。

部队出发之前,贺天高专门把呼延碧和周虎、黑蝎子,加上梁军需安排在了一起,并悄悄叮嘱周虎要盯着呼延碧,他担心战斗一旦打起来,从来没见过这种阵仗的呼延碧会被吓尿,或者被何玉凯的人活捉。

汽车一路颠簸着前行,呼延碧有些心不在焉,一旦开战,他将无法再和莎莎取得联络,他得想办法逃出去。无精打采的呼延碧让周虎以为他是害怕了,于是周虎拉着脸一路给他讲特战队打仗时的各种英勇和生死相依的兄弟情,安慰他不要担心,就算他真的跑不动了,只要有他周虎在,背也把他背回特战队。周虎最后把自己的巧克力全部掏出来,塞进呼延碧的口袋,说:"你就是害怕吃不饱,我的巧克力全部给你,但是你得注意节省着吃,要是十天半月没一口吃的喝的,一口巧克力就能救你一条命。"

呼延碧感激地接过周虎的巧克力,却被黑蝎子一把夺了过去。黑蝎子说:"这巧克力先别给他,他的巧克力也得没收,等他吃完了牛肉干,实在没什么吃的时候,我再给他,得给他定量,要不然不出三天,他身上保证再找不到一口吃的。"呼延碧看着黑蝎子冷飕飕的眼睛,委屈地笑了一下,然后就垂下脑袋,慢慢地打起了呼噜。

"得把这个胖家伙照顾好。"周虎看着已经熟睡的呼延碧,悄声告诉黑蝎子。但这句话还是让呼延碧听到了,装睡的他发现部队一出动,他就被周虎、黑蝎子和梁军需给盯上了,他得伺机逃跑,但估计也只能骗骗梁军需。这个眼睛像葡萄一样乌黑发亮的新兵,为人单纯善良,比较容易上当。就他了!呼延碧暗暗下了决心,不管贺天高、陈斌、柴胜华,甚至整个骁狼特战队到时候因为他的离去会有多么愤怒,他管不着了,他必须去联络莎莎。

天色微亮,骁狼特战队全部人马悄悄集结在距离驻训地三百多公里的一个山洼中间。这里的北边,是曾经决堤的黄河漫灌过来而形成的一望无际的湖泊,茂密的芦苇荡里栖息着许多不知名的水鸟,湖泊再朝北,就是一条简易公路了。山洼的南边,是连绵不绝的大山,东边是一座肉眼看得见的城镇,西边是一望无际的戈壁。

贺天高之所以把部队驻扎在这里,是因为这里似乎是一片绝境,但其实特战队从东南西北各个方向都可以自由出入,但外来的部队因为不熟悉这里的地形,一旦有一点点动作,就会被外人发现。湖泊的芦苇荡里有许多水鸟,但是贺天高经常让大家含着一根塑料管子,从湖边潜水到公路边上,芦苇荡里的水鸟甚至都不知道水下有人过去,看起来都是悬崖峭壁的大山,也有一条他们经常翻越的羊肠小道。至于城镇,晚上的时候,也有一条很少碰到行人的小路。

从驻训地离开的时候,贺天高有几次差点碰到何玉凯的大部队,要不是狡猾的文斗才多次入侵何玉凯的情报系统,最终迂回着绕开,骁狼特战队极有可能被何玉凯发现。

路上,当大家知道何玉凯的大部队就在周遭的时候,柴胜华像一个做错事的孩子一样,咬着牙唇任由文斗才讥讽。每次逃离何玉凯的侦察范围,文斗才都要阴阳怪气地说:"各、各、各位领导,没有上级的指示,要不咱们就别跑了,怎么样?"

柴胜华知道,看起来憨厚老实的文斗才这是在借机挖苦自己,但他没有一点办法。他们一共躲开了何玉凯的五次侦察，每一次逃离之前，文斗才就会一个字都不变地说这么一句，临了还要装出询问大家意见的样子。第四次逃离的时候，陈斌忍不住在文斗才的脖颈后抽了一巴掌骂道："不放屁，能把你憋死？"没想到文斗才要起了死狗，他似乎被陈斌一巴掌打晕了，一头歪倒在电脑上，眼睛睁着，口水顺着嘴角呼啦啦地流了出来。文斗才确实是有些表演天赋的，挨了一巴掌之后，他先是脖子僵硬地慢慢转动过来，一脸吃惊地看着陈斌，然后脸上的表情凝固了，他似乎在竭力支撑着身体，但还是扑通一声，一下子歪倒在电脑上，他死鱼一样的眼睛在通信车炫亮的灯光下，似乎一点都感受不到灯光的刺眼，然后，口水顺着嘴角流了出来。

陈斌显然被文斗才吓着了，他疑惑地看看自己刚才抽过文斗才的那只手，寻思不就是不轻不重的一巴掌吗？难道这一巴掌下去，把文斗才的颈椎给拍断了？吓坏了的陈斌叫着文斗才的名字，柴胜华拉起他的胳膊，但此时文斗才的胳膊已经软塌塌地没了一点反应，车上所有人都惊呆了，面面相觑。

"真胡闹，你打他干啥？他要骂我就让他骂，你打他干啥？呼叫梁军需！"柴胜华恼怒地冲陈斌大喊起来。一边的贺天高也愣住了，不知如何是好，最后他决定迅速安排一辆车，送文斗才去医院，其余人按计划继续行军。等安排妥当，贺天高翻开文斗才的包裹，抽出他夹在刀鞘里的纸条，这是文斗才通信车的密码。

文斗才通信车的密码，也是骁狼特战队打开通信系统的密码，如果文斗才牺牲了，贺天高或者陈斌就得去接管他的通信装备，并重新安排人来担任通信专员。贺天高当着众人的面把文斗才深藏不露的密码拿了出来，陈斌知道，事情闹大了，他半开玩笑的一巴掌，把自己兄弟的颈椎拍断了，打完仗，他就去找旅领导，无论怎么处理他都行，而且这辈子他必须把文斗才养起来，帮助他康复，还要像赡养自己的父母一样，给文斗才的父母养老送终。陈斌甚至都想到了如何去做妻子的工作，如果妻子不同意，那他就只能和妻子离婚。

陈斌心疼地抱起文斗才，刚让他平躺在车上，三个警灯同时闪烁起来。电脑显示，在距离他们大约十五公里之外，发现了何玉凯的武装直升机；在距离三十公里开外，一架无人侦察机正朝这个方向过来；还有一个不知道距离的位置，发现了何玉凯大功率的雷达。对于信息侦察，贺天高也只略知一二，他无法判断何玉凯的直升机和无人机将会朝哪个方向过来。无奈之下，他通知部队迅速就地疏散，所有人员离开汽车，寻找可以藏身的地方。

文斗才被抬着跟随指挥部进入了一个不足一米深的山洞，大家都在等着何玉凯可能突然扔下炸弹的直升机，并寻思着如何咬住何玉凯，哪怕拼尽所有人，也得打掉何玉凯的一个战斗单元。兵王带人架起了专门打击直升机的单兵导弹，使大家感到一场异常悲壮的战斗即将展开。

梁军需赶到文斗才的身边时，柴胜华正在接受陈斌和黑蝎子的批评。一贯温和的陈斌挖苦柴胜华干涉特战队的指挥权，不仅没能让特战队在何玉凯到来之前，把部队隐蔽起来，而且还让自己成了打残文斗才的罪人。黑蝎子说自己只是一个士兵，他没有任何权利去批评上级，但在被何玉凯像轰炸难民一样把特战队全部轰炸完之前，他必须说出已经让他憋了很久的话。

"老队长，叫您老队长，是因为我还对您有感情，所以我说什么，您介意也罢，不介意也罢，那是您的事情，说不说，是我的事情。"黑蝎子拿出一支录音笔打开，对着录音笔说话，并不看柴胜华。

"说！"柴胜华知道黑蝎子会有非常难听的话说出来。

"你和闵副旅长一模一样，打仗就是为了讨好上级，就是为了让上级看你有多能。你能什么能？磨骨山你让兵王像一头猪一样被人抬走，驻训地里你又让旅长对兄弟们展开了一次屠杀，你口口声声说要练兵打仗，你替谁打仗？我看你一直在替敌人打仗，你就是第五纵队，你和闵副旅长一模一样，完毕。这是黑蝎子在绝杀死地中的遗言，如果黑蝎子战死，杀死黑蝎子的不是何玉凯，而是特战队的老队长柴胜华！"黑蝎子冷漠地把录音笔装进了口袋。

柴胜华一直听着黑蝎子说完，他准备跳起来一脚把黑蝎子踢翻，但最终忍住了。无论黑蝎子怎么侮辱自己，这都不重要，重要的是他确实延误了战机。如果贺天高早早控制了骁狼特战队，说不定特战队已经摸到何玉凯的指挥部跟前了。柴胜华准备在打完仗之后，和黑蝎子认真地谈一次，最好能在骁狼特战队所有官兵的面前谈一次，他柴胜华和闵一礼不是一路货色，闵一礼一门心思为了当官，整个集团军的人都知道，我柴胜华是不是为了讨好上级，你黑蝎子不懂，你懂个屁！军人的天职就是服从，我柴胜华如果不以上级的命令或者喜好为原则，我就不是一个合格的特战队队长，更不会成为一个合格的副处长。什么是讨好，什么是服从，你黑蝎子一辈子也不会懂，因为你没有当过队长，也没当过副处长，我得顾全大局，我得让上级找不出我特战队一丝一毫的毛病。

柴胜华翻江倒海地寻思着将来如何和黑蝎子掏心掏肺，梁军需却像根本没看见黑蝎子对他的侮辱一样，躲在一边专心地给文斗才诊断。梁军需在大学里学的是医学，尽管他只是一个学生，但医术确实是有一点的。他掰开文斗才的眼睛看了看，又摸了摸他的脖子，最后脱下了文斗才的战靴，抽出匕首，用尖锐的刀把对着文斗才的脚掌心划拉下去的时候，文斗才的脚趾微微地动了一下。心里有了底的梁军需寻思了一阵，揪下了一根细细的野草，捅进文斗才的鼻孔，轻轻地转动。所有人都不知道梁军需奇怪的医术到底有什么用，但旋即，文斗才突然在一个剧烈的喷嚏过后，一骨碌坐了起来。

梁军需扔下手里的野草，轻笑了一声就离开了。文斗才看着震惊的众人，缓缓垂下了头说："没有我文斗才，你们就乱成了一锅粥，还打我，哼，这就是惩罚，才开始。"

贺天高终于松了一口气，陈斌恼怒地对着文斗才就是一耳光。挨了打的文斗才恼怒地吆喝道："还打，再打就真给打死了！"但吆喝完之后，他发现所有人都不再理他。

"我知道你们在想什么，我让你们委屈了一阵子，你们就不愿意了？我委屈了两个多月，你们谁关心过我？雷达说关闭就关闭，通信车说关门就关门。谁是特战队通信专员？你们以为我就是个玩电脑的？研究打仗不叫我，告诉你们，信息化战争，我文斗才是神经、是眼睛、是鼻子、是嘴巴，你们只不过是拳头，是子弹。还把你们能得不行了，打我干什么，我就是那么好欺负的？"文斗才站起身子，倔傲地冲潜伏的士兵们大喊了一声道："上车，继续前进。何玉凯现在正朝驻训地营区赶呢。"

车队最终又黑着灯，悄悄朝着集结地行驶了过去。

其实文斗才是在跟柴胜华斗气。在部队撤离之前，他未经贺天高他们同意，悄悄在驻训地营区伪装了足以让何玉凯上当的通信网络。贺天高他们看到的武装直升机、无人侦察机和大部队，那时候正朝着骁狼特战队的营区赶去。心知肚明的文斗才这才敢在挨了一巴掌之后装死，他想让所有人从此都记住，他文斗才不是个普通角色。

天色微微泛白，何玉凯和霍长青已经带人悄悄包围了骁狼特战队驻训地。

合成旅进入戈壁之前，向北一直盯着他们的信息大队，企图发现一些特战队的蛛丝马迹，直至他们进入戈壁，信息大队没有发现任何与特战队有关的情报。向北起初以为，贺天高他们已经把自己早早隐蔽了起来，但在合成旅刚刚疏散不久，信息大队终于捕捉到一个极有价值的情报，眼睛熬得通红的向北发现，在戈壁滩腹地，有一架侦察雷达正在不停歇地运转，期间还夹杂着一些莫名其妙的电磁信号。经过他和何玉凯等人的分析，向北果断地判断，骁狼特战队至少还有一部分人留在营区，他们正在和外界联络。

于是向北忍着对何玉凯的怨气，调整完自己的情绪之后，请求何玉凯派人摸向雷达发射信号的地方，那里估计是特战队的大本营。

何玉凯不大相信特战队在开战快两个月之后，还能守在营区，但信息大队捕捉的情报分明显示，在特战队的营区，确实有一部分人正在焦灼地呼叫另外一支部队，问是否发现了何玉凯的人马。

稍稍思考一阵之后，何玉凯决定亲自带上霍长青一起出发，去包抄贺天高的特战队本部，但他的这个决定很快受到了旅指挥部的集体反对。政委训斥他说："你一个旅长，仗还没打起来，你就带上侦察营外出，万一你被击毙了，这个旅谁来指挥？"但是何玉凯不相信自己会被击毙，霍长青不会把他暴露给敌人，就算遭遇了埋伏，依靠他何玉凯和霍长青的本事，脱身不算什么难事，他毕竟是特种兵指挥学院军事教研室主任，不是一个简单的教书匠。最终，政委拗不过何玉凯，只能让他出动。

其实政委不知道何玉凯还有另外一个想法，当他知道开战快两个月了特战队竟然还有人守在营区的时候,他伤心极了。这个一直把自己当成教书先生的代理旅长,知道自己这辈子永远没机会实现带兵打仗的理想了,唯一能让自己一肚子学问在战场上发挥作用的,只有通过自己的学生。但他一直以为的最优秀的学生贺天高在开战已经快两个月的时候,还麻木不仁地守在营区寻找敌人,何玉凯就像一个一辈子押了唯一赌注的赌徒一样,临终老的时候,才发现自己押错了赌注,如今连想翻身再赌的机会都没有了。他悲哀极了,他希望自己能迅速出现在贺天高面前,把这个自己看走眼的学生一举歼灭,权当他在军校里从没教过这么没出息的东西。

距离特战队驻训地差不多十公里的时候,霍长青放飞了一架无人机悄然飞到了驻训地营区的上空。但奇怪的是,这里的侦察雷达信号一直没有中断,可却对突然出现的无人机竟然没有做出丝毫反应。而且无人机传回的图像显示,此时的骁狼特战队营区空空如也。

猝不及防的何玉凯顿时感觉血液凝固了,脸部冰冷麻木,整个脑袋瞬间一片空白。政委口口声声吆喝的"你万一被击毙了怎么办"的声音似乎一直在耳边回荡着,秋天的凉风顺着脖颈灌进来的时候,他觉得浑身发冷。

为贺天高愤怒了一路的何玉凯此时已经顾不得学生是否成器了,他必须迅速撤离,否则就可能会被神不知鬼不觉的一支狙击步枪一枪毙命。他来不及感慨贺天高到底是自己的高徒,能把电子信号伪装得这么真实,反反复复不停歇的对外联络中,暗语中的语气,甚至发报的节奏都让人感受到特战队营区的发报者有多么焦躁。但营区竟然空无一人,这是一个坏透了的陷阱,他们打算在这里把自己一网打尽。

"保护旅长,撤!旅长从哪个方位受伤,哪个方位的指挥员就给我脱下军装滚蛋!"狂躁的霍长青以从未有过的利索向下级传达命令,于是瞬间所有车辆排列成了一个三角队形,把何玉凯的指挥车夹在中间,一路没有目标地狂奔了出去。

霍长青担心不远处会突然杀出骁狼特战队仅有的六十人。如果有几枚导弹过来,旅长和自己就会"出师未捷身先死"。自己"死"了,没问题,武装侦察营原本就会比其他部队要先走一步,但旅长要万一被打"死",他霍长青从此就是合成旅甚至是集团军的罪人。

一路没有目标不知狂奔了多久，闻讯而来的装甲大队急匆匆地赶来接应上何玉凯他们之后，霍长青才惊魂初定。回到指挥部，何玉凯也来不及感慨贺天高的狡猾了，这一刻，他首先想到的是撕破脸皮，和贺天高干一仗。

中午的时候，霍长青急匆匆地跑来，说发现了骁狼特战队大部队，而且距离装甲大队不远。那一刻，走出指挥部的何玉凯心里突然冒出一股火，他觉得，再心疼学生的老师，一旦在战场遭遇学生，那就是死敌。站在帐篷外边，他发现天上鲜红的太阳此时如同一个白花花的馕饼，丝毫没有刺眼的味道，再盯着太阳看看，那一坨太阳竟然不知什么时候开始，变得像一弯镰刀，刀刃朝下。上午还温热的戈壁风，此时竟然让人有了一丝丝寒意，就像天空悬着的镰刀轻轻地在皮肤上拉动。

第十二章　火的光

36

在这片神秘苍茫的戈壁滩上，大自然没留给大地太多的生命，却把让一切生命都猝不及防的季节变化留了下来，让所有贸然来到这里的生命苦不堪言。

被抬到担架上的时候，晴朗的天空开始阴沉起来，伴随着一股股冰冷的秋风，零星的雨点飘了下来，雨虽然不大，但雨滴却带着渗入骨头的寒意，砸落在李瑾带血的脸上和身上。抬着担架的救护人员下山的时候，天地之间已经是一幕看不到边的雨夹雪了，所有人都冻得缩成了一团，失血过多的李瑾在饥饿和寒冷中没来得及上救护车，就昏了过去。

在病床上的第二天，眼睛包裹着纱布的李瑾听到了李光然的声音，虽然两人有十多年没见过面，但李光然毕竟是自己的父亲，他的声音熟悉而遥远，像无数次在睡梦中出现过的那个声音一样。

李光然站在病床前，细细地打量着眼前略显沧桑的小伙子。他还没来得及梳洗的头发蓬乱肮脏，脸上的胡须有两寸多长，半跪在床上，搭在膝盖上的手指关节粗大，每一节手指上的皮肤像蛇的鳞片一样，带着白亮的光泽，鳞片的边缘，死去的皮肤干燥地翘起，随时准备从手上脱落，十个圆圆的指甲枯燥厚实，像死去的乌龟被风干了的壳。

李光然不敢相信，床上的儿子是个二十多岁的青年。最后一次见他的时候，他才十二岁，可是十几年过去，一个少年就粗粝成了一块石头。李光然不敢再说什么，他担心这个倔强的逆子把自己轰出去，让他无法再细细端详他。就这样，李光然静静地站在床前，李瑾静静地坐在床上，一直持续了半个多小时，李瑾蒙着的双眼一直"盯着"李光然，李光然的眼睛几乎捋过了儿子的每一根头发。

"特战队看来要赢了。"李光然最终打破了沉默，他克制着情绪，努力把自己扮演成一个普通的上级，或者一个观战的局外人。

"我知道。"沉默的李瑾终于说话了，他微微调整了一下姿势，给李光然在床边腾了一块地方。

"让我……坐?"李光然有些受宠若惊，声音颤抖了起来。李瑾继续朝后挪了挪，粗糙的双手细细地抹平了床单。李光然坐上去的时候，无法再保持冷静，他猛然间张开双臂，一把把儿子搂进了怀里。这个逆子竟然没有反抗，他慢慢地把手搭在了父亲的肩膀上，然后一寸一寸地抚摸了起来。

如果他不是个瞎子，也许今天的他依旧不会让李光然把自己揽在怀里。他把年幼的自己和母亲抛弃在家里，并让母亲患上抑郁症，这个寡情的男人如果渴望儿子能给他天伦之乐，那他就应该想一想母亲。这个世界上没有一个儿子可以忘记母亲!

但是他瞎了，爆炸过后他曾经试探着去摸自己的眼睛，那里已经血肉模糊，挂在脸颊上的似乎是眼球，冰凉地撞击着颧骨。那一刻他突然想到了父亲，原本他想在父亲垂老的时候，再去他的床前，细细地打量那个抛家舍业的男人，给他讲述自己成长的故事，然后再给他养老送终。养老送终只是感念他把自己带到了这个世界上，讲述他成长的故事，只是想让寡情的父亲知道，他扔下的这个小子自己长大了，成才了，然后让他欣慰也罢，惭愧也罢，足够了。

但是今天，他瞎了，他知道从此再也不可能看见那个已经不再年轻的男人，对他的怨恨或者留恋，只能停留在十二岁的记忆中。当意识到自己将什么也看不见的时候，李瑾突然急切地有了想看见父亲的冲动，至于是否原谅父亲，他根本就没有想过这个问题，他想知道这个从导演部赶到医院来看望自己的男人，现在到底是个什么样子。

于是他像一个失明已久的瞎子，熟练地从父亲的肩头开始慢慢摸索了下去，当他隔着衣服摸到父亲的臂弯时，发现父亲的胳膊肘的关节挺大，于是他急忙把手伸进袖管，果然，这只胳膊上的皮肉十分松弛，手指能清晰地感受到骨头。李瑾慢慢地把手从李光然的袖管中抽了出来，少顷，他终于开口了。

"一顿能吃几碗米饭？我说的是……家里的碗，就是那个蓝花的小碗。"李瑾把手停留在李光然的后背上，同样，父亲的脊椎也仿佛清晰可见。

原本想号啕大哭的李光然在听到这句话的时候，最终没能哭出来。是的，家里的餐具都是蓝花白底的颜色。这是妻子最喜欢的颜色，妻子说用这种颜色的碗吃饭，能让人感念到先祖的不易，那么无论自己的日子过得好与坏，至少能吃饱肚子，这就很满足了。

"就一碗，你呢，你能吃几碗？"李光然睁开眼睛，他想看着眼前的病床和儿子，但无论如何，也驱赶不开他已经无法进入的家的样子。房子狭小，餐桌也小，饭碗也小，儿子还是一个儿童，直至少年。小鼻子小眼睛小脸的妻子不知道现在是否还如脑海中的样子一样，或者也像自己一样，肌肉松弛，关节宽大。

"我不吃米饭，我吃馒头，还有羊腿，我一顿吃一根羊腿，米饭扛不住，一会工夫就饿了。"李瑾像和父亲拉家常一样，平静极了，似乎眼前的这个男人他每天都能见到一样。

他的手沿着父亲的脖子一直摸到了头顶，然后突然停下。父亲头发还是那么浓密，但不知道是否白了。以前部队召开电视电话会议的时候，李瑾在大屏幕上看到过李光然，但每次当父亲的图像显现的时候，他就强迫自己闭上眼睛，或者让目光涣散，他担心自己会在会场愤怒地站起来，指着屏幕上的男人怒骂。如果真要那样做了，所有人都会知道他是一个将军的儿子，但这个将军把他和母亲抛弃了。

李光然似乎知道儿子在想什么，于是他像逗一个孩子一样，笑着问道："头发白了，还是没白？"

李瑾没有回答，他也无法回答。他的双手可以感知父亲的衰老，却无法知道他的头发是黑还是白。他的眼前不由得幻化出垂老的李光然的样子，一头白发，一根拐杖，一把轮椅。推着轮椅的中年人似乎就是自己，身边跟着的女人显然是母亲，轮椅上的李光然欢乐极了，在一片绿树成荫的地方,他指着一片墓地说,一定要把他葬在这个地方,他一辈子没有安静过,死后能让他安安静静地躺个几十年,直到天荒地老。他似乎还说了,以后就自己和妻子、儿子待在一起,无论春夏秋冬,日出日落,三个灵魂一定要手牵着手,守在这片土地上,谁也不准离开,他害怕孤独,一辈子都在害怕孤独。

李瑾突然想起,李光然死后,他将无法看见父亲的遗容,也无法看见母亲的遗容。即使是一抔骨灰,别人都能在没有化干净的骨灰中,盯着一节骨头感知亲情尚在,但自己却不能。一股巨大的失落感夹杂着无法排解的悲伤,终于让李瑾抽噎了起来,他剧烈地抖动着身躯。措手不及的李光然不停地拍打着儿子,焦急地询问李瑾怎么了,并安慰他说,等以后医学发达了,一定帮他恢复视力。他劝慰李瑾说:"你要坚持,你要相信爸爸,相信正在迅猛发展的科学技术。"李瑾的抽噎停下来的时候,他慢慢地抱紧了李光然,等李光然也平静下来的时候,李瑾说道:"我只是觉得,您百年之后,我还是看不见您,我得靠一双手去摸,摸骨灰盒,摸墓碑。"

李光然终于号啕大哭了出来,惊慌的医生、护士赶来的时候,发现正在抱头痛哭的父子。生气的医生呵斥李光然不要影响他的病人,说眼睛受伤的人一旦流出眼泪,这种疼痛是常人无法忍受的。李光然被医生拉了起来,按在一张椅子上坐下,然后给他朗读"医院须知"。等医生出去之后,李光然告诉李瑾,说贺天高还在打仗,他得迅速赶回导演部,还有重大的任务要执行。

李瑾在空中伸着手,到处乱摸着,他希望能再抓住这个他痛恨过的男人,告诉他,其实这些年,对他除了恨,最多的还是思念。但当李光然拉住他的手时,李瑾最终还是没能说出来。他像一个差等生向老师争辩一般,对李光然说,骁狼特战队打掉何玉凯的装甲大队,摧毁了何玉凯的通信大队,都是自己的功劳。

"我知道,要不是你化装侦察,合成旅的装甲大队就不会中你们的埋伏。"李光然知道,儿子在向他证明,自己是个能打仗的指挥员。在妻子逼着他离婚的时候,李瑾就打电话告诉他:"等长大了,我也当兵,等我当了兵,我比你强,我还要当你的领导,让你天天做检查。"

37

何玉凯没料到,和贺天高刚一交战,自己的装甲大队竟然轻而易举地被贺天高给歼灭了,几十辆装甲车在一个夜晚就全都趴窝了,而这一切,都是拜贺天高的副队长李瑾所赐。

在文斗才假情报网络的诱惑下,何玉凯轻易就暴露了部队隐藏的位置。何玉凯仓皇逃离的时候,哨楼上一架隐藏的无人侦察机完整记录了何玉凯逃离的方向。羞愧的柴胜华拽着文斗才的胳膊,把他拉到一个偏僻处说:"文专员,我道歉!你说话很难听,但你说得对。我确实对信息侦察不怎么看好,你不能怪我,要怪就怪你的同行。咱们的信息侦察设备那么多那么好,可是能用好的人实在没几个,所以,我就对你们这个行当失望了。"

文斗才于是乘机向柴胜华提要求:"你既然承认我文斗才厉害,信息侦察很厉害,等打完仗,你得找集团军领导汇报,让我专门给咱培训通信专员。说实话,咱们集团军目前信息侦察这一块,都是一帮大老粗,或者是一帮根本就不喜欢信息专业的人在瞎凑合。"柴胜华很快就答应了。文斗才又得寸进尺地说:"你还得在我举办的培训班上给我道歉,当着所有学员的面,这样,他们才会相信,上级是重视信息技术的。"

柴胜华没有回答文斗才,一股羞耻感从脚底呼地一下蹿了起来,直冲到天灵盖上,他甚至感觉到额头一鼓一鼓地跳着,随时都有炸开的可能。特战队最年轻的军官文斗才都开始把自己当成一枚无用的棋子对待了,他在文斗才的眼里,就是一个鼓舞人心的反面教材。柴胜华微微笑了一下,冲着文斗才点了点头,旋即甩开步子离去。

天色即将大亮,东边的天际线上,一抹血红泛起,就像被刀剑捅破的巨大躯体上的伤疤一样,凝结的暗红的血肉突然在这个时候崩裂了一条巨大的血口子,流淌的鲜血和暗红的肌肉把天际线涂抹成了鲜红色与暗红色。

一股悲壮感从柴胜华的心底涌出,他此刻甚至渴望正在遭遇的何玉凯是一个未知的真正的敌人。何玉凯完全可以把带血的刺刀捅向自己,让自己如这个看不见的巨人一样，轰然倒下，然后崩裂出一条触目惊心的血口子。在血流干之前，他想亲眼看见，骁狼特战队的战友们站在自己面前，向他默哀，然后把他埋葬在一个沙坑内。

柴胜华憋了一股怒气，唯一能让怒气宣泄出来的，就是灭了前来挑战的何玉凯。他容不得这个世界上有任何一个眼神或者肮脏的灵魂，怀疑他柴胜华的清高与傲慢。

是的，他是很傲慢，原因是他在这个和平年代里有过太多的出生入死的经历。他没有怜惜过生命，但他珍惜作为一名军人的尊严，在特战旅训练的时候，他多次面临死亡的危险，三次差点坠落悬崖，有一次人都跌下去了，但他一双铁钩子一样的手扣住了悬崖的石头，至今他的三个手指指甲都没长出来。还有一次在国外的丛林中被蛇咬了小腿，他想都没想一刀挖掉了被咬过的肌肉，但即使这样，他也差点中毒身亡，如果换作别人，稍稍一犹豫，一定会身死他乡。这些事柴胜华从来没告诉过别人，他觉得这不是豪迈，更不是值得炫耀的资本，一个战场上的士兵，把伤疤作为炫耀的资本，是自取其辱。伤疤不是勋章，伤疤只能说明你的过往，如果伤疤能作为勋章的话，那么那些死去的烈士们，他们破裂的头颅或者心脏，应该被称为什么？

伤疤只是士兵的耻辱，有本事，打一场胜仗，你一个伤疤都不留下，尽管这不太可能，但军人为什么要用伤疤作为炫耀的资本呢？大雷牺牲，他痛恨贺天高，是因为他希望贺天高原本能把牺牲降低到最小。可是没人理解他，他们都揪着自己唯上级马首是瞻的缺点，无限放大，然后再用各种抵触情绪来羞辱他这个特战老兵。

悲伤的柴胜华不知道自己从什么时候开始，成了文斗才都敢拿来当棋子的庸才，他决定，战斗开始之后，他要做一个像兵王一样的士兵，从此不再参与任何作战指挥，只要能牺牲在这个战场上，从此眼不见，心里就干净了。

发现何玉凯的部队之后，特战队所有骨干在通信车上集合，开始谋划怎样靠近何玉凯的指挥部。如果能在首战中拿下对方的指挥部，不仅算是干掉了合成旅的一个战斗单元，而且能让这支庞大的部队乱成一锅粥，然后他们就可以像野狼一样突入羊群,随便撕咬。这时候,文斗才又开始逞能了,他反复联络的李瑾终于回话,在一个小镇上,他们正在跟踪何玉凯的侦察部队,李瑾说如果他们能把这个侦察分队给干掉,然后用对方的通信暗语告诉何玉凯一个假情报,就能一举干掉何玉凯的某个战斗单元。但李瑾明确说,干掉何玉凯的侦察分队容易,但要想利用他们的通信设备来欺骗何玉凯,就得文斗才来想办法。因为何玉凯的侦察分队使用的通信设备,肯定有十分隐蔽的密码,外人是无法破解的。

兴奋的贺天高加稍思考之后就果断决定,特战队所有人员全部扔下车辆和其余物资,带上武器潜入小镇附近的山上,等着李瑾把何玉凯的部队引过来。但要抵达小镇,唯一的道路,是从黄河决堤后形成的湖泊中泅渡过去,而且必须是潜水过去,因为一旦露头,惊动芦苇荡中的水鸟,何玉凯的飞机就会把他们全部打得沉入水底。到时候,演习场就会成为真正的战场,体力不支的特战队队员中弹之后,交战系统带来巨大的疼痛,真的会让他们沉入水底,从来再也上不了岸。

这是一个危险的计划。

葛念念、华雨桐和呼延碧要想潜水过去,几乎不可能。就算是特战队队员,潜水泅渡过去之后,估计也会筋疲力尽。出乎意料的是,柴胜华第一个站出来同意了贺天高的决定,他说别管什么演习不演习,他姓柴的就把这次当成真正的打仗,何玉凯就是一个不知背景的鬼子,他正在大西北的土地上烧杀抢掠。柴胜华慷慨激昂,这是他从未有过的样子,他说把葛念念和华雨桐交给他,他一个人在水底下顶着她俩泅渡。

贺天高当然没想过让柴胜华一个人去帮葛念念和华雨桐潜水过去,最后他们把机枪、导弹等重武器全部拆卸开来,平均分配给每个人,把文斗才的通信装备用防水袋包裹好,交给了黑蝎子,然后就安排柴胜华带着华雨桐,贺天高带着葛念念,周虎带着呼延碧,在太阳正毒的时候,悄悄下水了。

临近深秋的湖水清澈冰冷,贺天高他们咬着芦苇呼吸着,几十号人像一群逆流产卵的鱼一样,艰难地在湖水中游了过去。中途,实在扛不住的文斗才偷偷把脑袋伸出水面,他惊喜地发现起风了,摇摆的芦苇荡里根本看不见一只水鸟。于是他潜入水下,兴奋地靠近华雨桐,拉着她把脑袋探出了水面。最后,所有的队员都开心地浮出了水面。

戈壁的上空,馕饼一样的太阳白花花的,毫无生气,这是高空刮起沙尘暴的样子。冰冷的风裹挟着沙子突然卷入戈壁滩的时候,芦苇荡中的水鸟即使你用枪去驱赶,它们也不会呼啦啦飞向刮着大风的天空。

文斗才一边朝前游着一边带着激动的哭腔说:"华医生,这是大雷在保佑咱们,他看到咱们潜在水底很危险,所以他就让老天刮起了大风。何玉凯的飞机,今天是飞不起来了,就算他知道咱们在湖中泅渡,也飞不起来了。"

窝囊的呼延碧并没有周虎想象的那么窝囊,肥胖的他在水下像一个大葫芦,轻松地跟着他漂,浮出水面的时候,所有人都欢呼了起来,但呼延碧却拉着一张脸,苦巴巴的神情让周虎鄙视透了。华雨桐被文斗才带着游的时候,柴胜华远远地躲开了,他突然间反感起这个不知天高地厚的文斗才,和他多相处一秒,对自己都是侮辱。并不知情的文斗才乐得和华雨桐单独相处,他渴望这片湖泊变成汪洋大海,他和华雨桐就这样一直游着,直到天荒地老。不巧的是,华雨桐刚好在生理期,在冰冷的水里泡了一段时间,她就开始难受起来,她感觉自己几乎要沉到水底去了。但文斗才不知哪里来的力气,他一边顶着华雨桐游,一边不停地讲述自己小时候多么聪明乖巧,爸爸妈妈对自己多么喜欢,还说自己小时候眼睛特别好看,长大之后才变小了。华雨桐没力气呵斥文斗才,却让这个愚蠢的通信专员以为她在专心听他说话。就这样好不容易游过去爬上了岸,文斗才还在喋喋不休,缓过神来的华雨桐实在忍不住了,就抓了一把沙土塞到了文斗才的嘴里。悲伤的文斗才盯着有气无力的华雨桐,慢慢地把嘴里的沙子一点点吐出来,眼泪也跟着流了出来。

葛念念看到文斗才哭了,不管他的哭是做给华雨桐看的,还是真的感到委屈,他至少是那么在意华雨桐。可是自己呢,就算自己什么也不是,一个女孩子在贺天高的眼里,竟然连一只小狗小猫都不如。虽然她已经不再喜欢贺天高,但奇怪的是,一头扎入浑浊的湖水中的时候,她突然想赖在贺天高身边,她渴望贺天高能把自己抱住,但贺天高并没有,他只是嫌弃她游得太慢,竟然把手链上的铁钩挂在她胸前,胳膊划动一下,葛念念就感觉自己被拽着朝前游了一截,一直到浮出水面之前,几乎透不过气的葛念念感觉自己就像一只被牵着的小狗,而这个牵狗的人根本就不管小狗有多么累,只管牵着往前走。等浮出水面透过气,葛念念就解开了贺天高的手链,远远地躲开他,跟着兵王一起游到了岸边。一出水面,回头再看那一片湖泊的时候,葛念念忍不住呜呜地哭了出来,如果再不浮出水面,也许她今天就沉到水底再也出不来了,那个可恶的贺天高在水底下的时候,竟然没有一次回过头看看自己。这是一个岩石一样冰冷的野人,他心里只有虚伪的理想,他不知道一个有点喜欢他的女孩在水下的时候有多么无助和恐惧。即使她不是一个合格的特种兵,甚至不是一个合格的士兵,但她至少是一条生命,而且是一个漂亮可爱的女孩。

"这个无情的牲口,狼要是剃了毛,估计就是他这个模样。"在岸边缓过气的葛念念一边呜咽,一边悄声咒骂。但特战队队员们此时已经开始忙着组装武器了,没人听见她的诅咒。

兵王和陈斌带着部队趁着暮色去了他们潜伏的山地,并按照约定,在山坡上架起了篝火,开始烤湿透了的衣服。葛念念和华雨桐躲在一边烤衣服的时候,兵王喘着气过来,他恼火地训斥华雨桐和葛念念道,抓紧时间烤内衣,你们是当兵的,又不是上台唱戏的演员,外表光鲜能干什么? 把内衣内裤烤干穿上,再烤外套,要是着凉了怎么办? 在兵王的敦促下,两个女孩羞羞答答地把内衣一件一件地烤干穿上,这才觉得暖和多了。等所有人烤干外衣的时候,陈斌下了紧急命令,所有队员进入阵地,等着何玉凯的装甲部队过来。

跟着兵王朝山头跑去的时候,葛念念想,这要是真的打仗了,今晚在这里死去的不知道将会是谁! 是兵王、贺天高,还是自己和华雨桐。如果华雨桐死了,那个假惺惺的文斗才是终身不娶呢,还是很快找一个一脸麻子的老女人去给他暖被窝? 如果贺天高死了怎么办? 这个讨厌、无情的家伙在战死之前,她一定要找个时间告诉他,你贺天高什么都好,智商一流,但情商十分低下。你可以为了你的理想和对崇高的追求去义无反顾地奋斗,但你如果注意不到葛念念,你就是个野人。野人都会求偶,你快三十岁的人了,听说到现在都没谈过恋爱。

"或者他的情感全部用在了追求崇高上,应该有这种人。"沉思的葛念念不由得脱口而出的时候,她发现华雨桐正奇怪地看着自己。打完仗,葛念念跟着华雨桐一起离开特战队的路上,她才知道,那天从冰冷的湖水中出来,又在冰冷的风中烤衣服,寒冷和疲惫让虚弱的她有些神情恍惚,她以为只是在内心思索的话,事实上却一句不落地当着兵王和华雨桐的面说了出来,只是她自己不知道她在自言自语。

38

李瑾承认自己是个下得了手的狠角色。

他后来不止一次地在心里说,他对父亲李光然狠,忍了十多年不见父亲,不联系父亲;他对自己狠,他思念父亲的时候就扇自己的嘴巴,强迫自己去想头发发白、浑身虚胖的母亲;他对何玉凯的侦察分队狠,老羊皮贩子的鞭子抽在黄浩的后背上时,高大的黄浩被一鞭子抽得躺在地上起不来。

收到贺天高的信息后,李瑾就开始跟踪何玉凯的侦察分队,如果直接在街道上拦截,估计他们会迅速逃散,并在逃跑的路上向何玉凯通风报信。他最终决定,把何玉凯的侦察分队堵在房子里收拾掉。所以在贺天高他们开始泅渡的时候,李瑾把军装和武器全部卷在羊皮中放在车上锁好,然后带着另外三人提着木棍和羊皮贩子给的"官家银"敲开了黄浩的门。

这几天,黄浩早出晚归,几乎跑遍了附近的戈壁滩,始终没有发现特战队的踪迹,他甚至用钱去贿赂那些小商贩,但最终也没得到一丝有价值的情报。

李瑾敲开黄浩宾馆的房门时,这几个愁眉苦脸的侦察兵刚擦完枪,把组装好的武器全部收纳到两个编织袋里。一进门,特战队一个队员就一个箭步抓了两袋子枪一下子扔到了门外,慌了神的黄浩以为遇到了抢枪的匪徒,二话不说抽出匕首对着李瑾的心脏就捅了过去,李瑾一把抓住黄浩的胳膊一拽,黄浩就被扔在了楼道,没等他反应过来,李瑾抢起鞭子,一鞭子抽在黄浩单薄的衣服上。于是黄浩的后背像破败的羊皮一样,被抽开了一条一尺多长的口子,可能是鞭子打在了脊椎上,趴在地上的黄浩想站起来,但两只胳膊撑着地面挣扎了几下也没爬起来,最终趴在地上不动了,他伸

出的胳膊使劲够着装在编织袋里的枪,对着屋内声嘶力竭地吆喝道:
"枪……枪啊! 夺枪……"

黄浩的手下为了保护编织袋里的武器,开始拼命了,他们拿着匕首对着李瑾他们玩命厮杀,但屋子太小,他们实在施展不开手脚。于是他们想一起围拢李瑾他们,靠着人多把李瑾他们抱住,然后制服。但这恰恰是李瑾最渴望的,刚有人抱住他的腿,李瑾膝盖一弯,就一下子跪在了那个士兵的脖子上,士兵很快就窒息昏了过去。

最终黄浩的人全部被制服。小镇上的人似乎十分麻木,楼道里有几个看热闹的,但一个报警的都没有迟至李瑾等来了贺天高,也没等到警察。

李瑾撕开黄浩的衣服,发现他背上开裂的皮肉后,就安排人去买药。惊讶的黄浩就问他要干什么。李瑾这才撩开胡子说:"不用怕,我是冲何玉凯来的,没冲你。"黄浩愣住了,半晌之后才龇牙咧嘴地说:"你们是骁狼的人。"

"副队长,李瑾。咱们打过架。"李瑾本来不想提起打架的事情,因为他不愿意想起赵猛,但这几个蠢货竟然想不起他们在哪里见过,为了让他们不再担心自己是抢枪的歹徒,他不得不报出姓名。

黄浩痛苦地说:"你是骁狼的人,我不信,你把枪还给我们,我们就相信了。"李瑾说:"你这几支破枪我还真不稀罕,等队长来了,枪还给你们,我要的是你们的单兵呼叫电台。"黄浩这才发现,他所有的通信设施都被搁在床上,李瑾盘腿坐在床上抽着烟,至于两袋子枪,都好好地搁在地上。

"你拿什么东西打的我,我怎么一点力气都用不上了?"缓过神之后,黄浩一边让自己的兄弟给他上药,一边看着李瑾的鞭子。李瑾这才发现这根被羊皮贩子称作"官家银"的鞭子上沾满了黄浩的血,他有些心疼,就推开给黄浩上药的士兵,一边帮黄浩掐着几处穴位,一边指挥士兵用酒精把伤口清洗干净。

"屠夫"霍长青的部下确实有屠夫的狠劲,黄浩开裂的肌肉被一瓶酒精反复冲洗的时候,巨大的疼痛让他顿时小便失禁,稀里哗啦的尿液淋湿了裤子,但这个长着一张方脸的小伙子竟然一声没吭。最后黄浩瘫软着被扶上床趴下的时候,李瑾长长地叹息了一声。

"打了人还叹气,你叹息个串串!"黄浩有气无力地骂道。这是他当兵快十年,头一次见到的狠人,他想知道这个狠毒的家伙为什么叹息。

李瑾想到了赵猛。赵猛曾经说过,等俘虏了何玉凯的侦察兵,就用酷刑,让他们把单兵电台的密码说出来。当时李瑾生气地否定了赵猛,他恼火地说这是流氓土匪的招数,就算是土匪,有时候也未必会用这么下作的手段。但今天看来,即便用酷刑,对黄浩他们也没用。于是李瑾把事告诉了黄浩,黄浩一听就愣住了,趴在床上嘟哝道:"你怎么不用催眠术,还上酷刑,真丢人!"

天色慢慢暗了下来,贺天高终于带着柴胜华和文斗才来到了黄浩的屋子。三个人都穿着不知从哪里搞来的雨衣套在身上,遮挡着雨衣里边的军装,宽大的雨衣上落着厚厚一层沙尘,被零星降落的雨滴和成了泥,他们看起来像是从山上突然下来的野人。脱下雨衣的时候,黄浩发现贺天高他们的军装已经湿透了,沾满了厚厚的泥沙,但挂在身上的长枪短枪却还都干净。

那时,李瑾和黄浩的人已经成了朋友。挨了打的黄浩被李瑾掐了穴位按摩了之后,总算是能坐起来了,但后背上的伤口还是疼得让他坐卧不宁。后来黄浩不仅和李瑾互相留了联系方式,还说道,"哥们今天是演习,等将来真要打仗了,兄弟们要的就是咱这样的铁汉子,靠谱。"最后李瑾安排人下楼在街道上买了一大盆羊肉,几瓶烧酒,东西拿进来之后他就怂恿着黄浩的人吃好喝好。

"吃!喝!反正你们已经被我抓了俘虏,战场是上不去了,放开喝,喝大了就通知导演部带你们回去。"李瑾拿着酒瓶领着黄浩的人喝酒吹牛。这帮家伙肉没少吃,酒也没少喝,动情的热络话也没少说,但就是闭口不提他们单兵通信系统的密码。

贺天高他们一进门,就先盯上了羊肉,三人脏兮兮的手瞬间一齐伸向了羊肉盆子,贺天高一边嚼着羊肉,一边示意文斗才去摆弄床上的单兵电台。

文斗才一边让别人给他喂着羊肉,一边腾出两只手拿起了黄浩的单兵电台。黄浩看着文斗才半晌,问李瑾:"李副队长,他是墨客?"

李瑾没有回答,他盯着贺天高半晌,就像被扼住了喉咙一样,憋得缓不过气。赵猛牺牲了，但他却不能把这股悲伤让贺天高他们替自己分担一点，而且还要装着什么事都没发生。柴胜华似乎对当初逼着贺天高追回李瑾的事情有些抱歉，他大口吞咽了几块羊肉之后，就抱住李瑾，把脏兮兮的脸贴在李瑾长满胡须的脸上久久不肯离去。

柴胜华一直是李瑾的上级，在李瑾的心里，柴胜华永远都有一腔怒火，这股怒火似乎永远也发泄不完，每次说话的时候，他都拉着脸，生冷的口气透着一股不友好，似乎跟着他一起拼命的特战队队员们一个个都是垃圾，都是扶不起的阿斗。在柴胜华这股嘴脸的压制下，李瑾曾经自卑地以为，他永远无法让柴胜华满意，于是李瑾的话越来越少，以至于连尚存的一点年轻人的活泼最终都消失殆尽了。

其实在一定程度上，是柴胜华的冷漠和不满意加剧了李瑾的阴郁气质，也剥夺了贺天高和骁狼特战队所有队员应有的活泼。柴胜华像一个永不满足的守财奴一样，无论有多少金灿灿的珠宝，他总是不停地攫取着，不停地恼火着，不停地不满意着，以至于这种恼火和不满意最终影响了骁狼特战队的每一个人。

不满意、不知足的偏执，后来就成了特战队队员的特有性格，但柴胜华似乎对已经偏执到极点的特战队依旧不满意，直至今日，当他把一张脏脸贴在李瑾的脸上之后，李瑾突然感受到从未有过的温暖。

柴胜华放开李瑾，李瑾依旧沉浸在久违的温暖中，这时候柴胜华揪了揪李瑾的胡子和头发，又掰开他的眼皮看了眼，胡子脏兮兮的，头发也脏兮兮的，被风沙吹蚀的眼睛带着星星点点的黄色斑块，也脏兮兮的。

"你是李瑾，特战队的李瑾。"柴胜华有点动情。

"我是特战队的李瑾。"李瑾盯着柴胜华，在柴胜华从未给过的温暖中，他差点把赵猛的事情说了出来，但最终还是忍住了。

黄浩终于见到了贺天高和柴胜华，他忍着背上的疼痛，硬撑着坐直身子细细打量了柴胜华一遍后说："原来你就是柴队长，没什么特别嘛。"

"能有什么特别？不就是个人嘛！"柴胜华对敌人一贯客气温和。

黄浩又打量着贺天高半晌，突然笑着说道："不是一家人，不进一家门，什么样的老师带什么样的学生，贺队长，你和我们旅长一样，是一张狗肚子脸。"

"狗肚子脸"是黄浩老家的方言,意思是这个人的脸上永远都是苦巴巴的神情。最后黄浩眼看着文斗才一直折腾自己的电台,随着黄浩的脸色渐渐泛白,文斗才终于破解了电台的密码,他根据贺天高的指令,模仿着黄浩之前发消息的习惯,给何玉凯发了一个电报。

　　一号,我都好,大家都好,枪也好,子弹也好,纪律没问题。

旋即,何玉凯那边回了信息:

　　动静?

于是文斗才发了信息道:

　　小镇东南,山地,他们都在。有篝火。

何玉凯立即回复:

　　收队!

文斗才把电报拿给贺天高和柴胜华的时候,黄浩终于憋不住骂了一句脏话,随后就被刚刚和他称兄道弟的李瑾拿胶带封了嘴。贺天高最后告诉李瑾,等他和何玉凯一开战,就把黄浩他们送到附近的医院,再通知导演部收容队来接人。他反复叮嘱李瑾务必把黄浩送给收容队,否则黄浩一定会违反演习规定,把李瑾他们的模样告诉何玉凯。

"你身上的羊膻味和一脸的胡子、脏头发,就是最好的武器,记住咱们当初收拾张万里的手段,继续用!"贺天高临别的时候叮嘱李瑾。

李瑾心领神会,下楼的时候,贺天高突然问起了赵猛:"赵猛呢,赵猛怎么不见了?"

"去医院了,估计得了什么传染病,浑身冰凉,满口胡话,我就把他送到了省城的医院。"在贺天高他们来找自己之前,李瑾早就想好了应对的话。

"一般不生病,生病就不一般。赵猛怎么会突然生病呢?不行就抓紧联络导演部,让赵猛退出演习,去大一些的医院治疗,千万别让出乱子。还有,你们和羊皮打交道有段时间了,千万别得上什么传染病,一旦发现身体不舒服,就去医院。演习的事,别管了。"贺天高下楼的时候,似乎还不放心,又回头交代李瑾。

李瑾说不出话,只给贺天高深深鞠了一躬。

今夜确实糟糕,都怪这天气。

"在小镇附近的一座山里,贺天高的特战队此时架起了篝火正在取暖。"这是黄浩传递回来的消息。何玉凯当然不相信大半夜贺天高敢点燃篝火取暖,这完全是自取灭亡。但无论你特战队有多么狡猾的圈套,也不过就是区区六十多人。如果不是因为沙尘暴直升机无法起飞,仅飞行大队派出几架飞机,也足以把贺天高他们给灭了。

但气象水文中心的情报说,沙尘暴退去要等到明天中午。犹豫不决的何玉凯双手叉腰,迟迟不敢下决心派遣部队去围剿贺天高。

霍长青的步兵营距离贺天高有些距离,最近的就是装甲大队,如果安排装甲大队悄悄包抄过去来一轮炮轰,再等步兵营过来交战,特战队说不定就会损失过半。

"是不是应该派出装甲大队?可是我担心装甲大队中了埋伏,他们有反装甲武器。"何玉凯忧心忡忡。

"旅长,您定吧!"关键时刻,所有指挥员出奇一致地保持着这种口吻。

"如果不派出装甲大队,就无法和贺天高搅成一团,无法咬住他,说不定就会让他像上次一样,把指挥部都连窝端掉。"何玉凯依旧忧心忡忡,他盯着参谋长和政委、副旅长,包括向北。

"旅长,您定吧!"除了政委,向北也这么说。

何玉凯似乎感觉他这个外来的旅长跌进了一个深不见底的洞穴,心里冷笑了一下。最终,他亲自给装甲大队下达命令,朝着侦察分队给出的坐标悄然前行,发现骁狼,无论采取什么办法,开打,周旋,等候霍长青到来。

何玉凯知道这是一个陷阱,政委、参谋长包括向北他们也都知道。但他们从来没打过这种仗——没有任何假设,没有划定的战场,只有不受约束的敌人。如果放跑敌人,当敌人再次出现的时候,合成旅的遭遇也许比往一个六十人布置的陷阱里钻更加危险。

"一场从来没有打过的仗让我们不知所措。"给装甲大队下达命令之后,何玉凯内心冰凉地叹息了一声。这场仗搁在别的旅,也许不是问题,但何玉凯的合成旅至少目前没有任何把握。

贺天高他们和其他特战队队员会合不久,就发现何玉凯要派装甲大队过来。兵王带人把反坦克导弹在自己身边堆了两箱,如果发发命中,他一个人,就足以把装甲大队全部干掉,但这显然是他的一厢情愿,装甲大队不是木偶。贺天高他们也知道,点燃篝火吸引何玉凯的办法幼稚、笨拙,但除此之外,他们似乎也没有更好的办法了。

"火光,是为了吸引敌人注意,也是为了让敌人疑惑。在这场没有设定预案,也没有设定战场的战斗中,任何装神弄鬼的办法,都是扰乱敌人心神的好办法。"贺天高安排大家把篝火点燃的时候,心里嘀咕着。

篝火在山洼里燃烧着,梁军需、呼延碧等人把附近能搜寻到的骆驼刺全搜寻了过来,甚至连火焰喷射器的药料都倒了出来,他们必须伪装成部队正在烤火的样子,而且升腾的火光完全可以迷惑敌人的空中侦察。

晚上,装甲大队靠近特战队宿营地的时候,他们不由得开始怀疑情报的可靠性来了,山洼里的特战队是不是真的在休整?因为眼前这个相对狭窄的山谷里,并不是隐藏部队的最佳位置,而且星星点点的火光毫无疑问会让自己暴露,但贺天高他们却如此明目张胆地在烤火,这很奇怪。装甲大队队长把这个消息告诉何玉凯的时候,向北接了电话,他说:"没任何问题,因为在湖泊边缘,发现了特战队遗弃的全部车辆,这支被逼到死胡同的特种兵肯定是从湖泊中泅渡过去进入开阔地区的,要不然,等大部队把他们堵在湖边,他们只有死路一条。"

"烤火?烤火怎么了?我告诉你,我也是特种兵指挥学院出来的。且不说这么冷的天,如果不烤干衣服,他们会被冻死,即便他们是铁打的,湿透的衣服也会大大增加布料之间的摩擦力,他们想逃跑,也会因为裤腿摩擦力的加大而放慢速度。大队长,特战队不是狼,他们是人,贺天高不是神,他是我的同学。"向北头一次当着别人的面承认了贺天高是他的同学。

何玉凯把装甲大队派出去的时候,向北派出的侦察分队也发现了贺天高他们抛弃的车辆和辎重,向北后悔得差点扇自己耳光。一开始他得到情报说特战队正在山上烤火,他以为这是贺天高的诱兵之计,但现在看来,这是贺天高他们为了能跑得更快一些,不得已而采取的办法。

"我应该当着所有人的面,支持旅长派装甲大队去突袭特战队。"向北心里懊恼极了,他发现自己失去了一次表现决断和智慧的机会。所以当装甲大队队长来电时,向北接了电话并果断地给装甲大队打了一次气。

在向北的鼓动下,半信半疑的装甲部队在冲入山谷的时候,突然加大马力,雪亮的灯光也打了开来。但这时候,他们突然发现,一堆一堆的篝火边上,根本没有一个人。自知上当的大队长顿时慌了神,他声嘶力竭地吆喝着让车子原地掉头,再逃跑,但最后一辆装甲车在即将掉头的时候,山顶接连两声清脆的枪响,这辆装甲车的两个观察镜就接连被打碎了,没了观察镜的装甲车一下子冲上了山坡,差点翻滚下来,车长下车想指挥车子掉头,刚跳出去,就被一枪撂倒,要不是赶下来的人把他抢走,估计会被卷入履带。

山路狭窄,殿后的装甲车阻塞了车队离开的唯一通道,装甲大队只能对着山坡上盲目开炮,并要求所有的车载人员下车,顺着山上的火力冲锋。

华雨桐参加过一些演习,但一直都是以导调员的身份在一旁观摩,根本就没有靠近过战场。交战系统带来的残酷体验让她在后来的几天,连续失眠。这也是她最终和文斗才决定,结婚之后他们俩得有一个转业的原因,如果文斗才转业,将来她在战场上死了,孩子有父亲抚养;如果自己转业,文斗才战死了,孩子还有母亲。

华雨桐目睹了战争的惨烈。加足马力的装甲车冲上山洼开炮的时候,她左近的两个特战队队员直接被化学弹的气浪轰得凌空飞了起来,当两个昏迷的队员从半空中摔落在自己的面前时,震得她胸腔下的土地都在动。紧张和恐惧让她根本想不起来开枪,更别说瞄准那些冲锋的士兵了。她一直躲在兵王附近,紧张地看着兵王打仗,这个老家伙毕竟是兵王,他冷静地瞄准装甲车,一扣扳机,一溜带着火光的炮弹就发射出去了,冲上山坡的装甲车被交战系统锁定,开始在原地团团打转,最后轰隆隆地滚下了山坡,哐啷一声砸中了正在冲锋的另一辆车。

冲上山坡的至少有两百多人,但居高临下的骁狼特战队不仅枪法准,而且特别狠毒,几乎每一个倒下的敌人都是被一枪爆头。但那些冲锋的士兵们没人退缩,他们号叫着、咒骂着、射击着,特战队员也有七八个被乱枪打"死",华雨桐扑过去抢救伤员的时候,倒下的"遗体"除了呼吸,再没有一点生气。

这简直就是屠杀,华雨桐忍不住了,她拽住兵王的胳膊说不要再打了,装甲车已经报废了百分之八九十,再打还有什么意思?

导调员华雨桐说得没错,按照导演部一贯的要求,报废了十之八九的装甲部队就算是全军覆没了。但兵王并不听她的,在她拽兵王胳膊的时候,这个老家伙的右腿突然弹起,一脚就把自己踢飞了,旋即一发炮弹射出,又一辆装甲车翻滚了一下,卡在了半山腰。不到一个小时,何玉凯的装甲部队就全部报废了,那些尚没有"战死"的士兵们只能按照演习的既定规矩,灰溜溜地站在半山腰,战场一片死寂。

悲伤的华雨桐望着山坡上零星的士兵,突然想起自己的弟弟,如果弟弟也在这个冲上山坡的部队里,她会不会冲着弟弟开枪?虽然只是一场演习,并不会真的死人,但当自己将枪支对准亲弟弟的时候,她不知道自己该不该扣下扳机。如果冲锋的是文斗才,她会不会扣动扳机?她也许会冲着文斗才的大腿开枪,让他倒下,再不要冲锋了,太惨了!

葛念念是个狠毒的家伙,这么长时间她竟然没有发现,打仗的时候她那么冷静,一枪一个,一枪一条命。部队撤离之前,她还和黑蝎子靠在一起,把最后在山坡上发愣的两个士兵给"击毙"了。

打掉装甲大队的特战队像一群惊恐的兔子,呼啦啦一下就顺着山丘四散逃离了,他们逃跑的样子滑稽可笑,但逃跑的速度的确够快。他们像脚底下装了弹簧一样,顺着山丘蹦起来往下跳,也不怕跳下去会不会摔死。

天亮的时候,胸腔里像炸开了一样疼痛的华雨桐终于和大伙儿会合了。那时候她气息微弱,坐在她身边的葛念念竟然看起来比自己强多了。一看到葛念念,华雨桐气就不打一处来。

"他们已经放弃反抗了,为什么还要开枪?"华雨桐发现自己在质问葛念念的时候,有些怨恨。

"华姐,你说他们放弃反抗就是放弃反抗了?那是被打蒙了。万一他们回过神来,一枪把我干倒,你就满意了?你是心疼士兵还是心疼男人?老花痴!以后你叫我姐得了,亏我一直把你当姐。"没想到这个喜鹊一样叽叽喳喳的小东西,竟然瞪大了眼睛,径直和她吵了起来。

收容部队将装甲大队和特战队"阵亡"的士兵收拢起来,等他们苏醒之后,已经差不多中午了。特战队十七名队员要求回驻训地,许克明就派了车。这十七个士兵回到营区之后,在导演部一位干部的眼前,一齐走向了魂毅园。他们自己面对烈士的墓碑,一个个沉痛宣告自己的阵亡,并把小白花放在了自己的"棺材"前头,然后躺上去。导演部军官回去之后,动情地吆喝着把看到的这一幕告诉了导演部的专家和许克明,许克明听着听着就激动起来,他拿起钢笔,把一份文件翻过来,在后边写了一首《十六字令》:

胆,黑血浸泡为国悬,摘一颗,御风经百年。剑,忠骨杆柄刃气寒,锻一把,作界插边关。

39

欧阳燕是跟着特战队十七个"阵亡"士兵一起回到驻训地的,同去的还有莎莎和另外两个记者。原本她是要随军采访的,但贺天高的部队她根本找不到,在戈壁滩漫无目地找了两天,只能回到导演部。何玉凯那边根本不欢迎她们记者团,那个叫向北的科长十分不客气地说:"谁知道你们会不会泄露我们的军事秘密,让你们跟着部队采访,瞎胡闹!带着记者打仗不是我们的任务,请转告导演部,奉陪不起。"找不到采访对象的欧阳

255

燕实在没办法的时候,导演部回收了装甲大队、黄浩的侦察小分队和特战队的"阵亡"人员,兴奋的记者团迅速分成三波,分头去采访这些退下战场的军人们。欧阳燕当然是要跟着贺天高的部队去采访的,她想知道贺天高所在的部队到底是个什么样子。

一路上,欧阳燕的内心平静极了。她没有像其他人那样对戈壁充满了疑惑和幻想,她看到的只是一地的石头和翠绿的骆驼刺。再就是夏天的暴雨冲开一道一道的水渠,还有压过水渠的坦克履带的印迹,汽车碾压成的一条条宽阔但不平整的道路。

这是一座兵的荒野,荒野上充斥着兵的气味,浓烈又遥远。但欧阳燕并没有感觉到这里的味道,她只是觉得这片土地不太适合人类生存,没有城市的热烈,也没有乡村的恬淡,至于那些战车碾压出来的道路,让她首先想到的是被战争牵着鼻子走的士兵。所以汽车一路颠簸着来到驻训地的时候,所有的记者都对这里怎么没有大门感到惊讶的时候,欧阳燕依旧提不起兴趣,她不知道没有人间烟火的军队到底有什么在吸引着贺天高。

在进入营区之前,十七名士兵在一个老兵的带领下,来到了魂毅园给自己"下葬",同行的记者和导演部的那名军官都表情肃穆的时候,欧阳燕一直强忍着笑。这是一个让她感觉怪异极了的仪式,所有人都如同优秀的演员,在动情的表演中感动着自己。

直至后来遁入空门,有一次突然想起了这个下葬仪式,那时她才慢慢明白,那天特战队队员们的下葬仪式,是对生命的消失充满了敬畏,当然也有豁达。在这种敬畏中他们学会了珍惜生命,在豁达中学会了勇敢地面对牺牲。珍惜生命是让欧阳燕最终匍匐下去的佛,勇敢面对牺牲也是欧阳燕的佛。那一刻,面部饱满、五官精致的欧阳燕发现自己参透了她一直提不起兴趣的军人。

跟着队员们进入驻训地营区,欧阳燕依旧觉得这里只不过是一座涂成迷彩的房子,就连在楼道的墙上看到宋大雷的照片,并知道宋大雷已经牺牲了之后,欧阳燕依旧没有动情。直至进了贺天高的宿舍,她纠缠着一个士兵打开贺天高的柜子,当她看到贺天高正在雕琢的那块戈壁玉时,她的心突然潮湿起来。那是一块手掌大的石头，已经雕出了一个女孩的轮廓，她的脸微微朝上仰着，一头披散开来的长发，无论从脸型还是发型来看，都像极了高中时候的自己。欧阳燕不由得紧张起来，也许贺天高一直在惦念着自己，能惦念女孩的地方，也许就是她一直寻找的有烟火味的地方。可是当她看到这块石头背后的一行字时，欧阳燕悬着的心就呼地一下落地了，旋即变得无聊和失落。

雨，悬在天上的雨

石头是贺天高心里的雨，不是她欧阳燕。以贺天高的性格，如果他心里惦念的是欧阳燕，那么石头背后刻上去的，一定是她的名字，还有生日。

失落的欧阳燕出了屋子，在士兵的安排下，每天准时吃饭，然后就一个个询问他们是怎么打这场仗的。慢慢地她了解到，这里有个叫柴胜华的老队长，老队长柴胜华和贺天高根本就走不到一个辙里，两人曾经为了这场战斗闹得十分不愉快。在她采访的士兵们明显带有倾向性的陈述中，欧阳燕知道了这个柴胜华并不是一块指挥打仗的材料，他只是一个没有战争的环境下管理部队的军官，甚至有些像一个不合格的狱警。

欧阳燕原本是希望能在战争中采访一些年轻小伙的，她希望能从这些成天嚷嚷着打仗的士兵身上了解他们的爱情观。爱情是欧阳燕最感兴趣的话题，但偏偏这里除了贺天高的那块石头，似乎就没有爱情的余地。欧阳燕只好根据她和士兵们的谈话，采写了一篇调查报告，但她没想到，后来部队竟然把她这篇稿子给发了出去。柴胜华从此就成了许多军迷咒骂的对象，他们说这个不会打仗的指挥员干脆让他去当一个士兵算了，当了士兵也许会是个优秀的士兵。众口一词的军迷们很快就在网络上掀起了一股浪潮，特种兵大佬柴胜华又一次出了名。后来柴胜华知道了这件事，但他装着像什么也没发生一样，也没在网上与人争论。不过柴胜华知道，发表文章的记者叫欧阳燕，她是贺天高从初中到高中的同学。

欧阳燕在去特战队的路上，贺天高也同时开始了紧急逃亡。正午，沙尘暴隐去，失去了装甲大队的何玉凯决定指挥飞行大队去寻找贺天高，然后快速把他们给灭掉。正在逃跑的贺天高发现何玉凯的飞机时,霍长青的车队扬起沙尘,也从远处追了过来。贺天高侥幸打掉了何玉凯的装甲大队,激起了合成旅的火气,要想不被人家包饺子,就只能把部队化整为零。紧张地商议之后,贺天高决定把部队分成三支,一支由陈斌和柴胜华带领,一支由自己带领,一支由兵王和黑蝎子、周虎三个人共同带领。

临别的时候,贺天高突然站在了山坡上,吆喝了一声:"停一下!"刚铆足劲的队员们突然停下,等着贺天高开口。

"我只希望你们活着,能突围就突围,如果无法击破何玉凯的战斗单元,就算杀再多的敌人,也是无益。同志们,我希望你们活着出去,哪怕只有一个人,只要活着,骁狼的种,就不会灭。如果全体'阵亡'在这片戈壁,这不仅是耻辱,而且有悖人伦天道,我们绝对不打无把握的仗。呼延碧当了逃兵,这种原本不属于特战队的耻辱,我们还得背负起来,如果谁遇到被活捉的呼延碧,务必把他救回来!"贺天高猛地抬手,向大家敬礼之后就迅速朝着山里边跑去。

他竟然让大家突围,竟然认为没把握的仗不能打,全体"阵亡"是有违人伦天道的,在离开的时候,他依旧没有忘记把可能被何玉凯活捉了的呼延碧给救回来。跟在贺天高身后的葛念念心里突然一下子虚软了,也许时间真的太短,要了解一个人,单靠他所做的某一件事是根本不可能的,哪怕这件事需要十年时间,哪怕这十年里你一直在了解他,你也未必能把他吃透。

但骁狼特战队还是出了逃兵,尽管呼延碧只是来特战队"镀金",而且时间不长,但他已经穿上了特战队的衣服,和所有的队员们都称兄道弟,葛念念能感受到队员们愤怒的神情,那神情分明想把呼延碧给撕碎。

在特战队打完装甲大队,大家各自朝着集结地奔走的时候,呼延碧一个人悄悄当了逃兵。刚撤离的时候,他还跟着黑蝎子呼哧呼哧地跑,但等部队抵达安全的地方时,一清点人数,呼延碧不见了,呼叫他,发现他竟然把单兵电台给关闭了。毫无疑问,这个可耻的"葫芦娃"当了逃兵。恼羞成怒的黑蝎子把身上所有的巧克力掏出来踩碎,周虎抢着要捡起来的时候,黑蝎子目眦欲裂地吼道:"你要是敢吃了沾过呼延碧脏身体的东西,以后就不要见我!这种无耻的家伙能丢下我们跑了,鬼子来了就是大汉奸一个。滚!"

周虎最终没捡起这些巧克力,他自己的和黑蝎子的巧克力也全部被踩碎了踩进沙土。

呼延碧是在梁军需的眼皮子底下逃跑的。梁军需跟着他的时候,呼延碧知道这是最佳时机,于是他做出心力交瘁的样子,把自己的武器全部拿出来,跪在梁军需的面前哀求道:"亲兄弟,军需哥,帮帮我,实话跟你说,我年纪轻轻就有糖尿病、冠心病,你给我背上枪,我这辈子都记着您的好。"梁军需看看呼延碧,什么也没说就接了他的枪,然后说:"你歇歇,歇一会儿就追上我们。"

说完话梁军需就走了,他不相信呼延碧作为一个军人,会把枪丢了。看着梁军需远去的背影,呼延碧突然难过起来,他觉得自己在特战队里唯一没有好好聊天的就是梁军需,这是个善良的孩子。他渴望演习结束能和梁军需好好地说说话,劝他报考军校,梁军需当了几年兵,离开部队之后,这个单纯善良的孩子一定会十分孤独。

40

装甲大队刚落入圈套的时候,何玉凯就已经知道了。那时唯一能帮助装甲大队解围的,只有飞行大队。可是这狗日的沙尘暴,飞机根本就飞不起来,何玉凯只能催促霍长青。

戈壁看起来平坦,但到处分布的沟壑或山丘,常常让一块平坦的土地被分割成无数个独立王国。霍长青查着地图去围剿贺天高的时候,焦躁的他带着车队来到了一处"便道",等车队到了跟前,他才发现地图上标注的所谓便道,别说汽车过不去,就是靠一双脚板,也够大家喝一壶的。山梁虽然不足五十米高,但陡峭地横亘在眼前,恼怒的霍长青吆喝大家下车,他们打算翻过山梁,但这道被夜风腐蚀得如同豆腐渣一样松软的山梁,人爬上去才抓了一块石头,那石头就被一把掰掉了,这里的土质根本承受不了一百多斤的重量。霍长青为了抄近路救援,却不料反倒耽搁了时间,他不得不重新上车,加足马力按照地图上标注的车道赶了过去。

何玉凯的装甲大队说白了，就是一群常年被锁在铁壳子里的新兵。前任旅长以装甲部队容易遭受空中火力袭击为由，一直禁止装甲车上的士兵随意下车。所以多年以来，虽然装甲车一直在战场上来回奔突，但除了一些颇有资历的老兵之外，其他人除了一腔热血，都没有真正尝过打仗的滋味。

霍长青是知道装甲大队的，所以在救援的路上，他就呜呜地哭号起来，咒骂着老旅长把部队害惨了。如果装甲大队的士兵能像他的侦察营一样，天天靠着脚板子、肉胳膊好好训练，说不定贺天高这次真的就被拿下来了。但是在路上，他和装甲大队队长通话后，就知道装甲大队快全军覆没了。

"长青，我的兄弟们都是好样的，太惨了。"在隆隆的枪炮声中，装甲大队队长哽咽着说。那语气，分明就是不失时机地向霍长青展示他装甲大队的勇敢。这哪里是打仗，这是把士兵送到阵地上当炮灰，之后还说得很自豪！霍长青无法责怪装甲大队，他知道这种无所畏惧的牺牲精神，不是一天两天也不是一任两任队长能带出来的。

霍长青是个标准的粗人，粗到了只知道上级要求什么，他就干好什么，至于其他的，他一概不管。虽说他参加过的演习次数自己都记不清了，但这次，是一个旅去打一个仅有六十多人的特战队，这原本就是导演部想打合成旅的脸嘛，就算合成旅赢了，也不过是一个壮汉欺负了一个小孩，谁知道一开战，小孩的水果刀一下子就把这个壮汉给骗了。

霍长青觉得装甲大队那么多兄弟此时像一群溺水的孩子，正可怜巴巴地盼望着自己能给他们争取活下来的机会，但他却一点办法都没有。

没经历过绝望的人，无法理解"救援"这两个字所承载的重量。霍长青在汽车里终于忍不住呜呜大哭了起来，在宣泄完所有的情绪之后，他想起老旅长因为心疼装甲大队的士兵，最终导致他们今天眼睁睁地中弹，眼睁睁地"战死"。所以霍长青开始了抱怨，最终发展为咒骂。

后来霍长青的咒骂传到了向北耳里，恼火的向北把霍长青的咒骂一字不落地告诉了老旅长。但老旅长并没有因为霍长青的咒骂而怨恨这个头脑简单的下级，而是专门找了霍长青来聊天。他发现脑袋圆乎乎的霍长青根本就忘记了曾经在车上咒骂过自己的事情了。于是老旅长笑了，他拍着霍长青的脑袋，看着他单纯无辜的脸说道："你骂我的时候，应该摘下耳麦，你骂我的话让侦察营的人全都听到了。"

霍长青真诚地翻着白眼，苦苦思索了良久说："我骂您了吗？我怎么不知道呢，嗯，也许是骂了，那天晚上我确实生气极了，也许是真的骂了您。"

老旅长笑着说："你霍长青骂我了，我在特种兵指挥学院担任教研室主任的时候，教员们成天骂我，骂了就骂了，谁还能保证不挨别人的骂，不过以后骂我的时候，别给我起外号，你脑子这么简单，起的外号不准确。"霍长青不知道他是否给旅长起过外号，冲动之下的他加上一路焦躁不堪，脱口而出的话早就让他忘了个一干二净，不过他确实给老旅长起了外号，还声嘶力竭地吆喝道："黄脸婆，你这个黄脸婆，你个害死人的黄脸婆。"

老旅长确实长着一张黄脸。

直升机起飞之前，所有人都发现何玉凯快要疯了。他双眼塌陷，一夜之间嘴上生了一层霜一样的白痂，两个微微鼓起的颧骨如桃花一样白里透红。他把指挥部所有人集合到作战指挥室之后，就一根接一根地抽烟，什么话也不说。抽烟的时候，他用一个水杯罩着烟头，抽完烟，把烟头细细地搓碎，然后在地上抓一把土，把搓碎的烟头和土混合起来，直至看不见一点点烟草时，才把这些混入泥土的烟头渣子扔掉，再继续点燃一根。

何玉凯很少抽烟，但今天他快速地抽完了整整一包烟。最后他忍不住干呕了起来，吐了一地的黄水。候在边上的向北生气地帮他拍着后背，何玉凯这才慢慢恢复了先前的样子。

"都坐下。"何玉凯冷笑着扫视了一眼所有人，包括他的搭档政委。众人坐下之后，何玉凯像中邪了一样，斜着眼睛盯着政委和参谋长说了一通阴阳怪气的话。

"我何玉凯从院校交流任职到了合成旅。首先告诉政委，还有参谋长，我不是冲着当官来的，在院校，老何我是个优秀的教研室主任，今年年底，我将会毫无意外地被提拔为副院长。你们都知道，在教学上，全军没几个敢能和我何玉凯比高低的。我说这句话的意思，只是希望你们明白，我在合成旅不会待得太久，不是退休转业，就是继续回到院校去，所以我不会挡着你们进步的路子,你们没必要如此不配合我这个旅长。"何玉凯一说完,政委就恼火起来,斥责何玉凯气量狭小,一次失败不足以让他这么颓废,颓废就算了,部队打了败仗怎么能给战友找不是? 难道这次失败不是他何玉凯指挥的结果?

于是何玉凯夸张地仰起脑袋说道:"你正好接了我的话茬。不错,要是我不派遣侦察分队,我们不至于上当。但亲爱的伟大的指挥员们,我想知道黄浩为什么会一眼被贺天高的人给认出来? 唯一的原因,就是在以往对官兵的培养中,你们早就忘记了战场,什么时候都要反复强调形象,太好了,形象鲜明光辉的黄浩被贺天高的人一眼就认了出来。"

"大家都知道特战队设了一个圈套,都知道黄浩提供的情报是假的,这和黄浩暴露身份有什么关系?"政委恼怒极了,他发现何玉凯理屈词穷、胡搅蛮缠。

"即便是个圈套,但我们发现了特战队,这个圈套就得钻。如果黄浩不被识破,他贺天高就不会设这个圈套。"何玉凯双颊又开始潮红。

"装甲大队确实……不怎么地,可是这不是正在改变吗? 如果不是为了改变部队,谁会组织这场演习?"政委放开了胆量和何玉凯吵了起来。但何玉凯不依不饶,骂着难听的话,骂着合成旅所有的领导,最后竟然骂上了张万里和祖西安。

"你们长年累月浮在战争之外,亏了我在学校里呕心沥血地给你们教了那么多打仗的常识,但这么多年以来你们谁真正想过打仗?"何玉凯声音嘶哑。政委眼见不能再吵了,妥协了说:"何主任,您说,接下来该怎么办?"

政委直接称呼何玉凯在军校的职务。何玉凯愣了一下说:"叫何旅长,我现在就是旅长!"

"您是会打仗的何主任,我们都是官僚,咱们还是有所区别吧。您别介意我叫您什么,这场仗,您在指挥。"政委打开一瓶水递给何玉凯,他也声音嘶哑,但吵不过何玉凯。

"动员所有能参战的部队,全部去包抄贺天高,就这一件事! 如果再打不赢,那就只能说明一个问题……"何玉凯咬牙切齿地说,"特战队可以突围的地方,不但要布兵,还要埋设地雷,人力不足,就用飞机布雷,我不相信贺天高真能插上翅膀。"

"打不赢,说明什么问题?"政委有些恼火。

"合成旅所有的官兵,特别是指挥员,都不会打仗,或者根本没有打仗的心思。"何玉凯冷笑着。

"那又怎么样?"

"全部脱下军装,不换思想,就换人!"

"一切按照何主任的要求办!"政委恼怒地盯着副旅长和参谋长,何玉凯今天算是把话说尽了,他这分明就是骂街。

气象水文中心的情报送来之后,飞行大队就迫不及待地出发了,霍长青亲自驾着汽车配合飞行大队一起包抄贺天高他们。合成旅全旅出动,大家分头按照指挥部的要求,把特战队所有的出路都用地雷塞了个严实,以至于他们从南方带来的地雷全部被用完。一切安排妥当,何玉凯疲惫地坐在地上,让参谋给自己泡了一碗米饭,一勺子一勺子连饭带水地吃了个干净,吃饭的时候,他一直在寻思贺天高的骁狼特战队到底厉害到什么程度。至少合成旅和特战队比起来,就像一个愚蠢的农夫在对决一个武功卓绝的侠客。

昨天晚上天那么黑,还有沙尘暴,贺天高的狙击手竟然能接连两枪把压尾的装甲车两个观察镜打碎。距离那么远,能见度那么差,观察镜比巴掌大不了多少,贺天高不应该有多么先进的狙击枪,唯一的可能,就是这个狙击手太熟悉装甲车了。问题是特战队根本没有配备过装甲车,那么贺天高肯定是让他的狙击手反复研究过装甲车,既然研究过装甲车,那么飞机、通信车、坦克,他们肯定都研究过。狙击手完全是凭着感觉打碎了观察镜。何玉凯悲伤之余,竟然奇怪地笑了,这时候他突然觉得,自己还是当个教员比较合适,学生把自己打得这么狼狈,他还能笑出来。

何玉凯猜得没错,周虎确实研究过所有的武器,而且每一种武器,在他至少研究过不下一千遍。这是雷公鸣担任队长的时候,给特战队狙击手定下的死规矩,雷公鸣说:"你别以为重武器有多牛,你们动下脑子想想,只要是人操作的武器,就得有人能操作的部位,人能操作的部位,一般都是最脆弱也是最致命的部位。"许多年来,特战队的狙击手都像一个武器专家一样,成天研究所有武器的致命点。昨晚压尾的装甲车准备掉头的时候,瞄准镜里也只能看到装甲车黑乎乎的样子,周虎只能凭着感觉,把子弹朝着观察镜的位置射了出去。第一枪之后,装甲车似乎停顿了一下,周虎知道自己打中了,装甲车准备仓皇离开的时候,周虎开了第二枪,这次装甲车径直撞到了山坡上。

昨晚那两颗子弹,周虎用的是实弹。交战系统无法让狙击步枪把装甲车给打得停下来。使用实弹的时候,周虎稍稍有些犹豫,但旋即咬了咬牙,依照他的水平,子弹射出去绝对不会误伤到人,在演习中使用实弹,这是万万不能的,可是他没有任何选择。贺天高和其他人都不知道周虎使用的是实弹,紧张的他们也不知道为什么装甲车会突然撞向山坡。只是在部队撤离的时候,黑蝎子突然拽着周虎说:"你刚才放枪的时候,声音不对。"

周虎一把推开黑蝎子说:"去你的,有什么不对,又不是导弹。"黑蝎子就再也没说什么。

但在演习过后,何玉凯他们发现装甲车观察镜被打碎了,弹头径直在装甲车的顶上被砸成了两个鹌鹑蛋大小的铅饼。政委拿着两个铅饼,拍了装甲车受损的照片,找到导演部申诉,说特战队用了实弹,打碎了压尾车的观察镜,头一场战斗的胜利不算。如果演习中允许使用实弹,那这场演习就另当别论了。许克明大度地说:"没问题,你们的装甲大队没有被贺天高干掉,但你们的后勤保障大队呢?信息大队呢?除了装甲大队,两个大队都没了,你输了,还是赢了?"

政委恼火得什么话也没说。演习结束没多久,周虎还是被处分了,他违规使用实弹的事情,被导演部通报批评。演习毕竟是演习,你周虎艺高人胆大没错,但不是每个人都有你这个本事,今天要是不处理周虎,以后还会有违规的,那演习就真成了自家人的战斗,那还了得!

被处分的周虎后来无法再继续晋升,就转业了,据说公安机关珍惜这个人才,把他特招了进去,但周虎一直到退休,都没有机会再使用过实弹。

演习结束,黑蝎子和周虎他们都立了功,但颁奖的时候,两人死活不愿意上台领奖。他们说,发现何玉凯的保障大队,是瞎猫逮了死耗子,不是他们侦察发现的。但老王头在大会上说,瞎猫逮了死耗子,那瞎猫至少得有逮得住死耗子的爪子,嚼碎耗子的牙齿,他们九个人冲出了对手的雷区,剩下五个人打掉了对手三十多个人,这就是本事。于是老王头把闪闪发亮的三等功奖章提起来,亲自吆喝道:"李小白!"

黑蝎子迅速起立立正:"到!"

老王头又提了一个奖章吆喝道:"周虎!"

周虎也跟着起立迅速答道:"到!"

老王头像一个蛮霸的土匪,扭动着脖子,伸出提着奖章的手喊道:"跑步,领奖!"

于是两个人迅速跑到前台,冲着老王头敬礼,接了三等功奖章。老王头最后把属于兵王的奖章端在一个盘子里,沉默了良久,准备要说些什么,但最终也没能说出来。那天,兵王已经牺牲了三个多月了,周虎的记大过处分也已经宣布了。在给周虎评功的时候,有人说这家伙违规使用实弹,评功不合适,暴躁的老王头拍着胸部大光其火:"枪毙他之前,奖,还得领!"

颁奖结束,老王头专程去了驻训地,晚上他点燃了一堆篝火,带着队员们跳着不伦不类的舞蹈。老王头说:"何玉凯败在火光,特战队胜在火光,一样的火光,在不同的人心里就是不一样的热度。"

第十三章　被遗落的衰老

41

兵王他们逃跑的路线是翻越一座高地,然后再寻找出路,因为高地上霍长青的汽车上不去。在带着周虎和黑子他们冲上高地之前,何玉凯的直升机一直追着他们不断扫射,被迫无奈的兵王他们遇见沟壑就朝下跳,依靠沟壑躲避子弹。期间有两个队员被机枪打中了腿,兵王就开始耍赖,带着受伤的士兵躲在沟壑里藏起来说:"等交战系统的疼劲过去,咱再跑,反正没死,你俩要是'死'了,那就把你们撂下等着收容。"两个队员害羞地跟着兵王坐在山沟里,让黑蝎子又是按摩穴位,又是搓揉受伤的腿,最终不到一个小时,两个腿部中枪的队员又恢复了知觉,像从没受伤一样跟着兵王跑上了高地。

黑蝎子虽说脾气不好,自尊心却强得不行。他说:"这算什么好汉,要真的叫机枪给干上,这会儿小命都没了,班长咱不能这么不要脸。"没想到兵王却拉着脸给黑蝎子就是一个抽脖子:"有本事,让科学家把交战系统的痛感延续三个月,伤筋动骨一百天,能疼一百天,我就把他们当成伤兵。"

黑蝎子不想和兵王再顶嘴,大家已经没什么可以吃了,巧克力被自己踩碎了踩入沙土,和兵王犟嘴,他有一万个理由,但最后还得耗费不必要的力气。奇怪的是,何玉凯的飞机追了他们一阵,这会儿又不见了。但就在黑蝎子他们刚刚钻出沟壑爬上高地时,大家全都傻眼了。三架直升机嚣张地轮番在高地的四周盘旋着布雷,从飞机上射下来的地雷像密集的暴雨砸落尘埃一样,一米多高的灰尘瞬间把高地围了个结实。

何玉凯的飞行大队显然在调戏他们,一阵机枪扫过之后,他们从飞机上扔下来几个钢盔。黑蝎子捡起钢盔,这才发现这些钢盔全部是昨晚上阵亡的那些兄弟们的"遗物",钢盔里边还写着兄弟们的名字、血型和班排。

飞行大队确实在调戏他们,出发的时候,向北就专门和大队长交代说:"能抓活的,不要'死'的;能打残的,不要'打死'。第一仗咱们输得莫名其妙,接下来就得猫玩老鼠。这不是真的战斗,只是演习,是演习咱就得按演习的套路玩,如果能活捉特战队员,咱们的士气就鼓舞起来了。"

飞行大队队长揣摩了向北的话之后,对所有的飞行员说:"布雷,活捉。耗尽他们的弹药之后,带人过去一个个收拾,然后把他们带上飞机,绑在绳子上吊在空中,交给旅长。"

大队长甚至还专门安排了摄像人员,他要把特战队队员被吊在飞机上带走的画面录像,回去让全集团军的人观看。

飞行大队的飞机走远了,兵王他们沮丧地发现,要想逃离这片高地,就得冲过眼前一个差不多七十多度的斜坡,下了斜坡就是一片沙石丘陵,进了丘陵,说不定就有活着逃出去的可能。但眼前的斜坡和高地的边缘,飞机布设的地雷密集而宽阔,目测至少有十几米宽。

兵王蒙了,他习惯性地想找雪茄,一摸却只有几个药瓶。黑蝎子和周虎他们此时已经没了办法,现在想后退,也没有可能了,巴掌大的高地上,左侧是悬崖,右侧也是悬崖,后边就算能跑出去,也会被何玉凯的侦察营追上来屠杀殆尽。大家就这样一直坐在光秃秃的高地上候到了黄昏,最后兵王实在忍不住了,他提出了一个办法:"地雷不就是一次性爆炸的玩意吗,把他引爆不就得了? 这样,我给咱冲过去,凭借我这身本事,冲过去也许还炸不死呢,你们后边一个个跟着我冲。"

兵王的办法很笨,但这也是唯一的办法了,他们只能依靠肉身去把地雷引爆,踏出一条路,大家才有办法活着出去。兵王决定自己先来,但兵王还没来得及站起来的时候,一个队员就拉住兵王说:"这事怎么能让指挥员来,我来,真要把我摔死了,你们就权当我是第二个宋大雷,但这毕竟是一道陡坡,我估计摔不死。"说完那个队员就后退了几十米,接着像脚底下装了弹簧一样,跳跃着朝雷区跑了过去,旋即一声巨响,几米高的沙尘把这个队员凌空抛起,一下子摔在山坡上,紧接着又是一声巨响,落在山坡上的队员又被抛起来扔了出去。

望着被接连炸得飞起来的队员,黑蝎子当场就尿了裤子,他不是害怕,而是想到了宋大雷被抛起来的样子,于是他像被妖魅瞬间吸走魂魄一样,全身都不听使唤了。好在他体内已经没有多少液体,裤子并没有被尿液浸湿。

何玉凯他们布的地雷确实刁钻,被踩中的地雷爆炸之后,边上其他的地雷竟然没有被引爆。兵王还没来得及开口,又有一个队员朝着爆炸过的缺口冲过去,于是他又被抛下了山坡。剧烈的爆炸声引起了刚刚离开不久的直升机的警觉,兵王看到远处的飞机后,喊了一声:"跑!"于是兵王带头踏着缺口冲了过去,没想到他刚跳下山坡就踩了雷,剧烈的爆炸过后,一股气浪把兵王重重地扔下了山坡,他感觉自己昏了过去。也不知过了多久,等他缓过气的时候,他发现周虎、黑蝎子和另外两个队员已经成了远远的背影。不远处,躺着另外四个队员,一动不动。

望着周虎他们的背影,兵王突然感到了一阵失落。这就是战争,战友们还得去打仗,没人顾得上躺在地上的"尸体"了。即便是自己,被黑蝎子当成父亲一样看待的一个老兵,这个时候,也只能丢下不管。直升机追赶着逃离的黑蝎子他们,机枪的声响沉闷短促,看到黑蝎子他们跑入丘陵的时候,兵王闭上了眼睛。

估计他昏迷的时候,黑蝎子拉过自己,他衣服的后襟卷了起来贴在后背上,前边的拉链被撕开了,身后是一道差不多十几米身体被拖动的痕迹,他像一具"死尸"一样,被黑蝎子或周虎在地上拖了许久。那时候他已经昏迷了,也许何玉凯的飞机已经赶来了,为了躲避飞机的扫射,黑蝎子不得不扔下自己逃离,而且给他的身边放了一个水壶。一摇晃,水壶里差不多还有两三口水。

水是留给复苏的"尸体"的,兵王把黑蝎子的水壶拿起来,一口气喝完,扔下水壶之后,他把另外四个被炸昏的队员一个个抱起来,平放好,又一个个把了脉搏,他们心率正常,过几个小时,就能苏醒,然后恢复体力,被收容队带回去疗养。自己既然醒了,就能跟着黑蝎子他们一起突围出去,老天对自己确实厚爱，如果等着收容队来了再醒过来，这辈子最后一场演习，大名鼎鼎的甄志国就要以一个"阵亡烈士"的身份离开部队了。

兵王没读过太多书，但他知道，英雄必须在万人敬仰的目光中落幕，带有瑕疵的英雄，会被人们质疑，甚至遗忘。如果让他这个享受着正团待遇的士兵，在即将退休的时候被人说，这个老东西被地雷炸死了，那他还是什么锤子兵王，他也许会为此而内疚，儿子也会一直询问他英雄不是死不了吗？

站起来的时候，天色已晚，兵王担忧地看看躺在地上的四个队员，迟疑了一阵，就拔出信号枪，对着天空开了一枪。绿色的信号弹发射出去的时候，兵王抬腿冲着丘陵地带去了。

兵王发射的信号弹是通知导演部收容队的，许克明派出的救护直升机抵达兵王发射信号的地方，把还没有苏醒的四个队员抬上飞机的时候，兵王才跑进不远处的丘陵里。他发现自己实在跑不动了，每走一步心跳得像要吐出来一样，一股巨大的悲伤和不甘涌上心头，他走走停停，在一个山包前疲惫地躺下之后，他听到了黑蝎子喊他的声音。兵王特别想睡过去，困极了，这辈子从来没有这么困过，他想是不是人老了都是这个样子，可自己离五十岁还差几个月呢，换成其他人，人家还在打麻将喝大酒吹牛皮骗女人呢，真不中用。

眼睛抬不起来，黑蝎子的手拉着自己的时候，他还有一点意识，等感觉被人扛在背上的时候，他就开始呼噜连天。那一刻，就算是何玉凯的人把他扛走，他也睁不开眼睛了，也不想睁开。这一觉，睡得实在香甜，他接连做了三个梦。

他梦到自己正在训斥柴胜华，原因是这个芝麻大的小官竟然在他面前背着手走路，这还了得！你柴胜华是特战队的兵，从一个列兵成长为队长，最后又当了副处长，你什么好的不学，非得学这些没用还讨人嫌的样子。背着手就说明你自认为官大了，地位不一般了。你看看闵一礼，他心里比谁都想当官，但他从来都是稳重笔挺地走路，从不背手。柴啊，你要是个农民，你爱干啥干啥，可你是个副处长，你一背手，别人就会笑话你，讨厌你，说你充老大。柴胜华似乎没听见他的话，笔直着身子，继续背着手和他并列前行，兵王就厌烦地不再说什么。他似乎一个人来到了特战旅，看到了老王头,老王头谦卑地对他点头哈腰,他就拉着老王头说:"你什么毛病啊?"老王头说:"要不是您一脚把我踢下飞机,我到现在还是个胆小鬼,班长你不要走,你要是走了,我以后找谁说心里话去?"老王头的房间似乎来了人,他们聊着什么。最后他又看到了大雷,大雷开心地抱住他,一脸的激动欢快。大雷说:"班长,你把我扔下不管了,你为什么不找我、不理我,我找你找得好苦,我终于把你找到了!"然后他就跟着大雷,一起到了一个漂亮极了的地方,两人打开一瓶洋酒喝得不亦乐乎。大雷说:"我知道你喜欢喝洋酒,专门给你备的。"兵王喝着洋酒的时候,他觉得洋酒的味道古怪、苦涩,等醒来的时候,他发现周虎正在给他灌水。

看着兵王醒过来,黑蝎子呜哇一声哭了出来,他说:"班长你把我吓死了,你昏过去了你知道不? 你的脉搏都不正常了,走,咱们送你回去!"兵王缓过气来,拿着周虎的水壶闻了闻,最后把水壶直接给扔了。

"谁的尿? 说! 狗胆包天了,给我灌尿? 说! 谁的主意?"兵王指着周虎和黑蝎子骂了开来。

黑蝎子和周虎没一个人敢吭气,当时兵王嘴上的血痂都能掀下来了,舌头已经像土坷垃一样缩成了一团,大家只好轮流用周虎的水壶接尿,挤了差不多一茶杯,兵王就是喝完这些尿才苏醒过来的。

兵王当然不止一次喝过自己的尿,其实他并没有责怪这帮兄弟,他只是想借题发挥,让黑蝎子他们别再让自己退出战斗。这不是他们的权利,他们的这份好他并不领情,要想退出战斗,他早就退出了,犯不着到了这个关头再离开。

这是一场不寻常的战斗,到底有什么玄机他甄志国不懂,但要是这场战斗真的是普通的一次演习,那葛念念、华雨桐和呼延碧就不会来了。他想,我甄志国跟着部队折腾了这么久,你们不让我知道这场战斗最终为了啥,那不行! 人老了就被嫌弃,人不中用了就被嫌弃,你们觉得天下是你们的了? 还早着呢!

兵王也有演员的天赋,他发怒的状态悲愤、痛苦。尽管他吼叫的时候,因为力气不足,每句话都要断开几次,但那种发自胸腔的声音空旷短促,像糠心的萝卜一样,一开口,就让人发现他可能随时会在呼喊中把整个身体炸裂。

担心兵王出事的黑蝎子害怕起来,最后他不得不承认,说给兵王灌尿是他的主意。兵王似乎原谅了他,他把手伸给了周虎,周虎急忙拉着他站起来,几个人扶着踉跄的兵王朝着丘陵跑去。兵王一路上感慨不已,黑蝎子和周虎他们到底还是一群大孩子,在自己虚张声势的训斥中,这两个小尿包就忘记了要把自己送回去的事情。看来他们已经逃出了何玉凯的包围圈,但这样逃生总不是个办法,得找到何玉凯的部队,拼着一口气把他们干掉,否则这场战斗他甄志国就多少有些美中不足。

天黑下来的时候,饿得头昏脑涨的兵王他们缩在了一个冰冷的角落,大家你一句我一句地斥责黑蝎子,说你要是不把巧克力糟蹋了,兄弟们这阵子至少能补充一点能量。如果是夏天,戈壁滩会有一些出来晒太阳的蛇,就是生吞活剥,至少也能充个饥,但现在,深秋的寒冷早就把那些肥成棒槌的蛇驱赶回了地洞。戈壁滩除了骆驼刺,再就是今年长得旺盛的青草,他们只能喝西北风,或者像野马一样咀嚼那些带着一股寡淡的绿草。一说起绿草,兵王他们就迅速嗅到了绿草的清香,周虎说:"这里曾经是草原,蛰伏在地下的草种在今年的雨水中又萌发了生命,这些绿草既然在千百年前养肥过牛羊骏马,肯定没毒,吃!"于是几个人在周虎的撺掇下,大家揪了一把一把的野草吞咽。虽然已是深秋了,但戈壁滩的绿草还稚嫩得如同一只刚出生的羔羊,根本就不经嚼,而且吃了之后,周虎就止不住开始拉肚子了,最后兵王就不准大家再吃这些来路不明的东西了,让大家忍着,歇一会再出发。

半夜,大家顺着山谷悄然前行了十多里路,休息的时候周虎又出去拉肚子。他感知了一下风向,找了一处背风的山崖蹲了下去,周虎十分注意隐蔽自己,风会带着臭味,让潜伏在周边的敌人知道这附近有人,那么他就彻底暴露了。好在今晚有一座笔挺的山崖挡着,解手的时候,周虎迎着风大口地呼吸,夜晚的戈壁滩秋风寒凉,他需要更多的氧气,饥饿会让心脏的负担加重。就在他大口呼吸的时候,他嗅到了一股米饭的清香,不错,绝对是刚出锅的米饭,香喷喷的。等确定米饭香味传来的方向时,周虎抓起一把青草擦完屁股,就提着裤子顺着山坡滚落了下去。突然滚落的周虎吓了兵王他们一跳。

"这要不是何玉凯的人,老子提了脑袋。上,先抢上一顿饭再说!"黑蝎子像猎狗一样蹦了起来,迅速筹划了抢粮计划。他说:"如果发现他们的锅灶,我负责抢吃的,能把锅端着就端着,锅要是太大,就拿钢盔舀上满满一钢盔,然后就跑。周虎负责断后,以周虎的枪法,一枪一个,最后就没人敢追了。剩下的两个兄弟负责保护兵王。大家在撤退的时候,我就腾出一只手,把米饭捏成饭团,一个一个扔给大伙,万一跑散了,得了饭团的兄弟们不至于被饿死。"

于是大伙悄悄摸了过去,在一处稍稍开阔的地方,他们明显闻到了大米的清香,还有蒜苗炒肉的味道。但这里漆黑一片,什么也看不见。于是他们潜伏了下来,等着何玉凯的人自己暴露。就这样在巨大的折磨中,他们流着口水一直守到了黎明。黎明时分,山底下突然传来了汽车的轰鸣声,然后地面上露出一丝亮光,两三个人鬼鬼祟祟地从地底下露头出来,他们接连拿出十几个保温桶,放在汽车上,等汽车黑着灯开走之后,这几个人又掀开盖在地上的伪装网钻入地下。

"这是一个后勤保障基地,他们不知道正在给谁送饭。何玉凯的部队就是讲究,打仗的时候都忘不了要吃热米饭,还有回锅肉。"兵王有些鄙视这个特种兵指挥学院教研室主任出身的旅长。特战旅的兵都是自己给自己做饭,哪有什么后勤保障部队,这都是几十年前的老办法了,他们居然现在还在用!

天色微微放亮的时候,兵王发现这里竟然还有暗哨,七八个分布在山头上的潜伏哨躲在小小的坑道内,正注视着周遭,自己身底下不远处,就有一个暗哨,可惜的是,这个暗哨竟然睡着了。如果他们没睡着,兵王这五个人,早就被打了黑枪。

兵王没有和谁打招呼,像一条苍老的蛇,头朝下顺着山坡悄悄"游"向了身下的暗哨,两个正在熟睡的哨兵还没明白过来,就被兵王一拳一个打昏了过去。兵王悄悄招呼了一下,黑蝎子他们四个学着兵王的样子,顺着山坡游走下来,六个人挤在几平方米的地窝里,大家都有些喘不过气。饿得头昏眼花的周虎抖抖索索地搜着这两个哨兵的身上,但挂包里没有一口吃的,水壶也是空的。

天色放亮的时候，忍无可忍的周虎说："你们干脆冲进去，我躲在这里给你们打黑枪，说干就干，再不干，我们就饿死了。"兵王同意了周虎的建议，拿胶带把两个已经苏醒的哨兵封住了嘴巴，又绑了手脚之后，就悄悄靠近了地窝。

冲入地窝的时候，兵王发出了一声长长的叹息。他甚至愤怒地想和导演部吵上一架，让他甄志国和这群没脑子的家伙打仗，简直就是对自己的侮辱。

这是一个巨大的地窝，至少上千平方米，像一个隐藏在地下的营区，要什么有什么。地窝里整齐的床铺上，此时正熟睡着差不多二十多个人。兵王他们蹑手蹑脚地把他们挂在墙上的枪全部藏了起来，然后狼吞虎咽地吃饱了肚子，干完这些，这些人居然还没醒过来。最后还是吃饱的兵王摇醒了床上的少校，当少校看到穿着特战服的兵王时，顿时愣住了，他先是眨眨眼睛，又揉了揉眼睛，这才疑惑地问道："敌人？"

"骁狼，甄志国！"兵王冷冰冰地开口。

没想到少校却突然变得热情起来，他欣喜地伸手握住兵王的手吆喝道："李小兵，合成旅后勤保障大队长！您就是那个兵王啊！久闻大名了，久闻大名了，咱怎么在这里见面了，快坐快坐！"

李小兵热情的吆喝声终于惊醒了床上的所有人，当他们一骨碌爬起来的时候，黑蝎子和另外两个兄弟都端着枪，一言不发地对准了他们。

李小兵穿上衣服之后，开始和兵王拉家常。他说："你们怎么摸进来的，我的哨位有七八个，你是不是把他们全部干掉了？哎呀，说实话，我这个队长不好当啊，后勤保障大队平时训练少，保障任务重，都不是打仗的料，原来侦察营一直在附近替我们守着，后来侦察营去追你们了，我们大部分人又被抽调出去埋地雷了，就剩下这点人。要是人多点，哨兵也不至于睡着，你们也进不来。兵王班长，说真心话，我们失败了，不完全是我们的责任，旅部指挥也有问题，我们每时每刻都要给前线送弹药，没有时间休息，大家都累坏了。好了好了，既然败了，我们认了。今天你们拿掉了后勤保障大队，两个战斗单元都没了，合成旅输了，演习也结束了。这样，咱们交个朋友，以后有机会，来我们合成旅做客，给我这帮兄弟上上课。"

李小兵一边说着话，一边给兵王拿了罐头、牛肉、鱼肉干，他崇拜兵王的样子让所有人看了都会感动。兵王在李小兵的热情招待中就信以为真了，他一边以一个老大哥的身份教训这个队长，一边吃着人家的牛肉，还喝了人家一瓶啤酒。

"以后得长点眼，你们这是打仗？你当队长的敢脱光了睡觉，你以为骁狼是吃干饭的？我都快五十岁的人了，在战场上都不敢脱衣服，你年纪轻轻的就贪图安逸？"兵王真诚地批评着，李小兵谦虚地点着头。

其实这个李小兵是个狡猾的家伙，他发现兵王倚老卖老的个性之后，一边给他戴着高帽，一边拖延时间，他希望天亮之后，换哨的哨兵进来后再开战。他的地下营区外边，至少还有十几个人，兵王他们只有四个。就算把他和地窝里的人全都给"毙"了，兵王也逃不出去，保障大队这个战斗单元还能保全，埋地雷的教导员带人回来，他保障大队照样还在。

不耐烦的黑蝎子听着这个叫李小兵的家伙唠叨着，感觉似乎有点不对劲，他走过去想把坐在箱子上的李小兵拽起来的时候，李小兵突然从箱子的缝隙中抽出手枪，对准兵王的胸膛就是一枪。猝不及防的兵王正嚼着人家的鱼肉干，被突然一枪打得一个跟头栽倒在地上。交战系统的痛感刺激让他迅速昏迷了过去，狂怒的黑蝎子飞起一脚，把正准备对自己开枪的李小兵踢得撞在了边上的柜子上，这一脚他几乎用了全身的力量，可怜的李小兵一下子被撞得昏了过去。他栽倒在地之后，黑蝎子对着他的身体接连开了几枪。

那些骚乱的士兵们开始了反抗，他们准备冲上去夺了两个队员的武器，两个队员跳到高处，一顿乱枪扫射。周虎没等到兵王他们出来，也没吃上一顿饭，地窝里的枪声响起来的时候，四周山上突然出现了十几个暗哨，哨兵们提着枪朝着地窝冲去，周虎接连开了几枪，打翻了几个哨兵之后，迅速跳出地窝，开始运动着朝哨兵们开枪。

在特战队所有人的眼里，黑蝎子冷酷暴躁，甚至在贺天高和兵王看来，让黑蝎子单独去执行任务，保准会制造出什么事端。磨骨山的战斗之后，特战队其实已经进入战场了，当了七八年兵的黑蝎子是知道擅自脱离战场的后果的，但他照样翻墙外出，找到鹿子抽了人家一顿。但没人知道，其实在最危险的时候，或者遇上真正要命的事情，黑蝎子比谁都冷静。当他发现兵王的脉搏十分微弱的时候，他一边冲着朝地窝里冲锋的对手吆喝着让他们住手，一边向贺天高冷静汇报，说兵王出事了，心跳几乎摸不到了，请求贺天高联络导演部来救援。但黑蝎子的吆喝并没引起对手的注意，在剩下的两个队员寻找着掩体去阻止那些冲向他们的士兵时，找不到担架的黑蝎子徒手劈开了一个装枪的箱子，他把木箱的盖子放在地上，把兵王抱上去让他躺好，然后就吼叫着让没被打死的队员过来帮忙。众人抬着兵王冲出地窝的时候，对手的哨兵只剩下三个人了，这三个人望着突然被抬出来的兵王，顿时愣住了。不远处的周虎听到了黑蝎子撕心裂肺的吆喝，迅速过来帮忙，四个人抬着木箱的脚，踩着起起伏伏的丘陵，朝着直升机可以降落的地方冲了过去。

何玉凯保障大队仅存的三个哨兵，眼看着黑蝎子和周虎他们抬着兵王离去的时候，都傻眼了，他们当然不能再开枪。但何玉凯的飞行大队确实愚蠢，追来的直升机发现三个哨兵之后，错误地以为这三个仅存的哨兵是特战队的人，一阵机枪扫射过后，三个士兵就倒在地上起不来了。

其实如果兵王的身体没有出现问题，李小兵绝对不可能一枪打准他的心脏。尽管兵王看见了李小兵从箱子缝里拿枪，也知道应该一把抓住他的胳膊，打落手枪，但这一切，仅仅只是他的意识。那时候的他疲惫虚弱，渴望有一张床，温暖柔软，让他躺上去然后永远也不用睁开眼睛，这辈子实在太劳累了，他渴望一场轰轰烈烈的睡眠。

从未满十八岁入伍，一直到即将五十岁的时候退休，这个悲壮的老兵一直在追求让人无法企及的崇高。他仅仅上过初中，甚至一辈子都不知道崇高的内涵是什么，也不知道什么是责任和道义，或者一个士兵的担当，他只知道本分，再就是他一直从未说出口的"脸面"。把自己训练成兵王，这是本分，其实更是他甄志国一直以来渴望的脸面。在国外参加侦察兵比武，他去救援被叛军绑架的友军时，也打过退堂鼓，他担心自己一个人根本救不出那么多人，而且会被那些凶残的叛军打成一堆肉泥，但这个念头一闪而过的时候，他就羞愧地骂了自己一句"羞先人咧"。如果别人知道自己见死不救，他不知道该如何面对那些责难的目光，活在被人看不起的目光中，还不如死了干净。所以他最终抱着必死的决心，才成功地把那三十多个友军给救了出来。

这次华雨桐一直让他不要参加战斗,他甚至恼火地认为这个女子不怀好意,即使没有磨骨山战斗遭受的屈辱,他只剩下军旅生涯中最后的一场演习了,有多大的坎他甄志国迈不过去?既然还没有退休,那他甄志国就还是特战队的兵,凭什么不能参加这场演习?让人说甄志国倚老卖老,怕苦怕累?不就是一场演习嘛,又不是真的打仗,真打仗了他也不能退休,这辈子就别再想退休的事了。华雨桐想让自己带着羞耻离去,这个碎女子不怀好意,这个来自上级的女军官,也许担心他在这场战斗中抢了谁的功劳。

但在昨晚追黑蝎子他们的时候,一股强烈的预感让他觉得这辈子也许走到头了。一个人躲起来吃药的时候,他恍惚间看见了骁狼特战队的兄弟们正围拢着自己哭泣,他丧气极了,努力驱赶了那个幻觉。和那个李小兵聊天的时候,他发现这个长得像女人一样的队长浑身充满了善良和温暖,像要随时准备给自己佩戴勋章的大人物一样,所以不由得放松了警惕。但当李小兵抽出手枪的时候,他突然想睡过去,有了一股强烈的躲开这个世界让自己休息的念头,而且是永远地休息下去。

他太累了。躺在弹药箱的木板上被黑蝎子和周虎抬着,天色蔚蓝而清澈,在戈壁滩待了三十年,他从来没有这样观察过这里的蓝天,天是透的。

那些读过书的小家伙们头一次来戈壁滩的时候,几乎每个人都要对这里蓝天的透彻感到惊讶,他一直不明白天就是天,怎么能是透的?但今天,他确实感觉到了天的透亮,蓝色是一眼看不到底的,像清澈的大海一样,天原来不是他一直以为的像一面镜子一样,不是一个平板。他可以飘起来,一直去触摸蓝天的底部,但就在脚底下的山峦都看不见的时候,并不高的蓝天还是没能让他触摸到。

这里柔软极了,他感受到绸缎一样柔软的风在包裹着自己,每一寸肌肤都轻轻地贴在这看不见的柔软之中。有一丝丝冰凉,但这股冰凉只是在提示他,自己是一个孤独的飞行者而已,并没有让他有任何的不舒服。他看到了身边的白云,轻柔而遥远,他终于有些疲惫了,抬起来的手软软地坠落了下来。他的听觉此时无比灵敏,他听到身下弹药箱上的钉子,正在一点点插入黑蝎子的肩膀,钉子刺入肌肉咯吱咯吱的声响都听得清清楚楚,他甚至听到了红色的血液从黑蝎子的肩膀朝外泛出的声音,就像一眼新泉,突突冒水的声响十分响亮。

兵王想把手伸向身下的肩膀，去堵住那些开裂的肌肉，让血别再流出来，但他感觉自己像在梦中一样，看得见自己的手在动，却堵不住黑蝎子的伤口。

　　黑蝎子已经顾不上肩膀上的钉子了，他一边呼叫着贺天高，一边扯着箱板，踩着高高低低的沙地一直朝前跑。何玉凯的飞机跟着追来的时候，机枪扫射了一阵，然后一直跟着他们飞。等眼前出现一点平坦的地方时，飞机降落了，感恩戴德的黑蝎子和周虎他们把兵王抬上了飞机，这架正在打仗的飞机径直去了省城的医院。

　　飞机是飞行大队队长亲自驾驶的，他被责令转业之后，一直在和朋友的聚会中讲述他拯救兵王的故事。他说不是自己飞得太慢延误了时间，而是兵王被抬到飞机上的时候，就已经没了。他一直唠叨着，说周虎在飞机上吃着他们剩下的面包，面无表情，左臂被钉子划了一条大口子，血就一直流着，流到了医院。他说黑蝎子的前胸后背被血浸透了，他趴在兵王身边，一直攥着兵王的手。到医院的时候，兵王攥着黑蝎子的手已经有些僵硬，是医生帮忙给掰开的。

　　黑蝎子在医院里几乎丧失了意识，赶来的雷公鸣接连问了他许多问题，他都翻着眼睛没有听见，最后黑蝎子咕咚一声栽倒在医院。周虎和另外两个队员在兵王的遗体进入太平间的时候，被导演部要求退出战斗。飞行大队队长说其实他完全可以在把兵王送上飞机的时候，把周虎他们俘虏了，但真要那样做，这演习就太矫情了。但无论矫情与否，死去的兵王被安置下来之后，战斗还是不能停歇，既定的规矩还得遵守，周虎和黑蝎子他们确实应该被视为俘虏，或者"战死"的队员。

　　飞行大队队长救了兵王不久，就被何玉凯勒令转业。转业前，大队长被降职处分。原因非常简单，就是他的飞行大队看到了黑蝎子他们逃进丘陵，但却没有向何玉凯汇报。

　　飞行大队队长不向何玉凯汇报的原因，是他为了羞辱兵王、黑蝎子他们，专门埋雷把他们包围起来，准备活捉了带回去，但没料到兵王他们最终逃离了包围圈。

　　"如果告诉旅长，我为了羞辱兵王他们才没有向上级汇报，我照样会被撤职处分,勒令转业,我了解何旅长。"大队长转业后和战友聊天时这么说道。

"羞辱兵王他们,图什么?"

"献给军长张万里和政委祖西安的礼物,尽管这个礼物最终没能献成。"飞行大队队长那天喝得微醉了,他意气风发,似乎看到了张万里等着自己把兵王像抬牲口一样抬回去。

42

贺天高执拗地以为自己是因为过度的饥饿出现了幻觉。他像一只敏捷的猿猴一样爬上了山顶,不停地呼叫兵王,但兵王还是没有回应。他又呼叫黑蝎子,刚刚报信的黑蝎子说,兵王已经进了殡仪馆。

一直到太阳下山,何玉凯终于接通了贺天高的电台,他告诉贺天高,兵王牺牲了,然后他希望贺天高能尽快现身,和他打一仗,之后回去料理兵王的后事。通话的时候,何玉凯感觉自己像一只野兽一样残忍,他用兵王的牺牲来折磨躲在山里的学生,还把兵王牺牲的原因和准确时间,以及遗体停放的地点都告诉了贺天高。

贺天高顺着山坡一直滑了下来,尖利的沙石划破了衣服,后背和屁股上都是鲜艳的伤痕,但他并没有感觉到疼痛。他让文斗才接通了雷公鸣,雷公鸣说兵王确实牺牲了,但特战队在"绝杀死地"的演习中,已经大获全胜,兵王牺牲前,干掉了何玉凯的后勤保障大队,截至目前,何玉凯的两个战斗单元确实被打掉了。

贺天高的脑袋晕眩了起来,他问文斗才:"兵王是不是走了?"文斗才大声说了一声:"是!"他又问葛念念和华雨桐,两人都沉重地冲他点了点头。贺天高最后盯着梁军需,艰涩地对他说:"梁军需,你不能说假话,你也不能听错,不允许你听错,告诉我,兵王班长怎么了?"

"他没了,在医院里,遗体都停放好了,等您回去料理后事。"梁军需已经没力气哭了,眼泪在这段时间已经被饥饿和干渴蒸发干净。他躺在地上,看着摇晃着自己的贺天高像一个重叠的影子。

葛念念一直觉得贺天高看似阴郁,实则潜伏着巨大的戾气,只是一直没有爆发出来，但兵王牺牲之后，贺天高终于爆发出这股戾气。这让葛念念浑身都起了一层鸡皮疙瘩，为此她恐惧地把华雨桐推到自己的前边让她保护自己。

听梁军需再次确认兵王牺牲的消息之后，贺天高像挨了一顿闷棍一样，脑袋剧烈地摇晃起来，旋即瞪大眼睛，望着远处即将暗下来的山谷，突然爆发出一声凄厉的呼号。等他慢慢回过头，葛念念发现，贺天高的两个眼角已经撕裂了，鲜红的伤口在脏兮兮的脸上十分醒目，一丝丝的血，慢慢地顺着眼角流了下来。

读小说的时候，葛念念看到过有人会哭出血，但今天她终于知道，血是哭不出来的，血是眼角撕裂之后流出来的。

贺天高有些狂乱，他目光涣散地盯着众人看了看，从口袋里摸出一寸长的死蛇，然后把蛇肉和骨头一点点嚼碎吞了下去。最后他告诉大家，晚上准备突围，活着离开戈壁滩，给兵王班长安置后事。

黎明时分，戈壁滩迎来了今年深秋的雨夹雪。

好些日子没下雨了，文斗才收集了许多雨衣，铺开来挂在陡峭处，希望能积攒一些雨水。但当雨滴和雪花落在雨衣上的时候，很快就凝结成了铜钱厚薄的冰。文斗才抖着雨衣，把这些冰碴全部集中起来，然后给大家一人一把分了吃。这是两三天以来，他们唯一吃到的"食物"。

晚上的雨夹雪逐渐大了起来，最后从戈壁滩一直漫延开来，降落在省城。省城的地面上积了一层薄薄的冰雪时，雷公鸣和老王头正带人给清洗完遗体的兵王化妆遗容。清洗兵王遗体的时候，雷公鸣发现他的后背上有许多伤疤，其中有一处明显是子弹射进去手术后留下的疤痕，但是兵王从来没有和他们说过。

甄铁诚晚上赶到了兵王安歇的医院。寂静的院子里空无一人，冰雪覆盖的水泥道路干净脆弱，下车之后，他每走一步，就听到咔嚓咔嚓冰雪碎裂的声响。甄铁诚回过头去，昏暗的路灯下，那些被踩碎的冰雪反射出水晶一样的亮光，一直从自己的脚下，延伸到大路的尽头。甄铁诚对着那些破碎的脚印笑了，他在心里对自己说，这些碎裂的脚印看起来这么苍老，就像兵王一直不愿意承认的苍老一样，被甩落在兵王的背后，于是兵王永远年轻。

　　甄铁诚失落地走到兵王遗体前,静静地凝视着兵王,突然泪水就奔涌了出来。他急忙躲开众人把眼泪收拾干净,雷公鸣和老王头望着甄铁诚,他们发现这个"甄精神"变了。

第十四章　来自夜晚

43

李瑾的汽车一路朝着戈壁滩的深处开去,隐隐约约的枪炮声远远传来,但是他不能循着炮声过去。贺天高让他自己成立一支战队,逮住何玉凯就打。昨天晚上他就知道,兵王好像是不行了,他听说兵王打掉了何玉凯的后勤保障大队,战斗其实已经结束了。但是疯狂的何玉凯并没有停下的意思,死死地围困着贺天高他们,霍长青和其他部队也守着柴胜华藏身的山坳。

按照演习规则,何玉凯是失败了,但这是一场战争,他的大部分部队还在,既然是在打仗,他的部队既然没有全部战死,那么他就必须把剩下的敌人歼灭掉,这和输赢无关,而且导演部也没有叫停这场演习。

漫无目的地搜寻何玉凯的部队时,李瑾在临近小镇的地方,似乎看到了一个熟悉的身影,但这个人到底是谁,他一直没想起来。直至正午的时候,身边的一个队员突然脱口而出:"副队长,那个人是逃兵呼延碧。"

那个人确是呼延碧。在打完装甲大队撤离的时候,呼延碧就寻思着如何逃离。原本他计划在特战队的时候就让莎莎用那份没有传送完毕的假情报,引单犇牧背后的老大出现,但一直没有等到莎莎的消息。部队泅渡的时候,他悄悄藏在背囊里的侦察设备全都放在车上扔在了戈壁滩,焦急的呼延碧又不能说出自己的任务,只能跟着部队泅渡。在湖中的时候,他想偷偷地落在后边游回去,但周虎十分警惕,一直盯着他的后边,迫不得已,他只能硬着头皮跟着部队走。晚上打仗的时候,他又想逃跑,但周虎担心,专门安排了两个热心的队员保护他。那时候,呼延碧后悔得肠子都青了,早知道特战队的人这么顾群,一进特战队,他就不能装作什么都不行,也不能经常给别人吹嘘自己胡编乱造并不存在的大伯和二舅,以至于让特战队把他当成了一个草包,而且是一个品行不端的草包。

呼延碧把自己伪装得如此愚蠢混账,是因为他不相信单犇牧他们没有盯着自己,一旦这群人发现莎莎骗来的这条"肉狗"并不是一个糊涂虫,他们就会对自己的身份产生怀疑,那么诱使单犇牧背后的黑豹现身,基本就是一个不大可能完成的任务。呼延碧还有一个说不出口的原因,他知道闵一礼帮助马德龙承包了训练场附近的宾馆,还知道莎莎进入训练场的通行证也是闵一礼给的。虽然他相信也知道闵一礼肯定不是敌人,但这个愚蠢贪婪的家伙,说不定会在马德龙的指示下把自己的一举一动给交代得清清楚楚。

呼延碧的担心也没错,马德龙的确找过闵一礼,向他打听呼延碧的情况。那天马德龙的电话打来之后,闵一礼盯着鸣叫的手机,就像要被迫着抓一条昂首吐芯的蛇一样恐惧紧张,他感觉心脏快要跳出嗓子眼了。如果马德龙在自己面前,说不定闵一礼会在冲动之下,直接把他给杀了,或者叫来哨兵把他绑起来,一起投案自首。最后,他迫不得已还是接了马德龙的电话,但是电话里马德龙温和关切的声音,慢慢地又让他的心情平复了下来。

"闵旅长啊,没别的事情,就是想你了,又担心你胡思乱想,所以就想听听你的声音。你要是不开心,当哥哥的就罪过了,不管我们怎么赚钱,不管我们赚钱的目的是什么,归根结底不就是为了让人开心快活吗?你真的不了解我,咱们虽说认识多年,相交多年,但真的没有深入地打过一次交道,以后你会慢慢了解哥哥为人的。"电话里马德龙不紧不慢,声调亲和,他充满关切的"真情"流露让闵一礼终于平静了下来。闵一礼恍然间觉得马德龙未必是个坏人,也许是自己常年待在部队,很少和外边打交道,有些神经过敏了。光天化日,朗朗乾坤,哪有那么多的坏人?敢盯着部队下手的坏人就更少了。

第三天,在城里的一家小茶馆,马德龙带着莎莎和闵一礼喝了几个小时的茶。喝茶的时候,马德龙一直在讲述一个关于快乐的话题。他说自己这些年光忙着挣钱了,钱没挣多少,但眼见半辈子过去了,才发现自己劳累了这么多年,不快乐了这么多年。他说现在就算给他再多的钱,他也觉得没什么意思了,青春年少的时候,没顾得上看看人世间的风景,长大成熟的时候,没想过去结交一些知心的朋友。最后他盯着闵一礼说,认识闵一礼算是这辈子最大的快乐了。他盯着闵一礼的眼睛,真诚地一字一顿地说,那样子就像是在发誓,又像是在强迫闵一礼必须相信他。

"你贵为旅长,虽说只是个副旅长,可也是上校军衔了,算个人物。我没说错吧?"马德龙喝了一口茶,咂了一下嘴巴,就像要把屋子里的空气全部吸入腹腔一样。

"没错,上校不大不小,算个小人物。"闵一礼等着下文。

"我马德龙就是穷乡僻壤的一个小老板而已,在你闵上校的眼里,其实屁都不是。当然,我并不是说你看不起我,我是说我这个身份,和你不对等。"马德龙倒上冒着热气的茶,又是一口。

"你继续。"闵一礼微笑着,他不知道马德龙葫芦里要卖什么药。

"就我这么一个小小的老板,和你闵上校成为朋友后,凡是向你开口的,你都答应了。你帮我,绝对不是为了捞好处,你是个能看得起穷朋友的人,我看得出来。"马德龙感慨地仰起脑袋叹息着,"所以我离开这里之前,想感谢感谢不以身份交朋友的闵上校。别无他事。"

马德龙拿出一个古玩和两条好烟,郑重地捧给闵一礼说:"穷朋友,面子上是个老板,但实际上屁都不是,没几个钱,一直在打肿脸充胖子。我打算过些日子去外地,找个空气好一些的城市,颐养天年。今天是来和你道别的,你也是我唯一要道别的朋友。过段时间,宾馆我就不承包了,说实话,亏了不少钱。"

他收了马德龙的礼物。他后悔自己杯弓蛇影,把一个诚实人当成了间谍。细细一想,马德龙确实有些问题,比如让他帮莎莎办通行证的时候,曾经威胁自己拿了他两万块钱。这不要紧,人一旦着急了,都会口不择言,马德龙也许真是他自己所说的,是个穷人,要不然也犯不着为两万块钱和自己翻脸。把两万块钱都当成大笔金额的马德龙绝对不会是犯罪分子,哪个犯罪分子能在乎你区区两万块钱?想到这里,闵一礼就一下子释然了,他也感慨地说马德龙尽管不是个懂规矩的朋友，但至少是个老实人。

在愉快的氛围中，莎莎就嗫嚅着说自己交了一个男朋友，叫呼延碧，是特战队的一个士兵，据说他的背景很厉害，家里有两个当将军的亲戚，还说呼延碧将来可能要被提升为军官。

闵一礼大笑起来，说："呼延碧真配不上你，他纯粹就是个糊里糊涂的关系户，训练差，纪律差，长得也差。"他拍着胸部说，"你这个漂亮的女孩子，要想找对象，大哥帮你找一个军官，人要帅气，而且要有上进心。呼延碧就算了，没出息的东西，成天就知道吹牛，听说还经常在特战队到处借钱，这家伙迟早要出事。"

闵一礼真诚地奉劝莎莎不要再和呼延碧交往了，莎莎和马德龙的心里却像点燃了一坛烧酒，冲得两人差点坐不住。看来这个不务正业的呼延碧真是一条肉狗，莎莎欢喜地流出了眼泪。闵一礼却以为莎莎上当受骗了，就恼火地拍了一下茶桌说："要不是他的亲戚是将军，看我怎么收拾他。"

这是闵一礼自首之前的事情，那时候他还在自欺欺人，劝自己相信马德龙是个好人。

最近，单犇牧把所有的佛珠全部收起来放进了箱子，捻动佛珠企图让自己平静的时候，他担心过分的平静会让他突然闪过的念头在这种平静中消失。几支狙击步枪，就可以决定自己能否最终成为小岛的王者，可是马德龙每次都闪烁其词地说："老板您不要着急，这里是中国，枪支管理十分严格，一旦走漏了风声，我们就全都完蛋了。枪我藏着，该用的时候，我会立马拿出来给你。"单犇牧当然无法强迫这个二十多年没有谋面的同伙。无论当初马德龙跟随自己的时候，是多么信誓旦旦，也曾经用几条人命交了投名状，但这二十多年，马德龙一直在干什么，是不是早就起了异心，没人知道。

最后单犇牧有些着急了，他阴沉沉地告诉马德龙，明天一早他将乘坐飞机离开，然后这辈子再不来中国了，至于做小岛上的王者，他不再去想了。但是在离开中国之前，他将让中国政府知道马德龙有枪，让他们知道马德龙的背景是境外一个经常参加非政府武装之间战斗的组织，还有在中国西北有许多至今没有被侦破的命案和马德龙有关。

单犇牧没有吓唬马德龙。除了替别人杀人，单犇牧发现自己这个家族再没有任何可以存活的技能，到了单骏这一代，家族里杀人的技能就单纯得只剩下瞄准和开枪了。至于杀人之前的筹划，杀人之后的逃跑，还有杀人的报酬，等等，这个愚蠢的侄子几乎一无所知。这一次他冒冒失失地去刺杀雷公鸣，如果不是在荒无人烟的戈壁，他早就被街道上的大妈大叔抡起买菜的篮子干死了。

　　这是单犇牧不敢承认的事实，也是他竭力要保守的秘密。一旦让雇主们知道，有杀人天赋的单犇牧家族在单骏这一代，已经瘦成了一杆狙击步枪，他庞大的家产和战队就会一哄而散，甚至那些跟着他分钱的走卒，会萌生出把他和单骏给灭了，瓜分他家产的念头。

　　所以在马德龙企图用几杆古老的狙击步枪来要挟他的时候，单犇牧顿时愣住了，至此他才知道，自己想成为小岛上的王者是个多么幼稚的想法。失去价值的单氏家族说不定在某个清晨，会成为小岛上一堆无人认领的尸体。突然明白过来之后，他首先想到的是撤离，保存实力。

　　马德龙之所以敢和自己叫板，是因为侄子单骏的愚蠢已经让马德龙看得一清二楚。于是单犇牧开始后悔起来，为了刺激侄子，给他喂养了太多仇恨，但现在，他发现单骏根本就没有驾驭仇恨的力量。他必须保全自己，也必须保全单骏。除了他单犇牧之外，没人知道这个愚蠢的侄子是自己的亲生儿子，当初哥哥带他来中国之前，和他通奸的嫂子就悄悄告诉自己她怀上了，惊恐的单犇牧吓坏了。背叛是所有在刀尖上叼肉的人最恐惧的事情。嫂子一旦生下自己的坏种，哥哥迟早会发现，所幸老天有眼，一颗子弹让他的天灵盖盘旋着飞了出去，单犇牧终于安全了。在单骏七八岁的时候，单犇牧就在一个黎明，用一杯毒药酒把刚刚起床的嫂子送进了地狱，又过了几年，就把单骏送到了中国。

　　单犇牧知道单骏并不是哥哥的种，所以每次在讲述哥哥惨死的时候，他就眉飞色舞、口水四溅，因为再没了来自哥哥的威胁。

　　在中国，马德龙竟然用几支古老的狙击枪和自己叫板，那么如果他带着单骏去伏击中国军队组织的联合军演，马德龙会不会把自己出卖给中国政府，然后得一大笔奖赏？所以单犇牧立即就想到了撤离，回到自己的老窝,这才足够安全。

但不巧的是,就在他准备离去的时候,黑豹出现了。

呼延碧和黑豹差点失之交臂。其实黑豹在特战队和何玉凯的第一场仗刚刚打起来的时候,就已经到了。广袤的戈壁滩边上的小镇,虽说人口不多,但要捞出黑豹并不是一件容易的事情。呼延碧逃离特战队和李光然联系上之后,李光然就对呼延碧说:"你得想办法找到黑豹。"

得到命令之后,呼延碧在镇上买了一身便装穿上,然后就把借兵王的两万块钱全部取了出来。借兵王的钱,是在他来特战队不久后的事情,那天他找到兵王吭哧半天说:"班长您能借我一点钱不?"兵王问他要钱干什么,他就说:"我家里有个穷亲戚病了,挺重,我想帮帮他。"兵王二话没说就给了他一张银行卡,说:"就这两万了,有机会去镇上就给你亲戚把钱转了,呼延碧你虽说不成器,不过挺重情义,能想着帮穷亲戚,怎么着我也得帮你。"但借了钱之后,呼延碧一直没机会去镇上,兵王后来问他有没有把钱给亲戚的时候,呼延碧就撒谎说他先让同学把钱给亲戚打过去了,等有机会去镇上,他再给同学还钱。

但是后来周虎告诉兵王说,呼延碧十有八九是拿钱去还他之前胡吃海喝的烂账了。这消息最终传到了闵一礼的耳朵里,闵一礼后来又把这事告诉了马德龙和莎莎。

不成器的呼延碧必须得有不成器的行为。所以呼延碧专门给母亲发了一个消息,但却假装不慎发给了莎莎:"妈,快给我打钱!我借了一个老兵两万!不打钱也行,等着给你儿子收尸吧,人家会把我告上军事法庭,然后我就没脸活下去了。别问我要钱干什么,我交了一个女朋友。"

不久莎莎就给他回复信息说:"我不是你妈,你不是官二代吗?怎么两万块钱都找人借?"呼延碧就假装说:"我发错了,我发给我妈的。莎莎你不要小看人,我呼延碧看得上区区两万?我妈每周必须给我两万,但是我来了特战队之后,我妈好像忘记我需要钱一样,她忘记给我打钱了,我故意说我借了人家的钱,让她害怕。"

莎莎就再没理睬呼延碧。后来单犇牧看了莎莎和呼延碧的短信,就冷笑着说:"他要是个成器的东西,能成为你随意摆弄的肉狗?"

　　呼延碧摆脱了特战队之后,依照李光然的指令,去找黑豹。于是换了便装的呼延碧就去了马德龙的宾馆,要了最豪华的房间住下,然后吃喝着服务员给他买了好烟好酒,还理了发刮了胡子。晚上,嚣张的呼延碧像一个土豪一样,让人把饭送到房间,但仅仅吃了几口,就大吵大闹着说饭菜不好吃,最后闹腾得不行,宾馆老总马德龙就现身了。

　　呼延碧斜躺在人造革沙发上,一颗一颗用花生米砸着马德龙说:"你牛啥牛?信不信老子把你的破宾馆给关了?知道我是谁不?特战队你知道不?老子是特战队的特种兵,忠良呼延赞的后裔呼延碧。知道我大伯是谁不?知道我二舅是谁不?"

　　马德龙小心翼翼地打量着眼前的这条肉狗,他发现这个长相憨厚的家伙就是吃垃圾食品长大的那一代,年纪不大,肚子肥硕,说话嚣张跋扈,但说了半天也不知道他大伯、他二舅到底是干啥的。最后马德龙小心翼翼地伺候着呼延碧说:"特战队的兄弟啊,我和你们的领导也认识,你们的闵旅长是我哥们,兄弟你嫌饭菜不好吃,可以去别的地方啊,闹什么闹?"

　　呼延碧就大笑道:"哈哈,闵一礼,就他?一个小小的副旅长你也敢给我提?我告诉你,我一个电话过去,你看他闵一礼给不给我面子!我呼延碧来特战队干啥的他闵一礼不知道?告诉你,你的饭菜不好吃,没关系,问题是你的饭菜价格太贵,你们欺负我没见过世面?超五星的酒店哥们是常客。要想知道我大伯、二舅是干啥的,问闵一礼去,滚!"

　　呼延碧最后把一盘子花生米全部泼在了马德龙的身上。马德龙当然不会去问闵一礼,也不能发火,他知道呼延碧的大伯、二舅都是大官,闵一礼曾经明确说过人家是将军,但他不知道,这蠢货怎么跑自己的这破宾馆来了。于是马德龙就缓和了口气,讨好地说:"我请你吃点、喝点,咱们聊,我愿意结交你这个特种兵哥们。"心情大好的呼延碧说:"没问题,点一只汗蒸全羊,上几瓶好酒,我请客,我要在你的宾馆恭候我的女人。"

　　全羊快蒸好的时候,呼延碧的女人终于出现了,恼羞的马德龙就当着呼延碧的面说:"你怎么把我外甥女勾引上了?"于是吃惊的呼延碧就开始一口一声"舅舅"地拽着马德龙坐在主位上,以一个晚辈的身份反复讨好马德龙。消了气的马德龙这才坐下一起吃饭。

　　席间，酒醉的呼延碧反复说："马德龙你这么老实，有些可惜，否则将来一定能把生意做大。"他批评马德龙说："你既然和闵一礼熟悉，为啥不找他承包点工程干干？或者你干脆承包特战旅的食堂，一年挣个二三十万轻轻松松的事情，为什么非得开这么一个破宾馆？"他呕吐之前，就站起来拍着胸部说道，"舅舅，不能让老实人吃亏，我也绝对不允许你吃亏。我和莎莎虽说是第一次见面，但我们网恋有一段时间了，我这个人别的本事没有，看人的本事一绝，莎莎，这辈子我认定她了。"

　　马德龙就感慨地说："小呼同志，虽说是初次见面，但你将来要对我外甥女负责。我们不是贪图你的家世，我是贪图你的人品。这事情我这个当舅舅的做主了。"莎莎也有些醉意了，她害羞地给呼延碧切了一块肉。呼延碧嚼着肉说道："舅舅，说你是个土锤吧，你还不信，我姓呼延，叫我小呼延同志，不，叫我呼延外甥女婿。你这样子，我怎么把你介绍给大伯、二舅？"

　　呼延碧正训斥着马德龙，就突然停住，然后哇地一口全部吐在了狼藉一片的汗蒸全羊上。

　　踉跄的呼延碧强硬地要以晚辈的身份把马德龙送回房间，并义正词严地说："大半夜了，男女授受不亲，莎莎今晚重新开个房间，不要和我睡在一起，我要让莎莎和舅舅知道，我是个正人君子。"

　　下楼时，呼延碧听到了一阵哐当哐当的声音，他搀扶着马德龙的时候，发现一个坐在用四个拳头大的铁轮子支撑着一块木板的流浪汉，正在用手支撑着地面，朝自己挪了过来。当灯光照射到这个残疾的流浪汉脸上时，呼延碧敏感地发现，这个流浪汉盯着自己的眼神中有一股凌厉的杀气。这不是一个流浪汉应该有的眼神，也许他是马德龙的暗哨。呼延碧的判断一点没错，这个人其实不但是马德龙的人，还是他的顶头上司——黑豹。

　　因为无法预估小镇上的危机，黑豹专门花了些时间，把自己装扮成一个残疾的流浪汉，而且制造了一个看起来是流浪汉自己制造的轮椅。黑豹来到中国，单犇牧不知道，马德龙也不知道。原本他可以不来这里，但当他得知马德龙顺手牵羊的情报竟然是一幅军事布防图时,黑豹就决定亲自出动了。这份来自中国军队的军事布防图,标识的是中国军队的习惯,它的价值远远不是金钱可以衡量的。他必须盯着马德龙和单犇牧,把这份情报拿到手,然后飘然离去,至于破坏联合军演的事情,这是单犇牧的事情,他在或者不在,无关紧要。

　　放羊捡酸枣,没想到捡到了一颗钻石。在黑豹的世界里,其实从来就没有过明确的目标,他们就像巡游在黑夜里的黄鼠狼,目标未必一定是热腾腾的母鸡,也有不幸的兔子。多年从事情报买卖的黑豹知道,有时候,他们以为珍稀万分的情报常常会在无意间获取,那些保护情报的人未必一个个都忠于职守。遇到重要的情报,实属不易;遇到糊里糊涂的情报护卫者,也不容易;让重要的情报落在一个糊涂蛋的手中,最后让自己获取,这更加不易。

　　"历史上,那些关乎人类命运的重大事件中,几乎都曾经有过情报泄露的事情,这些情报泄露的过程有一个共同的特点,就是滑稽可笑,甚至让人匪夷所思。说穿了,情报的掌管者中,总有一个白痴。"黑豹太熟悉全世界情报大战中的各种案例了,他总结得一点没错。黑豹感觉自己和莎莎、马德龙,还有那个叫呼延碧的肉狗,都是上帝派来的。中国军队正在组织一场前所未有的改革,他们把这称为"第五次革命",在这场革命中,一个新的军事布防图,足以让黑豹窥见中国军队的未来。

　　所以黑豹最终下定决心来到了中国。

　　半夜,呼延碧隔着窗户盯着黑豹,黑豹缩在街头的角落里一直盯着宾馆的玻璃大门,似乎在等待什么。直至黎明时分,等不住的黑豹就突然捡起一块砖头,砸向了宾馆的玻璃大门,在玻璃碎裂的声音中,愤怒的保安冲了出来,他们抓住黑豹痛打了一顿。保安刚离开,黑豹又捡起一块砖头,砸烂了宾馆的窗子玻璃,于是黑豹就被保安抬起来送到了马德龙的面前。

　　黑豹把自己装扮成一个流浪汉,流浪汉必须用流浪汉特有的方式去靠近马德龙,否则他和马德龙的会面也许会被中国政府盯上。进入宾馆之后,黑豹就古怪地笑着、挣扎着,砸着他看见的所有东西,直至马德龙见到他的时候,他还在伪装。当愤怒的马德龙命令保安把他拉到戈壁滩,打折他的胳膊和腿，再把他扔到野外喂鹰的时候，他才意味深长地盯住马德龙，然后悄悄地做了一个他们之间常用的手势。

猝不及防的马德龙差点喊了出来。支走保安之后，马德龙依旧不相信眼前的流浪汉就是黑豹。最后，当黑豹把蓬乱的头发全部收拢起来，露出一双温和的眼睛，并和他拉了几句家常之后，马德龙顿时感觉从腹腔开始，一股热乎乎的暖流一直蔓延到脸上，直至头顶。

他的脸烧得发烫，脑子也一阵一阵地晕眩着。生在中国长在中国的马德龙一直希望能赚上一笔钱之后，就立即脱离黑豹和单犇牧的掌控，到南方热闹的城市去定居，带上自己早就安置好的妻子和两个儿子。已经长大的儿子和年过不惑的妻子一直等着在大西北戈壁做买卖的马德龙早点退休回家，一家人享受天伦之乐，他们不知道自己是个背景复杂的杀手，或者说是间谍。

马德龙以为在中国，他就有足够的安全保障，即使手眼通天的黑豹想找到他，也未必能如愿。但今天，这个莫名其妙砸自己宾馆的疯子被保安摁倒时，他才知道黑豹如果想要他的命，是多么轻而易举，而且在他支走保安的时候，黑豹示意另外一个保安留下来，最后他才知道这个保安也是黑豹的人，一直盯在自己身边。

惊恐的马德龙此时首先想到的不是如何对付黑豹，而是如何迅速离开这个家伙。所以当他镇定下来之后，他就毕恭毕敬地对黑豹说："我带您去见单犇牧。"晚上，换洗干净的黑豹见了单犇牧，那个之前他单独留下的保安换上了黑豹的脏衣服，然后出了宾馆，坐在木板定制的轮椅上哐当哐当地离开了小镇。

呼延碧看到"疯子"从容离去的时候，心里顿时紧张了一下，他已经和李光然取得了联系，并告知他小镇上有个疯子看起来不简单。但黎明的时候，李光然的人还没有到来，疯子却要离开小镇。深秋的戈壁滩有些冷了，呼延碧疑惑的是，这个即将离开小镇的疯子为什么要戴着一顶草帽，于是就急忙架起了望远镜，最后在疯子回头的瞬间，他发现这是宾馆的一个保安，尽管穿着疯子破烂的衣服，但一张圆脸上并没有胡须。

疯子极有可能是黑豹或者黑豹身边的重要人物。呼延碧把信息传递给李光然之后，就开始装作醉酒的样子躺在床上呼呼大睡了起来。

见到黑豹的时候,单犇牧并没有太多意外,他已经预料到黑豹会来中国亲自督战,但他没料到这家伙来得这么突然。当黑豹把热乎乎的手压在他的头顶,像个牧师对着前来忏悔的人侃侃而谈的时候,单犇牧崩溃了。

　　"在完成我们的交易之前,你不能离开中国。你的眼睛告诉我,你会不辞而别。"黑豹冰凉的手逐渐温热,单犇牧感觉这股温热像太阳毒辣的光焰,笼罩着他,让他无处逃脱。

　　第二天一早,单犇牧带着单骏拜会了黑豹。黑豹赞许地伸出黑瘦干枯的手抚摸着单骏的头顶,他说:"最多十天,我带着你们一起回去。"他拉着单骏趴在楼顶用望远镜盯着戈壁滩上的观礼台说:"客人死在主人家的时候,主人家才必须担负足够重的责任。所以你不必把子弹射向中国军人,你的机会只有一次。我知道,你的父亲是被中国军队杀死的,但是孩子,报仇的方式很多,杀人诛心,你得让你的仇人从此背负上客人死在家里的罪责。"

　　"杀人诛心?"单骏悄然转过脑袋看着单犇牧。单犇牧就跟着点头说道:"对,杀人诛心。"

　　回到屋子,单骏把从出租车上偷来的匕首一遍遍地擦拭干净,然后用看起来不锋利的匕首搭在小腿上轻轻一拉,于是肌肉就白森森地翻了开来。

　　"杀人诛心,杀人诛心,天灵盖是旋转着飞出去的。"单骏包扎着小腿上的伤,他想起了单犇牧唾沫飞溅的样子。

44

　　呼延碧正在酣睡,莎莎进了屋子,她心疼地把呼延碧摇醒,吆喝着让他起来喝一点水。醒过来的呼延碧发现身边除了莎莎和马德龙,还有一个瘦高的男人,男人头发很长,精瘦的脸上挂着挺直的鼻子,棱角分明的下巴微微朝上翘着,嘴角挂着迷人的微笑。看得出来这个男人一定有过万人之上的高贵,他从容迷人,但那双眼睛却似曾相识,尽管这张脸一直在微笑,但眼睛里的杀气却无法掩饰。

　　"疯子! 夜晚出现过的疯子!"但这个念头也仅仅只是在心里一闪而

已,呼延碧装作尚未清醒的样子,打量着干干净净的屋子问莎莎:"这是哪里? 怎么这么干净? 我记得昨晚睡觉的时候,屋子里脏得一塌糊涂。"莎莎就笑着说:"早晨服务员把你的屋子给清理干净了,还喷了香水,你闻闻。"

马德龙就说今天来了一个朋友,他准备招待,请准女婿呼延碧一起吃顿饭,还是汗蒸全羊。马德龙滔滔不绝地向客人讲述着呼延碧显赫的家世,还有他现在的身份。那个客人就奇怪地问呼延碧:"你们既然正在打仗,你怎么能跑出来,还住在宾馆里?"

"那是个屁! 就是一个演习,打个屁的仗!"呼延碧踉跄着过去端起水灌下去,满不在乎地咂喝着。

"部队是有纪律的,别出了事儿,连累了你的莎莎。"来客咯咯地笑着,好奇地盯着呼延碧。呼延碧就一下子倒在沙发上,顺手搂住莎莎的大腿咂喝着说:"那是个屁,纪律再大还能大过我大伯、二舅? 我本来就是到部队镀镀金,纪律就算了吧。"

呼延碧醉眼惺忪地打开钱包,扔出一沓钱在茶几上,对马德龙说:"这是昨晚的饭钱,还有弄脏你地毯沙发的钱,收了!"

呼延碧的样子傲慢大气。马德龙就客气地说:"你这是干什么,你和莎莎谈对象呢,这算怎么回事? 看不起我这个大老粗?"没料到呼延碧比他还强硬,嚣张地说:"你有几个臭钱? 你要是钱多,就给我拿出一两千万看看,既然没那么多,就收了。"

于是马德龙收了呼延碧的钱,尴尬地对来客说:"这孩子酒还没醒呢,让莎莎陪他聊聊天,咱们回去。"来客就和呼延碧握手,这时候,呼延碧就打了一个哈欠,睁开了眼睛。但呼延碧没想到,就是这一个哈欠,把自己暴露给了黑豹。

马德龙和黑豹离开之后,莎莎就又撒娇说:"粉丝们等着游戏设计方案呢,你什么时候才能把那个破演习方案给我?"呼延碧就讨好着说:"你等等,酒醒了我带你去特战队营区,那个资料在我的背囊里。"

"那你为什么不把资料带出来给我? 非得从网上传给我?"莎莎突然惊叫了一声。

"你想得轻松,打仗前,老子被他们盯得那么紧,出得来吗?"呼延碧恼火起来。

"那你为什么打仗的时候不带着？"

"你以为我想带就能带上？老子都没来得及撒一泡尿，就突然被叫上车去打仗了，要不是为了见你，老子能冒着生命危险当逃兵？"

"你有什么生命危险？"

"逃兵，会被枪毙！"呼延碧咯咯地笑着，一把把莎莎搂进怀里压紧。

最后他给莎莎反复交代："这个方案虽说不是什么了不得的秘密，但毕竟是部队的资料。你拿去之后，必须把这个资料给修改一下，比如说山顶有个弹药库，你就把弹药库修改在山底下；东边有一个飞机场，你就把飞机场弄在湖边，这样即使你的游戏设计出来了，部队上也不会引起注意，否则你就把你男人送到监狱里去了。"

欢喜的莎莎搂住呼延碧狠狠地亲了一口，呼延碧的手伸进莎莎怀里的时候，莎莎都没有反抗。莎莎离开之后，呼延碧就迅速联系了李光然，这时候他才知道，小镇已经被布控了。呼延碧准备离开的时候发现，宾馆已经出不去了，黑豹不见了踪影。

黑豹离开呼延碧的房间后，就一直在回忆一个细节。醉酒的呼延碧睡了整整一个晚上，按说此时应该眼睛肿胀，但他的眼睛不仅没有肿胀，反而深陷了下去，更重要的是，他的眼珠子里带着许多红血丝。这是一个熬了夜的人才有的样子。昨天晚上黑豹坐着轮椅从街道来到宾馆大门前的时候，他看到一间房子的窗帘被挑开了一道缝，虽然屋子里关着灯，但屋子的另外一个窗户透进一丝光亮，所以屋子里的人挑开窗帘的时候，那丝亮光就被他清楚地看见了。他发现夜晚窗帘露着缝隙的屋子就是肉狗的房间。

呼延碧还忍不住打了一个哈欠。酒醉的人睡了一夜，起床之后断然不会打哈欠，而且呼延碧的嘴巴里，一丝酒味都没有。他在装醉，而且他曾经盯过自己，他一夜没睡。突然反应过来的黑豹对谁都没有讲他对呼延碧的怀疑，而是悄悄地离开了宾馆。他后悔自己的莽撞。离开宾馆的时候，路过单犇牧的房间，一股巨大的血腥味让他几乎迈不开步子，他悄悄推开单犇牧房间，发现单犇牧被绑在茶几上平躺着，胸口开裂，血流了一地。

黑豹惊慌地离开宾馆，顺利地坐上了一辆载客的三轮摩托。当三轮摩托车行驶到一条小街道的时候,他发现摩托车的后边跟着两辆汽车,前面还有两辆。黑豹痛苦地微笑了一下,闭上了眼睛。他的眼前反复幻化出自己从少年时期到今天的每一次历险,漫长的几十年此时竟然在短暂的几秒钟一齐涌了出来。三轮摩托车司机抓住他的双手,并揪起他的头发,撕开他的衣领时,他微笑着说:"不必了,先生,我从来没有自杀的想法。我只不过是个商人,一个为了金钱疲于奔命的商人而已,我舍不得自杀。"

从三轮摩托车司机娴熟的手法中,黑豹发现这伙人是专门盯着自己来的,而且都是和他一样的高手,他们害怕自己在长发上浸泡过剧毒,或者把剧毒藏在衣服领子里边。

"当每一个人询问自己,全身的器官什么最重要的时候,我们都会得到一个统一的答案——大脑,您知道这是为什么吗?"审讯黑豹的时候,他大咧咧地冲着李光然问道。他不知道自己在中国将面临什么样的惩罚,他只想发发感慨。

"你的所有思维都是大脑告诉你的,所以大脑会告诉你,它最重要。不过这是个陈旧的网络段子,我来告诉你,你的大脑是你浑身的欲望控制的,你的欲望最重要。好了,现在告诉我,你在中国的全部计划,还有你的同伙们。"李光然点燃了一支烟,听着审问黑豹的侦察人员和黑豹的对话。

"这个世界没有永远的同伙,但是我可以告诉您,我想要的情报谁最感兴趣。战争不知道哪一天会打响,但是他们在准备打仗。我只是为他们提供一些帮助,我没有主义,也对政治没有任何兴趣。"黑豹盯着李光然和国安部门的侦察员,努力回忆着可以招供的信息。

45

单犇牧至死都没来得及告诉单骏,他就是单骏的生父,而且他所做的一切,其实都是为了给单骏留下一个从此告别杀戮的王国。当黑豹从呼延碧的屋子里出来,看了他一阵,欲言又止的时候,单犇牧敏锐地发觉,呼延碧一定有大问题。多年来和黑豹打交道,他知道这个死神一样的家伙有着过人的判断力,从来没有一个奸细能逃得过黑豹的眼睛。但黑豹欲言又止,显然这个家伙不想惊动自己,他想到的是逃离,留下自己和单骏做诱饵。

这次来中国他唯一的依靠就是黑豹,但黑豹的眼睛里却分明有着难以掩饰的惊慌。这一趟买卖,看来确实要砸了。他原本以为黑豹会把所有的问题处理干净,他只需要气定神闲地看着单骏用古老的狙击枪瞄准那些参加联合军演的军人即可,但此时,他依靠的老板黑豹也不过是个什么事情都干不成的蠢货,还让他深深地陷落在戈壁滩上。他必须让单骏离开,即使自己留下来当诱饵也无所谓。如果他的判断仅仅只是一次错误的判断,等这里一切安全,他再召回单骏。

就在这个时候,单骏出现在他面前,这个自己从来没有对他说破身份的家伙,确实是自己的儿子,高挑俊朗,眼睛阴郁,表情木然。

"你的父亲,被一枪打飞了天灵盖。"单犇牧说完这句话,习惯性地把舌头伸出来舔着鼻尖。他踌躇着如何向单骏表述那个死了的人其实不是单骏的父亲。他盯着单骏的时候,感到迷茫,又有一股说不出的愤怒。

其实单犇牧原本对亲生儿子是没有任何概念的,也没有过一丝一毫父子连心的疼痛,直到单骏刺杀雷公鸣的时候,他疑惑地发现,这个拿性命替父报仇的小子,对自己的生父有多么深厚的感情。从懂事开始,单犇牧父亲就反复叮嘱他一定不要依恋人类的情感,一个靠着杀人放火生存的家族,对人类情感的依恋一定会要了他的性命。他一直以来都按照父亲的教诲锤炼自己的心脏,以至于他勾引嫂子的时候,也没有一丝的愧疚和羞耻,他甚至以为这就是自己终将成为单氏家族佼佼者的最好证明。

单犇牧舔着鼻尖,愤怒地盯着亲生儿子,他想训斥这个家伙,让他以后不要再用这种阴郁的眼神看着他的生父。但就在这时候,单骏的胳膊一挥,他感觉舌头一麻,然后就眼见着自己的舌头飞了出去,在地上弹跳了一下,旋即满口的血就喷了出来。他的惊慌还没有来得及表现出来,单骏的匕首又砸在了他后脑上,他瘫痪着躺在地上的时候,单骏拿着早就准备好的绳子,把他绑在了茶几上,并撕开了他的衣服。

"你不应该当着一个儿子的面,反复说他的父亲是怎么惨死的。你不应该逼着一个没有父亲的孩子,去杀人。"单骏像在吟诵一首诗歌,他变态地把刀子架在单犇牧的咽喉上一拉,单犇牧就觉得眼前金星乱舞,脑子迅速发胀。他说不出一句话,但是他想告诉单骏:"我单犇牧才是你亲爹。"

他已经开始心疼这个儿子，单氏集团至今还掌握着一个国家的秘密，这将是他们几辈子都吃不完的巨大财富，但他什么也说不出。他眼看着单骏撕开自己的衣服，然后把匕首插入他的胸膛。

杀了单犇牧之后，单骏安静地回到房间，藏了一把他从马德龙住处偷来的手枪，带上匕首，去了骁狼特战队，他想杀掉欧阳燕。人世间是多么残酷，给欧阳燕温暖的唯一办法，就是让她离开这个世界。如果有天堂，欧阳燕将从此去天堂逍遥；如果没有天堂，欧阳燕将不再遭受太阳的炙烤、寒风的肆虐，也不必被所有的人你一把我一把地拽着，以至于拽疼了灵魂。

灵魂的疼痛也许就是地狱的疼痛。杀了欧阳燕，就让她躺在砖塔下边，然后自己骑上摩托车，一路飞驰在那次看到过的山巅，再朝着太阳坠落的方向从山上飞驰下去。让他的灵魂带着欧阳燕的灵魂，一起去问询砖塔下老僧的枯骨。

"我想找到父亲，让他给我讲述一个关于亲人的故事。"单骏的摩托车在戈壁滩疾驰的时候，眼泪顺着脸颊飞了出去。半路上，单骏联系了欧阳燕。得知单骏急着见她，欧阳燕就急匆匆地让一个队员开车把她送到了单骏电话里所说的一座山下。

马德龙原本要从黑豹的手头拿到一笔钱再离去，但是突然出现的黑豹仅仅待了两三天，把他存储的两只肥羊汗蒸着吃掉之后，就神秘地消失了。在发现黑豹消失之前，马德龙和莎莎做了最美好的设想，就在这一两天，让莎莎陪着呼延碧去特战队，等呼延碧拿到存储秘密情报的硬盘之后，莎莎就想办法把呼延碧干掉。这个肥头大耳的蠢货成天纠缠着莎莎，说是要带她去见自己的大伯、二舅，只有斩断呼延碧的纠缠，他们才能做到万无一失。但在马德龙试图找黑豹谈一谈这份情报的价值的时候，他发现黑豹不见了。最后在单犇牧的房间，他发现单犇牧已经被绑在茶几上开膛破肚，一行带血的脚印顺着楼梯一直延伸到楼顶，然后又越过其他的房子不见了。

这是单骏的脚印。马德龙顿时惊呆了，他本能的反应就是立即封锁现场，然后撤离。但就在他从楼顶惊慌失措地下来时，他发现了同样匆忙的呼延碧,两人目光对视,都在对方眼睛里发现了杀气。

　　呼延碧也嗅到了单犇牧房间的血腥味,并看到一串带血的脚印,他急忙和李光然联络,但这时候,他发现手机已经被阻断了信号,这是黑豹逃离之前专门设置的干扰。毫无疑问,这里发生了他也没有料想到的事情,但可以明确的是,马德龙他们已经发现这里并不安全。所以当马德龙出现的时候,呼延碧就想到了这是一场生死决战。

　　莎莎带来了几个保安,都是马德龙的人,想着已经暴露,马德龙他们唯一希望的就是快点把呼延碧干掉,说不定还有活着逃离的机会。

　　保安知道,这个胖子既然企图逮捕他们,那一定有着过人的本事,所以一开始马德龙他们并不敢贸然对呼延碧下手,而是慢慢把他围拢起来,一直逼到了窗户跟前。无路可退的呼延碧手里没有可以使用的武器,最后他被逼到窗户跟前的时候,一肘子打破了窗户上的玻璃,然后趁着玻璃碎片还没落地的时候,凌空接住了两个玻璃碎片,朝着一个硕壮的保安脖颈刺了过去。保安的脖子里顿时就像水枪被憋坏了一样,吱吱地朝外喷着热血,肥胖的呼延碧接着跳上了楼梯,朝马德龙扑了过去。

　　今天肯定是走不脱了,他不是金刚不坏之躯,也不是以一敌十的侠客,他只是一个有些武功的侦察员而已。他要杀掉的是这个脸色黧黑的头目,而不是那些无名之辈。如果他今天不杀掉马德龙,活着离开的马德龙说不定就会杀掉无辜的百姓,或者自己的兄弟。

　　玻璃割裂了他的手掌,剧烈的疼痛让他差点无法握紧手中的玻璃碎片。就在他扑向马德龙,把玻璃片朝着马德龙脖子划过去的时候,马德龙下意识地缩了下脖子,玻璃片就划在了马德龙的衣服领子上,厚厚的夹克领子拉着玻璃碎片在呼延碧的手掌心里划过,呼延碧忍不住疼得一声吆喝,手里的玻璃碎片就跌落在地上。等他摔落地面的时候,莎莎扑过来用一把匕首刺进了他的后背。

　　莎莎是个老辣的凶徒,匕首刺入之后,呼延碧撑着地面站了起来,但莎莎的匕首也旋即拔了出来。一股鲜血喷涌而出,呼延碧觉得身子似乎一下子被抽干了,想提起力气,却无论如何也提不起来,他跟跄着靠在墙壁上时,马德龙看了他一眼,就急匆匆朝楼下跑了下去。

呼延碧不知道莎莎这一刀刺在了什么地方,他眼前一片雪亮,马德龙他们逃离的脚步声像是从遥远的地方传来的一样。但他看清楚了,楼梯的下边,是一个拿着长矛站立的武士的雕塑,这把长矛是真的,巴掌大的矛头坚硬锋利。就在这一刹那,呼延碧朝楼梯下一扑,一把抱住了马德龙脖子,然后双脚朝墙上一蹬,就用他被人嘲弄过的肥胖身躯压着马德龙,两人一起坠落在了长矛上头。长矛也许穿进了自己的躯体,他没觉得疼痛,只是感觉胸腔里一阵肿胀,他感觉身下的马德龙像一条巨大的毛毛虫,不停地蠕动着,然后就再没了声息。

李光然收到呼延碧短信的时候,安全部门的人已经搜查完了整个宾馆,那一刻呼延碧还有一丝气息,但刚被抬上担架,这个被文斗才叫作"葫芦娃"的胖子就闭上了眼睛。

呼延碧牺牲的消息传到特战队之后,黑蝎子一直默不作声,他没有像周虎那么懊悔,也没有像梁军需一样抽噎。过了一天,他又一次偷偷跑出营区,一直寻找到了他踩碎巧克力的地方,把那一片沙土全部包裹进了自己的衣服,拿回来在魂毅园下葬之后,黑蝎子终于抽抽搭搭地号了起来。

"这个世界上要是没有战争,多好哇!人啊,你们活着,为啥偏偏要打仗呢?"黑蝎子干号着,泪水星星点点地坠落,就像干裂的沙粒一样,一滴一滴地从黧黑的脸上滚过,又落在呼延碧的墓碑前。

第十五章　柴胜华

46

打算把枪对准自己之前,柴胜华就像要和这个世界诀别一样,坐在冰冷的石头上不由得回顾了自己的前半生。

他是在西北戈壁滩上长大的孩子,他的家乡距离那个砖塔的群落不过两百多公里,上高中的时候家里为了给他更好的教育,把他托付给了一个大城市的亲戚。原本柴胜华是个优秀的学生,但多少有些淘气,但到了大城市进了名校之后,他才发现自己在这所名校里只能勉强算一个合格生。亲戚当初帮他联系名校的时候,曾经对学校的领导和老师夸口说这个孩子长大了一定能上一所名牌大学,但到了新的学校之后柴胜华的成绩并没有亲戚所料想的那么优秀。后来学校的领导和亲戚说起柴胜华的时候,就有些不屑。感觉丢了脸面子的亲戚此后就对柴胜华有些冷落,常常有意无意地说柴胜华如果当不了尖子生,他们的脸面将在这个城市里被丢光。年少的柴胜华曾经想过回老家上学,但亲戚又说:"你要是回去了,你爸妈还以为我们虐待你了,好好上学吧。"亲戚的脸色从此变得十分难看,委屈害怕的柴胜华从此就变得有些失落、孤独。但是他还得让亲戚省心,于是常常大半夜的不睡觉,即使作业做完了,所有的功课都了如指掌,也得做出点灯熬油的样子。就这样亲戚慢慢地又开始夸他,说他是个好孩子。亲戚也是个老师,有时候会拿来一些试卷让柴胜华做,没想到在亲戚看起来比较难的试卷,对柴胜华来说几乎都不是问题。但是每次学校组织考试的时候,柴胜华一上考场,就不由得想起亲戚对他拉下的脸,越是紧张,他越是不平静,接连几次考试,都是班上最差的学生。就这样一直到了高中,高考前的摸底考试,柴胜华算是勉强过关,但上了高考考场之后,柴胜华又一次不由得想起了亲戚拉下的脸,高考结束后,柴胜华名落孙山。从此以后柴胜华就再也没和亲戚联系过,父母劝他复读,柴胜华死活不答应,他说自己要去当兵,至于当兵了能干什么,柴胜华也不清楚。拗不过柴胜华,父母就只能任由他自己做主。就这样,柴胜华去了特战旅成了一名新兵。当兵之后,柴胜华发现在部队里,只要自己争气,谁也没办法对你说三道四,于是他就在训练的时候不顾性命,别人训练两个小时,他就悄悄地再多训练两个小时。没多久,他就被兵王注意到了。当时的兵王还不是兵王,只是一个普通的士官而已,但兵王的军事素质在全旅都是叫得响的。柴胜华被兵王注意到的时候,开心得不行,慢慢地他的军事训练成绩就把同年兵落下一大截,甚至都敢和老兵叫板了。为此有些老兵不舒服,常常给柴胜华找碴。柴胜华虽然害怕亲戚的脸色,但对军事成绩不如自己的老兵却并不害怕。有一次几个老兵把他叫到操场上说:"你一个新兵蛋子成天牛皮哄哄的,对老兵都不知道尊重,今天不给你松松皮,以后你得上天。"柴胜华知道这几个老兵要合起来欺负他,于是就盯着四周看,发现了一根训练用的木枪。等这几个老兵你一拳我一脚地把柴胜华打得滚到木枪跟前的时候,柴胜华就一把拿起木枪开始了还击。特战旅那时候的训练说起来还算不上有多牛,三个特种老兵也没有柴胜华想象的那么厉害,柴胜华抢起木枪一顿乱打,三个老兵都不同程度地受了伤,柴胜华手里的木枪都打折了,才住手。挨了打的老兵不敢给连队报告,也不敢再报复柴胜华,这事情就不了了之了。从那以后,新兵柴胜华明白了一个道理,人要挺直腰杆,就得把看不惯你的人打得弯下腰。打人的办法有许多种,但最直接的办法就是他必须是全连、全营,乃至全旅最厉害的角色,只要他成了这个角色,就没人敢在自己跟前叫板。

"少说废话威信高,练好本事的,威信更高。你浑身的本事,就是别人不敢欺负你的保证。"柴胜华后来一直这样教导他的下级,但没人知道,他的这个心得是打架打出来的。

当兵第二年，全旅组织战士报考军校，有人就推荐了柴胜华。已经有两年没碰过文化课的柴胜华发怵了，后来被兵王揪出去打了一顿之后，柴胜华就硬着头皮上了考场，结果出师大捷，不但考上了军校，还是名牌的陆军院校。上军校前，柴胜华把录取通知书复印了给亲戚邮寄了一份，除此之外一个字都没写。毕业之后，柴胜华又回到了老部队，那时候，他知道自己已经完全成熟了，这个世界上再没有让他恐惧的难题。但等他当了连长之后，他又一次发现，想把腰杆子挺直，还得让他的上级满意，否则你做得再好，也是白搭。那时候他就有些后悔当军官了，如果自己仅仅是一个兵，他可以像兵王一样，专心训练就行了，但是当了领导，就成天因为下级的事情动不动被拎出来收拾。焦虑的柴胜华后来就死活见不得部下犯一点点错，甚至半夜熟睡的时候也会被惊醒。惊醒之后的柴胜华就拿着手电筒去查铺，看有没有半夜跑出去吃烤肉喝啤酒的兵，还得去查哨，看哨兵是不是抱着枪睡着了。带部队训练的时候，他得盯着每一个人，不敢让一个兵拖全连的后腿。焦虑的柴胜华把整个连队也折腾得非常焦虑，但此后他发现，全旅几乎所有的连队都不同程度出过事，就他的连队没有，而且每次比武或者演习，他的连队都是当仁不让的第一名。

"挺直腰杆原来也不是什么难事，只要不让别人揪住小辫子，你就能无所顾忌地挺起腰杆。"从那以后，柴胜华就变了，他变得傲慢、冷酷，腰杆子从来都挺得笔直，和人说话的时候，不管你是旅长还是士兵，都一个口气，不紧不慢不温不火，甚至都没有一丝丝的情感。

柴胜华就这样神奇地成了特战旅争相传说的大侠，冷酷傲慢的样子，加上他和他的兵都是挑不出毛病的军人，于是他的冷酷傲慢反倒成了让人敬畏的资本。

但是这一次，他得把枪对准自己，扣动扳机。如果对准自己扣动了扳机，即使战败，任何人也休想揪住自己的小辫子，哪怕枪里装的是真正的子弹，哪怕这一刻面对的是真正的敌人，他也会扣动扳机。

"谁能活到天荒地老？迟早都是一死，为什么不能死得硬气一些？如今的柴胜华已经不是刚当兵时的柴胜华了。"柴胜华心里冷冷地笑了一下，他发现枪管温柔亲近，这不是夺命的枪管，这是成就自己的菩萨，如今自己已经对死亡不再恐惧，更别说那些枪炮声了。

刚当兵的时候，他的确胆小极了。当兵第一年，他参加了他平生的第一次演习，按照导演部的计划，他的友军在一轮炮火覆盖之后，他必须和战友们迅速占领对方阵地，收拾残余目标。

那一天，炮火覆盖之前，他就跟着兵王他们隐蔽在距离炮火覆盖的区域仅仅两公里的地方。一轮一轮炮火响起来的时候，趴在地上的柴胜华感觉内脏都快被震出来了。眼看着面前的山丘在一声巨响中就不见了踪影，此起彼伏的烟尘滚滚而出的时候，他恐惧地发现，在战争面前，人是多么渺小和可怜。假如自己在炮火覆盖区，尸体估计都找不到了。剧烈的爆炸让和他一起入伍的许多新兵尿了裤子，这倒不是因为他们胆小，而是剧烈的爆炸和震动，让这些没参加过演习的新兵出现了短暂的功能紊乱，受神经控制的括约肌已经无法控制尿液了。轰炸刚停下，接到命令的兵王就带着他们翻身而起，踩着被炸得松软的土地朝着那些地堡扑了过去。

那天天色昏暗，正朝地堡跃进的时候，他发现了一只从地洞里钻出来的兔子。这只可怜的兔子被炮火震坏了脑子，它根本不害怕冲过来的士兵们，眼睛和耳朵都渗着鲜红的血液。就在柴胜华刚刚可怜起这只兔子的时候，兵王的匕首射穿了兔子。

晚上，奉命守在山头的队员们每人都吃到了一口兔子肉。柴胜华拿着兔子肉准备朝嘴里送的时候，却无论如何也撵不走脑海中兔子发呆的样子，最后他悄悄地把兔子肉埋在了沙石中。但这一切，都没逃过兵王的眼睛。当他准备挨兵王收拾的时候，没想到兵王摸着他的脑袋说："心地善良的娃娃能出息。"

其实直至今天，柴胜华都没明白善良与出息之间的关系，他也没发现自己到底善良在哪里。都说慈不掌兵，可为什么兵王后来就因为他的善良一直对他充满了期盼？等演习结束，他得去问问有想法的甄铁诚。

47

黎明前的夜晚冰冷乌黑，这时候的柴胜华感觉自己很像那个乌江边上的霸王，四周是叫嚣的"敌军"，身边躺着昏迷的陈斌，还有一地骁狼特战队队员"战死"的躯体。他们几乎都是被霍长青的子弹打得满身开了花，就连陈斌也不例外。

他是为了打掉何玉凯的飞行大队才落入霍长青的圈套的。那阵子正刮着大风，飞行大队的直升机停在一个背风的地方，等柴胜华他们看见被胳膊粗的绳子绑在地上的飞机时，突然听到了霍长青的吆喝声。柴胜华顿时蒙了，他知道自己进了霍长青的包围圈。

"不要出声！"柴胜华迅速下达命令，落入包围圈，任何一个声响都会引来一连串的子弹。

短暂的沉默过后，包围他们的人又开始了吆喝。

"我是霍长青，出来投降，犯不着把你们一顿火箭筒给灭了。疼，说不定还会有伤亡，投降！"霍长青的语气短促，十分强硬。他不厌其烦地吆喝着，声调机械，毫无情感，让听到的人难受得脚掌发痒。霍长青反复地吆喝终于让老实人陈斌忍不住了。

"霍长青是哪棵葱？"陈斌终于忍不住回了一句，但吆喝声才落下，大家就听到一阵乱枪声，黑暗中的陈斌被乱枪打中，倒在地上留了过去。

整个晚上，霍长青一直用这种折磨人的语调和声音逗着特战队队员，几个队员都是因为无法忍受他的羞辱，骂出声才被乱枪打死了。就这样，柴胜华一直被折磨到后半夜，而且霍长青折磨人的办法越来越多。

"霍长青，男，中共党员，安徽合肥人，合成旅武装侦察营营长，少校军衔，现年 31 岁。历任战士，军校学员，侦察排长，侦察副连长，侦察连长，侦察副营长，侦察营长。参加过联合反恐演习 2 次，抗震救灾 1 次，抗洪救灾 3 次。先后 2 次被合成旅评为优秀带兵干部，先后 3 次被集团军评为军事训练先进个人，先后 3 次荣立三等功，1 次荣立集体三等功。在《兵器》杂志发表论文 3 篇，在军队媒体发表新闻稿件 20 余篇，计 3 万余字。在该同志带兵的这些年来，他能时刻牢记军人宗旨，认真学习党的创新理论……"喊话器中如同做报告一样啰唆的声音第三次冒出来的时候，忍无可忍的柴胜华暴怒地吆喝了一声："闭上你的臭嘴！你老子，叫柴胜华！"

柴胜华刚喊完，他身边的一个队员一下子扑过来护住了他，又是一阵乱枪，保护柴胜华的队员被打得翻下了山坡。这时候，柴胜华听到霍长青大喊道："别开枪！抓活的，他是柴胜华！"

太阳从冰冷的山峦上照射出一丝阳光，整个大地顿时一片清亮。这时柴胜华才发现，四周的高地上，到处都是何玉凯的伏兵。他进入这个埋伏圈的时候，这个叫霍长青的贼已经跟踪他多时了，霍长青对骁狼特战队摸得比自己还清楚。

骄傲的特战队队员们从来都以为在解放军的队伍中，配得上报上名号的只有他们自己，所以就连陈斌在听到霍长青反复报上名号的时候，都忍不住充满鄙视地吆喝了出来。

这就是战争，只有更诡秘的战术，很少有更沉稳的战士，在你以为自己无限强大的时候，敌人却一直在端详着你的死穴。柴胜华疑惑自己到底是不是一直在成长，或者说只是在无形的嚣张中只顾着朝前走，却没料到霍长青走得比自己更远、更快。他终于知道了对手是一个什么样的人，对手用看起来像猪一样憨厚愚蠢的办法，让自以为聪明的陈斌和自己暴露在枪口下。

陈斌是这支独立作战部队的最高指挥官之一，他的"战死"，预示着特战队此时再没了政治教导员。在这场战斗中，陈斌的"死亡"，按照兵王的话说就是，"特战队没有娘了。"

观察了四周的环境之后，柴胜华压着火气和对霍长青的鄙视，打着手语，指挥着剩下的几个人想办法突围。这里山势陡峭，如果身手足够敏捷，说不定能活着冲出去一个。只要有一个人活着，哪怕是呼延碧、葛念念、华雨桐，特战队就没有全军覆没。

一股热泪从胸膛里蹿了上来，他瞄准了朝下冲锋的一个缺口，不远处停着一辆汽车，只要有人靠近汽车，他就能抢走汽车冲出去。于是柴胜华带着仅有的几个队员开始了突袭，但他们确实太饿了，朝山下冲锋的时候，疲惫的脚步让他们无法尽快找到躲藏子弹的地方。霍长青完全就是一顿乱枪，十多分钟后，柴胜华发现就剩下他一个人了，而且左臂不知什么时候被锋利的山石划开了，开裂的肌肉里钻满了碎石，血像泉水一样朝外涌了出来。

如果不止血，今天就得像大雷一样，把自己扔在这里。柴胜华不得不躲在山石中撕开止血包，把棉花塞入了开裂的肌肉中。他不知道，这时候霍长青就站在他背后不远的山石上愣着神观看,他已经明确向部下传达了命令,柴胜华不能倒在他们的枪下,如果他能冲出去,就让他走。

"崇敬豪杰,这是军人最起码的情感,反正也是演习,反正合成旅已经战败了,反正咱们把柴胜华的手下全部干掉了,剩下一个柴胜华跑出去,没关系。一个柴胜华翻不起大浪。但如果把这个大名鼎鼎的柴胜华'击毙'在戈壁滩,我霍长青无法忍受戕害豪杰带来的羞耻和罪责。不管你们乐意不乐意,我就这么决定了!"看着柴胜华包扎伤口的时候,霍长青又悄悄给部下下达了命令。

多年前,霍长青就崇拜过柴胜华,这个在全军名声响亮的特战老兵一直是全军学习的先进人物,当他知道今天被自己包围的人是柴胜华的时候,他果断地要求,让柴胜华突围,不要对着他开枪。就这样,他在柴胜华的背后一直盯着这个凶猛的男人一枪一个地"击毙"自己的部下,柴胜华每开一枪,霍长青的心里都忍不住叫一声"好",这家伙的枪就像长在身上一样,一抬枪,就有人倒下。

但柴胜华此时已经用完了所有的子弹,而且胳膊受了伤。柴胜华把翻开的肌肉捏紧,抬起一只脚,用匕首割破了战靴的边沿,接着用另外一只手抽出了战靴边缘的一根钢丝,再把钢丝穿过破烂的军装,穿过肌肉,然后一圈一圈地把开裂的肌肉缝合,再用一根绷带绑好之后,就靠在山石上,解开裤子撒了一泡不大的尿。

"柴队长,不,柴副处长,您走吧,霍长青不开枪!"柴胜华稍稍放松的时候,霍长青忍不住站起来吆喝了一声。但柴胜华没有答话,其实他知道背后有人,此时他的手枪里只有一颗子弹,他完全可以在霍长青不知不觉间一枪把这个让自己蒙羞的营长击毙。但这样做已经没有意义了,打"死"一个营长,还会有一个士兵出来履行营长的职责。

他突然想到自己还是个新兵时在炮火覆盖区发现的那只兔子。兔子血红的眼睛像瞎了一样,看不见任何人,兔子的眼角、耳朵都流着鲜红的血。这是被炮火震破了内脏的兔子。此时如果他把子弹射向霍长青,霍长青就是那只兔子,但他不愿意让霍长青成为那只兔子。他不想让一个生命在没有任何意义的结局中倒下。

胜败已定,他不必再去杀死一个父亲、一个儿子、一个丈夫。但谁也别想让柴胜华成为俘虏,这不可能,天可以塌下来,骄傲的柴胜华不可以做战俘。

今天,他必须自杀……

抽出手枪时,四周包围他的士兵们像被大风吹过的麦子一样,齐刷刷地倒伏了下去,他没有看背后的人,慢慢地把手枪对准了自己的太阳穴。

阳光十分灿烂,深秋的戈壁滩是多么干净、圣洁啊!这里除了太阳、空气和已经发黄的长草,再没有任何可以让人看得见的生命,他也即将倒下。当准备扣动扳机的时候,柴胜华眼前飘过了李瑾的样子,李瑾也许还活着,不,他肯定还活着。他的兄弟不能都死在这个罪恶的戈壁滩。是的,这片曾经让他无数次魂牵梦绕的戈壁滩,就是这么罪恶,即使这里是自己的故乡。

"他没有死!"柴胜华闭上眼睛,长长地舒了一口气。柴胜华倒下的时候,脑袋磕在了石头上,后脑勺旋即流出了血。霍长青跳下山坡,朝天上放了几颗通知收容队的信号弹,招呼卫生员给柴胜华清洗伤口,然后带着剩余的人去支援何玉凯了。

何玉凯和向北包围了特战队队长贺天高,如果能击毙贺天高,骁狼特战队就算彻底完蛋了,即使合成旅败了,这场战斗也能让上上下下吐一口恶气。离开柴胜华的时候,霍长青一直疑惑,柴胜华自杀前说"他还没死"指的是谁。

此时的太阳突然跳起了一截,离开的时候,霍长青似乎能听到太阳突然升起的声响,像一张判官的脸高悬在天空,他有些委屈。

第十六章 诗人们的故事

48

"窗外此时有阴雨,天空从我小时候到现在,除了雾,还有后来的霾,我几乎很少见到晴空万里的样子,更不要说那些堆积翻滚的白云。但现在我什么都看不见了,不过能听得到下雨的声音,也能感觉到楼房中间塞得严严实实的浓雾。我知道我们的故事在那个秋天过后,一定会有一个人替我们写出来。这并不是因为我们的故事有多么动人,牺牲是常有的事情,伤害也是常有的事情,但我们的故事确实特别,因为我们都是一群最终成为诗人的军人。"李瑾在下雨的日子里,对妻子说着自己想说的话,他的妻子在一旁敲击着电脑忙着记录。

"加上你,只有两个诗人。"妻子忙着纠正。李瑾一把拉住了妻子的手。

"是一群。"李瑾沉默着不再说话,直至妻子同意的时候,他才继续陈述。

"诗人是逼出来的,不是天生的。找不到最准确的语言来表达情感的时候,我们经常说一些只有我们自己能听懂、能准确感受的话。"李瑾放开妻子的手,将手伸向窗外,窗外潮湿温热,有雨水飘洒过来落在手上,于是他不由得笑了。

"你说,我听着。"妻子盯着李瑾悲伤的脸。

"非常苦,从早晨到晚上,一直不停歇地训练,即使是晚上,醒来的时候,浑身的肌肉都绷得紧紧的,拳头都攥着,牙齿咬得腮帮子老疼。"李瑾伸出去的双手攥了起来,雨水顺着长满汗毛的拳头滚落,就像拳头上裹了一层厚厚的油脂,每一滴雨水都像露珠一样带着尾巴凝聚,然后滑落。

"你放松些,你都退役这么多年了,咱们不说那么伤心的话。"妻子心疼李瑾,但她不能把他的胳膊拽回来,每次李瑾想做什么的时候,她都不阻止,只有这样李瑾才能宣泄完毕,然后趋于安静。

"每个人都这么紧张,他们寻找安静的机会就是坐在戈壁滩的山梁上,望着地上的石头或者天空,然后想他们自己的事情。"李瑾望着远处,但他此时以为的远处,其实只是窗户边上的一面墙。

"嗯,继续。"妻子敲击键盘的速度让李瑾吃惊。

"没有了,我想,写我们故事的一定是我们自己人,否则他的情绪会让我觉得可笑。"李瑾摸着窗户边的栅栏,缓缓蹲下身子。他就像在和那个写故事的人对视一样,微笑着盯着前面,然后点燃了一支烟。

这是很多年后的事了。李瑾想起了贺天高,想起了那个他想一刀一刀剐了的单骏,也想起了所有的队员,想起了自己被炸瞎眼睛的那一天,他也清晰地听到了自己破烂的皮鞋踩着戈壁砾石的声响。

进入戈壁滩之后,李瑾一直在找何玉凯落单的部队,就这样在戈壁滩上转悠了三四天,最后他们收到了导演部的情报。情报说杀害赵猛的人已经进入了演习区,参演部队一经发现,立即处决。得知可以处决凶犯的时候,大家十分亢奋,他们甚至要求李瑾带队去找单骏,别再参加什么演习了,反正何玉凯已经被骁狼特战队打败了,这仗再打下去,没有任何意义。对于队员们吵吵嚷嚷的要求,李瑾拉着脸什么话都没说,赵猛是自己带出来的,如果能把几颗子弹射向杀害赵猛的凶犯,这辈子他就不会太愧疚、太憋屈。于是他带着几个人在一处偏僻的地方,跪在地上给赵猛焚烧了从小镇上买来的纸钱,告慰完赵猛准备寻找单骏的时候,有人发现一摊泥水中有一缕鲜红的颜色,但看起来不像是血迹,更像是什么颜料染成的。于是他们顺着水沟寻找,发现几十米开外的水沟里有一堆红色的粉笔。拿着一盒被雨水浸泡得如同枯枝一样的红色粉笔之后,李瑾改变了主意。

"先去把何玉凯的人干掉。"李瑾拿着粉笔递给几个队员,大家盯着他的眼睛时,所有人都认命了。

"这片戈壁,除了何玉凯,就是咱们,他的人办过板报。"李瑾把粉笔扔在地上,紧接着嗓子里发出了一阵冷笑声。

大家都看到了李瑾眼睛里冒出的那股杀气,那是真的杀气,如果他碰到单骏,他一定也会出现这种杀气。冷硬倔强的李瑾一旦认准的事情,他的部下想把他扳回来,根本就是一件不可能的事情。

"去找何玉凯,这是正经事。咱把羊丢了,得把羊找回来。"说完李瑾也不管别人,径直拿起喇叭,呼唤着羔羊离开了。无奈之下,其他几个队员只好开着破面包车,把李瑾拉上车,然后轮换着呼唤羊群,朝着戈壁深处巡游了过去。就这样一直到下午,汽车的油快耗完了,他们还是没有发现何玉凯的部队,就在大家感到失望的时候,一个队员突然拽了一把李瑾,朝着不远处的山根下指了过去。

那是一只鹰,看起来挺大,鹰不停地朝着地面盘旋着落下,又盘旋着飞起来。这似乎并不是一件什么大不了的事情,但这只鹰出现在李瑾他们的眼里,而且如此举棋不定地起起落落,李瑾他们就知道,鹰落不下去的地方一定有鹰惧怕或喜欢的东西。惧怕的,可能是人;喜欢的,可能是母鸡或者老鼠。于是他们坐进汽车,举起望远镜朝着鹰落下的地方一直盯着,差不多一个小时以后,他们终于发现,山根下有人掀开了覆盖在地面上的伪装网,然后把一盆剩饭倒在了地窝外边。

"走! 拿掉地窝里的人,再去找单骏!"李瑾把望远镜、枪械全部收好,径直朝地窝开过去了。果然,汽车还没到山根的时候,一群哨兵突然从地底下冒了出来。

"我的羊丢了,屁股大点地方,你们说去哪里了? 肯定是叫你们的人给杀了吃了嘛,解放军不拿群众一针一线,你们的纪律哪里去了?"一发现哨兵,李瑾就跳着吆喝了起来。原本要阻拦一群不速之客的哨兵突然被这帮人纠缠着讨要丢了的羊,顿时就蒙了。最后哨兵喊来了带哨的军官,当这个年轻的中尉听说李瑾的羊被他们吃了之后,他冤枉得赌咒发誓,说:"大叔你不能胡说八道,我们正在打仗呢,哪有机会去杀你的羊? 再说了,我们是南方来的,不会杀羊,也吃不惯羊肉。"

李瑾开始呼天抢地地大哭,泪流满面。痛哭的李瑾吆喝着赵猛的名字,他说:"猛啊,羊被当兵的吃了,你说咱的账,咋还呀!"李瑾悲怆的哭号让中尉手足无措,他只好把这帮不讲理的人带给了大队长。

破旧的面包车被中尉押着行驶向地窝的时候,跟在车后的李瑾又一次大哭起来,哨兵们已经懒得再和李瑾纠缠,他们在想这个健硕的羊贩子到底丢了多少只羊,以至于哭得这么委屈伤心。

"这是活活地要把人给憋死呀,天神爷!"被带进何玉凯信息大队的地窝时,李瑾依旧没有摆脱心中的压抑,但即使他哭得这么伤心,信息大队的大队长依旧没有相信他真的是羊皮贩子。他细细地打量着李瑾他们的装扮,衣服破旧,浑身羊膻味,被风沙侵蚀的眼珠子浑浊不堪。他甚至去拽了拽李瑾的胡子,发现他的胡子并不是粘上去的,这才稍稍放心了一些。于是他郑重地对李瑾他们说:"我们确实没见到你的羊,我们是军人,也不可能把你丢失的羊给吃掉。大叔你确实可怜,这样,咱们留个联系方式,打完仗我动员兄弟们给你捐款,一两万还能凑起来。"李瑾似乎被感动了,但他还是不放心,带着自己的几个兄弟绕着信息大队地窝里一堆一堆的机器转悠着,似乎在寻找被宰杀的羊是不是藏在机器背后。

无奈的大队长笑了,但笑了没多久,就跟着李瑾一起悲伤起来,他发现老百姓的日子原来这么可怜,丢了几只羊竟然让几个壮汉悲伤到这种程度。李瑾他们绕着机器没有发现丢失的羊之后,李瑾盯着大队长可怜巴巴地说:"给我们拿点水喝,快渴死了。"

善良的大队长有些尴尬地看着李瑾说:"大叔,这里没矿泉水了,只有大桶装的自来水,不行给您提一桶,您先将就着喝点?"李瑾他们感激地又是作揖又是赔笑,但就在哨兵提来一桶水的时候,带哨的中尉黑着脸进了地窝,身后跟着一群持枪的士兵,士兵们也一个个黑着脸不说话。

"怎么了,出什么事了?"大队长纳闷地看着中尉。中尉一挥手,一个士兵抱着李瑾车上的一捆羊皮扔在了地上,于是李瑾他们的枪和单兵电台、望远镜等物品全被扔了出来。吃惊的大队长一下子愣住了,他指着李瑾几乎说不出话,但就在他好不容易才骂出"骗子"两个字的时候,李瑾突然提起水桶,把一桶水全部泼在了身后的通信机器上,于是一连串的警报声呜哇呜哇地响彻了整个地窝。一桶水烧坏了何玉凯信息大队的机器,李瑾放下水桶,朝众人递了一个眼色,大家就冲着信息大队长规规矩矩地举起了手。他们投降的姿势标准、整齐,一个个笔挺站立,面色凝重,就像托着即将坠落的天空一样庄重、质朴。大队长盯着李瑾他们看了一阵,突然一声号叫,将塑钢的步枪抡起来抽在了李瑾的胳膊上,旋即整个地窝里的人把李瑾他们压倒,拳头、枪托、皮靴不停地落在他们身上。

当通信大队通过单兵电台联络到何玉凯,说李瑾把一桶水泼在了通信设备上,导致设备短路、信息大队已经瘫痪的时候,何玉凯愤怒的眼泪夺眶而出了。

李瑾不知道自己是怎么被扔到地窝外面的,他感觉自己快要被打昏过去了。最后信息大队队长把军装扔在李瑾他们面前,让他们穿上,打开交战系统,然后站成一排,让信息大队的士兵像枪毙犯人一样,把李瑾他们一个个给"枪毙"掉。于是李瑾和几个队员脱下羊皮贩子的衣服,戴上钢盔准备接受"死刑"的时候,信息大队的教导员这时不知从哪儿冒了出来,他严厉地斥责大队长说:"这是一群俘虏,你要是枪杀俘虏,你狗日的就不配做大队长。"眼睛肿成一条缝的李瑾看到教导员和大队长差点打起来,但最终,信息大队的老兵们都听了教导员的话,大家说亏虽然吃大了,但是"枪毙"俘虏,这是违反人性的事情,不能干!

"那咋个弄?八抬大轿送回去?"大队长沙哑的声音像被劈裂成无数条碎块一样从胸腔里蹦了出来。

"让他们突围!"教导员猛然回头,那眼神看起来坏透了。

"突围?想得美!来,投降,穿上军装投降!"大队长像一头焦躁的豹子,不停地来回走动着。

"我们已经投降了。"一个队员盯着大队长。

"放屁!我要你穿着军装、骁狼的军装投降。"大队长说这话时对着该名队员抡起来就是一记耳光。

"那我们突围,我们不要枪,什么都不要,你们要打就打,用棍子把我们的胳膊打折都行。但是不要打腿,我得去找一个仇人。"李瑾近乎央告,他渴望快点挨一顿打,然后出去找单骏,他甚至想等人家消气了,再央告人家给点汽油,他的破面包车已经快没油了。

信息大队的人当然不能再打这群俘虏了，他们只能看着李瑾他们朝戈壁走去，但很快，一群士兵就持枪站在了李瑾他们面前。于是李瑾他们就机械地返回，又朝着另外一面过去，他们的面前很快又堵了一群人。最后他们朝一个陡坡走过去的时候，李瑾没有发现阻拦他的士兵，但很快，大队长就喊了一声："那是雷区，不要命了就去！"

"是化学地雷吗？"李瑾回头问了一句。他已经分不清这是演习还是战斗了，他担心万一是真地雷，弹片会把他和几个兄弟撕裂，那么他只能举手投降。一桶水让信息大队价值数百万元的通信设备报废了，大队长、教导员回去之后，挨处分是在所难免的，他有些后悔自己鲁莽的行为，但这是在打仗。

"你说的是屁话，不是化学地雷，送你上西天啊？"在信息大队队长看来，即使是化学地雷，也足够让任何一个强硬的汉子吃不消，但这个技术兵确实不知道李瑾他们并不在乎化学地雷。

"哥们实在对不起，我不该弄坏你们的设备，但咱在打仗。"李瑾抱歉地向大队长抱拳。此时他觉得要是用军人最常用的军礼致歉，大队长一定会觉得李瑾这是在炫耀。

但大队长望着一脸胡子的李瑾时，心里突然恨透了李瑾，他觉得一身江湖气的李瑾抱拳的时候，一定在心里把他当成了战败的三流剑客，于是他盯着李瑾，突然大笑道："别演了，胆小鬼，下来投降！不投降也可以，我尿，你喝，你不是口渴得不行吗？"

"我踩地雷。"李瑾抱拳笑了一下。

"一米一个地雷，爆炸一个，一连串都会爆炸，你要是不怕死，就去，老子可没逼你。你要充好汉，就去，要不然就投降，或者朝别的地方走，叫枪打死。"

"我不挨枪！"

"炸死一个球样。"

"我挨了枪，将来传出去丢你们的人，你们杀俘虏；我踩地雷，这是我自找的，算是给你们一个交代，但今天，我不欠你！"李瑾说着话，开始去拉他的兄弟。几个队员和李瑾手牵着手，站成了一排。

"装，继续装！把老子的信息大队一桶水给浇没了，设备也叫你整坏了,还给老子装江湖,告诉你,这地雷能把你炸成脑震荡!"大队长有些怯,他看不见李瑾他们肿胀的眼睛里的神色,但这几个家伙身体挺得笔直,他担心他们真的从雷区踩过去。这不值,不就是一场演习嘛,人活着不能图那种没意义的虚名。

但就在大队长担心的时候,李瑾和几个队员已经牵着手朝着雷区走过去了,还唱起了带着江湖气的歌。

来世的兄弟啊

一起喝大酒

酒水不够喝啊

一人一小口

来世的兄弟啊

一起把胎投

娘亲不要咱啊

拉手回头走

来世的兄弟啊

人世一起走

一言一铁钉啊

好汉九颗头

……

"我从来没想过,我在用生命终结我的军旅生涯。我们唱着骁狼特战队胡编乱造的歌时,我想即使我们真的死了,我也是开心的。"新婚不久,李瑾这样给妻子描述自己当初踩地雷的心情。

"你完全可以不用去踩雷区。"妻子抚摸着李瑾的胸膛。

"得去!"

"万一死了呢?"妻子微笑着。

"死了就死了。"

"不值!"

"值,值极了!"

"为什么？又不是和敌人打仗。"妻子一直以为李瑾是在向一个崇拜自己的女人展示男人的威武。

"我们要是死了，军人的武德，就活了。"眼泪顺着李瑾空洞的眼窝流了出来。

妻子感叹了一声，帮他擦去眼泪说："你肯定没想到，会炸瞎眼睛，唉……"

在妻子轻微的叹息声中，李瑾明显感受到了妻子的失落和不甘，妻子渴望自己的男人是个知道死亡却向着死亡走去的勇士，但显然，妻子一直在怀疑他和他的弟兄们那天是不是真的抱着赴死的决心走向雷区的。妻子熟睡之后，李瑾坐了起来，他望着漆黑一片的世界，突然发现自己也能成为一个诗人。贺天高的诗只是抒发理想被压抑之后的苦恼，说起来只是个人际遇的低吟浅唱，而他却洞穿了人生，眼睛失明，人却变得更为通透。

那天，李瑾他们苍凉的歌声在爆炸声中戛然而止。一连串的爆炸响起来的时候，李瑾被巨大的气浪掀开了，一下子摔倒在岩石上，他只是感觉浑身麻木了，并没有巨大的痛苦。当他扶着山崖试图寻找他的队员时，他发现眼前一片黑暗。他以为这是爆炸过后的硝烟没有散去所致，但过了许久，他的眼前依旧是一片漆黑。这时候他听到了一片惊恐的呼叫声，紧接着就有人过来扶住他，等他慢慢恢复知觉的时候，他感觉有东西在撞击着面颊。他挣脱其他人扶着他的手，慢慢摸向撞击面颊的东西时，他似乎发现，挂在眼睛下的是两个眼球。

去医院的路上，李瑾昏迷了过去。昏迷之前，他想到了五颗子弹，他艰难地伸出手，直到医护人员把五颗子弹塞进他手掌心的时候，他才睡了过去。等他醒来的时候，身边是等着安慰他的雷公鸣和老王头，李瑾躲着企图拉着他的手安慰他的雷公鸣，以至于跌下了床。

"旅长、政委不用担心，我不难过，不痛苦。先别告诉我母亲，等我的伤养好了，我自己跟她说，就这点要求。"李瑾扶着床站起来，他能感觉到雷公鸣和老王头的焦虑、难过。

"我同意你的要求，你现在得养伤！"老王头掩饰不住的悲伤中带着愤怒。

"政委,您不能生气。这不是事故,这是战争!"李瑾沉静地侧耳听着老王头的位置,就像一个失明已久的人。

"我知道,没人说这是事故。"老王头硕大的泪珠滴落了下来。

"那就好,你们都忙吧,我想一个人安静地坐坐。我得思考一下瞎子的后半生应该怎么过,不然我无法适应。"送走了雷公鸣和老王头,李瑾安静地坐在床上,他知道,父亲李光然一定会来。

他是个被遗弃的孩子,但今天他觉得自己长大了,成了一名真正的指挥官。他很有血性,是个强大的男人,他将像刑天一样用肚脐眼来鄙视这个可怜巴巴地探望自己的父亲。但在李光然赶来的那天,他由不得自己,软弱地变成了李光然的儿子。

49

黎明时分,戈壁滩又飘起了细雨,如同春天的细雨,柔软轻飘,甚至在一丝篝火的亮光中让人产生伸手就可以掬住一把的感觉。这就是戈壁滩的气候,前两天是夹着雪花的雨滴,这两天又是蒙蒙细雨,但白天的阳光,已经明显让人感受到一丝温暖了。

贺天高他们躺在山坡上,听着夜晚何玉凯的士兵在号叫着、咒骂着,没人愿意露头,也没有力气露头。其实即使有力气,贺天高也不想再打这场仗了,他盼望着何玉凯能一枪把自己击毙,然后被收容队抬着送到导演部,这场仗让他感受到前所未有的冰冷和疲惫,他想去看看被人击毙的单骏,想去看看兵王和赵猛的遗体。

和何玉凯的战斗,胜负已定,如果再去杀那些红了眼的士兵,那就不是军人的战斗了,屠杀对于贺天高而言,不仅毫无意义,而且是他无法承受的罪恶。

这个秋天,太暗了,阴雨一直下着,贺天高他们被何玉凯的部队堵在这片山地也不知多长时间了。饥饿、寒冷和战友昏迷不醒的躯体,让贺天高没力气再理会何玉凯的人一遍又一遍地吆喝。从昨天晚上,何玉凯就吆喝着让贺天高出来,说他不会开枪,还说他会让自己的人鸣枪把贺天高送出戈壁滩,这是为一个优秀的学生壮行。

向北也简单地和他说了几句,带着一种说不出味道的口吻吆喝道:"天高,咱们出来聊聊。真应该恭喜你,成了一名名副其实的优秀指挥官。你打出了骁狼特战队的威风,打出了同学们的骄傲。我虽然败了,但说实话,我为你开心!"

"这显然是屁话。"贺天高心想,"贺天高的胜利是因为贺天高消灭了向北,你不该骄傲,也不可能骄傲,你只有痛恨。贺天高可以躺在这里,等着你们来开枪,但等我走出去,再被你们开枪打死或者当成俘虏押送到导演部,没有这个可能。"

但这时候,贺天高也希望可以尽快离开,然后在老天爷的安排下让自己碰到单骏。他不知道是否会拔出匕首塞入单骏的咽喉,或者把子弹射向单骏的眉心,但他确实想找到单骏。

他疲惫地躺在梁军需的狙击步枪上,动都不想动一下。眼前的葛念念垂着脑袋靠在自己的小腿上,压得他的小腿麻木不堪,但他不能动,动一下,葛念念也许就会被惊醒,也许会挪个地方,躺在一片泥水的地上。她只是一个可爱的女孩,原本不该承受这么大的压力,但谁让她是导演部的导调员呢?华雨桐披着文斗才的雨衣,打起了女孩子不该有的呼噜,手里还攥着一截蛇骨。

昨天晚上,他们知道何玉凯的信息大队被李瑾干翻了,于是葛念念主动把自己的身份告诉了贺天高。贺天高并没有惊讶,从李瑾外出的情况被导演部迅速掌握,就能断定是葛念念和华雨桐打的报告,只是他没有想到,这两个人的身份是导调员。但是上级机关来的干部和导调员又有什么区别,不都是他贺天高的上级吗?不都是来对自己的战斗指手画脚吗?所以当文斗才惊讶地盯着华雨桐并声嘶力竭地哭起来的时候,贺天高笑了,他笑这个可爱的傻瓜这么单纯,竟然把导调员和上级区分得那么清楚。

饥饿的文斗才看着华雨桐实在饿得不行的时候,不知哪里来的力气,原路返回,去找他们当初没有吃干净的死蛇。可怜的文斗才不知爬了多少山路,等他手里攥着三截两寸长的蛇骨回来时,人都差不多虚脱了。他像中邪了一样,古怪地笑着,把带着泥巴的蛇骨放在嘴里吸吮干净,然后递给了华雨桐。华雨桐没有丝毫的嫌弃,她接过蛇骨咔嚓咔嚓地咀嚼着,直至把两截蛇骨全部吃完之后,她才发现可怜巴巴盯着自己的葛念念,于是尴尬的华雨桐把剩下的一截蛇骨递给了葛念念,葛念念却哇的一声哭了,接过蛇骨,一边抽抽搭搭地哭着,一边撕着几乎看不见的肉。

荒凉的戈壁滩,让他们连一只老鼠都找不到。文斗才最后只能挖草根,用匕首在水壶上切碎,又捣成一团糊糊,给华雨桐和葛念念吃,两人最终才没有饿昏过去。

今天已经到了极限,如果再不出去,说不定葛念念会休克。文斗才侵入了何玉凯的网络,发消息说:"给点吃的,我投降。"但向北说:"这是圈套,贺天高这个人不光诡计多端,而且十分虚荣,他好面子,他是不会投降的。"

向北把这话告诉何玉凯的时候,他发现包括参谋长在内的几个人都奇怪地盯着他。赶来的霍长青说:"向科长,不投降可不是好面子,也不是虚荣,您这个结论偏了!"

最后霍长青说:"旅长,我把贺天高给弄出来,你这个学生是属疯狗的,不经逗,我逗逗他。"霍长青虽然老早就知道贺天高,但他并没有像尊重柴胜华一样尊重这个骁狼特战队的现任队长,他觉得贺天高的本事,自己也一定会有,只是贺天高命好,当了特战队队长而已。于是他怪笑着拿出了一张纸,开始像戏弄柴胜华一样戏弄起了贺天高。

"我是霍长青!出来投降!我是霍长青,出来投降!"霍长青吃饱喝足,底气十足地呐喊着,以至于最后又把自己的简历当着旅长、政委的面冲贺天高喊了一遍,天色已经放亮了,但还是没见到贺天高的影子。

霍长青以为,贺天高城府太深,不像陈斌和柴胜华那样冲动,最后他忍不住了,拿起贺天高遗落的诗稿开始阴阳怪气朗读。空旷的戈壁滩上于是传来了霍长青带着口音的普通话,还有一阵一阵的嘲笑声。

啊!种下苹果树的时候

啊!我盼望秋天

啊!秋天赶来的时候

啊!我盼望春天

啊!春天花开的时候

啊！我又盼望秋天

啊！长大了我的女孩

啊！长大了我的凄凉

啊！长大了我整个世界我却无法拥抱

啊！冬天来临的时候

啊！我盼望春天

啊！我盼望

啊！我不要看见一地的苹果树

霍长青知道，抒情诗永远都带着一个让他无法理解的"啊"，这个可笑的"啊"如果放在贺天高的诗歌里，他再曲解一番，贺天高也许会震怒，只要他站起来，侦察营的士兵一阵乱枪，就能把这个运气好到极点的贺天高灭了。所以霍长青在朗读时，不仅加了他自以为是的"啊"，还加了"作者贺天高"这样的句子。

这是霍长青他们在贺天高逃跑的路上捡到的葛念念的挂包，翻了里边有一张写有贺天高名字的诗稿，霍长青盘算着这东西能用得上，于是他指挥着士兵，用他们近似无赖的语言，挖苦着贺天高。

一二三四五六七

苹果树啊苹果树

一二三，三二一

贺天高，真稀奇

嘟哩个嘟，嘟哩个嘟

想抱女孩的大流氓

……

不得不说，看起来粗鲁不堪的霍长青的确能找准他人的痛点。一股压制不住的耻辱感让贺天高浑身充满了力量。他盯着梁军需的时候，梁军需慌张地看向了葛念念。贺天高不想知道这份诗稿是怎么遗落在霍长青手中的，当他猛地一下站起来的时候，霍长青顿时愣住了。

相距不足五十米的地方,他们看到了山坳里突然站起来的贺天高。贺天高站在山顶,看起来高大凶狠,颀长的身体像一棵被修剪出来的风景树,后背拱起,身子朝前倾着,但脚下却稳当扎实。他指着霍长青,手臂像一截突兀的枯枝。

"你是一个无赖、流氓!你为什么要羞辱我的情感?你不配做一个军人,你的无耻让这片戈壁的每一块石头都蒙羞。让你的人,朝我开枪,贺天高站在这里!"贺天高声音凌厉、响亮,根本就不像是一个饿了许多天的人。

贺天高的暴怒让霍长青他们全都愣住了,这显然已经不是演习,而是为自己的人格宣战。当霍长青准备抬枪的时候,蹲在地上的何玉凯制止了他,他慢慢站起身子,冲着贺天高感情复杂地喊了一声:"天高!"

何玉凯在看到这个从毕业后到现在才见到的学生时,一时说不出话来。但就在这时,趴在地上的梁军需突然开枪,狙击步枪在五十多米开外准确地打中了何玉凯的脑袋,一声枪响之后,何玉凯仰面朝天倒在了政委的身上。

梁军需旋即压倒了贺天高,却被贺天高挣扎着甩开,等贺天高再要站起来的时候,疯狂的霍长青正带着人要冲过去,却被政委一把拽住。

"贺天高,我是合成旅政委,我代表合成旅全体官兵,向您郑重宣告,绝杀死地,战斗结束!请您带人出来,回去。我们的战斗,从现在结束。胜利,是骁狼特战队的胜利!"政委拿着喊话器吆喝道。

文斗才不相信政委的话,他抱着挣扎着坐起来的华雨桐,带着哭腔吆喝道:"政委,您都是大校了,咱政工干部,说话要算话。"

"我代表合成旅全部官兵,郑重宣告,战斗结束!"政委再一次吆喝着,并拉着参谋长和自己站了起来。

"你得给我吃的,我们饿坏了。打完仗,咱们就是战友,要牛肉,最好有巧克力。"文斗才抽噎起来,动情地拉着华雨桐朝政委走过去,身后贺天高木然地跟着,梁军需扶着葛念念尾随而来。

当他们终于走到何玉凯身边时,贺天高蹲下身子,揽住昏迷的何玉凯的脖子,轻轻亲吻了一下老师的额头。向北拉起贺天高的时候,两个人只是淡淡地握了一下手,笑了笑,再也没有说话。两个毕业多年的同学,在战场上头一次见面,却丝毫找不到热烈的话题。

合成旅政委没有食言,他盯着贺天高他们慢慢吃饭,还给他们注射了葡萄糖。一个多小时以后,贺天高他们终于有了些许力气,何玉凯已经被救护车拉走,沉默的合成旅指挥官们也开始准备撤离。贺天高没有向政委致谢,他带着众人准备离去的时候,突然一声枪响,等他回头的时候,梁军需趴在了地上,向北提着手枪冰冷地看看他,然后上车扬长而去。

梁军需被一枪打中了脑袋,苏醒是几个小时之后的事情了,疲惫的贺天高不得不和文斗才轮番背着他。

天空露出了一丝阳光,云彩开始一堆一堆地翻滚起来,起了风,偏西的太阳终于醒目地显现了出来,这是下午了。

向北和政委已经回到他们的集结地,醒来的何玉凯知道向北一枪打"死"了偷袭他的梁军需后,就又闭上了眼睛,说抓紧撤离,接受理疗,脑袋疼得不行。对于向北突然开枪的事情,政委颇为恼火,他恼怒地告诉何玉凯,向北看来仅限于做一个作训科长了。

在政委和何玉凯诉说的时候,向北正坐在指挥车上,敲击着电脑写着演习总结汇报。在总结汇报的后边,他专门写了几点启示。后来不知怎么回事,向北的汇报材料私底下在全军被传了开来,大家都说合成旅真不要脸,以至于最后传到了张万里的耳朵里。张万里羞愧难当,把向北的汇报材料中的几点启示剪下来放在了剪贴本中,没事的时候经常拿出来看看。向北的几点启示是这样写的:

在这次演习中,我们有以下几点启示:

一是唯有铁一般的信仰,才能鼓舞部队树起战斗到底的勇气。在这次战斗中,尽管我旅损失了三个战斗单元,但全旅上下在集团军党委的正确指导下,在战斗区域不熟、战斗环境复杂、战斗对手灵活的情况下,始终以荣誉为牵引,以打赢为目标,以血性为支撑,坚持做到了"有一个敌人,消灭一个敌人;有一支对手,歼灭一支对手;有一线希望,紧盯一线希望"的战斗原则。为此,旅长何玉凯亲临战斗前线……

一天晚上,张万里又一次看向北的汇报材料时,他拿起笔,在汇报材料上头写了这么一段话:

> 我们的确在打一场仗,一场异常艰难的战斗。这是每一个军人和自己内心的战斗,是怠战和责任的战斗,是逃避和担当的战斗。未来战争无法预知,但军人备战的责任担当却时刻清晰可察,我们必须与和平积弊展开零距离的战争,才不会有未来战争的零距离⋯⋯

50

欧阳燕没料到,她和单骏见到贺天高的时候,贺天高的枪已经装上了子弹,而且连正眼都没看自己一下,就把枪对准了单骏。他背后那个看起来脸蛋很小的女孩,似乎一直担心着贺天高的安危,她焦急地守在贺天高身边,做好了随时准备扑上去保护贺天高的准备。如果贺天高将来能找这个女孩做对象,他一辈子一定幸福极了,她看得出来,这个被另一个女孩叫着"念念"的女孩,是个真正的情种。

贺天高确实成熟了,他那种青涩的执拗,早就不见了踪影,长长的睫毛下一双黑色的眼睛,也许是因为戈壁滩常年的风沙,有些许浑浊,让这个当年自己有一点看不起的男孩子一下变成了一个男人。他的脸就像这里的山峦,坚硬而有棱角,如果把齐刷刷黑色的胡茬子剃去,那就是个忧郁的少年;如果让这些胡子留着,他就是个让所有女孩子都忍不住依恋的男人。尽管他忧郁的神情分明在宣示,他是个情感自私的男人,他将一辈子沉浸在自己的忧伤中出不来,但一定有许多女孩会为他着迷,做他这辈子无法甩开的奴仆,为他缝补破烂的衣衫,擦拭他枪管上的烟尘。

单骏和她会合之后,只说要带她去寻找砖塔。但摩托车行驶着进入戈壁深处的时候,他们隐约听到了枪炮声,单骏稍稍犹豫之后,又带着她去了另外一个地方。夜晚,他们挤在一个山石下,单骏温暖宽厚的胸膛一直让她依靠着,还脱下风衣盖在她身上,睡着之后,她似乎感觉单骏一直在注视着自己。

这就是爱情,稀奇古怪。即使自己已经成为母亲眼里的老姑娘,但这种稀奇古怪的爱情她依然受用。她至今不知道单骏这些年的底细,但无所谓,只要单骏在自己身边,哪怕他是一个被遗弃的孤儿,或者是被撵下王位的国王,只要单骏在自己身边就行。

晚上,欧阳燕做了一个美丽极了的梦——她和单骏牵着手在一座砖塔前徘徊着,悠扬的佛教音乐清凉可心,她看到单骏在砖塔前虔诚地跪倒,他的身影慢慢地变得稀薄起来,以至于成为一个透亮的影子。但奇怪的是,她并没有伤心或者惊恐,反而感到无比的愉悦。

欧阳燕睡着的时候,单骏确实一直在盯着她。接到欧阳燕之后,这个奇怪的女孩似乎没有看到自己身上的血迹,也不问他的过往和未来的打算,只是搂着自己的腰,坐在他的摩托车上一路狂飙。

这个世界这么肮脏,如果让欧阳燕躺在这里,再挖一个坑把她埋掉,自己再从山崖上飞驰下去,那么他们就能在砖塔前相遇。欧阳燕不会怪罪自己杀了她,她一定会安静地跟在自己身边,在那座砖塔前守候一万年,直至砖塔下老僧的出现。也许真的需要一万年,那就这样一直守着,只要牵着欧阳燕的手,他就不孤独。但是当单骏的匕首靠近欧阳燕的时候,他突然听到一个声音,这个声音似乎是自己心底流淌出来的,说他要是杀了欧阳燕,他们将真的在砖塔前守候一万年。于是单骏一个激灵,立即收起了匕首。

这个世界,在欧阳燕的心里也许并不肮脏,那么他带走欧阳燕,是否会像雷公鸣带走父亲一样,让欧阳燕的父亲一直悲伤地诉说,那个恶人的匕首插入了孩子的胸膛。单骏恐惧起来,欧阳燕是这个世界上唯一一个尽管让自己觉得有些纠缠不休,但却实实在在地像他想象中的亲人一样的人。如果砖塔下的老僧告诉他,他的亲人就是欧阳燕,他的灵魂又如何逃离躲避?

天亮之后,欧阳燕醒了过来,她还是没有问单骏在干什么,而是安静地帮单骏打开水壶,擦掉水壶上的沙子,看着单骏喝水,又看着他吃东西,样子专注、愉悦。吃东西的时候,单骏强忍着把眼泪压了回去,他没有经历过亲情,这一刻,欧阳燕的目光似乎就是父亲的目光,如果他是个赤裸的婴儿,欧阳燕一定会毫不犹豫地解开怀抱,把自己包裹在怀里,为他遮挡寒冷。

盯着欧阳燕的时候,单骏想,欧阳燕为什么不是一个男人,长着沧桑的脸颊,带着胡须和喉结,甚至有些黧黑。但她是一个女孩,像父亲一样盯着自己的女孩,可是罪恶的匕首差点切向欧阳燕的脖子。

他们一整天都在戈壁滩上转悠,直至他们远远看见贺天高的时候,欧阳燕突然说道:"骏,不会是天高吧?他在戈壁滩打仗呢。"

单骏驱车径直朝贺天高他们开过去,他自己都不知道找到贺天高之后,他想干什么。下了车,单骏站在戈壁滩,一直等着走近的人,此时他已经不想再动手杀人了,即使杀人,他也无力再把匕首插入别人的胸膛。

贺天高远远看见了单骏,他和通缉令上的样子一模一样,长发遮盖着半边脸,颀长的身躯,穿着一件长长的风衣,大风让风衣飘了起来,这让单骏看起来像一个丢了镰刀的死神。贺天高打开保险,一只手扣在扳机上,巨大的愤怒和一股吐不出的悲伤,驱使他快步走了过去。边上的女人是欧阳燕,她明显成熟了而且微微有些胖,当年那个高挑纯洁的女孩已荡然无存,阅世的老辣和女人的性感宣示着她的过往,贺天高已经没有一丝心情去看欧阳燕了。

贺天高的枪举起来瞄准单骏的时候,欧阳燕只是奇怪地看着他们俩,什么话都没说,也没阻止贺天高。也许这个成熟的女人以为,他们和当年拿着刀互相劈下去的少年一样,这是久别之后打招呼的一种方式。但很快,文斗才突然过来,一把拧住了欧阳燕的胳膊,把她拉到了贺天高他们的跟前。欧阳燕这时候才知道,贺天高和单骏已经不是当年要决斗的一对朋友了。她顿时有些慌乱,不知所措,她终于看清楚了单骏身上的血迹,但之前,她不想问或者不敢去问,她怕一问之后,她等了这么多年的感情会变得虚伪复杂。

单骏掏出一把匕首,微微笑着,让贺天高看。

"是这把匕首,我不知道他是你的人。"单骏轻松地说着话,根本没理会被扭着胳膊的欧阳燕。

"为什么要杀他?"贺天高黑黢黢的脸扭了一下。

"为什么要杀我的父亲?"单骏纹丝不动。

"你爸爸是谁?"贺天高盯着垂首不语的单骏。

"雷公鸣杀死的那个男人。"

"我不知道这事,你为什么要杀赵猛?"

"是这把匕首,从出租车上偷来的,司机说,匕首的主人叫柴胜华。"单骏抬起头看着贺天高。

"你是不是单骏?"贺天高有点啰唆,他得验明正身,怕冤枉了单骏。

"是。"单骏低着头,就像无聊的孩子一样用匕首的尖头在心脏的部位画着圈。

"你在水泥厂杀了一个军人。"

"是杀了一个人,不知道是不是军人,高个子,大眼睛,说是羊皮贩子。头发很脏,胡子也很长。你是不是贺天高?"

"我是。"

"她是欧阳燕,我是单骏,你是贺天高。"单骏似乎有些神志不清。就在欧阳燕终于要喊出声的时候,他的匕首突然刺入了自己的心脏,然后就像突然被推倒的树桩一样,扑通一声朝前栽倒了,血从身体下流出来的时候,他的身体都没有动一下。

欧阳燕的脑子一片空白,等醒来的时候,已经在医院的病床上,边上是问询的警察。

那天,贺天高没能把子弹射向单骏,一路上被文斗才痛骂不止,最后忍无可忍的华雨桐给了文斗才一个嘴巴,气急败坏的文斗才于是不再吭声。苏醒的梁军需说:"文专员你要将心比心,一见面就一枪把多年不见的发小给打死,这种人你敢和他打交道吗? 华医生,文专员这种人你得提防着,我发现你对他有意思,但他这个人未必可靠。"

一场战斗让新兵梁军需学会了和军官开玩笑,华雨桐觉得这场仗挺有意思的,唯一让她难以释怀的,是兵王走了,赵猛走了。

葛念念和华雨桐陪着贺天高去了导演部,她俩的行李已经被送到导演部,休息了一天,导演部就安排她俩回去了。在登机的时候,华雨桐接了一个电话,说呼延碧牺牲了。飞机起飞之后,华雨桐看到离自己越来越远的戈壁,终于忍不住大哭了起来,惹得飞机上的乘客找空姐投诉了她。边上

324

的葛念念也一直在低声抽泣，贺天高毛茸茸的眼睛透出的眼神她无论如何都驱赶不走，但她分明知道，这个男人不适合自己。

飞机不知道是怎么飞上高空的，但那天，华雨桐发现天地颠倒了，一片苍茫的戈壁，就在上空。

51

柴胜华在医院里苏醒过来，进行简单的疗养之后，就让雷公鸣派人去特战队把自己的东西拿了过来，然后和谁也没有打招呼，就回到了集团军。冬天的时候，他收到了贺天高邮寄的一个包裹，包裹上有特战旅加了印章的封条，柴胜华好奇地打开了包裹，发现是自己赠送给出租车司机的那把匕首。后来柴胜华在休假的时候，专门找了一个炼钢厂，把这把匕首投进了熔炉。

冬季的第一场雪飘落的时候，梁军需把贺天高送到了医院里，那时候他已经发烧到了四十度，但发烧的原因一直没能查清楚。后来病愈了，他准备回到特战队，雷公鸣和老王头告诉他："战区陆军有把你调到陆军机关的意思，你考虑考虑，如果没问题，我们就放你走。"贺天高低着头思考了一阵说："组织怎么安排，我就怎么执行。"

回到特战队之后，已经来了新队长和教导员。贺天高没和新任领导商量，或者他还没适应自己已经被调离，就当着人家新任领导的面，牛哄哄地安排人做了一个展板，把柴胜华、呼延碧和葛念念、华雨桐的姓名和照片一起放到了展板上，这是一个特定时间内，骁狼特战队全体队员的一张全家福。这是特战队的固有传统。展板做完之后，新队长说："贺队长，您看这上边写什么话好？"

照以往的惯例，特战队在老兵复退之后，悬挂的展板上都有队里给他写的一段话。贺天高原本想写上一些祝福的话，算是告别，但当笔搭在展板上的时候，他不由得抽泣了起来，具体写了什么，他后来也不记得了，直至梁军需把他写的文字拍照发给他，他才知道自己当时写的是一首诗：

我多么想念你们

我多么想念你们的灵魂

我多么想念你们

我多么想念你们的子弹

让你们的灵魂牵着你们的子弹

射向我的躯体

让我的灵魂被你们的子弹带走

成为你们带走的贺天高

离开特战队之前,贺天高专门去了一次岩羊的洞穴,他把那块叫着"雨"的戈壁玉和岩羊的灰尘放在了一起。下了山,他驱车去了特战旅,找到了鹿子,给鹿子深深地鞠了一躬说:"黑蝎子的账,你就记我的头上吧。"

"为啥? 就因为你是他的队长?"

"对!"

"那不行,黑蝎子我还有机会打他一顿。你,我不能打。"

贺天高盯着鹿子,鹿子也盯着贺天高,两人差不多对峙了一分钟,贺天高突然从怀里抽出一只鞋子,对着自己的脸扇了下去。

尾　声

　　李瑾四十六岁的生日酒席上,他放纵自己喝了一场酒。这些年他一直喝酒,但总是喝不醉,也找不到喝酒的感觉。但这次他终于有了一丝酣畅淋漓的感觉,而且一股真切的悲伤撞击得他无法入睡,于是他摇醒了熟睡的妻子。

　　"我要写诗!"

　　"嗯,说吧。"迷迷糊糊的妻子已经习惯了李瑾的折腾,李瑾这些年自己没写出一首好诗,反倒把她锻炼成了会品味诗歌的文化人。

　　"前线。"

　　"是诗歌的名字吗?"

　　"是的。"

　　"那就说。"

　　李瑾没料到,他酒醉之后的诗歌,竟然让半辈子没真正崇拜过自己的妻子哭了。她哭着告诉李瑾:"男人,我的英雄男人,我帮你念,看看哪里错了没有。"

　　　　　　前线

　　　　前方的队伍,在打恶仗

　　　　而他带着人,在挖墓坑

　　　　估计要牺牲六百人,必须要挖出六百个坑

　　　　激烈的枪炮声中,奋力挖呀,挖呀

硬是违抗命令,少挖了一个

2014 年 9 月 4 日初稿于兰州
2019 年 4 月 28 日再改于西安
2019 年 8 月 14 日三稿于平凉

后　记

　　小说第二稿定稿的时候,我发现我完全颠覆了之前的写作习惯,原本准备讲故事,最终成了不休的倾诉,带着我莫名其妙的悲伤。我不知道自己在悲伤什么,也不知道要倾诉什么,但我无法改变突然冒出来的写作风格。岑杰兄在西安和我见面的时候,我羞愧地告诉他,我感觉自己江郎才尽了,至少,我在这本小说中无法轻松地描述战争和军人,尽管这个战争只是一场又一场的演习。

　　那天在西安的一家宾馆,我带着明显暗示地一遍一遍向他说,我是从部队成长起来的,特别是在特战旅拍戏的这段时间,我发现我特战旅的战友们一个个就像我眼里的诗人。我知道我这种掩耳盗铃一样地讲特战旅的战友,目的是为了让他接受我这种讲故事的风格,好在岑杰兄一直在安慰我,让我完全按照自己的感觉去写。

　　在第三稿修改到快结束的时候,就连我自己都发现小说带着一股巨大的压力,像是倾诉,又像是辩白,或者是歇斯底里的吆喝,但又不能大声。直至有一天,我回到老家的时候,喝了一点酒,晚上睡下的时候我一直在思索这部小说为什么会形成这种表达风格。这种表达风格对我来说比较难,我就像一个讲解员一样站在一个展馆里,面对一群游客,带着自己的情绪唠唠叨叨地讲着故事,而且担心游客会不会因为我的讲解特别的不中听最终散去。

　　是的,我的确是带着自己的情绪,在喝了一点酒辗转反侧的时候,我突然间明白了,我这么表达,是因为我把我的战友、把军队当成了一个生怕摔碎在别人面前的珍贵器皿，我怕别人根本不懂我的器皿，或者对我的器皿一直以来有着他们自己的解读。

但我一直以为，我的战友们即使在没有战争的环境下过着许多人以为的和平的日子，他们中也并不是每一个都能过得安稳的，这里有寂寞，我说的是日复一日年复一年的寂寞，除了为祖国站岗之外，他们没有太多的时间和情感去慰藉一个常人应有的灵魂。这里有牺牲，我说的牺牲是生命的奉献。

我当了二十多年兵，上过军校，带过兵，也参加过部队的大型演习，救过灾。跟着当时的参谋长杨阳和总工陈纳佐抗洪的时候，我一个人差点走丢在昏黑的大山中，咆哮的洪水、滚落的山石，那一刻我恐惧紧张。那一年，自然灾害特别多，救灾刚结束我就被调到了军区机关，连夜赶到兰州报到的时候，又遭遇了泥石流。我的战友在舟曲一直战斗到了最后。那一年我三十六岁了，在接连的两次灾难之后，我发现自己对军人有了不一样的认识。

我们需要伟大的信仰。如果没有伟大的信仰，我相信我一个人被落在山沟里的时候，恐惧会迅速压倒我。当我追赶部队的时候，我不禁泪流满面，我甚至想到了大不了一块山石滚落把我砸死，或者跌落咆哮的河流中从此离开这个世界，但我的死亡是为了让像我的父母妻儿一样的人们活得更好。

从那之后，我越来越敬畏生命了，也越来越懂得了军人牺牲的意义。军人的牺牲是点燃和平火焰的那一把火。可牺牲不是一个轻松的话题，即使这只是文学作品中的牺牲。军人面对牺牲可以无畏，可以谈笑风生，但我这个讲述他们故事的人，如果和他们一样无畏，一样谈笑风生，我觉得我无法做到。

即使拥有一颗强悍的心，在讲述牺牲的时候，这颗心也一定会感受到悲伤，即使这个悲伤一直带着无限的崇敬。

几年前，朱日和军事演习开始了，和从演习场采访归来的战友高思远一起聊天的时候，我发现我们的部队正在改变，正在朝着不畏牺牲、能打胜仗的方向冲锋，甚至舍生忘死。于是在和高思远谈起我想拍一部反映军队的电视剧时，我俩几乎是不约而同地脱口而出"战争零距离"这个名字。

此后我把自己关在宾馆写了二十八天,完成了《战争零距离》十多万字的故事大纲。但说实话,我不是一个合格的编剧,我只是一个写过小说的码字工人。电视剧启动的时候,在制片方的安排下,我认识了编剧王思锋老师。在王思锋老师的帮助下,我们一起完成了剧本。去年,王思锋付出巨大心血的电视剧终于在宁夏青铜峡的戈壁滩完成了拍摄,从夏天一直拍摄到冬天。他离开剧组的时候,正好过生日,那天喝了酒,我说他是戴着王冠的青年。

小说毕竟是小说,电视剧不能完全承载小说完整的内容,所以小说只是电视剧的一个故事走向。在完成这部小说的时候,我突然觉得特别对不住那么多跟着我们一起拍戏的演员老师,他们塑造了那么精彩的角色,我却不能在小说中把他们塑造的角色写出来,小说没有留下太多的空间,让每一个辛勤敬业的角色扮演者都看到自己在小说中的样子,比如电视剧中的石大胆。

我有时候想,这部小说之所以最终形成这种语境,是否和我见证了电视剧《战争零距离》的拍摄有关。

苍茫的戈壁,生命只有蚊虫、士兵、骆驼刺和茂盛的青草。冬天来临的时候,蚊虫和骆驼刺、青草都死亡了,只剩下孤独的军人。我是个容易伤怀的人,那时候我一直在观察着我的战友,我发现他们的眼睛像诗人一样纯粹、执着,他们的所有行为也像诗人一样纯粹、执着。在酷热或者冰冷的戈壁,一群一群年轻的弟兄们不舍昼夜地训练,已经脱下军装的我有时候想,假如再让我穿上军装,和他们一起在这片苍茫无垠的戈壁上除了训练还是训练的时候,我会想起什么?

我的喜怒哀乐,我的女孩,我的太阳,我的父母妻儿,我将用什么来歌颂? 不是人人都能像我一样,在悲伤或者欢乐的时候用不成熟的诗来宣泄。但他们一直就这样守候着,守候着祖国,也守候着牺牲。这种纯粹简单的坚守,让我想到,我的战友们都是一首首诗。除了动情,没有任何非分之想。

我肯定是被他们感染了,以至于影响了小说的语境。我在人到中年的时候,说不上有多成熟,但我已经不再如少年一样浪漫简单,我发现了我之前从未想过的一群军人的形象。我在对着这个世界,为我的战友倾诉。

有一天，我看到了马萧萧的诗歌，我一直想用一首诗来表达我对战争的理解，但我的确不是个诗人，于是我急忙给他去了电话，让他的《前线》做小说的结尾，我希望读者能知道我悲凉的心肠，也能知道我的战友们把自己一个个锤炼成执拗的诗歌，其实只是为了像《前线》中的诗句一样，少挖一个墓坑，给战友，给这个世界的所有生命。

今夜，有一只知了狂躁地叫着，穿梭于我居住的院子。如果这只知了是一个智者的化身，我希望它能带着我真诚的感谢，给帮助我和小说以及电视剧的老师、尊长孙杰、岑杰、高思远、干作余、曹百鸣、赵卫国、马维干他们……

我想起柴胜华的扮演者肖聪和我一直守在青铜峡镇宾馆的房子里，在停电的夜晚陪我喝茶，听我倾诉，他双手合十的样子就像一位陪我行走的僧人。我还想起了李瑾的扮演者苗韵桐，在困难的时候，我们准备修改李瑾和父亲见面的戏，苗半夜给我消息，让保留这一场戏，因为他无法割舍李瑾和李光然的情感，这个一米八几的兄弟哭了，我至今以为这都是我的罪孽，尽管这一切由不得我做主。所幸，这场戏最终保留了下来。我想起了雷公鸣的扮演者丁海峰，相交多年，在艰难的岁月中他就像我盼望的侠客一样来了！

我想起了每一个朋友，贺天高、葛念念、华雨桐、莎莎，和我喝便宜红酒的文斗才和装醉的梁军需，还有耿直的兵王、善良的周虎，来自成都军区的陈晓彬……

我想起了协拍部队的战友们……

我不能一个一个致谢的时候，我想说，肯定是你们，每一个人，让我完全改变了小说的表达方式。

我已经脱下了军装。这部小说，是给战友的致礼，是给我在其中生长了二十多年的军营的致礼！

电视剧没有全景式展现贺天高他们的人生，也没办法全景式展现。但在小说中，我无法控制自己的情绪，我给了他们一生。

2019 年 8 月 18 日夜于西安